U1000671

张武小说选

塞上文艺名家书系

癸巳冬 郝秋平

张武 著

黄河出版传媒集团
阳光出版社

图书在版编目(CIP)数据

张武小说选 / 张武著. -- 银川 : 阳光出版社,
2021.9
(塞上文艺名家书系)
ISBN 978-7-5525-6073-2

Ⅰ. ①张… Ⅱ. ①张… Ⅲ. ①小说集 - 中国 - 当代
Ⅳ. ①I247

中国版本图书馆 CIP 数据核字(2021)第 181266 号

塞上文艺名家书系 张武小说选 张武 著

责任编辑 郑晨阳 王佐红
封面设计 赵 倩
责任印制 岳建宁

黄河出版传媒集团
阳光出版社 出版发行

出 版 人 薛文斌
地　　址 宁夏银川市北京东路 139 号出版大厦(750001)
网　　址 http://www.ygchbs.com
网上书店 http://shop129132959.taobao.com
电子信箱 yangguangchubanshe@163.com
邮购电话 0951-5014139
经　　销 全国新华书店
印刷装订 宁夏凤鸣彩印广告有限公司
印刷委托书号 (宁)0022165

开　本 787 mm × 1092 mm 1/16
印　张 18
字　数 400 千字
版　次 2021 年 9 月第 1 版
印　次 2021 年 10 月第 1 次印刷
书　号 ISBN 978-7-5525-6073-2
定　价 58.00 元

版权所有 翻印必究

总序

塞上江南，文艺沃壤

崔晓华

宁夏地处祖国西北，历史悠久，文化灿烂。南有六盘山，是古丝绸之路的必经之地，是黄土高原上的绿色明珠；北有贺兰山，是蜿蜒五百里的骏马，是父亲一般伟岸的天然屏障，阻挡着来自西伯利亚的寒流和风沙；黄河经秦渠流向宁夏平原，是母亲一样的哺育润泽，将荒地旱原变成美丽的塞上江南。“陇头流水，鸣声呜咽”“蝉鸣桑树间，八月萧关道”“大漠孤烟直，长河落日圆”“贺兰山下果园成，塞北江南旧有名”等，这些中国古代诗人留在塞上大地的名篇佳句，至今仍在流传。

正是春秋短暂、夏冬漫长、半湿润半干旱的气候特征，正是山川河湖、黄土高原、丘陵戈壁、草原沙漠的地理风貌，正是游牧文化和农耕文化的互相交流和融合，尤其是驻军戍边、移民屯垦、守望相助、建设美好家园的艰苦奋斗精神的传承与发扬，塑造和蕴蓄了雄浑与秀丽、阳刚与优雅、豪放与婉约交织的多样性自然景观和丰富的文化矿脉。宁夏文艺家得益于这片土地的孕育、滋养和成就，以其朴实的生活经历和历史记忆，独特的生命感悟和言说方式，形成了纯正、质朴、安静的文学艺术品格，在全国的文艺版图上独具一格，引人瞩目。

“文变染乎世情，兴废系乎时序。”宁夏回族自治区成立六十周年以来，宁夏发生了翻天覆地的变化，人民群众生活日新月异、欣欣向荣。宁夏文艺事业伴随着自治区的不断发展繁荣，走进新时代，踏上新征程，广大文艺工作者以更加饱满的热情，积极投身于实现“两个一百年”奋斗目标、实现中华民族伟大复兴中国梦与实干兴宁的火热实践，将文学艺术之根扎进这片沃壤，坚持以人民为中心的导向，创作了大量思想性、艺术性和可读性俱佳的优秀作品。

为肯定宁夏前辈作家的文学成就，2006年10月，由宁夏文学艺术界联合会（以下简称宁夏文联）编辑的《石天剧作选》《李震杰诗文选》，以“霜叶红丛书”的形式由宁夏人民出版社出版发行，得到了文艺界的好评。为弘扬“爱国、为民、崇德、尚艺”的文艺界核心价值观，秉承文联传统，服务文艺名家，汇集优秀作品，树立学习典范，宁夏文联于2014年启动“塞上文艺名家书系”工程，为德高望重、成就突出、在全国有一定影响的宁夏文艺家，以及为宁夏文艺事业做出重要贡献的各个门类的领军人物，精选结集出版他们的代表性作品。第一辑《肖川诗选》《冯剑华文选》，第二辑《路展童话选》《吴淮生诗文选》《张贤亮诗词选》，第三辑《曾杏绯国画选》《高嵩文艺评论选》《马知遥文画选》，第四辑《荆竹文艺论评选》《杨继国·朔方文札》，第五辑《余光慧文学作品选》《哈若蕙作品选》共12部。这些作品选集的出版，已经产生广泛影响，并进入高校人文学科研究序列，社会效益显著。此次编辑出版《秦中吟诗文选》《张武小说选》，是这个书系的继承和延续。

诗人秦中吟和作家张武都是20世纪30年代生人。他们虽然已经离世，但为我们留下了珍贵的精神财富。秦中吟创作了大量的诗词和评论，是新边塞诗的倡导者，是宁夏诗词界的领军人物。张武出版小说集和散文集十部，赢得了广大读者的喜爱，是宁夏20世纪乡土作家的代表，也是宁夏20世纪小说创作的领军人物之一。编辑出版这两位作家的精选作品集，是很有意义的，同样会对宁夏文艺的繁荣产生积极影响和作用。

党的十九届四中全会深刻指出，发展社会主义先进文化、广泛凝聚人民精神力量，是国家治理体系和治理能力现代化的深厚支撑。会议进一步强调，必须坚定文化自信，牢牢把握社会主义先进文化前进方向。处在一个新的时间节点，“塞上文艺名家书系”工程进入重要的机遇期。宁夏文联对此给予高度重视，具体由文学艺术院负责实施。期望文学艺术院不忘初心，牢记使命，更加坚定文化自信，更加坚持服务人民，更加坚守艺术理想，共同谱写“建设美丽新宁夏，共圆伟大中国梦”的新篇章；努力发掘抢救文艺精品，做好资料搜集、编辑校对、设计印刷等各项具体而细致的工作，真正树立和强化品牌意识，拿得出，立得住，叫得响，走得远，不负这个伟大的时代，为广大人民群众提供更多更好的精品力作，使这项工程取得更加显著的社会效益，成为宁夏文艺事业兴盛繁荣的新亮点、宣传宁夏文化建设的重要窗口。

是为序。

2020 年 9 月 15 日

崔晓华　宁夏文联原党组书记、副主席。

目 录

CONTENTS

上篇 中篇小说

下篇 短篇小说

上篇　中篇小说

红豆草

在省农牧系统的劳模大会上，我被记者们包围了，其中包括北京农业大学的学报记者。我想，但凡一些老模范或经历过记者采访的其他先进人物，都知道记者是多么难以应付哟！他们一个个采取挖心战术，向我提出了这样那样的问题要我回答，要我谈思想，谈工作，谈生活，谈……千奇百怪，寻根问底，逼得我手足无措。虽然我喜欢讲话，但这么系统地专门谈论自己，还是头一遭。他们嫌我讲得太简单、太枯燥，不深不透，于是穷追不舍，纠缠不休。后来经过我的苦苦哀求，得到记者们的点头批准，我写了下面的书面材料，才算过关。真是“人怕出名猪怕壮”，受这份洋罪……

好啦，有兴趣的同志请看我的书面汇报，我究竟算个啥先进哟！

一

场长四十刚出头，属于年富力强的类型。人长得堂堂正正，没有什么毛病，就是脾气有点别扭，名字也古怪——丁金银，土里土气，也不顺口。因此职工们不大使用，也不叫场长，而喊老丁。

我和老丁初次见面，是一个令人难忘的好日子，但互相之间的印象却十分糟糕。那天，我来羊场报到，搭乘的是一辆顺路的卡车。显然，司机对这条路线很熟，在那金带似的盘山公路上，飞速地开着车，把头顶的雄鹰，道旁的羊群，还有那重叠的翠谷绿梁，零星出现的村庄，一次又一次地甩在后边，不到三个小时，就把我带到了青山羊场的大门口。

下了车，我顾不得旅途的疲劳，也无暇关照大包小包的行李，赶忙从小手提包里取出干部行政介绍信，像新到任的外交使节递交国书那样，郑重其事地找丁场长递交。想象当中，他也会像国家元首那样，有个隆重的接受仪式吧！

可是失望得很。场长见了我竟是那样随随便便，平平淡淡，握手以后，只说了一声“坐吧”，顺手倒了半杯凉茶，就专心地去看介绍信，好像我不是来报到工作的干部，而是走道渴了，跑来要水喝的路人。

干部介绍信上，铅印的文头和笔写的内容加起来，也不会超过五十个大字，可是我们的场长竟足足看了八分钟！我的老天，八分钟可以用广播速度念完一千字的讲话稿。他竟是这般慎重，这般认真，如此地字斟句酌，细嚼慢咽，真不可思议！

好像他也说过一句“欢迎”的话，但当他把介绍信折起，重新装进信封的时候，却皱了一下眉头。虽然是一瞬间的轻微动作，但未能逃脱我的眼睛。当天，他给县委组织部打的电话，就明确地为他这一不为人察觉的动作做了注解。

山区的电话可不好打啦！羊场虽有一条和县里通话的专线，但因话筒里的小型扩音器不管用，打电话的人必须使出全身的力气，大声呼喊，对方才能听清楚。那喊话声，和牧工们在山头上吆喝羊只的音量差不了多少。而我们的丁场长本来就是个大嗓门儿，打起电话来更是呼山唤岭，气势非凡，当然也就谈不上什么保密观念了。我当时待的房子和放电话的办公室只隔三个门，啥话听不到！

“……刘部长，你先不要扣帽子……你先听我说嘛……不要大学生？你听我说嘛！可是……”

从场长解释的口气判断，他是受了对方的批评。但他固执己见，还是纠缠不休，而且从语气中可以听出，他打电话的最终目的，是要把我这个自愿到大西北来的北京农业大学畜牧兽医系的毕业生，当作“不对路”的“产品”退回去，或者进行调换。可从他结结巴巴、颠三倒四的话里听出来，对方一定不接受他的请求。我在生气之余，心里暗暗高兴：谁叫你打电话退人的？挨批评，活该！

组织部的刘部长我见过，是个挺不错的同志，看上去四十刚出头，或许还要年轻，中等身材，白净面孔，衣服穿得干干净净、规规矩矩。他对我的披肩长发和入时服装似乎看不大顺眼，瞥了又瞥，但说话还是和颜悦色，句句在理，各方面都显示出是个有文化的基层领导干部。他征求我的意见：是愿意到畜牧站呢，还是到滩羊场？又详细介绍了两个单位的情况，说：相对而言，羊场更需要人。我不是傻瓜，听明白他的意思，因此我不假思索，脱口而出，说我愿意去羊场工作。他听了十分高兴，大加赞赏，连说了三声“有出息”。

这还不算，当我动身来羊场报到时，刘部长还亲自打电话到各单位问车，亲自帮着我往汽车上装行李，临别时又说了许多鼓励的话，场长不了解这些内情，贸然打电话“退货”，能不碰钉子吗？

场长为什么要退我呢？是我给他的第一印象不好吗？是带色的太阳镜、披肩长发，还是眼睛瞄到了我手提包里的柯尼卡照相机？据说有些基层领导是不大喜欢这些时髦东西的。爸爸不主张我带照相机，只让我带收录机，我不听，相机是哥哥嫂嫂送的，你管得着吗？或许就是照相机太扎眼，给了人家不好的印象。或许人家对这些全不在意，又有另外的什么想法和缘故，也未可知，胡乱猜测是不足为据的，嗨……

皱眉头归皱眉头，打电话归打电话，场长对我的生活还是很关心的，甚至可以说是高度负责。

他在组织部长那里碰了钉子，虽然思想不通，嘴里嘟嘟哝哝，却没有采取进一步的措施。放下电话以后，就亲自张罗，郑重其事地给我安排住处。瘦长个子的吴会计跟在他的身后，就像一匹刚刚抓过绒的骆驼。他手里拎着一大串钥匙，根据场长的指示，开了一个又一个的房门，场长却一个也选不中似的，在院子里转来转去，很为难的样子。我又搞不清他们是按什么原则和标准为我安排住处的，不敢贸然搭话。只听场长又嘟哝起来，把牢骚发在组织部长身上：

“我说不方便，不方便，老刘还给我扣大帽子，非要分配个女的来……”

“小声点吧，老丁，叫人家新同志听见了……”

其实会计的声音也不小，我全听到了。

“这不明摆着，场里又没有第二个单身妇女，她一个人，咋个安顿法？”场长气呼呼地问会计。

“就让她住会议室旁边的那一间吧？”会计用商量的口气问。

“你是怎么想的？”场长盯了会计一眼，“两边都不住人，一个女娃娃，谁能放心？”

“这还不好办，让我女人给她做伴，不就成了？”

原来，场部三十多名职工，除了做饭的炊事员是个女的，其余全是男性公民(家属都在十五里外的农业队上种地，场长夫人也在那里)。这个唯一的女工就是会计的爱人，她叫姜淑珍，三个孩子的母亲。场长对会计的这个合理化建议并不以为然：

“你少给我开玩笑吧，晚上她给别人做伴，你们那个小猪崽谁操心？”

“这个不用你管！”一个腰里系着长围裙的女同志猛然出现在场长和会计的身后，笑盈盈地说：“人家一个女娃娃，才到咱们场里，一个人住着多害怕呀，要吓出毛病来，有你老丁的好处！”毫无疑问，这就是姜淑珍了。

场长听了姜淑珍这一番话，赶忙拱手抱拳：“你有这个话就好办，我谢谢你啦。不过你要想好，这可不是一天两天的事！”

女炊事员和她的会计丈夫以会心的微笑作了肯定的回答，这么安排倒叫我不好意思了，其实我并不是那种胆小的人，单独在一间房子里睡觉完全没问题。他们干吗要在这个不成问题的问题上劳神费心啊，我急忙跑出办公室说：“不用不用，我在家里也是一个人单独住一间房子，啥事也没有。”“别推辞了，你要是一个人睡的话，老丁就得天天给你站岗啦。”姜淑珍亲昵地搂着我的肩膀说。

场长以为给姜淑珍作过揖，问题就解决了，便不再和我啰嗦，拿起高粱笤帚，带头给我打扫房间，加上会计两口子帮忙，我很快就安顿下来了。

尽管如此，我心里还气着场长干吗这么不友好呢，有本事退回去呀！

二

我简直闹不清我到羊场的第一个夜晚是怎么过来的，仿佛一闭眼天就大亮了似的。其实这地方山大沟深，相对而言，夜晚比白昼的时间要长一些，可那一夜我觉得只有一眨眼的工夫，想必是头天旅途劳累的缘故。醒来后，抬头一看，姜淑珍的被子已经叠放得整整齐齐，人却不见了。我赶忙起床，新来乍到，绝不能给人家留下懒散的坏印象。而且离家的时候，嫂子再三再四地叮咛，叫我不要中断健美操。她是职业运动员，体型优美健壮，她希望我也能像她那样。可是当我穿好衣服，来到院子里时，发现所有的人都已各就各位，认认真真地开始了工作。会计的房子里也传出了算盘珠子的噼啪声，清脆悦耳，显示出一种特有的生活节奏。我心想，在这样的单位，大清早哪有财务上的往来业务？说不定他是在练练指头，拨拉什么“斤乘歌”或“蛇蜕皮”之类的玩意儿呢。不管咋说吧，他的算盘珠子一响，就有了一种生动活泼的气氛。这气氛也感染了我：人家都在紧张地忙工作，你算怎么回事，是来当客人的吗？

于是我去敲场长的门，要求分配工作任务。可哪里有他的影子！会计叫我到后院的牲口圈里去找，果然，他在那里帮饲养员给大牲口喂料。我问他，我该干什么，他避而不答，却一个劲儿地问我夜里睡得咋样，习惯不习惯，等等。我颇有点不耐烦，便直冲冲地说：“习惯得很，场长同志！叫我干什么？快点儿分配吧！”

他还是笑着：“忙啥呢？工作有的是！先休息几天再说嘛！”

从他的眼神里看得出来，他想要说的话不是这个，而是：“工作？我们羊场可不是城市里的机关，坐办公桌。咱们的工作都在羊群中，在山沟里。在山沟里你能干得了吗？”

这只是我的推测。不管他，我信步在场部的大院前后转转，熟悉熟悉周围的环境总可以吧！做健美操不太合适，弄不好人家还以为你是神经病哩，还是登山吧。场子后面就是一个小山峁，高度至少有一千五百米，值得登高一望。

黎明的天色，晴朗得很。我贪婪地呼吸着新鲜的空气，兴致勃勃地往山顶爬。脚底下的草尖上滚动着晶莹的露珠，有的跌落在我的脚面上，打湿了鞋袜，凉丝丝的。几只不知名的长尾巴鸟儿，从这个毛刺头儿飞到那个毛刺头儿，呖呖啾啾，絮叨个不停。我刚登上山顶，鲜红的太阳就从另外一个山梁后面冉冉升起，金色的光带连接着低垂在山头的云彩，出现了红蓝交映的霞光。我正想张开臂膀，对着山谷赞叹一声“多么美丽呀！”还未喊出口来，场长却出现在我的面前，指着绿锦似的山坡问：

“怎么样？”

我不完全理解他问话的含义，便把那句未出口的话说了出来：

“美丽极了！”

场长笑了。笑声惊动了附近的几只嘎鹄鸟，扑棱棱地飞向另一个山头。我搞不清楚他是赞同我的形容词呢，还是笑我的幼稚和少见多怪。笑够了，他又转身指点着谷底的场部环境，叫我看这看那。很显然，他是在补昨天的课，向我介绍情况呢。

羊场所在的谷底约五平方公里，呈斜长形，羊场在北端，像个小城池那样，四四方方，外面有沙枣和小叶杨组成的林带包围，四面很整齐地分成若干块，有大牲畜饲养场，有鸡场、猪场，还有白皮加工厂，可就是不见羊群，连一只也看不到。这算什么羊场呢？我很奇怪，就问场长：“羊呢？怎么看不到羊群？”

场长又哈哈大笑起来，说：“我知道你要提这个问题。不光你，过去好多来场里的生人都这么问：‘你们的羊在哪里？这里不是羊场吗？’不错，我们是羊场。可你要知道羊是要吃草的呀，而且不是所有的草羊都能吃，像这个——”他狠狠地踢了踢脚边的一丛毛刺，“除了烧柴，一点用处也没有。羊群只好撵水草，钻山，放牧点全都在那边，那边，那边……”

我顺着他的手指向东、西、南三个方向看，只见处处重峦叠嶂，郁郁苍苍，在早晨的阳光下，隐隐向上蒸腾着蓝幽幽的烟霭；较近的地方能看到几缕炊烟，缓缓地升向空际。可是羊却连一只也看不到。大概还没出山吧！

“早先，我们的羊场场部在县城里，那才叫滑稽呢，别说羊群，连羊毛也看不到一根。管理干部倒是舒坦，好多人想着法子往羊场钻，有油水。1960 年，这里的一个水库垮坝，喏，就是下面那个地方——”他指的方位是一块嫩绿茁壮的苜蓿地，丝毫看不出水库的遗迹。想是废物利用，在库底淤积的沃土上种了人工牧草吧？

“当时我就在水库工作，垮坝以后，管理处撤销，羊场就迁到这里来。我就是那时候跟着这些房子留下来的……”

“为啥不把场部建到靠近羊群的山里去？”我提了这样一个问题，好像这是别人想不出来，只有我这个大学生才能提出来似的。

可是，场长却说：“好多人都这么建议过，可真要干，也有难处。全场三十多个放牧点，最远的上百里路，最近的也有几十里，只要有水的地方，羊群全占啦。可要在他们之间找个中心点还真不容易呢！”

“那么，下畜群点工作呢？”

“骑马。你没见我早上给马喂料？那些全都是骑乘的马，走山路又快又稳。当然，你要是有兴趣，事情又不紧迫，也可以步行。像你们这些年轻人，喜欢看风景，照个照片什么的也便当。不过，女同志一个人走远路不大合适……”

听听！昨天是一个人睡觉不放心，今天又是一个人走远路不大合适，难道还要给我找一个保姆不成？堂堂的大场长，怎么会如此的婆婆妈妈？

难怪他昨天又是叫电话，又是皱眉头，全都是有缘故的呀！看得出来，他是一个时时刻刻都在考虑工作的基层领导。他是有道理的。不过我可以肯定，他对我的估计是完完全全地错了，我可不是什么胆小鬼，更不是怕死鬼。我一定要干出个样子来叫他看看！来日方长，走着瞧吧。

三

开头两天，场长始终保持着客客气气的态度，除了问吃问喝、问寒问暖以外，工作上的事，闭口不提。这真是要命的事情。没办法，我只好发挥自己的主观能动性，深入到场部的鸡场、猪场等副业队，帮着饲养员们干些零活儿。为了不脱离群众，我换下来头天来时穿的那套服装，头发也请姜淑珍修剪了一番，变成了两把小刷子。这样一来，人们的目光也不再往我身上打转转了，而且愿意让我帮他们干点儿什么了。可这终究不是我的初衷。难道我就这样长此下去，老是打杂当临时工吗？不行，绝对不行。我决心找场长谈判，问问他究竟如何打算。如果他还是这样，我可要提意见啦！到那时候就不是你皱眉头打电话，而是我理直气壮地向上反映问题了。

打定主意以后，我又一次去敲场长的门。这次没有头一回那样文雅，我来请求工作，何怕之有！我用巴掌拍门，响声很大。可是里面没有动静。再拍，惊动了拨拉算盘的会计，他从门里探出头来，问：

“你找老丁？”

我点点头：“找他要工作！”

“看把你急的！”他也是这个口气，“新来的人，总有这么个过程。再说，场长还没有给你举行欢迎宴会呢……”

“什么欢迎宴会？”

“等一会儿你就知道啦。我女人已经煮好了大米饭，等场长和‘王外长’宰羊回来，最多半个小时就能开席……”

又是宴会，又是什么“王外长”，又是宰羊，到底是怎么回事儿啊！我要这位瘦骆驼似的会计把话说清楚些，别尽开玩笑，他却指着大门外：“来了，来了！”

果然是老丁，还有搞后勤兼采购员的王建民，一人骑一匹马，直奔院里来了，王建民跳下马，招呼会计帮他接下马背上很重的褡裢，送到伙房里去，里面装的大概就是他们宰来的羊肉吧！我也没心管他，只是急匆匆地迎着场长问：“场长，我的工作咋办？快点儿给我分配吧！”

“工作？”他好像压根儿没想这回事儿，一边反问着我，一边向他的屋里走去。我就紧紧跟着，生怕他跑了似的。“要干的事情多得很，等吃了饭，咱们慢慢商量……”

“都好几天了，还慢慢商量……”我不满地嘟哝道。

他还是不着急，一面洗脸，一面笑着做解释，强调着那些不成问题的客观理由。不外乎是什么女同志啦，一个人不方便啦，等等，老生常谈。我才不要听这些婆婆妈妈的话呢，人家是要糖吃的小孩子吗？笑话！人家是大学毕业生！人家是来吃苦、来工作的，你得放明白！最后我不得不宣称，从即日起，独自下放牧点熟悉情况。场长立即拿开抹脸的毛巾，说：“这可不行，这不是闹着玩儿的……”

那着急的样子，好像我已经单独行动，到了放牧点，或者还没有到放牧点，走在半路上给狼叼去了……十分可笑。

我还想进一步申诉理由，伙房那边响起了钟声。被人叫作“外交部长”的王建民手里拿着一个囫囵的羊羔头，油乎乎的，边走边啃，来叫我们吃饭。场长不高兴地批评他：

“你这个老王，文明点嘛！”

“这怕什么！小许再待上两年，她也会这么吃的……”

“王外长”嘴里嚼着东西，呜哩呜啦地说。

这可真是一个别开生面的“宴会”，使我大开眼界，大饱口福。我们去时，有的人已经开始吃了，大米饭盛得高高尖尖的饭碗端在手上，装着爆炒羊羔肉的老海碗放在地上，蹲着吃，而把那唯一的小饭桌让给我和场长（据说平日来重要客人也是这样）。也是每人一大碗米饭，一大碗肉。场长还顺便带来了他自己泡的枸杞酒，倒出半碗来叫我喝。我哪有这个本事？即便是一大碗肉，也是“老虎吃天，无法下手”。要是在家里，妈妈会分别用烹、炒、煎、炸、炖等各种做法，把它变成五六个菜，全家吃一顿，可这是一碗净肉，什么也不掺和，倒真实在！别人都吃得津津有味，场长劝我也别客气。可我哪里敢动筷子？

姜淑珍看出了我的难处，笑着劝道："小许，快点吃吧，这是咱们丁场长专为了你，起早跑了四十多里山路，宰来的羊羔……"

"是呀，是呀，老丁大大的辛苦。"王外长已经啃完了那个小羊头，走过来端起酒碗，"让我们为许琴同志来场工作干杯！"

说完，他先喝了一大口。

"你还是为你自己吧，又是羊头又是酒！"姜淑珍故意糟践他一句。

"看你说的！我这是借花献佛，代表大家的，意思意思……"

"不错，你全代表到自个儿的肚子里去了！"

"王外长的一贯作风！"

"哈哈哈哈……"

…………

这一顿饭吃得热闹极了。

我们在学校的时候，遇上劳动或春游，同学们在一块儿野餐，也说说笑笑，相互逗趣，可哪里有这样欢畅！看得出来，这是因为有了我这个新到的成员，又是个年轻姑娘，大家觉得新鲜。不过他们把握得很有分寸，无半句出格的玩笑。场长也跟着大家说了许多笑话，虽然被照顾在小桌子上吃饭，但饭菜没有任何特殊的优待，他也没有领导的架子。王建民不但喝场长的酒，还好几次把筷子伸到他的碗里捡肉吃。场长吃得也不少，饭菜全部报销，酒也喝光了。本来就是红黑脸膛，饭后更红了。他看我细嚼慢咽，碗里差不多还剩了三分之二的肉，便摇着头说："这不行，这不行。连这么点肉也吃不了，咋能跑山路呢？俗话说，能吃才能干。你这个饭量怎么行呢……"

用吃饭多少来衡量一个人的工作能力，这倒是个新鲜的理论。但我不以为然。我感到这位顶头上司太小瞧我了，头天说我一个人住宿不行，昨天说我一个人走路不行，现在又说我吃饭不行，这不是全盘否定我吗？心里想，别看你亲自领人宰羊来欢迎我，在这种原则问题上，我可不领你的情。

正想反驳两句，"外交部长"王建民却和他对着干上了：

"那也不一定。先前来的那两位不是很能吃吗？一个人报销一只六斤重的羊羔，骨头都不带剩的。可怎么样？一个一个跑回去了……"

我不知道"王外长"说的"那两位"是谁，也不明白"跑回去"是什么意思。

场长无言以对。再没有吭声，老王露出一脸得意样，仗着酒后胆大，竟又对我的工作去向提出了建议：

"老丁，我有个想法，既然你觉得许琴同志不适合在山上工作，那就让她到县城去给咱们负责饭馆儿和门市部的工作吧……"

"什么，什么，你叫她去开饭馆儿？"场长喊叫起来。

“我是给你出主意！”王建民说。

原来，场里实行农工商联合经营的方针，山上建了白皮加工厂，县城设立了门市部，由老职工带着几个待业青年做生意，这项工作的总负责人就是王建民。

“你倒会出点子！”场长断然拒绝了他的建议，“许琴同志是学畜牧兽医的大学生。刚出学校门就叫她改行，你是想叫我犯错误呀！”

这话算说到我的心坎儿上去了。要改行，我何必千里迢迢地跑到这里来？

还是我们的场长伟大！

四

场里准备召开管委扩大会议，总结汇报羊产羔儿情况。布置剪毛羊只药浴、驱虫等工作。

这对羊场来讲是一件非常重要的大事，为了做到心中有数，把会议开好，场长打算带着生产干事李宁到各放牧点上了解情况，搞些调查研究，顺便通知开会的有关事项，在这深山沟里，要把三十多个放牧点上的人集合起来开会。可不是一件容易的事情，既没有电话又不通邮路，要有什么事情非得派专人通知不可，真有点上古味道，可是作为一场之长的老丁，亲自带着生产干事一个点、一个点地去通知，毕竟也是件新鲜事情，至少是一种好的领导作风吧。

李宁探亲刚刚回场，听说要下放牧点，十分活跃。这个四十出头的人多少还有点娃娃脾气，长得也嫩眉嫩眼，大眼睛直鼻梁，有着一副知足常乐的笑脸，从早到晚总是乐颠颠的，即使常常拧着眉毛训斥他的时候，也是笑脸相迎，以至把对方也感化了，火气尽消，真可谓柔能克刚。他是1960年的中专毕业生，和场长同时进场，是个老资格了，在生产技术方面无疑也有些权威性，但他常年的主要工作却是跑放牧点了解情况，跑跑颠颠而已，在畜牧兽医专业方面倒没有花多少工夫，场长用他的时候也不大考虑这方面的问题，只图顺手好使。据说他曾经和场里的一个老木工合作，种植人工牧草很有成效，但由于种种原因，始终处在实验阶段，未做全面推广。不管怎么说，他在场里也算一名技术骨干了，和他同期毕业分配在城里科研单位工作的同学都已评上了技师职称，有的还进了领导班子，而他仍然是一名生产干事，有的同窗好友来信为他抱不平，他却乐天安命，一笑置之，从来没有闹过什么情绪。对于我的到来他是非常欢迎的，以为有了共同商讨技术问题的同行，当然也是一个帮手。据李宁介绍，原来和他合作，而且领导他的还有一个和他同期毕业的大学生，李宁称他冯技术，是甘肃农业大学兽医系的毕业生。也算把青春献给了畜牧事业，可惜他得了搞我们这一行工作的职业病——布氏杆菌病，而且到了四个“+”号儿的程度，身上到处是出血点，消瘦无力，再也不能钻山沟跑羊圈啦。去年送冯技术去兰州治病，他的家就在那里，他走后，不管是放牧点出现疫情，还是场里管理方面的事，全归李宁一人负责，是场长的首席顾问。现在新来了我这样一个畜牧兽医专业的大学生，帮不了大忙，也能出点小力，他自然高兴。我听说李宁要跟随场长下放牧点，非常高兴，坚决要求和他们一块儿去，李宁热烈欢迎。还在场长面前为我说情，可场长死活不同意他的理由，既简单又正当地把李宁批评了一通：

“许琴一个女同志，从来没骑过马，咋能冒冒失失地上路？尽是你的点子！”

我实在听不下去，而且为场长又一次阻挡我去工作而生气。“这事不关李技术员，是我自己要去的！”

“哎呀，我的好同志哩！不是我打击你的积极性，确确实实有困难啊！”场长做出一种爱莫能助的为难样子，希望我体谅他的苦衷，不要再纠缠，“你想想嘛，开会的日期这样紧，我们要马不停蹄地赶来赶去才能跑过来，你第一次骑马，咋能跟得上？再说万一路上牲口惊了，出个事儿……”

“这个好办！”李宁笑嘻嘻地说，“就让她骑‘四蹄银’吧，再老实不过了，你想让它尥蹶子也尥不起来，再说有咱们两个在跟前当保驾官，还能出什么差错？”

“那也不行！”

他一口回绝了李宁的说情，又对我说：“这次就不要去了吧，你留在家里，帮着会计他们准备准备会议的有关材料，一样是工作嘛！”

说完，他就和李宁骑上马，扬鞭而去，李宁还深表同情地回头望了我一眼，场长却是昂首挺胸直通通地走了，简直是独断专行。

哼，这样对待一个满腔热情来场工作的新同志。而且是正规大学毕业的大学生，什么态度！

我赌气，没有去帮吴会计整材料，况且会计又没来找我，何必显这个能。我打算给爸爸妈妈写信，到场以后还没有写过信呢，再说离家以后的情况和这几天受的气也该找个地方诉说诉说……

可是，意想不到的机会来了。

原来，和李宁合作种牧草的那个老木工罗金承包的羊群出现了疫情，打发他的女儿罗泉来场部请兽医。

罗泉是个黑黑的漂亮姑娘，大概有二十岁了，她个头和我差不多一样高，却比我结实得多。她穿着从成衣店买来的衣服，一点儿也不土气，她的一举一动都带有一种轻快的、朴素的娇美。处处显露出山里姑娘那种特有的生气勃勃的活力，尤其是她从马背上跳下来的那动作轻巧敏捷，干净利落，简直可以和马术运动员相媲美，我暗暗吃惊，赞叹不已，心想什么时候我也能有她这一手就好了，看他丁场长还有什么话说。罗泉不认识我，只和会计打招呼，讲了死羊的事，听了她的汇报，会计沉默不语，看着我好像在问：怎么样？你不是天天吵着要工作吗？现在工作找上门来了，就看你的本事了！

姑娘也看了我一眼，她不知道我就是兽医。

这两个人一人看我一眼，还真把我看怵了。几天来，虽然我一直缠着场长要工作，只不过是一种青年人的冲动，渴望一试的心理，并没有马上就给羊只治病、处理疫情的精神准备。现在工作来了，任务是这样，具体高兴之余，不免有些紧张和慌乱，怕去了诊断不出病来，无法对症下药，那才丢人呐。当然这种想法究竟是次要的，求战的愿望比起胆怯来要强烈得多。再说，这是意外飞来的一个好机会，我不能坐失良机。

于是，我很快鼓起了勇气，并且几乎是用命令的口气对会计吩咐：

“请你快点把兽医室的门打开，让我准备些药品！”

“你就是新来的技术员？”罗泉姑娘抓住我的手，亲昵地问道。

我点了点头，正准备进一步询问疫情，会计却打断了我们的话：“哎呀，你看我这个人，忘了介绍一下——”他指了指我：“这就是新来的技术员，许琴同志。北京的大学生……”

“好啦，好啦，你快点帮我准备吧！我这里还要和小罗姑娘详细谈谈羊的病情呢！”

“准备工作好办。”会计说，“冯技术用的出诊包儿是现成的，可你咋个去法？人家小罗是骑了马来的……”

“我也骑马！”

“对，我和许技术员骑马去……”小罗高兴地说。

会计的眼光把我从头到脚扫了一番，没有吭声，王建民不知什么时候凑了过来说：“马可不是自行车，说骑就骑……”

我狠狠瞪了他一眼，虽然他和场长一块儿上山宰羊欢迎我，但他这样明显地小瞧人，是不应该的，我说：“不是有个‘四蹄银’吗？拉出来让我骑了去！”

我的话音很轻松，口气却坚决，因为这是名正言顺地去出诊工作，而不是游山玩水，干吗用祈求的语调和他们讲话？

“那不行，那不行。你要是能骑马，场长早带你走了……”

会计摇着他那分量不足的小脑袋，坚决反对。场长走了，他就是羊场的总理、大拿，我自然在他的管辖之下，他这样说，无疑带着某种权威性，就其本意大概也和场长一样，是爱护我的意思吧！

可是谁稀罕他们这样婆婆妈妈的爱护！疫情当前，我作为一个兽医（也许叫见习兽医比较准确），能因为自己不会骑马，就坐视不管吗？你当会计的，对人民的财产究竟抱什么态度呀？岂有此理！

我发火了：

“不让骑马，步行总可以吧！我用两条腿走了去！”

“不，咱们俩骑一匹马——骑我的马，它可乖了……”

“那又何必？我用摩托送你去！”王建民说。

“场里有摩托车？”我惊喜地问。

“那是‘王外长’的专车……”

会计开了一句玩笑。

“什么专车？这是工作需要！”

因为羊场地处偏僻山区，交通不便，上级给配备了一台“解放”卡车，做生活车，又给了一辆摩托车应急，王建民的工作，跑县城都到外面，联系公事多，摩托车就归他使用保管。

“好吧，”我说，“今天我也是工作需要，借我用用。”

“你自己会骑？”

“凑合吧！”我用一种漫不经心的口气回答。我知道这是他们先前没有想到现在也不会相信的事情，决心叫他们目瞪口呆一下。

说到骑摩托，这得感谢我那在体委当运动员的嫂子。是她教会了我驾驶技术，又多方活动，让我参加了一次业余摩托车越野比赛，得了个第四名，不是吹牛，我的驾驶技术远非眼下那些骑着嘉陵，在大街上横冲直撞的小伙子所能比的。

“这可是三轮的！”王健民果然不十分相信。

“你要是不放心，可以坐在车斗里当个监考嘛！”说着，我先笑了起来。

“哪里！别多心，别多心……我是怕你路不熟……”

他嘴上这么说，但还是找了带路的理由，要陪我走一趟，其实他跑县城多下放牧点少，对路线并不熟悉，为了保险，他让罗泉把马缰绳摘下，打发马自己回去，叫罗泉坐摩托车一块儿走，姑娘高兴地答应了，我担心她的马会跑丢，王建民却内行地说：“你没听过老马识途的故事吗？牲口灵得很，它能回去，绝对丢不了！”

小罗姑娘也说：“可不是咋的！”

五

一个小时以后，我全副武装，架起三轮摩托车，带着我们场的“外交部长”和罗泉姑娘，在山间的简易公路上疾驰。

刚出场部门，朝西南方向是一段比较平坦的新修大道，好像是专为羊场铺设的。那天我来报到的时候也走了这条路，却没怎么注意。今天自己驾车，才感到又平又宽，十分舒适。两边栽了榆树和沙枣树，虽然幼小，但都活着，生机勃勃。再远处是保护起来的“草库伦”，还有为数不多的人工栽培的牧草，也很茂盛。其中有一块开出很好看的小红花，我感到新鲜，减了车速，想跑过去看看，罗泉说：

“这有啥稀奇的？在我们那里，技术员跟我爹种了好几十亩，全都开花了……”

“这草叫什么名字？”

“红豆草。”

“名字真好听！”我脱口而出，赞了一句。的确，我在学校也学过《草原学》。老师给我们讲过牧草，却从来没听说过这种红豆草，倒要见识见识。

“草库伦”里，没有一群羊，也没有一头大牲畜，大概要留到东西收干净才开放吧！可是，野兔子不少。听到摩托的马达声，并不惊骇逃窜，只是望望而已，老王说，兔子是草原的大害，在消灭之列。他为没带猎枪而惋惜。

走完新修的公路，马上拐进沟里，在犬牙交错的峡谷里穿行，再盘旋上山，忽而向左，忽而向右；时而凌空，时而钻沟，来回拐弯儿。幸好，沿路没有什么行人和车辆，我把油门开到最大限度，时速八十公里，风驰电掣，把那些馒头状、半月形、巨兽般等奇形怪状的山头，一个一个地甩到后面。我十分得意，把郁积在心中的闷气（主要是丁场长造成的）一吐而光。两位坐车的人却不住地惊叫，提醒我“减速”“慢点儿”。我不予理睬，心想，我是干啥吃的，要你们说！车斗里坐的，后面骑的，可不是棉花包子，是活生生的人！我能不全神贯注吗？

我们安全地到达了罗金的放牧点。王建民不得不承认：“还真有两下子！”

在老王和木工全家的配合下，我立即解剖死羊，消化、呼吸等内脏器官都看不出什么问题，翻弄大半天，说不上所以然。我心里正有些慌乱，老木工赶忙给我打圆场，说：“给牲畜看病，不像给人看病那么容易，羊又爱得怪病，慢慢找吧，别慌！说不定脑壳里有病。死以前，像是头发痒，爱顶角，见人顶人，见羊顶羊，有时见了石头也顶，疯了一样。”

他这一说，确实帮了大忙，我终于在死羊脑子里找到了病因，原来，是脑包虫致死的。这种病状，老师在课堂上讲过，但实习的时候没有找到这种病羊。因为这种病有点特别，多数情况下是在夏秋草丰羊肥的时候发病，而且死的尽是一些大肥羊，木工们对此很纳闷，也不服气，羊乏瘦死了，是我们没操心好；这么好的壮羊，死了，怪谁？罗金也这么想。她心里很难受，蹲在死羊的身边，很长时间不离开。

罗金五十多岁了，由于终生放羊，也不可避免地感染了布氏杆菌，只是他自身的抵抗力强，在不知不觉中熬过了危险期，现在两腿发直，行走困难，起坐更难，手指关节也肿大起来，形同枯树枝，本来不太高的个子显得更加瘦小了。看了一会儿死羊，他两手扶着膝盖，慢慢地站立起来，感慨地说：

“唉，老冯病得多可惜呀！要是他在，早早预防，哪会有这样的事！老丁光知道抓着李宁跑腿，就不晓得操心这些事，现在许技术员来了，得快点想些办法！”

罗金的话，使我深受感动。我觉得在这个问题上，老罗比场长高明得多，他多么重视技术工作呀！而且不婆婆妈妈，明明看到我是驾驶摩托来的，他也没说“危险呀”“辛苦呀”这些客套话，而是实实在在地讲工作。我忽然产生了一个怪念头：倒是罗金该当场长，老丁去放羊才对。那样，我也不会太受约束。不过，这是不大可能的。

从兽医检疫的角度来讲，患脑包虫病的羊肉是可以吃的。罗泉的母亲得到我的允许，给我们做了大块的手抓肉，我自然是吃不了多少的，只不过开开眼界，我们的“外交部长”胃口实在是好，他向老罗要了酒，边吃边喝，狼吞虎咽，酒足饭饱之后，他靠着被子休息，酣然大睡，我却异常兴奋，无心休息，提出让罗泉带路，去看红豆草。

老牧工夫妇爽快地答应了。罗泉更加高兴。看得出来，她是为父亲的工作成绩而自豪，听说要去看牧草，快活得像一头小鹿，跳出跳进。

她是个高考落榜的高中生，曾在羊场待业青年饭馆当过几天服务员，因为一个顾客的收费问题和经理吵了嘴（有个人从饭馆拿走一些头等羯羊肉，王建民要她按三等肉收款），赌气不干了，回家以后就帮着老爹放羊，遇上好天气，或者罗金有事外出，她就单独放牧。但罗大婶不让她走得太远，只在附近的山头上转。这是可以理解的，母亲嘛，总要处处为女儿的安全着想。另外，女孩子放羊也是不多见的，她担心给别人看到，影响女儿的婚姻前途。罗泉似乎不大考虑这些，但对念了那么多年书而不能找到合适的工作而感到苦恼。原来，冯技术员有意培养她当兽医防疫员，由于同样的原因，她母亲不予同意。现在，她看到我这个大学生也干兽医，受了感染，情绪很高，立即跳上摩托出发。因为种草的地方离羊圈还有十多里山路呢。

可是，不巧得很，我们刚转过一个小山冈，迎面碰上了场长和李宁。两匹马一前一后，跑着均匀的步子，很有气派。当然，他们怎么也不会想到我会在这里出现，而且是驾驶着摩托，我敢说他俩是目瞪口呆了！两个人同时“啊”了一声，滚鞍下马，李宁笑嘻嘻地问：“你会这个？”

我得意地点点头。

“你这个小许同志！”场长用抱怨的口气批评道，“谁让你开摩托车出来的？”

“我自己。”

“说得轻巧！摩托车是随便开的吗？简直是胡……王建民呢？”场长生气地问。

“他坐车累了，刚才又喝了几口酒，现在正在我们家休息呢！”

罗泉这么解释了还觉不够，又补充道：“其实，他来不来都没啥关系，许技术员比他开得好，又快又稳……”

场长并不相信罗泉的话，而且对王建民把摩托车给我单独骑用很不高兴。嘟哝道：“这个吹牛大王，他倒放心！”

他的话是对着王建民说的，可眼睛却望着我，似乎我也是吹牛大王，叫他不放心，多亏我离开场部时特意带上了我的驾驶执照，这会儿，正好掏出来送到他面前，带几分调皮地说：

“请场长审查我的执照。这是在学校的时候办的，到县上还没来得及换呢！”

场长也不客气，拿过去认真审查起来。他像交通警那样，仔细地看了驾驶执照上的各个项目，而且还把照片和我对照了一下，似乎有什么怀疑。这不能怪他，因为照片是我穿着运动服照的，头戴红蓝白三色的摩托驾驶员安全帽，无一丝头发露出来，像个小伙子，还带着几分调皮样儿，哪有现在这么老实！

但是，他没有提出质疑。大概是相信了。他慎重地把执照交还给我，说：“哎呀，你这个小许，没想到你还有这一手！好啊，好啊……不过，咱们这山里的路不好，比不得大城市的油光马路……”

“放心吧，我会适应的！”

李宁见我会开摩托，还有合格的驾驶执照，高兴得不知怎么是好。他说：“你咋不早说嘛！要是知道你会骑摩托，我和丁场长就不骑马了，也不把你留在场里，咱们三个一块儿骑摩托来，有多美气！”

“现在也不迟啊！再说，你们原来也没有告诉我场里有摩托车呀！”

我还想说：“就是知道有摩托车，场长也不会放心的！”但没有说出口。因为，我发现场长审查了我的驾驶执照以后，十分满意，情绪好得很。我必须让他保持这种情绪。

场长问我们干什么去，我回答说：“看红豆草。”李宁听了，十分高兴，说：“我和老丁也是去试验田，不知道长得咋样了……可是，怎么个走法？”

“给你。”场长把他骑的小黑马交给罗泉姑娘，对李宁吩咐道：“你和小罗骑马走小路，我坐许琴的摩托绕大路。”

我心里明白：老丁看了执照还不算，他是要路考我呢。也好，技术高低，不是嘴上说了就能让人相信的，叫他亲自试一试，也好心服口服，当然我也和他开了些玩笑。起步以后，我加大油门，换上了四挡，在他毫无精神准备的情况下高速前进，弄得他心惊胆战，不住用乞求的口气说：“慢点儿，慢点儿！”

这时候，我可是大权在握，不听他的！

六

种红豆草的试验田在一个叫作甘草梁的山峁后面。山虽不高，但坡度很大，没有车路。场长说：“停下吧。你的技术，我算信服啦！可要翻过这个梁头儿，摩托还真没有骑马便当。车就停在这里吧！”

我遵命熄火，舍车步行。我们顺着羊踏出来的脚印，盘来绕去，迂回而上，大约费了一刻钟的时间才爬上山顶，俯视脚下，是一个由三座小山头合抱而成的小盆地，方圆不过三四里，地势低洼，避风沙而向阳，就像一个椭圆形的天然大花盆，在沟壑纵横、群山拥挤的半荒漠草原上，倒也算得上得天独厚。当初，我之所以谢绝老师要我报考研究生的建议，放弃可能分到北京的领导机关和研究单位工作的机会，除了爸爸力主我这个学畜牧兽医的学生，要到真正有畜牧业的地方去的因素外，还有一个原因就是我向往“风吹草低见牛羊”的天然牧场。幻想那种“蓝蓝的天上白云飘，白云下面马儿跑”的诗意般的草原生活，倒并不完全是我的思想境界高。可是，来场以后，却始终没有见到可以遮住羊群的牧草；白云蓝天倒有，但山上的草却不高。加上场长的不友好态度，有几次我还真想一气之下拂袖而去。可现在展现在天然花盆上的，却是一幅十分吸引人的景色。这一片草地的面积也不过四五十亩，一端是紫花苜蓿，似乎刚刚割过一茬，现在留在地里的，并不太高，却有着新发的碧绿鲜翠的幼芽，而且高低一般，齐刷刷的，像一块绿色的地毯。另一端比较高的，大概就是红豆草了，绿中泛白，紫红的小花在阳光下如钻石般地闪光。草秆有出穗时的燕麦那样高，给风一吹，如流水行云，涌起层层波浪。天然牧场要都能达到这个水平，也就很可观了。

李宁和罗泉先我们一步到达。两匹马摘了嚼子，在南边的坡上啃食青草，李宁像个勤快的农民那样，已经钻进地里拔起草来。罗泉仰着头喊：“许琴姐，快点呀，我们已经到了一碗饭的工夫了！”

我一面答应，一面连滚带爬地往下跑。场长显然有走山路的经验，向后倾斜着身子，一边跑，一边嘴里自言自语：“才半个来月没见，就蹿出这么高，不错不错……”

罗泉站在草丛里，用手比画着说：“都快超过我的膝盖了！再过几天，说不定能淹过我的肩头呢！”

李宁显得很高兴，说：“依我们的愿望，它长到一房高才好呢，可惜它长不了那么高。你也别光顾着喊叫，顺手拔拔草吧。这红豆草最怕杂草了，要再不拔，说不定给杂草吃光了呢！”

我们几个都响应专家的号召，钻进地里拔起草来。不一会儿，李宁突然发起脾气来。他从场长手里夺过一把扯断了的红豆草，气呼呼地问：“你这是干什么？”

“试着喂一喂马，看它爱吃不爱吃？”

“试也不能这么试。你不看正在开花吗？揪下来多可惜呀！”李宁抖着从场长手里夺过去的那把红豆草，十分痛惜地说。

“就这么几根……”场长不好意思地辩解道。

“几根，几根！你知道这玩意儿一亩地才产多少籽儿？最多最多十斤，一般才五六斤。可种起来，一亩地至少也要下五斤。你算算，按这个速度繁殖，咱们啥时候才能大面积推广呀？

李宁用训斥的口气质问场长，又看看手里的草，恨不得让它们重新长上。

我真没想到，一向和和气气，满脸堆笑的李技术员竟会对顶头上司发这么大的脾气，而发脾气的原因又是为了几根草！尤其使我感到意外的是，我们的场长始终没有动怒，嘴里不住地求饶：“啊呀呀，看你这个李宁！我承认错误，向你检讨还不行吗？”

罗泉用牙齿咬着下嘴唇，强忍住笑，偷偷地向我挤眼睛。

李宁见场长认错，也换上了笑脸，解释道：“你们不晓得，红豆草难繁殖得很。种在好地里，日照充足的时候才只有十分之一的草能开花，而这十分之一又有多少能结籽呢？我见你揪了花，就急了……”

看到李技术员如此认真，我不由得想起了学校里教《草原学》的周先生。他对当前草原退化、载畜量下降忧心如焚。常常在课堂上伸着双手问学生：“请你们想一想，这样下去，我们的畜牧业还有什么发展前途呢？危机，严重的危机！过去是天苍苍，野茫茫，风吹草低见牛羊；现在的草原上，牧草连野兔子也藏不住！”

他向学校申请了二亩地的试验田，种了三十多种牧草(好像没有这种红豆草)。除了写论文、讲课的时间外，他差不多都待在牧草试验地里。有一次，帮他管理牧草的工人掐了些嫩苜蓿，当菜吃，他发现以后，竟在校园里大发雷霆，把那工人狠狠地训斥了一顿。当时，我们还不大理解，认为他太过分啦。现在看李宁为了几根草，竟敢对上级发脾气，才知道这些搞研究的人对自己所从事的工作是多么认真、多么关切呀！

我笑着赞扬了李宁一句，罗泉应声虫似的跟上来，也不管场长高兴不高兴，把李宁从头夸到脚：“也难怪李技术员对丁场长发火，你不知道那几十斤草籽，叫他费了多大周折啊！”她像只山雀子那样，叽叽喳喳，把李宁如何给同学写信，同学又给别的同学写信联系，李宁如何利用探亲假，跑甘肃通渭找女劳模王素香买草籽叙述了一遍，还很内行似的讲解了红豆草既抗旱又耐寒的优点，最后总结道：“别说李技术，我爹也是这个样。那天，我发现红豆草开出很俊的小红花，觉得稀罕，顺手掐了一朵——只一朵，叫我爹好一顿骂，说把草籽糟蹋了，恨不得伸手打我。我妈骂他，‘一根草就这么宝贵，是你的命吗？’我爹说，‘就是命！’你们听听！”

她的话把大家逗笑了。场长也借坡下驴，笑着说："好啦，好啦，地头现场批判会该结束了吧？没想到几根草惹出这么大的乱子来！我有罪，我该死，总可以了吧！"

在说笑当中，我们帮李宁搞了一些技术性的测量，他详细地记录了资料，这才各乘各的交通工具回到罗泉家。场长虽然批评了王健民，但没有再追究摩托车的事。不知道是我的路考及格，还是红豆草长得旺盛叫他高兴，总之，他那天话很多。我又在猜测：也许，从今天起，他同意我上放牧点了吧？

七

羊场的管委扩大会议经过两天半的热烈讨论，胜利结束了……

我所说的胜利，是指我们的会议有了很好的结果，而不是大家七嘴八舌、泛泛空谈一阵了事的那种"不开白不开，开了白开了"的例行公事的会议。作为会议主持人，丁场长并没有作什么大报告，甚至连中心发言都谈不上，只不过照着他的本本（那上面原本就没有写几个字），说了几句开场白，接着就由参加会的人自由发言、民主讨论。用"生动活泼"四个字来形容，一点不为过。

开会期间，场长的兴致很高。我原以为他是个坐不住的人，其实不然。他自始至终蹲在可以坐五个人的长条靠背椅上，和大家一块儿讨论问题。对于来自放牧点上的众位组长，保持着客客气气、平等相待的热情态度，并不像一般的顶头上司那样，盛气凌人。他对我们这些"左右手"，也很友善，谈笑风生，还特别把我介绍了一番，带头鼓掌欢迎，并委以重任："老吴。"他呼唤着会计，"你们谁当记录？我看还是叫许琴记吧！"

吴会计嘴上叼着烟，又忙着给各位组长倒茶水，顾不上回答。李宁却笑嘻嘻地把记录本放到我的面前，对场长开一句玩笑：

"咱们的场长不愧是贤明的伯乐，一眼就看准了千里马——许琴同志的字又快又好，您来上任吧！"

场长瞪了李宁一眼："别耍贫！"又对我说："你就用心记吧！"

会计也腾出了嘴上的工夫："小许坐中间吧！做记录要眼观六路，耳听八方，字字不漏，兼收并蓄。太靠边儿了，听不真切……"

他倒是文词满嘴，一溜一串儿。我心里明白，这是他和李宁两个人在下面密谋好了的，借着场长的提议，顺水推舟，他俩好躲一边享清闲去。因为过去无论开什么会，都是他们两个轮流坐庄当记录，对这个差事腻歪了。

当记录可不是轻松的事，也不是人人都能担当得了的。这不是我借机吹牛，只要你看看大机关的那些记录秘书，一个个趾高气扬的样，就证明我的话有三分道理。这种差事，我在学校干过，多少有些经验，何况大学四年，经常做课堂笔记。因而，我的两笔字虽谈不上龙飞凤舞，但写字的速度还是够水平的。于是，我当仁不让，坐上了记录席。

但是，当大家开始发言的时候，我才知道会计说的那些话并不单纯是卖弄文词，其中自有道理。因为这些人开会，和农村社员开会相差无几。那种长篇大论，系统发言是不多见的，常常是你一言，他一语，甚至你说上半句他接下半句，零零乱乱。而且，他们当中有些人的话，我也不完全听得懂，有时还涉及一些生疏的地名、人名，记起来就更困难。我忽然灵机一动，跑回宿舍取来我的袖珍收录机。叫它给我帮忙。这是爸爸给我的礼物，带到这里来以后，除了早晚收听新闻广播外，录音部分从未使用过，今天正好派上用场。

牧工组长当中，好多人没见过这种新玩意儿，争相传看；场长经常外出开会，见的世面多，知道这是收录机，也从未亲自使用过，就不大相信它的功能，还一个劲儿地叮咛我用心记，不要漏下什么重要意见。我笑而不答。会议结束以后，我把大家给他提意见的那一段放出来，让大家听，这才叫他心服口服，众人也赞叹不已。

“啊，是老罗的声音！”

“一模一样……”

“别吵，细细听，看有漏掉的没有！”

录音机里放出罗金的声音：

“……今年的防疫工作，场里可没抓好。这不是因为我的放牧点上死了羊，赖账找客观，的确是这样！人家许技术员前天骑了摩托车去，仔细检查了……”

“啊，她还会骑电驴子？”

“哈哈哈！”

“真不简单！”

“人家会得多着呢，就是场长不放手……”

“谁说的？”场长发急的口气和录音机里的声音重叠在一起了，众人大笑不已。

录音机里还是罗金的声音：

“那天，要不是我的丫头来场里请，小许自己骑了摩托下点上防疫，你还是把人家限制得死死的！”

“这个事我已经检讨过了……”

“光嘴上检讨有啥用？要有行动！”另一个组长的声音。

“咔哒”一下，我关上了录音机。

大家高兴得又是喊，又是笑，把场长围在当中，你一言我一语地数落他：

“这下有办法了。以后你再说话不算数，就给你录音！”

“对，就给他录音！”

“录的话往哪里放？”

“叫老模范保存。”大家指着罗金。

罗金从20世纪50年代起就是省里的劳动模范，在场里很有威信，场长也很敬重他。他听别人叫他管录音，很是得意，吓唬道：

“好，我来保存。要是老丁不认账，我就拿到省委许书记跟前放，看你敢赖！”

“许书记早就调中央了，拿到北京去放！”

罗金老汉的话倒没有把场长吓住，却使我心头一惊。赶忙收起录音机里的磁带，另换了一盘秦腔戏文的带子,转移了大家的注意力。

虽然受到了大家的"攻击",但场长的情绪一直很好。为了庆贺会议的圆满结束,他亲自安排布置,叫姜淑珍给大家做了一顿羊肉臊子剁荞面,并把他自己泡的两瓶枸杞酒拿出来,请大家"赏光"。

酒足饭饱以后,各路"诸侯"高高兴兴地骑马回放牧点去了。因为紧接着就要开展羊只药浴和驱虫工作,他们临走之前都争着和我约定时间。场长说:

"你们争什么?就按会上定的先后。谁要是捣蛋,就放录音!"

这个法宝一抬出来,便没有人争了,但都还是热情地邀我"早点去"。

我高兴地一一点头答应。

现在,我才真正感到自己是滩羊场的一员了。场长不会再提出退我回去,也不会再把我限制在场里当"重点保护对象"了。这一点我从场长的眼神里,从各牧业组长的言谈话语中,得到了充分的肯定。我相信自己的判断力!

八

有了事情做,时间就像飞一样,过得特别快。在牧工们的催促下,我们紧赶慢赶,也花了二十多天的工夫才把防疫工作搞完。眼看着一群又一群的滩羊经过我们的手,洗了清水洗药水,出浴之后遍身洁白,爽快地在草原上觅食,宛如仙女撒下的朵朵白花在碧绿的锦缎上浮动,我们心里都有一种说不出的高兴;或者说,有一种难以表达的满足,甚至可以说是骄傲——一个畜牧兽医工作者陶醉于本职工作的骄傲。

在将近一个月的时间里,我们一不骑马,二不乘车,防疫队的全体成员结伙步行,从这个点转移到那个点,从这一个山沟走到另一个山沟,饱领了山水之情,熟悉了羊场的风土地貌,也认识了所有的牧工和他们的家人。特别是罗金一家,因为见面早,在他们家住的时间长,再加上罗泉姑娘的作用,简直可以说达到了亲密无间的程度。

自从第一次见面之后,罗泉就把我当作姐姐看待,"许姐""琴姐"地不断声。她不但人长得高大、结实,说话声音也大。笑起来更响亮,余音常常从山尖上弹回来,满沟满洼回荡。她从罗金老汉身上继承了诚实、勤劳的品德,同时又有决断、泼辣、能干等青年人的特征。不论是给羊灌药,还是给羊洗澡,她总是抢着干最脏最累的活。兽医工作本身就意味着脏和累,而且还带有某种危险。但罗泉姑娘丝毫不在乎,干起工作来,就跟她上下马的动作一样,轻巧敏捷,干净利落。她除了自己多干,还常常主动地挑起领导的责任,拨派别的人。有些小伙子,在她面前也乐意做出俯首听命的恭顺样子,不敢争嘴。有一次,两群羊同时到药浴池跟前,都争着先下池子,眼看马上就要混群了。罗泉提起挡羊的长杆子,飞奔过去,把那个青年牧工的羊挡了回去,并当众斥责那小伙子:

"你没长眼睛吗?广播上天天讲文明礼貌,你的驴耳朵叫狼叼去了?走开,先让赵叔的羊洗,完了才该你。依我看,到时候把你也赶进池子用药水消消毒才好呢……"

说着,她自己得意地笑了起来。

那青年牧工居然甘心挨骂，不回一句，乖乖地把羊赶开了。

不知为什么，在她训斥小伙子的时候，我的脑海里突然清晰地幻映出一个画面：县城里，在青山羊场待业青年饭馆里，穿着服务员衣服的罗泉怒斥经理王健民，老王红着脸，一句也不吭……

当然，罗泉姑娘的性格并不完全是泼辣、外露一个方面。她是一个有相当文化的高中生，又是一个富于幻想的青年。虽然高考落第了，但她并未失掉生活的信心。从这一段的防疫工作可以看出，她是一个既有理想又很现实的女孩子。她不像有些知识青年那样浮躁，同时她又热切地憧憬着未来。每当她坐下来思考问题的时候，就像一块洁净的山石，沉静而又稳当。她对我十分信任，把我当成个无所不知、样样都懂的大学问家，不断地提出一些问题来，有时问得我张口结舌。但我仍然喜欢这位小妹妹，我觉得她甚至超过了某些文学作品塑造的典型形象。我原以为舍弃大城市的舒适生活，到大西北这偏僻的羊场工作，就已经革命化了，就了不起了，可以成为人们心目中的英雄了……可是，和罗泉姑娘一比，我深感有好多地方不如她。

有一天，她像一个小学生那样，羞怯地背着双手，对着我笑，想说什么，又似乎难以启齿。我还以为她又要拿给我一样什么好吃的东西哩。可是，当她鼓起勇气，慢慢把手伸出来，送到我眼前的，竟是一首她自己写的诗，要我提意见修改。

诗是这样写的：

群山静静地躺着，
暮色，微风清凉。
在傍晚的夕阳里，
山峰闪耀着霞光。

放羊的老牧工，
慢慢地走在山坡上。
他那陈年的羊皮袄，
被风吹起翻卷着飘扬。

他一面吆喝着羊儿，
一面低声地哼唱，
调子是那样的奇妙，
又多少带点忧愁和感伤……

他是在诉说自己的身世，
还是在倾吐对未来的向往？

知道他心思的，
只有脚下的青草和眼前的绵羊！

我的文学知识很浅薄，只是一般的爱好，说到诗歌，更是一无所知，哪敢妄加评论？但是，我敢说这是一首富有感情的好诗，至少不是那种无病呻吟、言之无物的东西。我冒失地问她："这不是在写你的父亲吗？"

她更加不好意思了。略停一会儿，她还是认真地回答："有一点他的影子，也不完全是。我们这里上了年纪的羊把式，都是这样子，除了羊，他们简直不知道世界上还有别的东西。"

我觉得罗泉的体察是深刻的。常听懂文学的人讲，一切自然真挚的优秀作品，都是根植于生活的土壤，饱含着作者深厚的感情，以自然和真实获得成功。罗泉的诗虽然谈不上什么成功，但无矫揉造作之弊病。我想，其原因就是她自幼生长在牧工之家，现在又以牧为业，对羊把式的体验深刻，有真挚情感的缘故吧！心里面只有羊只而没有别的东西，不仅是牧工本人，而且应该包括他们的家属。我发现，在各个放牧点上，有名有姓拿工资的只有一个人，而投入羊只放牧管理工作的，却是整整一个家庭。就拿罗泉家来说，领工资的只有她父亲罗金一个人，可对羊群付出心血的，却是他们全家。特别是她的母亲——那位善良、纯朴的老大娘。多少年来，她跟随丈夫从北山移到南山，从这块草场转到那块草场，可谓南征北战，马不停蹄。虽然职工花名册上没有她的名字，但那些乏羊、弱羊和成千上万的羊羔却是经她的手，细心护理出来的。她既不向场里索取一分钱的报酬，也不向丈夫说句抱怨的话，就在这种安静、平淡的生活中，年复一年地做着人活到世上来应该做的那种琐碎而有益于我们这个社会的工作。这样的无名英雄，难道不该好好歌颂他们吗？

我老实承认自己不懂诗，却极力鼓励她好好写，写好了，大胆地向刊物投稿。小罗孩子气地从我手中抢回了她的诗稿，说："人家把你当知心人，拿给你看，你倒反过来拿人家取笑。我不过是自己写着玩的，哪里敢投什么稿！"

我说："也不要把文坛圣殿看得太神秘，只要你喜爱，不断地进取，我看大有希望。"姑娘又高兴起来，说："我也这么想，我不信……"

说到这里，她用那细白的牙齿咬住下嘴唇，微笑着不再往下说。我知道她的意思，如今的青年人，包括我自己在内，总是喜欢把自己伟大而不可动摇的志愿隐藏起来不愿意预先向别人宣扬，而是逐渐显示在自己的行动中。因此，我不再让她受窘，就把话扯到别的话题上去了。

罗泉收起她的诗稿，又要带我去看她父亲赶羊归圈的情景。她卖弄似的说："俺爹放羊可有本事啦，名堂多得说不完，有'满天星''朝天一炷香''三齐王乱点兵''老驴大摆尾''鸭子翻身''众星捧月'……啊呀呀，我都说不来了！"

罗大婶疼爱地骂道："和你爹一样，爱喧！"

小罗撒娇似的头一歪："真是这样嘛！"又对我说："走，咱们去看！"

这时候，太阳已经西斜，差不多快压到山尖上了。夕阳的余晖平直地射过来，把东边一带的大小山梁映得一片金红。罗大叔的羊群呈个扇形，缓缓地在光圈里移动。我问罗泉："这是什么形式？"她想了一会儿，终于说出一个很好听的名词："凤凰展翅。"

细细琢磨，还真有那么点意思。老牧工像饭后散步似的，跟在羊群的后面，时不时地吆喝一声，提醒那些馋羊跟上队伍。这不正是罗泉的诗里描绘的那番情景吗？

啊，生活本身就是如此丰富多彩、饱含诗意的。诗人只不过是以他独特的慧眼及时发现，再用点化的手法，升华凝练，从而产生美感真情。我相信罗泉姑娘在不远的将来，一定会成为一个出色的女诗人！

九

回到场部，生活就不如在放牧点上那样丰富多彩、生动有趣了。作为第一线的牧医工作者，室内工作实在少得可怜。泡在场里，反倒寂寞难耐，就靠看书打发日子，特别想看报纸。乡部邮递员每三天从羊场经过一次。我常常扳着指头，期望这一天的到来。李宁也是这样的。我相信，任何一家报纸的主编和编辑，要是了解我们渴望读报的这种迫切心情，他们都会感动得流下泪来的！场里订了几种报纸，我们几乎是一个字一个字地精读，不放过任何一条新闻和任何一篇小文章，连商业广告也要翻来覆去地看几遍。当然，除了关心国家大事，每个人也都还要关心一下个人的小事。谁要是收到一封家信或什么的，在不干涉他人内政的前提下，也要互相问问情况，甚至展开热烈的讨论。每当这时候，场部的会议室里总要热闹上好几个小时，直到姜淑珍敲钟开饭，还是余音袅袅，边吃边谈。

这天，当我们盼来了邮递员以后，人人如饥似渴，争夺报纸，以先睹为快。吴会计看到《大众电影》，简直是心花怒放、眉开眼笑，伸出他的长胳膊，一把抢到手，躲到一边，津津有味地看起来。"王外长"不愧是业余政治家，兴趣在国内外形势上。他迅速地从报纸中抽出《参考消息》，点着一支烟，在长条靠背椅上，聚精会神地研究起来，边看边评论，如有重大发现，还要讲给大家听。

剩下《青年报》没人光顾，我刚拿起来，邮递员喊道：

"有汇款单，签字，签字，我还要奔下一站呢！"

收报刊信件，是吴会计的本职工作。他只好暂时舍弃电影女明星的彩照，签字收款，同时嘴里报告：

"许琴，五十元！"

谁给我寄钱呢？啊，是妈妈寄来的。还有一封信。妈妈为什么要寄钱来呢？

在大家七嘴八舌欢送邮递员的时候，我抽出妈妈的信匆匆瞥了一眼，看她对汇款用途有何指示。却只见上面写着什么"山区生活艰苦，要注意保重身体，寄上五十元钱，买些营养品"云云。我就像做了见不得人的事一样，脸上热烘烘的，赶忙把信塞进口袋，希望不要引起在场人的注意。

可是，我们的会计偏是个热心家。他以快速阅读法翻完了《大众电影》的画页，便笑着问我："小许，哪个给你寄钱？是不是对象……"

"去你的，胡说八道！"

"嘿，不是对象又是谁呢？"他穷追不舍地问道。

"我妈妈寄来的。"既然他已经对这个问题发生了兴趣，我就老实告诉他，免得他再胡猜乱说。

"啊呀呀，你们听听，"会计像发现了什么新大陆似的，大惊小怪地叫起来，企图唤起更多的人注意，"你一个月的工资五十多块，和我一样多，怎么还向家里要钱……"

"谁要钱了？是妈妈叫我买东西的！"

我随口撒了个谎。其实我完全可以老老实实地告诉他们，可是……

"买东西？"李宁把目光从报纸上移开，提出了新的观点。"咱们这穷乡僻壤，有什么东西好买？又不是广州、上海，有便宜的进口货。依我看……"

"看什么？"

"你爹妈一定是什么高级干部，只有挣钱多的人才肯在儿女身上胡乱花钱……"李宁坚持着他的观点。

"王外长"也中止了对《参考消息》的研究分析，很感兴趣地插进来："我看差不多。又是照相机，又是录音机，又是寄钱……这……不过，又像又不像。"

"怎么不像？"会计刚从王健民的手里接过《参考消息》，还没看上一个字，又放下，参加到新问题的讨论中来。

"你说说，现在的领导干部，特别是那些高级领导干部，谁愿意把自己的孩子往大西北送，尤其是送到咱这山沟沟里来？没门儿！就是他们自己想装装样子，他们的子女也未必服从……"王健民拿出他的"外交部长"的辩才，凿凿有据地阐述他的理由。

"这倒是。"李宁表示同意，"就从咱们许琴同志干工作的那个泼辣架势看，也不像娇生惯养的高干子女……"

听到他们这样毫无顾忌地批评领导干部和他们的子女，我真想跳起来骂他们一顿。不知怎么搞的，我对别人议论高干子女的话，既敏感又反感。现在社会上流行这种世俗的偏见，似乎所有的高级干部和他们的子女都不得人心，都是脱离群众、贪图安逸享受的。不管在什么场合下提起来，总要在冷漠中带出热讽，甚至咒骂和攻击。而生活中，确实又有那么一部分人，喜欢在别人面前炫耀自己的家庭，似乎父母的光荣就是他们的光荣，沾沾自喜，洋洋自得。我既不同意那种世俗的偏见，又不欣赏那些自以为高贵的人物。难道高干子女都是没有筋骨、缺乏自立能力的青藤，非得依附在父母的躯干上才能生存发展吗？

我决心把话岔开，不让他们继续纠缠下去。

"什么高干低干，我和你们一样，平头百姓！"

"平头百姓？"王健民摇着头，表示不相信，"我刚参加工作那阵，三十几块钱还要养家糊口……"

"你别忆苦思甜了！"李宁笑着挖苦了"外交部长"一句，"20 世纪 50 年代能和 20 世纪

80年代相提并论？”

大家又都笑起来。

“看你们这些人！真是我妈妈寄来给家里买东西的。”

我觉得有必要把编出来的谎话坚持到底，心里却暗暗埋怨母亲多事。羊场本身连个小卖部也没有，到哪里去买营养品？再说，山区生活艰苦，人人都如此，别人能多年坚持，我来几天就搞特殊？真是！

“是不是买二毛筒子？”会计热心地问。

我点了点头。

“那好办。咱们场的二毛皮（即滩羊裘皮，毛花以九道弯曲者为佳品）是出口的，国际上都有名，还能挑不出你要的一件？等今年冬羔产了，我替你挑选几张好皮子，叫咱们自己的加工厂加工，保证九道弯一弯不少……”吴会计殷勤地说。

没有别的办法，我只好顺着他的话茬往下溜，煞有介事地编慌。

这都是妈妈的五十元钱引出来的！唉，妈妈呀，妈妈，你可知道你这种疼爱，给我带来多少麻烦呀？

我决定给妈妈写一封长信，“帮助帮助”她。叫她像爸爸那样关心我，支持我，而不要在这些吃呀穿呀的生活琐事上操心。

十

“实事求是地说，我现在已经完全进入了‘角色’。整个身心都融进了那种又新鲜又热烈的生活之中了。这是一点也不夸张的……”

以上是我给爸爸妈妈信上写的话。可以想象得出来，爸爸接到信以后，会戴上他的老花镜，一个字一个字地阅读，且念且笑：“啊，这个丫头！又在吹牛了——不知天高地厚的毛孩子！”

过去爸爸就经常这样评论我。不过他老是说我吹牛，这未免失之公允。干吗要吹牛呢？难道我这个受过高等教育的大学生，连一分为二、实事求是这样简单的道理也不懂吗？我很明白。只是在某些情况下，缺乏那种谦虚态度，给自己打分打得满了一点罢了。

我现在说的进入“角色”，是指我在兽医这个岗位上确确实实担负起了责任，或者说发挥了一些作用。当然，这不是我自己有多么高的自觉性，有多么大的能耐。而是在前一阶段的防疫工作中，所到之处，所有接触过的人，几乎是同一个腔调热情赞扬的那个我从未见过面的冯技术员，使我受到了深刻的启发和教育。我开始认识到自愿报名到羊场来工作，仅仅是人生道路的第一步，而且是很小的一步。关键的问题是今后怎么走，当一个什么样的兽医？在这个问题上，职工们交口称颂的那个冯技术员给我做出了榜样。

防疫工作开始前，冯技术员给丁场长和李宁来了封信，对防疫和其他工作提出了十分具体的建议。李宁给我看信的时候，指着玻璃板底下的两张照片让我看。一张是冯技术员穿着工作服，着口罩给羊打针的照片，只露出两只眼睛。这可能是新闻记者拍的，给人一种直接说明问题的感觉。再一张是他刚从学校毕业初到羊场不久，骑着马照的。照片上的人很年轻，看上去只有二十三四岁，浓浓的眉毛，大而有神的眼睛，坚定不移地望着左前方。可能那里有一群羊或什么的，再不然就是摄影师为了技术上的需要，指定他摆的姿态。不管怎么说，骑在马背上的是一位英姿勃勃的青年人，踩镫的腿脚，提着缰绳的双手，都是那样健壮有力，完全可以用“意气风发”“精神饱满”八个大字来形容。很难设想。就是这样一个结实健壮的小依子，在二十多年以后，由于职业病的缘，居然倒下了，不得不怀着痛惜的心情离开工作岗位去养病。牧工们提起他，无不惋惜怀念。

“唉，咱们的老冯，硬是让工作累倒了！”

“冯技术从不摆大学生的架子，到羊圈上来，碰上给羊饮水就绞辘轳，碰上剪毛就拿剪刀……”

“真是个好人……”

…………

最有意思的还是罗金一家。老两口干活也念叨，吃饭也念叨，简直可以说朝思暮想，牵肠挂肚。罗泉还为冯技术作了一首诗，赞颂他的自我牺牲精神和革命者的高尚品德：

天天走路，月月爬山，
从这个羊圈走到那个羊圈，
每一片草山都有他的脚印，
自动转来转去，
春夏秋冬，
老冯还在山里边！

孱弱的身躯背着沉重的药箱，
回春的妙手离不开沙枣木鞭杆！
渴吗？山沟里有饮羊的咸水，
饿了，吃几口自带的炒面。
亲人啊，
切莫把咱们的老冯埋怨，
他不是什么自讨苦吃，
看看那山上的羊儿肥，
大小牲畜平安无灾难，
苦虽苦，
心中自有蜜一般的甜！

诗的后面还附有一段说明文字：

冯技术员的布氏杆菌病已经到了四个“+”号的程度，县防疫站给场长下了最后通牒，限期送老冯出外治病。场长也多次劝说老冯。但他因为手头的工作没有搞完，迟迟不离开羊场。他那在研究所工作的妻子写信来，催促他快点回去治病。信写得情真意切，感人肺腑。但字里行间，也透露出妻子对丈夫的埋怨情绪，怨他不知道爱护自己的身体……

我看到这里，眼睛湿润了。从人们的言谈中，从小罗姑娘的诗句里，我仿佛看到了当年那个英姿勃勃的青年兽医，骑着骏马在草原上奔驰，从这个山头到那个山头，从一群羊到另一群羊……我也仿佛看到，日落日出，光阴流逝。草原由绿转黄，在秋天的草山上落下了雪。那雪又悄悄地爬上了老冯的双鬓。他的身体由强变弱，背着沉重的药箱，拄着沙枣木鞭杆，在深山里步履艰难地行走，然而眼神很坚定，神情自若……

牧工们一方面想念冯技术员，一方面也对我抱以很大的希望。而更多的言语是从他们的眼神里表达出来的：

“老冯是大学生，你也是大学生；人家在我们羊场一待就是二十年，你能做到吗？”

“不要图一时的新鲜，你应该做长久的打算。踩着老冯的脚印走吧，我们需要你！我们欢迎你！”

…………

他们的眼神里充满着希冀和期待。我觉得我必须尽快以实际行动，回答那些关心我的目光，包括爸爸妈妈的目光。我要给自己争气，给家庭争光。至于同志们猜测我是不是高干子女，我虽可以不予理睬，但要十分谨慎，千万不能让别人知道……

十一

我是个好奇而又好动的人。妈妈过去常说我“像野马一样”。其实，“野马”并没有什么不好，无非是性子不温驯。

现在，我当了兽医，工作性质决定我要整天和动物打交道，这就更得一天到晚都在“动”中度过了。上次防疫。我可饱享了“动”的好处。在下面一个多月，用两条腿，差不多走了三十多个放牧点的一大半。这使我有机会观赏了沿途的景致，还拍了不少有关羊群和牧草的照片，又及时完成了工作任务。这么一来，我的心更“野”了，总想下牧点，不愿意待在场里过单调无味的机关生活。

对于我的这个要求，场长是又支持又不支持。所谓支持，就是不加阻拦，说他不支持，就是还没有改掉婆婆妈妈的习气，仍是左一个不放心，右一个不放心。摩托给“王外长”骑到县城去了，我还没学会骑马，场长就派李宁陪伴我步行下点，理由倒很正当：“老李情况熟，好开展工作，遇到问题，两个人也有个商量。”

我很明白他的意思。可是却苦了李宁。我几次向李宁表示歉意，他却笑着说：“舍命陪君子，死了也心甘。”有时，他因有紧急任务走了，就把我交给牧工。那些大婶、大嫂们更是细心照顾，从一个点转移到另一个点的时候，还要派人护送。这使我感激不尽，同时也十分不安，心想，这不成了人家的累赘了吗？

我决心学骑马。

开始，我把这事看得很简单。以为只要胆子大，就没有什么困难的。然而，具体一实践，才感到不那么简单。马可不是机器，它是有血有肉、有性格、有感情的动物。在一般的情况下，你可以随心所欲地驾驭它，但在某些时候就不那么理所当然了。它会发脾气，会和人开玩笑，会由着它的性子弄出些你意想不到的新花样来。那时候，可不是灭了油门，提提手刹，踩踩脚闸就能解决问题的。当然，除了骑马，你还得给它喂草料、饮水、刷毛，拉着散步，和它建立感情，绝不能把它当成机器一样。因此，在某种意义上讲，骑马比骑摩托车更难，也更容易出问题。我在刚刚掌握了骑马的基本要领以后，由于自己的疏忽大意，出了一次岔子，差点把小命搭上！

那天，留在场部的只有我和吴会计两口子。其他的同志，下点的下点，进城的进城，都不在家。我决定独自骑马到最近的放牧点上去看看。听说那里有的母羊已经开始产羔，得问问情况。羔羊痢疾是经常发生的流行病，必须早防早治，以免蔓延成灾。为了痛快，我没有录用李宁给我推荐的那匹最老实的"四蹄银"，而是选择了场长喜欢骑的那匹小黑马，他们叫它"一锭墨"。它口小，体型美，毛色俊，虽然备上鞍子时间不长，但步伐轻快，我早就打它的主意了。可场长不通融，说还没调教出来。我决心利用场长不在家的机会，独自骑着小黑马走一趟。

当然，这事多少带点秘密行动的味道。我小心翼翼，避开了吴会计两口子的眼睛，免得他们出来关心，节外生枝。我把马悄悄拉出场部大门，就着一个土坎，跨上了马背（借土坎上马实在是不足取的），往上提了提嚼子，轻轻碰了一下马镫。"一锭墨"就放开四蹄跑起来，步子均匀，又快又稳，虽然没有摩托车那种风驰电掣般的高速，但那种腾跃起伏的节奏感，又非摩托车所能比拟，给人一种驾舟水上的畅快感。轻风微拂，送来阵阵的花草甜香，还混杂着羊粪和腐草的味道。低垂的白云轻轻从头上、草木悄悄从脚下退去，整个草原静悄悄的。无声无息间或有一两只肥壮的野兔从眼前蹿过去，"一锭墨"立即竖起耳朵，做出警告的样子。我第一次一个人单独在如此辽阔的原野上行进，体会到大自然是如此博大，如此温柔。百里草原似乎只有我一个人存在，大自然被我一个人占有了似的，惬意极了，也骄傲极了。如果李宁同来，我一定请他给我照一张骑马的照片寄给家里，叫妈妈惊慌惊慌。可惜他没有来，只好哼起"我骑着马儿过草原"，抒发我的激情。

我顺利地到达了要去的放牧点，详细了解了产羔的情况，没有发现羔羊痢疾的迹象。牧工的妻子本来要留我住下的，但我考虑到走的时候未向"场长代理"报告，怕他们着急，还是于当天下午打马回营了。

太阳正缓缓地向山后移去，同时用霞光染红天上柔软的云片，向淡紫色的草原投射着最后的夕照，山这边的沟里已经笼罩起薄暮时蓝灰色的阴影。我知道，山里和平原不一样，太阳落窝以后，黄昏的时间很短暂，夜幕降临得很快。虽然我勇于冒险，但一个人黑夜走山道，谁知会遇到什么意外情况呢！想到这一点，不免有些紧张。我希望"一锭墨"能理解我此时的心情，跑得快一些，便用镫子蹬了它的肚子，但它仍然保持常速。我只好用缰绳头打它的尻部,它这才跑起来,而且越跑越快,以至于四蹄腾空,飞一般地向前奔驰。我从未骑过这么快的马,有些怕,紧紧抱着鞍桥,嘴里“吁,吁”地哄它。但它像疯了一般,根本不理睬我的话。许是速度太快的缘故,它一下失了前蹄,我从马背上重重地摔了下来

等我醒过来,已经是在自己的宿舍里了。屋子里围着许多人。姜淑珍守在我的身边,带着哭声,一个劲地问我哪里疼。她还絮絮叨叨地说:“要不是‘一锭墨’跛着腿来报信,还不知道上哪儿找你去呢!”场长也在场,见我睁开眼睛,便粗声粗气地命令:

“自己活动活动,看看跌坏了什么地方没有?”

我挣扎着,试了试,感到哪里也不对劲,又觉得所有的部位都正常,也没有特别的疼痛。只是头昏和左手腕发烫,但好像问题不大。于是我说:“没事,放心吧!”

我这样说,只不过为了安慰领导和同志们。其实,要真正诊断出有没有伤筋动骨的问题,最好是进医院拍X光。可是这里哪有这个条件?

场长对我的回答很不满意:“你倒说得轻松!你看看,把大家急得颠三倒四的样子!没把人吓死!”

老丁确实有点颠三倒四。他在院子里,一会儿批评会计不负责任,放任自流,让我独自骑马外出;一会儿又责怪王健民骑摩托在县城逛游,不回场。末了,又大骂县农业局:

“上头给我们一辆汽车,你们也眼红,说是借,刘备借荆州,不想还了!如今我们有了紧急病人也没法送医院……要是小许有个三长两短,一差二错,我非告你们不行。”

我也有些后悔,把场里的人闹得如此不安,多不应该呀!幸好没有出大问题,只是轻微脑震荡,左腕关节错位。姜淑珍给我用酒精擦左手腕,慢慢拽着还上了位。罗金老汉闻讯,还特意打发罗泉送来了他保存的“接骨胆”,伤很快好起来。

可是从此以后,场长给喂牲口的老张头打了招呼:“没有他和会计的同意,不能让许琴牵马。”老张头是个老实得不能再老实的人,把场长的命令当成圣旨。过去喂好了牲口,他还回宿舍躺着休息一会儿,现在寸步不离马圈了。有一次,趁他不备,李宁拉着马,让我骑着在院里转个圈子,他就惊慌地跑来干涉:

“好我的爷爷奶奶们!你们是想叫我挨骂不是?快快下来,要不,我就去叫场长!”

他这一嚷,不用叫,场长也听到了。

结果是李宁代我受过,被场长狠狠地剋了一顿。

我说场长这样做是因噎废食,要请老模范来放录音……

十二

场长也看出了我的好动性格,而且他也喜欢这样的人。在他强制我养伤的时候,为了不使我太憋闷,便提出让我和李技术员共同负责,办个牧工培训班,李宁讲畜牧,我讲兽医,培训对象是上次参加防疫的青年牧工。我们高兴地接受了。其实,这件事我们早就打了报告,只是他现在才想起来罢了。

罗泉也参加了培训班。实际上她给我送了“接骨胆”的药以后,就没回去,说她爹妈有

话，要她照顾我，怎么也不回去。加上场长也支持她这样做，理由更充足，就名正言顺地住在我的屋子里了。培训班开始后，她的学习热情很高，在她的“诗集”（即专门用来写诗的笔记本）之外，又增添了一个技术知识笔记本，抄写了许多有关羊的病例和处方，仿佛她决心要当一名职业兽医似的。

我深受感动，也信心百倍，尽其所有，向他们传授知识。

可是新的干扰又来了。

那天，场长接了一个电话。开头，还是平常的样子，虽然声音高，但那是已经习惯了的腔调，又是通电话，难免大呼小叫。讲着讲着，他明显地发起火来，愤怒地吼道：

“话都叫你一个人说了！哼……开头我再三说，有困难，不要……嗯，当然……现在人家自己并没有提出来，在这里很安心，你又要调，啥意思嘛？……”

在这个问题上我有条件反射，很敏感。我马上断定这又是和我有关的电话。我立即去找场长，正好他也来找我了：“请到我的办公室来一下！”完全不是往日的口气。

“什么事？我马上要给学员讲课。”“课暂时放一放，讲不讲都一样……”他嘟哝着进了他的房子，我也跟了进去。他没有像过去那样，客气地让座，劈头就说：“组织部要给你调工作了！”声音又冷又硬，余怒未消的样子。

“为什么？”我吃惊地问，口气也不软。

“你当然比我更明白！”

“我什么也不知道。”

“嘿嘿。”他笑了，是另外一种意思的笑，“你爸爸原先是咱省委的书记，后来调中央去了你也不知道？”

“这……你知道啦？”

“刚才组织部刘部长在电话上说的。”

“他们打算把我往哪里调？”

“不清楚，反正是比羊场好的单位，说不定是回省城……”

丁场长说这些话的时候，显然带着很大的情绪。这不仅是对组织部的刘部长，而且是针对我，甚至针对我的爸爸。

我也生气了，但我不是生丁场长的气。这个责任不在他，我恨的是这种不良的社会风气。为什么在他们不知道我的家庭情况的时候，可以按照分配干部的原则，顺顺当当地把我分配到工作需要又是我自愿去的地方；而一旦知道我是领导干部的女儿，就马上觉得原来的正确决定是错误的，要重新调整工作呢？他们把我看成了什么人？把我爸爸看成了什么样的干部？太岂有此理了！

想到这里，我像受了莫大侮辱似的，大声抗争道：

“我不同意，我不走。我偏要在这里工作。不但现在不离开，而且永远不离开！”

听到我这样大喊大叫，别人以为我和场长吵架了，李宁甚至断定我是为了骑马的事和场长争吵。他没头没脑地来劝解：

“不是老丁不让你骑，是你的技术不过关，再说……”

简直莫名其妙，啼笑皆非。吴会计也跑来了。学员们也站到院子里围观。场长生气地挥手轰他们：

“你们跑来干什么？去，去去，我和小许谈工作哩！”

众人散去以后，他又对我说：“怎么办？他们已经决定了。”

“这是错误的决定！”我大声地说，火气未消。

“嗨，老刘还说原来的分配是错误的呢！”场长略带几分嘲讽的口气说。

“反正我不离开羊场。你们要是这样做，我就写信给爸爸告状！”

“难道这不是老许的意见？”场长对爸爸还是用老许称呼。

“没有的事！”

直到这时，我才把当初毕业的时候，老师如何要我考研究生，而我却自愿申请到爸爸战斗过的大西北来，爸爸积极支持我的详细情况讲了出来。老丁听了，高兴地说：

“嗨呀，说来说去，全都是没根据的误会！说一句不怕你见怪的话：你刚来场里的时候，我还真不大欢迎呢！”

“这个我早看出来了！”

“我知道你有意见。因为在我的脑子里，念了书的女娃，总是娇气，吃不得苦。他们分了你来，不是给我们放包袱吗？你别见怪，我当初就是这么想的。可是，慢慢地，我看你不是那号人，还行！他们几个老嘀咕，说你是高干的丫头，我不信，果然给他们诌对了，书记的丫头……”

“书记的丫头不是人？”

“我可不敢这么说。不过你也看到了，这是明摆着的事，刚一听到风声，组织部就要重新安排你的工作。你说说，这能叫我对你爸爸没有意见吗？现在看来，是闹误会了！组织部老刘自己觉着是给领导办好事，实际咋样？败坏领导的名声！”

我觉得丁场长的话很有道理。看不出来，这个直性子的人还能这样周到地考虑问题。但是，对于来自组织部老刘等人的干扰，他能不能顶得住，还是个未知数。我决定给爸爸写一封信，把这个新情况报告给他，请他继续支持我在羊场干下去，或者直截了当地管管那位“助人为乐”的刘部长：与其这样莫名其妙地操心，凭空给别人添麻烦，倒不如腾出工夫来干些别的事，或者念念报纸也好。

十三

爸爸的回信很快来了。这是我走上工作岗位以后第一次收到他的信。过去的家信都是妈妈、嫂子写的，当然也传达爸爸的指示，但从未收到过他的亲笔回信。这次爸爸亲自写信，可见他对我反映的情况多么重视！他除了鼓励我好好工作、安心工作外，还给丁场长写了一封短信：

场长同志：

许琴来信说，县委组织部要给她调整工作。这事我一点也不知道。如果他们仅仅因为许琴是我的女儿，才特殊照顾的话，那是一种十分错误的做法。请你坚持原则，不要理他们！

据许琴讲，你在这件事情上的态度是明朗的，我感谢你。对于许琴，你们还是一如既往，把她看成羊场的一个普通工作人员，该干什么就叫她干什么。我相信，许琴在你和同志们的帮助下，会对牧区的事业作出应有的贡献的！

请接受一个老共产党员的

敬礼！

许绍清

9月5日

当我把信转给丁场长以后，他激动得抖着手，一连念了好几遍，时间之长，不亚于当初研究我的工作介绍信。直到觉得把全部精神领会了，这才小心翼翼地收起来，收进他的抽屉里，说："许书记真好，许书记真好。有了这个，我看他老刘再捣蛋！"

因为受到爸爸的表扬，老丁简直高兴得像小孩子一样，手舞足蹈起来。他一面大声吩咐姜淑珍做剁荞面，一面在院子里哼哼唧唧地唱着什么。我打开录音机，把他的"唱段"偷偷录了下来，吃饭的时候放给大家听，引得人们捧腹大笑。因为那声音实在不成腔调。吴会计说："老丁的声音比小山羊的叫声强不了多少。"姜淑珍怕场长见怪，抢白了丈夫几句。可场长太高兴了，顾不上生气，继续逗乐，那欢快的笑声长久地在场部大院里回荡着。

接连几天，老丁亲自教给我骑马的方法，还陪着我下了一回放牧点。当我们走到罗金的放牧点上，歇在他家的时候，老模范一个劲儿地责怪我不该瞒着他，还把他家里墙上挂的一个相框取下来指给我看，说他就坐在离爸爸不远的位子上。其实，我第一次到他家里的时候就看到了，只不过没有说明而已。现在大家都知道了，也无所谓。罗大妈开玩笑地说：

"幸亏我们没在许琴跟前说许书记的什么坏话，要骂上几句，那才不好意思呢！"

罗金老汉带着几分骄傲的口气说："许书记才不在乎这个。他喜欢把意见讲在当面！"

场长说："我在小许的事情上不周到，将来老罗要是上北京开会，千万包涵，不要到许书记面前告状！"

"不告状放录音也行嘛！"我笑着开了一句玩笑。

场长和老模范听了，便会心地大笑起来。罗大妈和罗泉不知道放录音是什么意思，但也跟着笑起来。

罗泉过去把我当成无所不能的先生，现在知道了我的情况，她爹又认识我的爸爸，更加亲近了，真正像个小妹妹似的跟着我，不离左右。

当天晚上，她在灯下写了好长时间。第二天太阳刚出山，她叫我带了照相机，两个人一路小跑，到了甘草梁后面那块红豆草地里，让我站在边上，她自己钻进带着露水的草中，让紫红的小花朵簇拥着她，只露出秀美的上半身，笑眯眯地说：

“好，就在这里照一张！”

这时候，太阳刚从东山后面腾跃出来，徐徐向上滚动。盆地里有的地方还为阴影所笼罩，见不到阳光。但大片的红豆草已经在阳光的亲吻之下，花上、叶子上滚动着的露珠儿，越发晶莹透亮，显示出朝气和活力。如论照相，时间略嫌早些。因为罗泉坚持要拍，我只好按动快门。

“照好了吗？”

“好啦！”

她用脚点着地，示意让我过去站在她的位置上：“你把胶卷上好，光对好。过来，咱俩调换位子，叫我给你‘咔嚓’一下！”

天知道她能“咔嚓”个什么样子。但也不能扫她的兴，所以我把一切定好以后，叫她给我拍了一张。

照片洗印出来以后，我的一张还不错。基本上和我给小罗照得差不多。花丛中的我，就像飘走下云头的仙女，很有几分浪漫色彩。我放了一张悬挂在自己的宿舍。小罗要了一张小的，贴在她的“诗集”里，下面配了首诗：

把你比作山上的红花，
你没有那种艳艳的色调；
把你比作英雄，
你又是那样平凡，
而且为时过早！
古今诗人创造过多少美丽的字眼，
没有一个能概括你的千般好！
啊，
我想起来了，
不用形容，无须比照，
你就是那抗旱又耐寒，
深深扎根在山里的红豆草！

好家伙，这是在颂扬我吗？实在羞愧难当！不过，她这带象征性的比喻，我还是很喜欢的。在今后漫长的生活道路上，我真要像红豆草那样，置大旱高寒于不顾，深深扎根于西北山区的泥土里，此生足矣！

渡口人家

引子

黄河流经西北黄土高原，绝大部分是在崇山峻岭的峡谷中穿行，宛如一条巨蟒，在沟壑中钻来绕去。它怒吼，它狂奔，它用头碰撞，妄图摆脱禁锢，但总是难以突破束缚它的铜墙铁壁，只得忍气吞声地蜿蜒北流。到了宁夏地界的南长滩，两边的群山像夹道欢迎的队伍，突然左右分开，闪出一条大道，河水趁势来了个近乎九十度的急转弯，由南至北流向改为从西向东，当顶到中外驰名的沙坡头上时，“砰”的一声巨响，被碰了回去，掀起足有两丈高的浪花，又冲到香山脚底下，再折过来，向上打个回转，足有三四里远，才顺着大道进入平原地带。当它在这里来回碰撞的时候，真如困兽般，晕头转向，有的地方翻滚倒流，有的地方波涛横涌，上下左右，形成了成百上千的小旋涡，游戏跳跃，如哪吒闹海，浊浪排空，气象惊人。这些小旋涡汇集起来，组成一个方圆四五里的大漩涡，老百姓把这一段叫“一窝猪”。千百年来，“一窝猪”成为黄河水上运输的天险，筏子匠视为畏途。技术差、胆子小的人，谈之变色，望而却步；水性好，技术高的人，也要全神贯注，勇力与谨慎并举，方可安全通过。只有北河沿上的筏子匠汪四麻子，不把“一窝猪”放在眼里，经常从这一带贩运水果、蔬菜以及粮食。他的技术和胆略，在方圆几十里是出了名的，渡险滩如履平地，人们叫他“水上飞”。

黄河经过“一窝猪”，进入平原以后，就由着性子撒泼放野，河床一下扩展了好几倍，隔岸相望，足足有好几里路宽，浩浩荡荡，渺渺无际。到了七、八、九月雨季涨水期，就更加任性，无限扩张。水流量常常由六百立方米每秒，骤然上升到五千立方米每秒以上，正河道容纳不下，就从河堤上溢出来，向两边的平地上泄流，波涛涌来，庄稼房屋顷刻之间付诸东流。人们只好向它让步，往后撤退。等到汛期一过，在正河道的两边就出现了大大小小的夹河道，凹凸不平的地块，人们又利用这些淤积了肥沃泥沙的河滩地扩种庄稼，名曰“撞田”。一般情况下，这类河滩地是不在正式耕地内计算的，不纳公粮，不搞派购。过去少数社、队干部常常利用这些“撞田”广种薄收，填充基本农田的产量，做出一些虚假的单产成绩，今天过“黄河”，明天跨“长江”，向上邀功请赏，以此飞黄腾达，得到了不少暂时的好处。而那些因干部弄虚作假，饿怕了肚子的本分农民，却偷偷利用这些不在册的荒地打些埋伏，多收几斤粮食填饱肚皮。总之，黄河涨水给人们带来灾难之后，它的“副产品”又给人们不少好处。

实行责任制以后，土地包产到户，来这里找出路的人挨肩擦背，日见增多，岸边的河滩地一天比一天金贵，开始出现了明争暗斗的局面，连摆渡这个营生也在热闹之中出现了纠纷。近百年来，北河沿的渡口就“水上飞”汪四麻子祖祖辈辈独家经营，如今却有人出来掺和着，难怪汪家那个叫来贵的姑娘，两个结实的拳头老是攥得紧紧的，嘴里还不时嘟囔着“这些吃干饭的。”

一

1981 年的 3 月，引黄灌区的春麦刚刚透土，黄河两岸的柳树也才鼓出细小的嫩芽，而香山的阳坡上却已泛青，牧羊人撒出羊群，挡也挡不住，没命地往那地方跑，争着啃吃刚刚露出地皮的嫩草，润一润在漫长的冬天里因吃干草而快要干裂的喉咙。这时候，人也渴望有新鲜的青菜吃。可是哪里有？整个城关镇还没有一个温室，连塑料搭棚也没有。想吃青菜的人只好忍着，等着。

汪家渡口摆渡的正统继承人汪泉茂，人称汪四麻子，别号“水上飞”，瞅准这个机会，背着羊皮筏子逆流而上，到五十里以外的南长滩贩韭菜。他的大女儿出嫁到那里。南长滩是个小盆地，又有黄河水自流灌溉，不但种蔬菜，而且产水果，是很富庶的。苦于交通不便，东西运不出来。眼下正是韭菜割头刀，汪泉茂瞅准了这个买卖。

还不到午饭时候，汪泉茂的筏子已经到了“一窝猪”。春天是枯水期，“一窝猪”的浪头小，容易通过，湍急的河水很快把满载韭菜的筏子推到了平稳的水面。他收起桨板，任羊皮筏子逐浪浮流，拿出“坐马式”，威严地坐在装韭菜的麻袋上面，掏出大女婿孝敬给他的“六盘山”香烟，慢慢品味着。

他驾驭羊皮筏子的技术竟是这样的娴熟，当年他搞长途运输，远到银川，遇了不少同行，但没有几个能比上他的。汪泉茂是筏工世家出身，祖籍甘肃河州，爷爷是放木排的能手，水性极好。民国十八年（1929 年）遭饥荒，一家人坐着羊皮筏子逃荒，顺流而下，定居于北河沿，就是现在的汪家渡口，老人家创建码头不久就去世了，由汪泉茂的父亲继承。他父亲有四个儿子，老大老二老三，都给马鸿逵抓去当了兵，做了炮灰，生不见人，死不见尸，没有音信。老四，就是泉茂，也被抓去当过兵，但他生性机灵，身高体壮，又富有反抗精神，终于瞅了个空子，开小差跑了回来，继承了摆渡的祖业。天有不测风云，他逃脱了当兵的厄运，老天却无端地降下一场灾难，好端端的小伙子得了一场天花，病好之后，在他那英俊的面孔上留下了许多麻点，面目全非，和过去判若两人，连抓逃兵的人也没有认出他来。从此以后，人们便顺口叫他汪四麻子。现在快六十的人了，同辈的老弟兄们还这么叫，小辈们称他“四老爹”，有的叫他泉茂叔。当然，也还有人叫他“水上飞”，不管怎么称呼，人们都明白是指汪家渡口掌柜的。在祖孙三代中，只有这个麻脸的能人在位时间最长，二十五岁继位，如今五十有八，整整三十三年，可谓江河永固。

筏子快到北河沿的时候，那支“六盘山”也快吸尽了。老筏工丢掉烟蒂，重新操起桨板，看清水势，往北较劲，重载的筏子像快艇一般，斜切着滚滚的河水，投岸而来。越到岸边，水越浅，筏子的速度也越慢，老人划桨的力气也越大。直到码头百步远的时候，他才停止了划桨，看着筏子朝那礁石似的码头缓缓漂流。

码头像鹰嘴一样，突出到河水里，建筑得相当坚固，前沿临水处全部用一米宽两米长的石条砌护。据说脚下还有铅丝笼装的石块垫底，防止河水从下面冲刷。码头高六米，上下十八个台阶，这些基础建设都是政府资助建的。在黄河洪峰创纪录的时候，河水码头的平台只有五寸多，但究竟没能淹过它，经住了考验。平台有一亩地的面积，周围遍植树木，其中临河沿有棵毛头大柳树，向河心微微倾斜，皮粗径大，可两人合围。据说它是泉茂的爷爷亲手所栽，至今八十多年，还是根深叶茂，傲然屹立，像一个力大无穷的巨人，昼夜守护在河边，春夏秋冬，风雨无阻。离树两丈之遥，有间低矮的土屋，门窗已被烟火燎成漆黑，但石头砌的墙基仍然牢固，没有一点裂缝，和老柳树一样，也是祖业。

到了汪泉茂这一代，托靠共产党、毛主席的福，生活好转，已在二里以外的地方，又盖了五间新房，作为他们的后方基地。冬天结冰封河的季节，全家人就退到那，过舒服一些日子。码头上的这间小屋，只是他们的营业室罢了。

好像有无线电联系一样，筏子刚刚到石阶下面，汪泉茂的三姑娘来贵就迎了出来。

来贵相貌端正，身材健壮而丰满。她在长相上因袭了父亲的优势，脸庞方中带圆，鼻梁线条优美。一双黑溜溜的大眼睛，看人的时候是那样坦率，充满了活力，还多少带点淘气的神情。笑的时候，露出一口好看的糯米牙，洁白而整齐。她手大脚大，而且十分有力。由于常年在水上干营生，一年之中至少有六七个月不穿鞋子，光着脚板划筏子，即使在鹅卵石铺的路上，或在庄稼地里干营生，也照样赤脚行走。她的头发并不像其他姑娘那样，细心地梳理，编成各式各样的辫子，她没有那份心思，也没有闲工夫，她只是用一段小布条，不管什么颜色，随便把头发扎起，拖在脑后，如果布条掉了就散乱地披在肩头。衣服也不讲究。这样的穿戴打扮，再加上从她母亲那里因袭过来的泼辣性格，特别是那一张不饶人的利嘴和大叫大嚷的神态，给人的印象，多多少少带点“野气”和傻劲。

来贵光脚板跑下台阶，嘴里亲昵地连声唤“爹”，一边熟练地帮着系缆绳，一边心疼地埋怨：

“你装了多少呀，爹，这么重！”

“你姐夫叫人挂的，我也没管——总有一千四五斤吧……”

“俺姐好吧？她怎么不坐了筏子来看看我们……”

“看你说的。现时的责任制，家家都包了田，他们那里季节又早，快薅冬麦了，她又拖个小娃娃，哪来的工夫！秋后——快叫你妈来，帮着卸菜。”

来贵像个小伙子那样，扛了一麻袋韭菜，“嗒嗒嗒”地跑上台阶，急切地叫喊：“妈，妈，俺爹回来了，满满一筏子韭菜，快来帮忙呀！”

“来了，来了，这丫头！你姐姐来了没？”

来贵娘有四十五六岁，脸庞端庄，慈眉善目，高个头，大手大脚，壮壮实实。她的官名叫赵月英，但过往客人都叫她“汪家婶婶”。她在家庭建设上，给汪泉茂出了力。有时老汉生病或者外出，她就顶班摆渡。如今有来贵接力，她不怎么拿桨板了，但驾驭筏子的本领还是闻名的。当初，她的技术和丈夫不相上下，加上女性的小心谨慎，渡客过河的时候，宁背流多绕一段，到对岸多背一段筏子，也要避开湍急的旋涡，从水势平缓的地方走。因此乘客们在筏子上坐着，特别是那些初次乘坐这种既原始又科学的水上交通工具的小孩、青年妇女和老太太们，不会因皮筏的过分颠簸腾跃而担惊受怕，事实上，她这样的划法也是十分安全的。如果要选水上运输安全模范，赵月英是当之无愧的。当筏子划到码头，乘客们跳上岸，回首望着茫茫浊流，庆幸安全渡过的时候，总是用感激的口气谢她一声：

“汪家婶婶划得稳，下次再来，照坐你家的筏子！”

这一句就够了，再加每人的三毛钱摆渡费，她就给这个摆渡世家增添了新的光彩，在经济收入上也作出了贡献。比她大一轮的丈夫，本来就很体贴她，每到这时就更加感激、疼爱她。

来贵娘听说大女儿没有来，多少有点失望，但看到老汉满载而归，便解下围裙，帮着抬麻袋，全家三口人都忙了起来。

二

汪四麻子去南长滩之前，赵月英曾再三叮咛要他把大女儿改改接来，她有要事相商。当时老汉忙着拾掇筏子启程，不十分在意，哼哼哈哈地应了，过后就丢在脑后，见了女儿根本就没有提这事。因此回来老伴问她女儿为啥没来，他心里“咯噔”了一下，随即编了个理由：“忙哩，脱不开身子。”

赵月英很不乐意。

按照惯例，眼下也不是女儿转娘家的时候。她的改改嫁到山里以后，由于路途遥远，交通不便，回娘家是有次数的。除了头一年回来过三次外，以后一直是每年的秋天庄稼收割完，那里的软梨熟了以后，泉茂利用贩软梨的机会，用羊皮筏子从水上接回来，住一两个月，再由女婿利用到县城开“三干会”的机会，顺便接回去。现在是春天忙月，为什么要让女儿来娘家呢？因为赵月英真的有重要事情要和改改商量。去年秋天改改来，说她给来贵瞅了个对象，可以做上门女婿。赵月英听她介绍情况，也还可意，就叫女儿回去通话，快点来见面提亲。可是这么长时间，总也不见回信，做娘的心里着急，想再问问情况，商量商量三丫头的婚姻大事。

赵月英这辈子没能生出一个儿子来，她总看成是天大的憾事。头一个丫头，取名改改，希望下一个改成男孩子，但第二个又是丫头，取名转转，希望第三胎转向生男，但落地还是个丫头。做母亲的因为三次生儿不成而伤心落泪。向来性情豪爽、喜欢笑闹的汪四麻子却不介意，笑劝道：

“丫头儿子都一样，何必伤心！当年王丞相不也是三个丫头，金钏、银钏、宝钏，一个比一个有出息。咱们的三个丫头也不会比他们差，给老三起个好听的名字，叫来贵吧！”三丫头的名字就这么取定了。丫头的妈也给老头子逗乐了。心想：“你自己没本事生儿子就悄悄着，还提什么王丞相。”其实，赵月英也爱看《彩楼配》这出戏。知道丈夫是黄连树下弹琴——苦中作乐，自我安慰。但她觉得不生出一个儿子来，就对不住疼她爱她的丈夫，还想生，偏偏又得了一种病，治好之后无法再生养了，这才作罢。改改和转转相继出嫁以后，老两口真把三丫头来贵当儿子养，打算给她招个女婿上门。但是二十六岁了，还没有一个合适的，这能不叫做母亲的发愁吗？其实汪四麻子也着急。只不过他达观知命，性格开朗，不往心里放罢了。

现在虽然提倡晚婚，但农村姑娘二十五六岁不找对象的毕竟不多，个别迟找对象的，便要受到闲言碎语的非难。来贵姑娘也是如此，好像她做了什么见不得人的事情一样。有的说她野，有的说她傻，甚至还有人起绰号，叫来贵“假小子”，根据是她力气大，既能划筏子，又能背二百斤重的粮食口袋——女人哪有这样的！再就是她不知道和小伙子亲近，无论集体干活，还是大家在一起开会，她都落落寡合，一个人躲得远远的——这也是缺乏女性魅力的表现。现任队长方国柱，虽然不相信这些胡说八道，而且批评过那些嚼舌根的长嘴婆，但他发现来贵不注意穿戴，也是个致命的弱点，曾语重心长地劝过汪四麻子两口子：

“姑娘大了，你们也得花点钱，给她穿体面一些，打扮打扮，也好找对象，现在的年轻人……”

来贵妈不无委屈地说：“好我的队长！哪是我们当老人的不给她穿，钱有的是！好话说了千千万，死女子不听，你有啥法子呢！”

来贵认为这是狗逮耗子，多管闲事。她甚至宣称：“谁要是看着我的穿戴打扮找对象，他一定是个瞎眼驴，心眼子不正，叫他滚得远远的去！”

以后她更加不事修饰，有时还有意穿起她父亲的旧衣服去划筏子、下地劳动。冬天到队上开会，她又会穿了大姐夫送给她爹的老羊皮袄，堂而皇之地走进会议室。那些身着时兴料子的姑娘媳妇和青年小伙子，自然不乐意自己的衣服蹭上乌黑的老羊皮袄。来贵心里清楚，自觉地躲开他们，和老年妇女在一块坐。这当然是人们议论的口实，也是来贵她妈愁肠的缘由。

不过来贵有三分“傻”气，这也是她妈妈心里明白的。

六年前的一天，汪四麻子利用划筏子的空闲，打了几十斤鱼，全都是一斤左右的大鲤鱼，让来贵拿到县城去卖。平常，这一家人是很少进城的。打了鱼，就地便宜卖给过往客人。卖不掉，就在自己圈的小鱼池里养起来。那天偏巧得了信息，说二丫头有了病，赵月英就打发三丫头带几条鱼，再摘些新鲜蔬菜去探望，顺便把多余的鱼拿到集市上去卖，来贵高兴地接受了任务。她骑着车子路过南关，还没有到二姐家，就被几个买主叫住了。看穿戴，都是干部模样，也可能是工人，很难说，反正都穿着很体面的衣服，其中两个女的，更是时髦。争着问来贵鱼咋卖。来贵说：“我们在河沿上，一斤七八毛，你们城里多少钱？”

“对，就是这个价……”

"……"

有几只手已伸到鱼篓里去了。

来贵把着车子,和他们要价:"我拿了十五里路,白跑了?"

"那就八毛吧!一毛算你的运费。"

"八毛就八毛。"

来贵放下鱼篓。

一群男女哗啦围上来,把来贵的鱼抢购一空,连给姐姐送礼的都没有了。最后那一份她不给过秤,要送给姐姐,但那人硬是要买,还说送亲戚最好到商店买蛋糕和点心,拿鱼不体面。缠死缠活,把送礼的鱼买走了。

来贵到姐姐家把情况说了,她二姐夫说,城里一斤大鱼一块二三,哪有八毛的鱼?他们把你哄了!

自此以后,来贵就看不起城里人,说他们外面穿得漂漂亮亮,肚里都是恶水水,都是"吃人贼"。爹妈劝她说,坏人是个别的,好人占多数,不能核桃枣子一起数。来贵不听,她在大骂之余,建议父亲提高城里人的过渡费,叫她再不要给那种人免费供应茶水。老两口笑着说:"没那理。"心里却在想,这丫头是不是缺个心眼呢?尽管他们极力保密,但这件事还是由来贵自己给别人说出去了。说出去的结果是,人们认为她"犯傻"。

这些情况,毫无疑问给来贵招女婿造成了障碍,赵月英不能不着急。汪四麻子把事情忘了,改改没有来,这可怎么好呢?

三

来贵的婚事固然叫人着急,但她爹从南长滩运来的韭菜更不能耽搁。菜是水鲜货,放得时间长了要受损失。因此,第二天一大早,汪四麻子就用架子车拉着韭菜进城了。

这天正好是县城的集日。从黄河南边的香山脚下来赶集的人,成群搭伙,一帮又一帮。来贵妈赶着烧茶水,做凉粉。来贵一个人摆渡。她每次以八个人(如果带自行车或货物,乘客数量就要减少)的运载量,直忙到大早饭时候(她家的马蹄表是十一点),才算把河那边的客人全部渡过来。当然收入是可观的。她母亲的凉粉也卖出去十几盘。通常进城赶集的人是不在码头上吃喝的,原因是他们在家里吃饱了肚子,又急着到集上买卖东西。但今天,赵月英在白生生、亮闪闪的凉粉上加了鲜嫩的韭菜,再浇上辣椒油,色、香、味俱全,有些人忍不住,只好吃一盘。有些人实在顾不上,就叮咛赵月英:"留一点吧,汪家婶子,等我赶集回来,消消停停地吃两碗!"

赵月英笑着答应了。心想:卖面的还怕你吃十八碗!东西有的是——放心好了。

打发走客人,母女俩坐下来吃饭。看到丫头辛苦了一上午,母亲着实心疼。如果有个儿子,或是给丫头早早招个女婿,何必让女儿受这么大的苦!唉……这个念头很快就闪过去了。她忙给女儿拌了一碗凉粉,又拿出新烙的麦面饼子,看着女儿吃。来贵不仅干活赛过小伙子,吃饭也是狼吞虎咽,从不撮牙拌嘴,而且饭里喜欢多加辣子。

刚放下碗，正准备帮母亲洗碗，突然发现离她家不远的地方，有几个人拾掇房子。那是五保户韩大娘的遗产。去年韩大娘病逝以后，房子归了生产队，一直空闲着。前几天听说下台队长李二保想出钱买这个旧房子，还信不真。因为李二保当队长的时候，已经占了一份最好的庄台，盖起了一院新房子，舒舒服服住着，怎么会看上这个破屋？当然，生产队处理的话肯定是很便宜的。要有这种好事，李二保肯定是不会放过机会。今天收拾房子的会不会是他们家呢？太远了，人影绰绰，看不清楚。她又指给她妈看，赵月英更看不清。母女俩猜测着，又议论了一阵。

当她们收拾停当，赵月英准备再澄一些凉粉的时候，有人赶着一辆毛驴车，经过那条横跨两条夹河的石子路。吱吱扭扭地走了过来。这是一个身材魁梧的高个子青年。虽然天不太热，他却丢剥了外衣，只穿一件印着号码的绿色运动衫，露出结实的膀子，似乎有意显示他当年的运动健将身份。可是这河滩上有谁欣赏他呢？给来贵看吗？滚到一边去吧，你个臭显货李老三！

李老三是谁？李老三就是下台队长李二保的三儿子李得胜，曾经对来贵打过主意的家伙。来贵看清是他，又是一副旁若无人的样子，心里更加来气，抡着拳头，拿出了临战的姿态。赵月英赶忙拦住，低声劝道："快干你的，别招理他！"

"路是我们修的，不让他走就不让他走！"来贵的声音可低不了。

"快别说傻话。不管谁修的，路是众人走的……"

"便宜了他——吃干饭的！"

来贵抡了抡拳头，生气地走进小屋。

她之所以见不得这个李老三，骂他是"吃干饭的"，并不是因为证实了他家买那两间旧房子。不，她不眼馋那个便宜。李得胜在卫中念过高中，想当年他刚回到农村，很有一些知识分子的架子，自视清高，对当年的小伙伴一概不予理睬，又不会劳动，仗着他爹当队长，同学在公社当秘书，钻头觅缝地想招工，想参军，一心远走高飞，但始终未能如愿。后来虽然死了心，好好劳动起来，但还是爱显能，不知高低，特别是民兵打靶的时候，仗着他是连长，在众人面前训斥过来贵，对别的民兵也是横眉竖眼，满脸官气。来贵很看不上他那个样子。最气人的是他居然要和来贵找对象！去年他们家托人来提亲，要把来贵娶过去这一点，也够来贵恼火的了：你家四个儿子，还嫌劳力少，要娶媳妇。我爹没有儿子，要靠我养老，嫁到你家，谁来养活我的爹妈？想得美！全家人异口同声地拒绝了。但李得胜还是没皮没脸的样子。本来刚才来贵嚷嚷的话他听到了，却装着听不见，仍然赶着驴车往这边走，还死皮赖脸地和来贵妈打招呼：

"婶婶忙吧，四老爹咋不见？"

"进城去了！"

"进城了？今天这么多过河赶集的人，谁划筏子？"李得胜明知故问。

"还能有谁，我家来贵呗！"

李得胜拍了一下脑门，大声说："你看我这个人！怎么把来贵妹子忘了……"

“好点说啊，李得胜！”来贵从门里跳出来，针锋相对地警告李老三，“谁是你家妹子？想得美！”

李得胜没有回嘴，诡谲地一笑，赶着毛驴顺河滩往下走。

“你赶车拉什么呢？”来贵娘问。

“拣点石头——修房子。”

“那房子你们买下了？”

“买下了。”

“做啥？”

“住人！”李老三神气地说。走了两步，又回过头来补充道：“我爹说了，四老爹一个人摆渡太忙，他来搭个手。”

“我说呢……”赵月英突然明白了过来。

来贵哼着鼻子说：“呵，我早就看出来了，黄鼠狼给鸡拜年，没安好心。他们那种人，哼……”

李得胜装没听见，撮起嘴，吹着一个什么歌子的曲调，赶着毛驴车去捡石头。来贵冲着他抡了抡拳头，骂了一句：“这个吃干饭的！”

赵月英虽然不赞成女儿的态度，但心里着实不安起来，人老几辈子的独家摆渡生意，眼看做不成了，这多糟心！她望着收拾房子的李二保一家，暗暗埋怨起来：“你这个李二保，也太会撵弄人了！你养的儿子多，是你的，也犯不着处处和我们少儿多女的人作难，前几年你当队长，便宜占得少了吗？还这样眼馋！真是人心没底啊……”

她想起了几年以前的事情。

那时李二保当队长，处处捞油水。公社化以后，渡口入社归集体，但经营还是汪四麻子一家，是个专业户的形式。到李二保的手上，他为了白赚队上的工分，竟然因神设庙，在渡口安了个售票员的职位，把他的大儿媳妇派来，坐着撕票收款，反而把赵月英和来贵支开，派到大田里去干营生。那时正批资本主义，集市贸易关闭，一个月才搞一次“社会主义大集”，平常社员很少过河进城，一天渡不上几个来回，开票员有啥用？他的儿媳妇就这样在凉棚底下，挣着和汪泉茂一样的高工分。来贵在会上提了多少意见，也不顶事，还说来贵是小泼妇，野，不讲道理。后来县委崔书记从这里坐筏子去香山检查工作，发现了这个问题，当面批评了李二保，才把他儿媳妇调开。

听说崔书记升到地委了，好长时间不见他来。他是陕西人，也喜欢吃赵月英做的凉粉，特别爱加醋。他要是再来，就让他尝尝纯绿豆粉，顺便反映反映这个事……不过李二保现在下台了，不反映也罢。如今是责任制，各显本事，他爱划筏子就来，不信他能比过我们家的“水上飞”……

赵月英盼着老头子快点回来。

太阳偏西，那些在集上办完事，着急回家干营生的人，已经打了来回，三三两两往河岸上来，准备渡河。到了码头，他们一边和来贵母女打招呼，一边讲着集上的所见所闻。那些本分而手头又紧的老年人，在人群里挤了一上午，又舍不得下馆子，到这里掏两毛钱，吃一碗清爽可口的凉粉，又解渴又充饥。

来贵忙着摆渡，往河那边送人。

刚渡了两趟，汪四麻子风尘仆仆地从城里赶了回来。他的韭菜没有拉到自由市场去零卖，那样费时误工，而且一个人不好关顾，容易给不自觉的人钻空子，不是多拿菜，就是少给钱。他把韭菜整挂给国营菜店，又拐到二丫头家猫外孙子。转转给他炒菜做饭，又喝了两盅酒，这才离开县城回家。

当来贵和她妈把李二保收拾房子，打算来码头上划筏子的消息告诉老筏工的时候。汪四麻子一点也不生气，反而哈哈大笑起来，说："我刚才路过，见到他们了。没关系，让他们来吧。自古以来，都是八仙过海，各显神通。这么宽的河岸，咱一家渡得了？让他来，我和他赛！"

来贵抡着拳头说："哼，想来抢我们的生意——没那么容易！"

四

筏子匠这个行道，不是人人都能干得了的，它是一门学问，也是一种难度较高的专业技术。这项技术包括制作圆筒，捆扎筏杆，还有充气的技术，使桨的技术，以及在大风大浪里辨别方向和水中救人的本领，都得精通。宁夏黄河沿岸精通此道的人很多。中华人民共和国成立后由于陆上交通运输的发展，河道桥梁的架设，还有汽艇的使用，筏子的生意便日趋衰落。仅中卫、中宁两县，就建起了一座舟桥。四个大渡口，都是用汽艇带动能载八辆卡车的大木船。长途运输，也不用羊皮筏子，而被现代化的公路、铁路所代替。因此干这种营生的，仅限于离大渡口远的偏僻地方，多是上了年纪，像汪泉茂这样的人经营。李二保并不是门里出身，他是在马鸿逵的队伍里搞后勤时，跟着人学了这一手，回来以后又不经常划筏子，技术远不如汪泉茂纯熟。

说来也可笑，那时落后到什么程度，堂堂的省主席，大军阀军队的给养还要靠羊皮筏子这种原始工具。有些人说是当兵，并不曾摸过枪杆子，李二保就是这类人。他在马家队伍撑了三年筏子，1949 年解放宁夏，被解放军解放过来，根据他的志愿，发了路费回了家。回家以后，他上无父母，下无兄弟，也无任何产业。陆无屋，水无舟，没家没舍，朝村而暮郭，到处流荡，是真正的无产者，后来就在汪四麻子分的码头上落脚。他们是军队里的"弟兄"，在一块共过患难，有交情。他帮汪泉茂划筏子，有时跟着做水上长途运输，贩卖红枣、枸杞、发菜等值钱货，运到银川，回来的时候两个人换着背筏子。他们之间并不存在雇佣关系，只是看在"弟兄"的情分，互相照应罢了。那时汪四麻子才结婚，赵月英只十六岁，但两口都很热心，不但管他吃喝，替他缝补，还介绍对象，在土改后的下半年成了家。

从此以后，李二保时来运转，开始走顺风了。加上他比汪泉茂会打算，善于交往，是个活动家的材料，很快成了村干部。不过到了公社化以后，他的官运就逐渐衰落。尽管他积极肯干，能力也好，但在干部的位子上总是坐不稳，上上下下，连他自己也记不清多少回了。最后一次当队长是 1975 年到 1977 年那一段，任期最长。在这段时间，拿他自己的话说，是上了"四人帮"的当，糊涂油蒙住了心尖子，不但工作没搞好，他和汪泉茂之间的"朋友加兄弟"的关系也受到了干扰和破坏，最明显的就是派他大媳妇到渡口当售票员那件事，还有其他的手脚就不用说了，弄得两家关系越来越紧张。以致来贵在李二保下台那阵，曾在批判会上气愤地对他摇过拳头，出言不逊，当着全体社员骂他是"吃干饭的！"

有些人总是这样，在台上不可一世，是英雄，下台则可怜万状，是狗熊。李二保也是这样。别的不说，下台这几年来，光是几个儿子的媳妇就够他操心的。已经结了婚的和他闹分家，没有结婚的要他准备彩礼，准备房子，准备酒席，内外交困，成天一副愁苦样子，但见了人却装出笑容，比当队长那阵子和气多了。他对汪四麻子也恢复了过去的传统叫法："四哥"，连泉茂也不叫，更不用说"汪四麻子"这种难听的绰号。

最近，他花了整整五天时间，把队上处理给他的那两间房子粉刷一新，还垒起了半人高的院墙。一切停当之后，他揉搓掉衣服上的泥点子，抹了一把脸，主动上门拜访了汪泉茂。

"四哥，韩家老婆子丢下的那两间破房子，花一百块钱队上处理给我了，你看咋的？"

"拆了卖椽棒，就地能赚三百！"汪四麻子说。

李二保不好意思地笑了笑，支吾道："看四哥说的！我是买下住人的，哪有心思倒腾？养儿子把害养下了！一个个喂大，把媳妇娶上，还天天和人闹气，要不是老三老四还没找对象，我真想去跳黄河……"

"啥事情把你气成这个样子？"赵月英给李二保送上一碗茶，"四个儿子还不好？都把我眼热死了！"

"哎呀呀，好我的嫂子呢，你真会踢踏人！现在我算明白了，还是养丫头的好……"

"你别挖苦我们……"赵月英生气了。

李二保一看势头不对，急忙给"四哥"上一支"长城"烟，直截了当地说："队上给我们包了十六亩地，我们那么多人，经不住种。我想拾掇一副筏子来划，你说咋的？"

"行啊，现今自由市场一开放，河那边进城的人实在多。我正愁应付不了，你来还有啥说的？咱老弟兄伙着渡。"汪四麻子十分大量，极表欢迎。

"我想把渡口移到下边，免得和你争生意……"

"看你这个人！两副筏子对开，不是更方便么？准备得咋样？"

"还缺两个圆筒，我让老大到他外父那里去找……"

"就缺两个？你不早说！我这里有——来贵，"他转向女儿，"去把咱们那两个圆筒拿来，给你叔叔。"

来贵正帮着她妈做粉，装没听见，把家什故意弄得震天响。

汪泉茂听不到女儿答应，心里责怪着"这丫头"，便自己起身去取。他还没有递到李二保的手里，来贵就大声抗议：

"给了人，咱们自家不用了？"

"看你这孩子！先让你叔用，咱们再说……"

"明儿我们老大找了来,立马就还……"李二保知道来贵丫头对他有意见,赶忙拿了皮筒回家。

来贵嘴不饶人,对着李二保的背影,高声大嗓地埋怨他爹,把难听的话说给下台队长听。汪四麻子怕得罪邻居,狠狠训斥了几句,才把丫头的火气压下去。赵月英却又帮着丫头嘟囔开了:

"这些人也真是,连筏子都没准备好,就想挣钱!有本事,再把媳妇子派来当售票员,又不出力,又能赚钱,多自在!"

"做梦去吧!"

来贵添了这么一句。

汪四麻子真的发火了:"悄悄地干你们的活去!多少年的事情,你们还叨叨!陈芝麻烂谷子,有啥翻头嘛!"

老伴和女儿都不吭声了。

汪泉茂一个人坐着,慢慢地吸烟,奇怪地思谋:"眼下发财的门路有多少,李二保怎么看上了这个?又苦又累,还担惊受怕。也不晓得抽得哪股子筋……"

五

李二保听从了汪泉茂的意见,没有另建自己的据点开辟渡口,而是和"四哥"伙在一起。他当初那样讲,并非出于真心实意,只不过是试探汪四麻子的态度罢了,看人家欢迎不欢迎。泉茂表示和他和平共处,他大喜过望,立即把筏子扛了来。这样,不仅顺着汪家渡口的老航线,摆渡安全,而且在休息的时候,他还可以坐在老嫂子给客人准备的凳子上,慢慢地喝茶抽烟,生活也方便。经济收入当然是"各管各",谁收的运费装谁腰包,互不干涉。

说来也怪,自认为晦气重重的李二保,自到了黄河沿上摆渡,好像把丧门神撂到河里似的,突然吉星高照,碰上了财神。他开始营业的第十天,正碰上香山收区的社员交售羊毛和二毛皮,县城又开了半个月的物资交流大会,秦腔剧团天天公演古装的连台本戏。进城买卖东西的,赶会转亲戚的,专门看《火焰驹》《铡美案》《东吴招亲》等戏的,老老少少,每天总有几百号,加上货物,运输量猛增。汪家父女一人一副筏子,加上李二保的,三副筏子不歇气地渡,也还应接不暇。想把李得胜拉来做帮手,再增加一副筏子,但这个运动健将在水上是"囊包",拿来贵的话说,是"吃干饭的",弄不来,李二保只好一人奋战。即使这样下来,他一天也能挣到十几块钱,有时收到二十块。晚上收筏子,他坐在嫂子的板凳上,一边点票子,一边讨好地问汪泉茂:

"咋的,四哥?我这样干,不碍你家的收入吧?"

"看你这人!各渡各的,谁碍谁嘛!"

来贵听了这话,总是做出不顺耳的样子。虽然她也觉得,李二保确实不曾影响她家的收入,但不知为什么,心里总是不十分舒坦。

交流会期间,转转几次来请她娘和来贵进城看戏,但她们都婉言谢绝了。一是过往行人多，她们两个走了，老汉顾不过来，也不方便群众；第二个原因，也是主要的，是趁着人多做生意，赵月英可以多卖几碗凉粉，赚些钱，来贵帮着她爹划筏子，二对一，收入可以高出李二保一倍，这样才不至于吃亏。

一个月以后，交流会结束了，码头的生意也就慢慢萧条起来。过往行人少，来了过渡的人，来贵当仁不让，总是不客气地抢先招呼，常常弄得李二保下不了台，收入也比不上汪家。他心里很不是滋味，嘴上又说不出，还得对汪四麻子家赔着笑脸，客客气气，有点寄人篱下的味道。他又后悔当初听了汪四麻子的甜言蜜语，考虑不周，没有另搞自己的渡口。因为离此三里路的地方，有一个地方可以做码头，无论水面、岸都合适，还有一样好处，那里正好和去县城的是公路对直，只是夹河上没有小桥，乘客需涉水走到码头，但不必往上绕那三里路。有些年轻人是乐意走捷径的，那样子的话，说不定会把汪家渡口的大部分乘客从半道里截住，叫你们做不着生意。可是现在晚了，后悔药是没有的。既然已经凑合在这里，从情面上讲也不便搞分裂，只好忍着。他过去当队长时，有些事情做过头了，都是遇事不能忍耐的缘故，现在要记住这个历史的教训。

久坐必有一禅。萧条多日以后，又来了一桩好事，虽然短暂，但大喜过望，不仅李二保自己没有想到，汪泉茂也想不到有这样的好事跑到他们的羊皮筏子上来。

有一天，队长方国柱领来一大帮人，好像参观团一般。其中有两个李二保认识，一个是县委宣传部的杨部长，开会的时候见过；另一个是他儿子李得胜的同学，公社秘书许庆文。还有两个人不认识，年龄大的一个戴着眼镜，穿的衣服稍微旧一些；那位年龄小的不仅穿的衣服新颖漂亮，而且人也白白净净，有一对女人似的圆眼睛，好像演员一样。他们手里提着大包小包，有几件小许帮他们拿，很沉重的样子，总也不敢搁到地上。剩下的就是看热闹的小年轻，其中有李得胜，因为许庆文来了，他显得很高兴的样子。一开头，李二保和赵月英有点紧张，不知道他们来干什么。经过许庆文介绍，才明白他们是电影制片厂的摄影师，千里迢迢来拍羊皮筏子过河的镜头，用以说明充气原理在科学上的运用，还说拍了给钱。李二保听了十分高兴，但赵月英有点着急，因为其时来贵和她爹的筏子正好在对岸，汪家婶婶怕拍电影的钱给李二保一个人挣了去。事实上，下台队长确实打着这样的主意。

可是摄影师没有这样的意思。两个人虽然来给羊皮筏子拍电影，但他们并没有见过这玩意儿，先在岸边翻来调去地参观了李二保的筏子，听了他简短的介绍，正想进一步坐下来研究拍摄方案，不知哪个娃娃喊了一声："快看，四老爹的筏子过来了！"

众人齐向对岸望去，果然看到两副筏子在水上乘风破浪，向这边飞来。二位摄影师感到十分神奇，赞叹不已，急忙从包里取出摄影机，还有一个小火箭筒似的玩意儿，对着筏子就拍，只听机子里"丝啦啦"一阵怪叫，也不知拍了多少。李二保眼巴巴望着汪家父女在不知不觉中把钱挣了去，将来"野丫头"再在电影上一露面，更加神气。他心中暗气，又说不得。

等到汪家父女把过渡的旅客载到岸边，二位摄影师就像欢迎英雄那样，抢着和他们握手。来贵不习惯这个礼节，头一扬，从人群里挤过去，光着脚板拾级而上，"嗒嗒嗒"跑进小屋里去了。

其实刚才不是正式拍摄，汪家父女回到码头，才正式商谈拍电影的细节，说明用意。原来他们是上海科教电影制片厂的，准备拍一个用充气原理为人类服务的科教片，其中有一个内容就是羊皮筏子渡河，以此说明，目前国外采用的气垫船、充气塑料薄膜体育场、展览馆之类，先进固然先进，但并不新奇。我们的祖先，早在几个世纪以前，就用羊皮筒充气的原理，制造筏子，搞水上运输了。商谈过程中，宣传部长和许秘书又把羊皮筏子的功能大大吹嘘了一番，特别提到长途运输、飞渡沙坡头下面的“一窝猪”险滩，玄而又玄，神乎其神。二位摄影师对“一窝猪”的真正含义并不了解，但很神往。他们决心去拍一组惊险的特技镜头。但在正式开拍以前，打算先在水势平稳的地方拍几个镜头，一是熟悉羊皮筏子过河的性能，二是测验筏子匠的技术，以便从中选拔一个技术高超的去“一窝猪”当演员。他们很希望来贵入选。

听说他们要选拔，李二保先就泄了气。他那两下子，如何比得上“水上飞”！“一窝猪”那地方，早年间他跟着汪四麻子去过几回，但经过那里的时候，他的掌舵权往往被汪泉茂夺了去，不让他划。现在已经多年不去，怎能“表演”？不过他比汪泉茂年纪轻，身体壮实，是个有利条件。如果在这里能选上，和汪四麻子一块去，“四哥”绝不会见死不救，肯定要和过去一样，保护他过关。那样，飞渡险滩的优厚报酬，起码也要二一添作五，两人平分了。

安排已定，三副筏子同时过去。这边只留那位年龄大的摄影师，其余的人全部乘坐筏子到对岸去。把小摄影师留在那边，其他的人仍然坐着筏子回来，目的是从两岸分别拍摄，在背景上下些功夫。过来的时候，李二保划得很快，一是抢镜头，二是显技术。但摄影师的镜头总是对着“傻丫头”来贵，连她筏子上的许庆文也同时沾光露脸，大为高兴。这一点李二保根本不知道，再次过去的时候，他还是拼命往前划，而且眼睛不时瞅摄影机，结果把手底下忽略了，划着划着，不知不觉离开了航线，一个不小心，筏子在旋涡中打了几个转，“忽啦”一下底朝天翻了过去。年轻的摄影师吓得两手发抖，差点把摄影机掉到水里。要是这时候出了人命，可是他们的责任呀！

正在这千钧一发的危险关头，汪泉茂紧划了几下，箭一般地追了过去，在离旋涡三十多米的地方赶上了李二保。下台队长正死死抓着筏子的架杆在水里挣扎，“水上飞”把自己的桨板点到李二保的架杆上，轻轻推着往岸边靠，到底把落水的人救了出来，筏子也保住了。

李二保一面感激“四哥”的救命之恩，一面又埋怨汪四麻子没有给他把航线指点清楚，致使他丢丑出洋相，又气又恨。毫无疑问，他是没有被选拔上的。但是有好几次，他的“光辉形象”还是被摄进了镜头，而且得了十五块钱的报酬，差不多达到了他日收入的历史最高水平。

可惜他丢失了到“一窝猪”去表演的机会。许庆文给摄影师做了许多工作，但他们还是坚决地加以拒绝。理由是：“出了人命，我们负不起责任。”

为了表示和“四哥”的友情，李二保宁愿不要工资，也要跟着去一趟，摄影师勉强答应了，又提出来贵的问题。泉茂说：“渡口不能没人。如果筏子全部停下，过往行人不便，不合渡口的规矩。再说，这是拍皮筏子，又不是拍电影（指故事片），去那么多人干啥！”

摄影师认为老筏工的话有理，放弃了他们的要求。但还是有点惋惜。

那天渡口的摆渡任务，由来贵一个人担当，赵月英照旧做她的凉粉生意。

李二保跟着去，在路上替“四哥”背了一程筏子，也亲眼观看了“水上飞”的绝技表演。摄影师胜利完成了拍摄任务，慷慨地给汪泉茂付了三十块钱报酬，据说其中包括一部分保险费，同时也给李二保领了十块钱，因为回来的时候，他们把二位摄影师邀到筏子上，顺流而下，让摄影师尝了坐筏子的滋味，又省了走路，给他的交通费（在水势平稳的地方，一直是李二保掌舵）。

后来，来贵跟娘高兴的时候，和李二保开玩笑说：

“叔叔要是那天不掉到河里就好了，保准人家也让你去（一窝猪）表演！”

“看你这丫头子！”

“不许这样对大人讲话！”汪泉茂瞪着眼睛制止女儿。

但是来贵总也抑制不住自己，心想：“哼，不想想自己的本事，还要当筏子匠，还想上电影——吃干饭去吧！”

六

给羊皮筏子拍电影，又是筏子匠直接当演员，这是旷古绝世、前所未有的稀奇事情。因此摄影师走了好几天，亲眼看到的和没有看到的，都在起劲地谈论着这条新闻，好像本地出了什么英雄，众人沾了多大光似的。青年人谈论最多的则是瞎猜冒估将来电影中几个“演员”的形象。有的为来贵姑娘上镜头前没有化妆打扮而惋惜，有的冒充内行，用艺术家的口吻说，来贵不打扮也漂亮，人家电影要的就是老农民的真实生活。最担心的倒是李二保翻船落水的镜头，觉得有失体面，不知道拍进去了没有。对此事最恼火的是李二保的三小子李得胜。

想当年，李得胜是县中篮球队的中锋运动员，多次夺得冠军，出尽风头，是心高气盛很爱面子的青年人。至今他还珍藏印有“县中9号”的运动衫，经常喜欢在众人面前显露出来。他的脾气是，不管啥事，不干则可，要干就干出样子来。那天方国柱和许庆文领来拍电影的人，他之所以去看热闹，完全是出于年轻人的好奇，拍的时候，许庆文再三喊他上筏子抢个镜头，他始终没有上去。他觉得自己不能亲手撑筏，去当个“群众演员”，是不够味的。上去凑凑热闹固然可以，但上谁的筏子？来贵的筏子他愿意上，但不敢，怕野丫头当众骂他“吃干饭的”，上四老爹的，不好意思，上他父亲的筏子，更觉丢人，因此一直在岸边站着看热闹。谁知李二保几十岁的人竟在关键时刻丢人现眼，回家以后没等他老爹换好衣服，爷俩就干了一仗，吵架的声音之大，连二里外的赵月英母女也听到了。

赵月英侧着耳朵听了好长时间，深深叹了口气，暗自庆幸：“幸亏没把丫头嫁给他，原来是这么个犟驴皮！”

来贵听了几句，脸上带着一丝冷笑，扭头忙她的营生去了，嘴里嘟囔道：“拍完电影又唱戏，真热闹！”

李得胜和他爹吵架以后，赌气不去码头(先前，有时高兴了还帮他爹背筏子)，一心在庄稼地里下功夫。

这已经是五月中旬，麦子淌过头水，人们开始忙稻田的活了。李得胜他们承包的地块都是旱段，没啥可忙的，他就把目光集中在河滩上来，上下搜索，想多种几亩河滩“撞田”，这也是他父子吵架以前的既定方针。

汪家渡口往上五里地是黑林滩护岸林场。这中间大大小小的河滩地有好几百亩，没有主人。过去是哪个队的队长胆大有力，哪个队就在上面种庄稼，多数是稻子、糜谷、黑豆之类的作物，既不条播，也不点种，就那么朝天一撒，让它自生自长。有工夫去拔草，没工夫就不管，往往庄稼被草吃了，这是自然界的物种间竞争，也没奈何。“撞田”就是这个种法，广种薄收，有当无的买卖。侥幸成熟，就是额外的收获。如果给水淹了，或干脆冲走，那也是预料之中的事，不后悔，不可惜，也不怨天尤人。一亩地不过十来斤种子，当初就计划着扔掉的。李二保过去当队长的时候，也曾利用这些地“跨过一次江”，到县上开先进代表会，吃过几天四菜一汤。汪四麻子则利用摆渡的机会，近水楼台，每年都偷偷摸摸种些黑豆之类的庄稼，上头知道了，就说是“小片荒”，不知道，就悄悄收了。时间一长，也摸索出一些经验来，就是这些河滩地，便宜固然便宜，但损失籽种的可能性极大，要想不损失或少损失，就得拣那些生长期短的作物，黑豆就是一种。再后来，引进了小日月豆，八十天就成熟，能抢在洪水之前。今年还是老主意，但今年不同于往年，新情况多，老皇历翻不得。责任制以后，家家都劳力过剩，想另找出路，扩大生意，李老三就是其中之一。他身强力壮，腿长跑得快，先下手为强，第一个在河滩上犁起地来。

那天一大早，他套了一对毛驴，到码头西边的一块地里下了犁，打算整治平了浪稻子。这块地去年种了没有，看不出来，但秋上漫过水，肥沃的泥沙很厚，是块好地。他一边吆喝着牲口，一面得意洋洋，嘴里哼着《军港之夜》的曲子，和着河岸上的蛙鸣鸟叫，加上富于诗意的黄河岸边，早晨雾气磅礴，烟波渺渺，别有一番情趣。

李得胜刚刚犁了两个来回，来贵就发现了。“英雄所见略同”，那块地她也看中了，她和她爹曾经种过几茬，只是今年还没挪出工夫来。另外，种这块地，必须经过她和她爹建造的那座小桥，这是她家的天国，别人如何能够侵占？简直岂有此理，何况是这个李老三！她不迟疑地奔了过去，捍卫自己的领土主权。李得胜还没有清楚是怎么回事，她就一把扯住了驴笼头，喝问：

“你想干什么？”

李得胜打了个寒战，愣了一下，马上平静下来，满脸堆笑地说：“唉呀，是来贵妹子！”

“你干净点！”

“是，是……”

“你这是干什么？”

“打算浪点稻子……”

"浪稻子？说得比唱得还好听！怎么不在你家房顶上去浪呢？"

"你真会开玩笑……"李得胜还是认真不起来。

"谁和你开玩笑！滚一边去吧！"

来贵说着，用力一推驴头，两个牲口也给她推得往后退了半步。

"你？——想打架吗？"运动员敛起了笑容，捋了袖子，因为早晨气温低，他没有亮出运动衫来。

"这是我们家种过的熟地，你有啥权强占？"

"熟地！哈哈，新鲜！既是熟地，拿出队上签的合同来！"

"不在册的荒地，哪来的合同？"

"嘿嘿，这就奇怪了！你一会儿说熟地，一会儿说荒地，到底是什么地啊？"李得胜自以为逮住了理，怪声怪气笑着揶揄道："快松开，别误我的工夫！"

说着，在驴的屁股上抽了一鞭子。但来贵像铁塔似的横在前面，毛驴如何敢走！只是委屈地动了动后腿，扭了一下屁股。

李得胜真的生气了："你到底放不放？"

"不放。"来贵不示弱，"你要再犁，我不把你的驴腿敲断才怪！"说着，她用力抡了一下拳头，做出了一个敲的动作。

"你敢！"

"等着瞧吧！"

来贵摆了摆头，用力把头发往后撩了撩，左右看看，企图找一个能敲断驴腿的武器，但是滩地里光秃秃的，什么也没有。不远处是黑林滩护岸林场，那里有柳树、杨树、沙枣树等，随手可以折一根，但护林条约不允许，于是她飞也似的跑回家去，找敲驴腿的棒子。

事有凑巧，队长方国柱正在来贵家和汪泉茂两个人头对头地抽着烟扯磨，好像商量什么事情一样，发现来贵气哼哼地跑回来，"叮叮咚咚"地找木棒，二人吃了一惊，问明白了是咋回事，两人赶忙劝住了。方国柱说："算啦算啦，街坊邻居，低头不见抬头见，何必为巴掌大的荒地伤和气！我去看看。"

李得胜愣在地里，双手叉腰，正转着圈子生气。来贵扬言要敲断他的驴腿，这个野丫头是什么都能干出来的，他真有点害怕，正想找个评理的人，抬头见了队长。不待他申诉，就劝他另找地方："这么大的河滩，哪里找不上一块地，偏来这里凑热闹！"

运动健将只好扫兴地卸了套。如果来贵是个小伙子，他非得给她点颜色看看。偏偏是这么个"小泼妇"。

七

宁夏的引黄灌区素有"塞上江南"之称。不过真正具有"塞上江南"水乡风光景色的怕就是初夏到入伏这段时间。因风向由西北转向东南，气候也由干燥而变为湿润，万物生长，植被恢复了对大地的统治权，到处天气晴朗，风和日丽，空气清爽而醉人。这时候旱田的麦子已经抽穗灌浆，水地里刚刚插下的稻秧，正在换秧返青，块块水田，平展如镜，整齐的稻苗翠绿而充满生机。土地全部被利用起来，一片葱茏，成了绿色的世界。村庄在绿树掩映之中，莺声阵阵，蝉鸣蛙噪，充满了诗情画意。不要说身临其境，便是包兰线上乘坐火车，由兰州北上的旅人，当他们经过满目荒凉的一座山，热气腾人的腾格里大沙漠，口干舌燥的时候，突然在沙波头下面看到这片绿洲，也要情不自禁地喊："嗬，这是什么地方呀，这样美！"

农民们看到责任制的前途以后，更加勤劳，百倍忙碌。一个个都想在这块富饶的土地上建设自己更加美好的生活。汪、李两家，因为住在黄河岸上，近水楼台，河地种得比别人多，自然要格外辛劳。早晚两头的时间，集中作务庄稼，吃过早饭开始摆渡，两家的年轻人就去稻田里拔三棱和秕子，没有任何喘息的空闲。李得胜和汪来贵两个人，由于各有营务，忙天忙地，把那天早晨在河滩的纠纷忘掉了，眼睛望着未来，脚踏实地，充满信心地实现着各人的生产计划和发家致富的目标。

自由竞争在"和平共处"的气氛中进行。

李二保毕竟是当过队长的，他比汪四麻子会打算，想头也多，门路又广。不知什么时候他又与方国柱鼓捣，和生产队签了合同，让他的儿子李得胜承包了手扶拖拉机，给公社农具厂扩建厂房的工地拉沙子，挣了不少运费。这个买卖的牵线人自然是公社秘书许庆文。许庆文不但是李得胜的同学、球友，而且又是李二保的好同志。当年李队长在台上的时候，队上菜下来给许秘书送菜，瓜下来送瓜。虽然这是"小意思"，但小许也不能无功受禄，也得有所表示。先前招工的事没有弄成，很为遗憾，如今农具厂兴建土木，他也来点"小意思"，让李二保父子增加点收入。

沙子，河滩上有的是，不花成本，只要筛一筛，拉去就是钱。但拉沙子的时候，拖拉机必须经过来贵家建造的小桥，这使来贵心里不舒服。那座小桥虽然只有三米来长，但为了坚固牢靠，竟用了她家屋后的四棵大柳树，而那些树是可以做桁条盖房子的，市场上一根柳木桁条五十块，四条就得二百整，这是多大的代价！他们之所以这样做，既是为了方便来往行人，自然也是为了自家的摆渡生意。如今李二保摆渡，已经够沾光的了，李得胜再开手扶拖拉机拉沙子大摇大摆地从桥上来回走，就更不像话了。来贵认为这是他"觉不着"，不懂道理。一个大小伙子，不应该抢夺六十岁老头和年轻姑娘的劳动成果。她起初是用眼睛挖那个"侵略者"，希望他识相一点。但对方"觉不着"，照样开着拖拉机往来，有时嘴上还叼着香烟，明摆着他搞副业发了横财，得意忘形。来贵忍受不住，于是从心里不满发展到嘴上咒骂。不过没有十分粗野的话，仍是那句口头禅："吃干饭的！"

"他下次再来，我非把他的拖拉机掀翻不可！"有一次，来贵气愤地摇着拳头，对她的父母亲说。

汪泉茂没有吭声。赵月英笑劝道："让他走吧——修桥补路，是大善大德，咱们修路，就是为了众人走嘛！"其实她心里并不乐意。一是怕李得胜的手扶压塌了桥，二是眼红小伙子卖沙子挣钱，怨恨自己没有儿子。但她忍着不说，反来劝女儿。原因是她当上了"居士"，初

一、十五烧香敬佛，慈悲行善，佛门规矩，应该如此。

来贵不以为然："又不是给他修的！"

"只要不妨碍咱们的事就行了，管他呢！"老筏工漫不经心地说。

"你说的！他的手扶那么重，把桥压塌了咋办？"来贵提出了限制李得胜的拖拉机通行的理由。

"这倒是个事。"汪泉茂和老伴同声说。

当初修桥，是为了方便过往行人，毛驴拉的架子车也可以走。虽然有四根柳木梁，但像手扶这样的重车能不能经得住？没有科学的计算。那年崔书记坐的小车来，司机就没敢过。想到这些，父亲接受了女儿的建议："你说得也对。赶明儿我跟他老子说，叫他不要再开手扶过桥。如果不听，真要掉下去，他自个倒霉！"

还是软弱无力。来贵对爹妈的宽大政策有意见了。她认为当初就不该答应李二保来渡口合伙，叫他抢我们的生意。如今人家划筏子赚钱不算，还贪心不足，又开拖拉机搞运输，使用我们的桥和路，这能允许吗？"你们不管，我管。我就不信制不服他这个吃干饭的！"来贵嘟嘟囔囔地说。

有一天，来贵从码头上拉了一个空架子车，经过那条小路到后方基地的家里去，正碰上李得胜的手扶迎面过来。她腰一躬，双胳膊用劲，骨碌把拉拉车推上了小桥，横在中间，不进也不退。李得胜赔着笑脸，嘴上打着哈哈，要求来贵把架子车拉回一点，让他的手扶开过去。来贵连眼皮也不抬。李得胜主动地往后退了退，请来贵先过。她先是不搭理，后来竟开口骂起来，骂他是"吃干饭的"，"不讲道理"，又说他算不得男子汉大丈夫，抢夺人家的劳动果实，欺侮一个老头和姑娘，太没羞没臊了。

开头是半真半假，半开玩笑半认真。李得胜也图着嘴皮子的痛快，一来一往，互相奚落挖苦。后来看到来贵是存心捣蛋，李得胜也火了，跳下手扶，灭了火，走到来贵的架子车眼前，威胁说：

"你别耍蛮，河滩上的路，人人有权享受！"

"说得比唱得好听！"来贵反击道，"天也人人有份，可我绝不会爬到你家房顶上去观星望月！"她为自己的话尖刻有力而得意地大笑起来。

"你到底让不让？"李得胜吼道。

"不让！"

"再说一遍！"

"不让，不让，就是不让。看你能把我咋的！"来贵跳着蹦子说。

说时迟，那时快，在来贵叉着腰大喊不让的时候，李得胜出其不意，乘其不备，猛地抓起架子车，用力向对面的路上推去，车子滑出去好几丈远，车把碰在石子上，发出"哐当当"的响声。

这还了得！李得胜让着他是小伙子，竟敢蛮横地欺侮一个姑娘。来贵气得脸蛋发白，眼睛冒火，用手把头发往后一撩，"噔噔噔"地跑了过去。李得胜以为和他交手打架来了，赶忙躲闪。他不是打不过她，而是男女有别，不能接火。你想想，一个小伙子和姑娘打架，那成什么体统！生气归生气，但这点起码的道理他是懂得的。

来贵并没有去和他打架，而是愤怒地扑向手扶拖拉机，抓起坐垫用力一甩，“扑通”一声，扔到夹河里去了。但还不解恨，她又捡起柴油机上的摇把，撂到夹河里……还可以扔些什么呢？没有了。她试图推翻整个手扶拖拉机，但是力量达不到，只好罢手。

李得胜面对这样一个不讲理的“小泼妇”，欲战不能、欲罢不甘，只好站在一定的距离上，气急败坏地大骂：

“你是土匪吗？这样破坏队里的公共财产！”

“你才是不讲道理的强盗呢！占人家修的桥和路。”

“你家的？”

“当然是我们家的。”

…………

这一场纠纷，如果放在城市里，早已围得水泄不通，万头攒动了。可是在这空旷的黄河沿上，又是农忙季节，哪有闲人观战？他们你来我去，舌枪唇剑，杀了几十个回合，既没人围着看热闹，也没人排解劝架，足足吵了吃两碗大米干饭的时辰，才来了七八个过客。他们站在桥头听了几句，立刻有勇敢分子出来评论。这也是眼下城市里不多见的。不知为什么，他们的同情全在妇女一边，把理都评给了来贵姑娘。大概是他们经常过渡，认识这位码头的接班人吧！其中一个老大爷指着李得胜说：

“你是哪里的小伙子！年纪轻轻的，也不懂道理！咋好意思和丫头吵嘴？”

“就是这个话嘛……”立刻有人附和。

李得胜一脸不高兴，拧着脖子顶道：“你们不调查研究，就哇啦哇啦……”

他本来想用从书本上学来的这两句话堵大家的嘴，不料反倒惹恼了众人。

“人家老大爷好心劝解，你还不识举！啥叫哇啦哇啦？人又不是乌鸦麻雀……”

“就凭你这个劲，也是理亏！”

“我理亏？”李老三睁着眼睛反驳，“她说这桥是他们家的私有财产，不准别人走！”

“谁说不让别人走？”一个穿条绒制服的人说，“这么多年，我去香山收购畜产品，都是从这个桥上过！”

“那他为啥不让我走？”

“你那样重的拖拉机，压塌了桥咋办？”来贵质问。

“这也是个话。”那位大爷说，“当初四老爹搭这个桥不容易啊！”

…………

李得胜气得眼睛发黑，心里冒烟，扬着头骂道：“你们评的狗屁理！我去找公社头头……”

这话太过分了！众人一齐批评他：“年轻人，嘴咋这么不干净！”

“太不像话了！”

…………

李得胜顾不得许多，连手扶拖拉机也不要了，嘴里嘟嘟囔囔，噔噔跑着去公社找领导。

来贵得到公众舆论的支持，更加来劲，她摇着拳头说：“找去吧，姓李的，公社领导是大家的领导，不是你一个人的领导。可你记住，路是我们修的，桥也是我们搭的。我和我爹修路的时候，你不知在哪里晒太阳呢，这会儿倒来享受了，哼……”

两个年轻人吵嚷的声音终于传到了码头上。汪泉茂和李二保从对岸划筏子过来，听到喊叫声，急忙跳到岸头，冲着自家的孩子喊：

“来贵，你……”

“老三，你……”

见两个年轻人不理他们，两个老弟兄无可奈何地跺着脚叹息：

“唉……”

“唉……”

八

李老三桥头战败以后，就像一个受了高年级同学欺侮的小学生那样，边跑边嘟囔，到公社去找父母官做主，一路上只差没有哭出声来。

一个大小伙子输给了黄毛丫头，而且是他曾经要找而没有成功的对象，那种既委屈，又气恼，表面不服而内心羞臊的可怜情状是可以想见的。

但是公社空荡荡的。

第一年实行生产责任制，新问题一个接一个，又要调查，又要总结，还要处理具体问题。因此公社的头头和多数干部都下队去了，只有秘书许庆文守门。他虽然和李得胜是同学，一样的学历，在球队里还只是个候补队员，但他的运气好，又是城市户口，毕业一年半就安排了工作，而且是坐办公室的秘书。实践证明，小伙子就是有两下子，嘴能说，笔头快，在领导眼里是个“红人”，其他干部都叫他“秀才”，过去下队了解生产的过程中，他积累了不少文学创作素材，头头们下去以后，他一个人坐着无聊，就练习写小说，希望有一天能在报刊上发表。新闻报道他已写过好几遍，但都是小玩意儿不过瘾，作者的名字用括号括在文章的尾巴上，比不得文艺作品，把作者的名字标在题目下面的显著位置。因此他决心在这方面碰碰运气，试试自己的文学才能。

正当他文思如泉涌，写得高兴的时候，李得胜跑了去。他以为是老同学刚拉了沙子来，找他要水喝，十分客气地让座、递烟，准备泡茶。李得胜却没有这些闲心，他既不坐也不喝，只问书记社长哪里去了。当他知道头头下队无处可寻的时候，便大失所望了。按理说，头头不在，把苦诉说给老同学，叫他去处理，不是更有利吗？不然。尽管同学是秘书，但在来贵眼里没有什么位置。有好几次，他就听到来贵当面叫许庆文“小许”，说话也很不敬重，嘻嘻哈哈，很随便。小许去处理问题，不碰回来才见鬼！

但是别无他法，只好把他的冤屈诉说给老同学听。当讲到来贵如何不讲理，如何破坏拖拉机的地方，他加重语气，重复再三，使秘书相信，野丫头来贵是个货真价实的大坏蛋。末了，要求老同学替他做主，马上去处理。

许庆文听他告一个丫头，心里就有点可笑，不当一回事。大脑皮层只分出三分之一听李得胜说话，那三分之二仍然想他的小说，眼睛死死盯着李老三，抓紧机会观察他的面部表情，捕捉其内心世界的心理活动。听着听着，他竟莫名其妙地笑出了声。

这是什么态度！

李得胜对同学不满意了。汪来贵破坏中央的责任制政策，把包产到户当成分田单干，在黄河滩上胡乱占地，连公路桥梁也变成了她家的私有财产，这么严重的问题，你一个公社的秘书，不但不重视，还来笑，什么意思！他正想发火，老同学说话了，但很不认真：

"汪来贵是有点不讲道理。不过你也不能这样孬——你想想，有朝一日来贵回心转意，真和你找了对象，你这样没出息，怕连床也上不去，只能当什么床头柜(跪)！"

"谁稀罕要她——倒找八百块也不要！"此时此刻，李老三的话是真的。你想想，他的肚子都给野丫头气破了，还能和"小泼妇"谈对象？去她的吧！

"很难说哟，老朋友！嘴上说大话，心里只怕……"

"你到底管不管吗？不管，我去找书记去！"

小许见李得胜认真了，这才敛起笑容，说："管，咋不管。不过今天没工夫。你不看公社就我一个人，走了，上头来电话谁接？你先回去干活吧！"

这个问题李老三当然解决不了。但他的事情也刻不容缓："好我的大秘书呢，手扶上的坐垫和摇把，全给那个泼妇扔到黄河里了，拖拉机不能动，我咋干？"

确实是个问题。

实行生产责任制以后，集体和个人之间都签订了合同，对待大小事情都要用经济手段，少拉一趟沙子，就要少多少钱，这不是闹着玩的。许庆文想了想，终于收起了纸笔将听电话的任务托给炊事员老丁，骑了自行车，让老同学坐在后捎架上，直奔汪家渡口处理民事纠纷。

别看两个人雄赳赳，气昂昂，其实心里都在嘀咕，信心不足。李得胜不相信许庆文，许庆文怯乎汪来贵，都认为这是个棘手的官司。在包产到户的过程中，因为使用牲畜农具、耕种土地、淌水排水、拉粪走路争道，曾发生过多次打架斗殴事件，各说各有理，解决起来，很是头疼。这次受理的事件又牵涉汪来贵，就更加难办。许庆文清楚地记得，他刚当秘书的那一年，来贵曾到公社反映队长李二保以势压人，如何克扣她的工分，如何给她家的渡口派"售票员"侵占她家的利益，等等。当小许给她解释，做思想工作的时候，她竟然骂他是"吃干饭的"！今天他虽然比几年前老成练达，但毕竟还是"小许"，怕压不住台，调解不了，自己也下不了台。他一路走，一路想，最后拿定主意：如果双方讲理，就各打五十大板，批评几句算了，要是解决不下去，就把"情况"带回去，给领导汇报，矛盾上交，谁家也不得罪，免得挨人家的骂。这个诀窍，他是从杨社长那里学来的。

李得胜不管小许如何盘算，他还一个劲在车子后面自我嘟囔，甚至说些"人不犯我，我不犯人”的大话。不知他究竟要达到什么目的。

很快，他们就到了发生争执的现场。拖拉机驾驶座上确实没有坐垫，汪来贵不知跑哪里去了，也不见那个用以挡桥的架子车。小桥畅通无阻，也没有行人，连一只青蛙也没有。再看夹河，却见有两个人穿着短裤，在河里来回地踩，像是在摸鱼，又不是。原来是汪四麻子和李二保两个人。

自从两家的两个“小贼”发生冲突，扔了东西以后，两个老汉都陷入了难堪的处境。但想法不一样。汪泉茂虽然不满意李得胜把那么重的拖拉机开上他建造的小桥，但也反对女儿的鲁莽做法。他这一辈子没有儿子，走在人前，总觉得矮一截，生怕别人在背后戳脊梁骨，骂他“缺德”。因此两口子对人特别和善，也受到了过往行人的赞颂。这还不算，赵月英又忌了口，当了“居士”，其目的也是为了积德，和老头子修桥补路异曲同工。现在女儿这么一闹，不是给他脸上抹黑，有损功德么？来贵劝不转，他就撂了篌子，钻到河筒子里给人家打捞坐垫和摇把。

李二保也参加了打捞，但他是另外一种心情。虽然他在心里认为，来贵的所作所为是受到汪四麻子的支持和鼓动，而汪四麻子的动机纯粹是“没儿汉”的妒忌心理促使，但在表面上他不便发作。如果是前五六年，或者碰上别的人，他早和他们干起来了，还受这个窝囊气！李二保怕过谁？不过汪家究竟不同于别家，“四哥”曾经有恩于他，现在又让他来码头上划篌子，也算够意思了，偏偏老三这个“直脖子狼”不听人劝，要和那“小泼妇”纠缠，结果给人家把“机器”扔进了河里。这不是自找苦吃吗？他只好跟着“四哥”下去打捞。

坐垫是早已捞上来了，像个大乌龟似的，趴在沙滩上晒太阳。只是那个鬼摇把找不着。铁家伙，早沉底钻到泥沙里去了。他们无论怎么踩，也碰不到脚底下。

许庆文一看这个场面，知道纠纷并没有波及两家老人，问题不难解决。他正想动员李得胜去帮着打捞摇把，来贵拉着满满一车肥料，从庄子那边朝小桥上走来。到桥头上，见许庆文大驾光临，就明白是怎么回事了，她放下车子，不等别人开口，先开了腔：

“嗬，面子不小，把大秘书搬来了！”

出言不善。许庆文宽宏大量地笑了，没有说什么。在他眼里，这来贵姑娘很有“性格”，已经构思的作品中，准备把她刻画进去。因此见了面，他并不摆官架子，尽量随和些，不敢把气氛搞僵。

来贵又说：“当官的来了，咋处理吧？我这里等着！”

“不要这样嘛，来贵同志！你把人家的拖拉机上的东西往河里撂，这不大好吧，嗯？”许庆文和颜悦色地说。

“什么不大好！我越是客客气气，他越上头……”来贵不服气地说。

“谁上头了？”李得胜不服气地问。

“你，还有脸来说！我们修起来的路，你倒来享受！”

“你们修起来是对的，也是事实，应该受到表扬，可……”许秘书说。

“我不要那些表扬。表扬算什么？卖片儿汤！你想想，河滩上那么多鹅卵石，不是我和我爹搬，能有这条路？搭桥的大石头是哪来的？自己长腿跑来的！木头是哪来的？是你这个大秘书批条子，拿的公家东西？说得轻巧！大小也是个领导，不要偏心眼！”

“不管咋说，路要让人家走……”

“我们没说不让走的话。不过拖拉机太重，压塌了桥咋办？”汪来贵说。

“才一吨多重，能压塌吗？又不是纸糊的！”李得胜嘟囔道。

“铁打的也不让你走！”

来贵斩钉截铁地说了这么一句，拉起车子就走。当她过了桥老远，还能听到嘟囔的声音：“什么公社干部，吃干饭的！”

许庆文装没听见，让他们赶快把摇把找出来，叫机子跑，别误工。说完，茶也没喝，就把“情况”带回去了。

九

李得胜的手扶拖拉机在河滩上趴了整整两天，因为没有摇把，奈何不得它。队里还有一个青年，包产到户以后自家买了一台新手扶搞运输，他跑去借了人家的摇把，把拖拉机发动起来，开回到他们新收拾的那两间房子的院子里，吃了饭，刚准备发动起来去干活，那人又跑来要去了。不能怪人家小气，手扶拖拉机就是这样，摇把相当于它的钥匙，须臾离不了它，你借了就妨碍人家的工作。实在没有办法，他去求方国柱，请他以队长和庄邻的双重身份去给来贵做做工作，让她把摇把找回来。因为摇把扔在什么地方，她最清楚。

方国柱这人最大的特点是平和、老实。还不到四十岁，却得了一个“和事佬”的名声。过去队长能享特权的时候，队干从来没有他的份，至多做个副手，当当陪衬。现在包产到户，人人承包土地，不能当甩手掌柜的了，队干便没人当，大家一琢磨，就安在他的头上了。他老婆死活不让他接，他说：“大家都不当，也不是个事，我应下，不过多跑点腿，有啥难的！”

过去当队长主要任务是敲钟催人下地，再就是评工分。这些现在没有了，倒省心。可是社员之间争吵、打架的事又多起来，要他调停，他哪里管得了！唯一的办法是说好话，这边动动，那边说说，息事宁人。现在李得胜去找他，还是老办法，要李得胜去给来贵下话。李老三拧头扬脖子，不肯接受。队长生气了：“你还犟，要不是你的三棱子脾气，事情还到不了这个地步！回去叫二保叔来，我找他商量。”

李二保应召而至，经方国柱晓以大义，他接受了劝告，跑到供销社门市部买了二斤饼干，用黄麻纸包着，方国柱说不好看，找了些红纸裹了，拿着去给汪家赔礼。

汪四麻子一家三口正坐在屋前的阴凉下吃饭，队长和李二保两个人的举动吓了他们一跳，没名没堂，这些人提点心包包来干啥？

来贵脑子转得快，一下就明白了。她扔下饭碗，调头就想走。方国柱说：

“来贵对我有意见吗？怎么我来了就躲？别忙别忙，等一会儿还有话说…….”

赵月英却把事情想到另一个岔里去。年前方国柱为李得胜来提过一次亲，因为李二保的为人，她和老汉一口拒绝了，来贵也不答应。听说他们还有想法，今天莫不是又为这个事情来？想得好！就凭你儿子的那个犟劲也不能答应。再说，改改前两天来信说，山里那个人同意上门，秋后就来相亲订婚，还能给你李得胜？想着去。她一面让座，一面说：

“你们这是怎么说？不年不节，拿的什么礼！”

李二保装听不见，一个劲地给“四哥”让烟。方国柱说话没头没脑，“应该的……你们两家的事，我早说了……本来应该让李得胜亲自来，可这事……”

“那狗东西不是人，犟得很……”李二保瞅着赵月英母女骂着儿子。

赵月英一听火了，本想发作，占几句口头便宜，可现在当了吃斋念佛的“居士”，佛门规矩，以慈善为本，说话要低声慢言，不能再像过去那样大喊大叫。几经措词，才说：

“国柱，你怎么这样！我说过了，不成……”

汪泉茂忍不住了，单刀直入：“痛快点说吧，你们今天是……”

“我来给你赔礼，还有四嫂子和来贵丫头。老三那个畜生，那天在桥头得罪了来贵……”

“哎呀，还是这个事！过去了就算完了，还提它干啥！”汪泉茂说。

“啊，原来为这个！我还以为啥事。他叔叔，你心里明白就是了，何必搞这个名堂——不过那桥确实经不住拖拉机压。”

“再不走了，再不走了……”李二保赶忙保证。

“那就好说。”

“摇把的事。”方国柱笑着把话转入正题，“还得请你们给来贵说说，叫她下河捞一下——别人摸不着地方……”

来贵一听，抿着嘴笑了，扭头跑了出去。汪泉茂追着女儿的背影：“你去给帮着找一找嘛！忙天忙月的，误了工咋整？”

队长又和几个大人说了一阵话。当然是做思想工作：“以后咱们大家在小事情上互相忍让一些。虽说包产到户，总还是社会主义的人民公社嘛！各人的能耐再大，要老是这样扯筋，谁也不好过。”

几个人都认为这话有理，赵月英特地请队长和李二保吃了凉粉，他们这才告辞回家，等来贵的行动。

来贵跑出去以后，就到自家的河滩地里去收黑豆。她一边收庄稼，一边想着和李得胜闹矛盾的事。说实在的，她对李得胜本人并不十分反感，他死心塌地务农以后，劳动得不错，还会鼓捣电。那年她在场上打麦子，脱粒机出了故障，她们自己闹不来，有个胆大的动手自己找原因，不妨碰上了电，慌忙中，本应切断电源，而那姑娘却合上了电闸，结果另外一台不用的机子突然飞转起来，当时正有几个小娃在那里玩，差点出了人命。当时李得胜正从拖拉机上往下卸麦捆子，见此情景，飞快地跑了来，果断地关了闸，又帮她们修好了机子，虽说那是为公，但也算得上是个正直的青年。她之所以生气，主要是讨厌他那个自私自利的队长爹，如今虽然下了台，想占便宜的思想还不改，唯利是图。虽说现在上头提倡发财，但也不能损人利己，加上过去那些事情，她想起来就生气，因此平日不爱搭理他们，捞到机会就挖苦几句。那天在桥头原是开玩笑，给点小小的捣蛋。没想到他倒先生气，甩了她的架子车,她才跑去扔了他的坐垫和摇把。过后想起来,也觉得不太好,何况已经误了几天工,今天老的又来说好话……

想到这地方,她便离开豆地,往小桥那里走去。李得胜正在桥下面的河里瞎摸,一副懊丧的可怜样子。来贵把得意的心情压到肚里,挽起裤腿下了河,十分准确地摸到了那个不值钱然而很重要的摇把,狠狠朝原来停拖拉机的地方扔去,打在石子地上,发出咣啷啷的响声,嘴里嘟囔着:“给你,吃干饭的!”

李得胜见摇把找到了,又是来贵亲自捞的,十分高兴。他咧着好看的大嘴笑了,想说几句感谢的话,但一时不知说什么好,而且来贵也不想听,跳出水渠,干她的营生去了。她要忙着收割庄稼。

李得胜找到摇把以后,再也没有拉沙子。一则汪泉茂明确宣布小桥承受不了拖拉机的压力,不让走;二则,他们自己在河滩地种的糜谷豆子也得收,劳力全集中到那方面去了。现在正是龙口夺食的紧张阶段,来贵家由于豆子和糜谷种得多,人手少,地块离场又远,拉运成了个大问题。来贵的大姐夫答应来帮忙,不知为什么,始终没有来。父女连天连夜用架子车拉运,还是运不迭。眼看河水一天比一天上涨,雨也一天比一天多起来,再不赶着往场上拉,就有被水冲的危险,即使运到场上,如不及时打碾,仍然有霉变发芽的危险。真急人哟!

李二保瞅准这个机会,派了自己的儿子用手扶拖拉机去支援,借此改善两家关系。李得胜也觉得是个献殷勤的好机会,开了拖拉机去帮运。汪泉茂倒是欢迎,但来贵还是不理他的茬,说了许多难听话,坚决把“龟儿子”赶开了。她是那种饿死迎风站,宁折不弯腰的性格。有时看着老爹实在太累,她就连嚷带劝,让他回家休息,她一个人拉运。她要让所有的人都明白:只要真正凭劳力吃饭,她们家决不会比别的人孬,她汪来贵虽然是个丫头,但绝不是“吃干饭的”。

来贵有时借着月光,整整拉一夜。这样的干劲,壮小伙子也比不上,她真正地做到了“自力更生”。

十

进入八月底九月初的时候,黄河上游连降暴雨,泥沙俱下,一个浪头催着一个浪头,奔泻而来。到了宁夏地界,流量已经增加到了五千五百立方米每秒,而且还在上升。水势越来越猛,所有的小夹河都涨满了水,和正河道连成了一片。河上的撞田几乎全被水淹没,开头还有些稻穗露在外面,随波摇晃,慢慢地,就不见影了,只有那些沙枣树、牛筋条、小杨树等,露出上半截身子,不低头,不让步,坚毅而轻蔑地望着作乱的河水。来贵和她父亲修的那条路不见了,小桥的桥梁也漫过了水,起初像一个小的水坝那样,水从上面往过滚流,后来就慢慢被淹没,什么也看不清了,到处是黄澄澄的,一片汪洋,和黄河的主河道连成了一体。只有来贵一家人才能分辨出它的方位,才敢于蹚水走过桥去,别的人只能借助羊皮筏子。汪家渡口的码头还有一亩多地的高地没有上去水。前沿的黄河水离地面只有半米高。情况十分危急。

码头上早已没有什么摆渡业务了。但汪家三口人仍然坚持在那一间小屋里，昼夜观察着河水的变化。其实，人民政府早关心这里的情况了。广播一天几遍地播送上面的防汛通知，还有水文站的观测员测量出来的河水流量，以及他们根据流量上涨速度分析出来可能出现的险情，也从无线电广播和有线广播通知给全县人民，特是黄河沿岸的社员，叫他们早做准备，水利局、农业局的干部，县长、书记和公社的头头们，轮番来北河沿上察看水情，上级领导部门的关怀，更加坚定了这个渡口人家战胜洪峰的信心。

在最危险的时刻，地委崔书记来了，县上还陪来了好几个干部。是汪泉茂领着他们顺这条路线渡水过来的，又坐着汪泉茂的筏子，乘着腾跃的波浪，一沉一浮，颠簸摇荡，到对岸的村庄和河堤上视察。

此时此境的水势，比“一窝猪”有过之而无不及。五级多的大风，挟起一个接一个的浪头，把皮筏高高举起，仿佛举到了云端，离开了水面，在空中飞行，一霎间，皮筏子又跌宕直下，被大浪抛到离航线很远的地方，浪花泼溅到人们的身上，裤腿衣袖都被打湿，危险是时时刻刻都可能发生的。但崔书记镇静自若，谈笑风生。泉茂受到领导的精神鼓舞，更加机敏而大胆地划着筏子，来回上下，往返多次，胜利地完成了视察任务。崔书记好像比那年来这里的时候瘦了，也老了许多，两鬓染上了白霜，但他很精神，最近一个时期，他一直在黄河沿岸的防汛第一线指挥战斗。回到汪家码头以后和县委的干部分析了洪水的形势，决定把离河沿近的人畜再往后撤一撤，全部安排到安全地带。他命令汪家三口人全部撤退到后方基地去，但是谁都不走，都有充足的理由。20 世纪 50 年代他们并没有在夹河那边的大堤上建立房舍，而只是这么一间可怜的小房子，每到涨水季节，全家人就提心吊胆，实在紧急，就把老婆孩子转移到亲戚家去。有时赵月英担心老汉的安全，要同生死共患难，不愿离开。汪四麻子就连唬带吓，把她们轰走。但是哪一次也没把他冲到水里去，小土屋也岿然不动，大柳树寸步不让。不是他汪四麻子命大，更不是汪家渡口风水硬，有什么神灵保佑，而是政府关心他，帮助他，严加防范措施，这才一次又一次地转危为安，而就地坚持下来。别的不说，光门前码头上的那一段石堤，政府就花了十来万。政府之所以如此重视这个地方，也是它的战略地位所决定的。如果这个码头保不住，河堤一毁，五里以外的大片村庄和农田就要全部报销，甚至十五里外的县城也难保安全。因此政府不惜一切代价，一年又一年地加固堤岸。这就是汪泉茂不愿离开码头的理由。今天书记来，更加给他长了精神。赵月英要给老汉煮饭，给来防洪前线视察的干部们烧水，也不离开。当崔书记点名要来贵陪着她妈撤退的时候，她竟在领导面前振振有词地申辩：

“上级不是有指示，要求基干民兵带头搞防洪吗？我是基干民兵，没有得到连长的命令，咋能随便跑！”

崔书记对来贵并不陌生。当年他来码头过渡，小丫头拦马告状，反映队长派儿媳妇当“售票员”，侵占她家利益的情景，还历历在目。后来似乎还在县上的积极分子代表会上听过她一次“讲话”。说的什么现在记不清了，那说话的神态和眼前的来贵一模一样。崔书记赞许地点点头，满意地笑了，收回成命，问：“算你的理由充足——你们的连长到哪里去了？

他叫什么名字呀？”

“叫李得胜！”来贵很爽脆地回答，“他到哪里去了，我可说不上来——人家是当官的！”话里不无嘲讽的味道。

在场的人听了，都禁不住笑了起来。

其实李得胜到什么地方去了，她一清二楚。今年的洪水来得早，险情严重，八月下旬，就很少有人从这里过河。但汪家父女还是出渡，载着干部和水利专业人员巡回指挥，上下布防。李二保早已退居二线，连河岸上那两间屋子都不敢住，回到庄子上去了，只有李得胜还坚持着。固然他是民兵连长，要带头，但在上级还没有下达命令以前他就这么干，成天掂着一把锹，穿着短裤，自然也要亮出他的运动衫，在河岸上来回查看，这个举动在别人看来，或许是平常而又平常的事情、不足挂齿，但来贵认为，这是李老三的一大进步。过去洪水期间他也来，但那时有高工分，现在他图啥？他在转悠的时候特别爱到码头上游的护岸林场那地方去。一是那里的堤岸不稳固，容易塌方，二是林场里的工人当中有他几个同学，可以在一块谝闲传，烧玉米棒子吃，同学们也会从林场的果树上给他摘苹果。来贵不管这些情况，仅他坚守防洪前线这一行动，就大大提高了他在来贵眼里的地位，认为他够得上男子汉大丈夫，不是“吃干饭的”了。

崔书记带领的一帮人在码头上喝茶水，休息了一会儿，便由来贵领路，蹚着水，到上头护岸林场的那个地段去检查。一路上不时地碰到人，都是分段包干守护河岸的民兵，李得胜也在那里。他正和几个年轻人抬着柳树枝、高粱秆，堵一处被河水冲开的小豁口，周围还有一帮小娃娃在眼前打闹，有几个竟像蚂蚁吊蛋似的，帮着抬高粱秆。民兵连长大声骂着驱赶他们，也无济于事，只好任其所为。来贵用手指了指，介绍说：“那个穿绿背心，上面写了字的，就是李得胜。”说完，把脸扭到一边，似乎不愿意看到那个穿背心的人。尽管在民兵行列里，他是她的顶头上司，她也不愿理，不过她还是主动跑过去，参加了他们的堵缺口劳动。崔书记和县上的干部们也一起动手堵洞。一切妥帖之后，崔书记又和民兵们谈情况，讨论问题。青年们都围了过来，小孩子们也钻在大人空子里，瞪大眼睛，半张着小嘴，仰起脖子听大人们讲话。对领导提出的问题，民兵连长回答得很漂亮，不但有情况，而且有建议，有想法，有具体的措施。崔书记认为满意，又到林场去检查了。

干部们走了以后，有几个小家伙也尾随着，跟到场部去了，剩几个男孩，仍然在岸边玩。这些不知天高地厚的小东西，思想上根本没有什么灾情观念，洪水到底对人有啥危害，他们全然不知，只觉得好玩罢了。他们看着滔滔河水，指手画脚，说天讲地，还互相吹牛打赌，比胆量，看敢不敢站到黄河沿“最最最最最”的边上去，接受浪花的洗礼。有两个小孩同时去，互相抓着对方的膀子，做出往下推的样子，吓唬着对方。当一个突然松开手，另一个屁股朝河沿的小孩，身体便失去了平衡，摇晃了两下，哧溜掉进了河里。其余的孩子见了，大惊失色，哭叫着，呼喊“救命”。

本来民兵们坐着休息，没有人注意到这些情况。要是知道的话，早把他们赶开了，现在已经迟了。民兵连长把手中的铁锹往地上狠劲一插，“扑通”一声，跳进滚滚的激流中去救人。随后，又跟着跳下去一个，其余的不会游水，便顺着岸边往下跑，捏着拳头给河里的人鼓劲。来贵知道李得胜在水里的本事不行，她也跟着跳了进去。游了没多远，落水的孩子就被李得胜和那个青年救起，往岸边推过来。快要靠岸的时候，李得胜觉得脚心里一紧，右脚展不开了，胳膊虽然没抽筋，但受了腿的牵制，也用不上劲。他想告诉人，但波涛打得他张不开嘴，那个人只顾往岸边拖孩子，压根没有想到得胜会抽筋，不过游在后面的来贵发现了。她清楚地看到，李得胜快到岸边的时候，突然松了手，仰面向河心漂去了，两只手在水面上来回乱划，头部总是露不出水，她心里骂了一句："吃干饭的！"便朝李得胜漂流的方向猛游过去。

十分钟以前，这个在水里抽了筋的李得胜还是来贵的仇人，是侵犯她家利益的死敌，她连望一眼都不愿意，怎么突然之间成了她奋力去抢救的对象？可能来贵自己也解释不通。在这紧急关头，她顾不得考虑过多的问题，唯一能想到的就是救人。不管仇人也好，亲人也好，他如今为了抢救小孩而自己陷入了滚滚的激流，很快就有被巨浪吞没的危险，还能迟疑吗？不能，再迟，那个人就没命了，她得快速赶上去。

当年的运动健将，只能在篮球场上出风头，和黄河打交道，他连来贵的一半也赶不上。抽筋很快过去了，但他在水里挣扎的时间长，浑身没有一点力气了。无情的河水，挟裹着那个穿绿背心的人，一个劲地向河心漂流，来贵赶也赶不上。她还不能直线前进，必须小心地避开危险的旋涡，迂回过去。快到她家码头的时候，一个浪头把李得胜推了过来，那张平时显得憎恶而实际上很漂亮的面孔，离她只有三米多远，她凭借着水力，猛地往前蹿了一下，终于抓住了李得胜的背心。她弄不清他活着还是死了，不管三七二十一，她用自己的肩膀把李得胜顶出了水面，好沉啊！这不仅因为是一个身强力壮的男人，而且是一个溺水的人，溺水的人向水下沉的力量是很大的，她还得巧妙地避开他的手，防止他用手抓她。她听父亲说过，溺水的人要是逮住什么东西，抓得特别紧，会死死把你往水底下拽，那样就谁也活不了。这不是她的目的，她是救人，要把李得胜救起。但是水势凶猛，她已筋疲力尽，怎么能把这个"吃干饭的"拉到岸边呢？她试了几种方法，都无济于事，后来他瞅准了李得胜的长头发，一把揪住，往岸边拽。过去她很讨厌已经当了农民的李得胜保留学生时代的"风头"，认为他是"臭显货""四不像"。没料到这个长头发今天派上了用场。虽然抓住了要救的人，但因为水大，很难靠岸，一直漂流到码头下面半里路的地方才摆脱激流。这时顺岸边跑的那几个人也到了，汪泉茂和赵月英也赶来了，帮着来贵，把李老三救上了岸。汪四麻子叫人拉来了一头牛，把李得胜驮到牛背上，头和身子在一边，腿挂在另一边，肚子趴在牛背上，像装了粮食的口袋那样，脑袋朝下，往出控水。

来贵妈看到女儿安全上岸，还救出了李老三，竟然哭了起来。

李得胜在牛背上吐出了灌进肚子里的泥水，慢慢苏醒过来，睁开了眼皮。他死里逃生，活转过来以后，一不想娘，二不叫爹，只一个劲地唤着来贵的名字。人们都很惊异。来贵正要回家换衣服，听到李老三喊她，又掉过头，拨开众人，生硬地教训道："活过来了，就乖乖躺着休息，喊叫什么！吃干饭的！救人倒把你自己救到水底下去了！"

借着说话的机会，她仔细地观察了自己拼着命救上来的人，他那张面孔虽然苍白，没有一点血色，但是十分英俊。前几年他们在一块干活，最近又面对面地吵架，竟没有来得及研究对方的长相，简直是天大的疏忽。今天她从水里救出了这个家伙，现在又这样细心地欣赏他的面孔，真不知是从哪里冒出来的这股情绪，她自己也觉得脸有点热，便把湿漉漉的头发往后一撩，跑回家换衣服去了。

路上迎着李二保，他大概已经得到消息，急急忙忙地跑来，一边走，一边“啊啊”地呻吟，似乎在哭，又不像。他自己也像掉进了水里，齐腰以下全是湿的，还不住往下掉泥水点子。来贵觉得下台队长有点可怜，主动打招呼：“叔叔别着急，人已经上来了，不咋的——刚才还睁开眼睛说话呢。”

至于咋上来的，她连半个字也没透露。似乎那事与她毫不相干。

十一

黄河两岸的人们，还有专门抽出来抗洪的干部、工人、解放军指战员，风餐露宿，昼夜辛劳，整整坚持了半个月，洪峰终于过去了。宣布这一消息的是中央人民广播电台。

险情解除以后，人们才有工夫坐下来休息，才有心思回忆和谈论洪水期间出现的各种事情。汪来贵从黄河里救了李得胜的命，成了重大新闻。洪水过去好长时间，还被人们津津有味地谈论着、赞扬着。

傻丫头成了英雄，真正的抗洪英雄，还是李得胜的救命恩人。李二保见了“四哥”，总要说：“来贵的恩情，我这辈子忘不了！”

来贵本人倒不在意，除了偶尔想起李得胜那张英俊的面孔，还有那个印着字的绿背心，其他的事全都不在心上，过去的全都过去，忘光了。

她仍然很忙，时而帮爹爹划筏子，时而在庄稼地里干活，还是不知道打扮。至多用布条子把披在肩上的头发扎一扎，搞成像城市女学生的“运动头”那样，左右两股头发如同鸡毛毽子，在脑后忽闪忽闪的，身上的泥水点子还是那么多，她实在没有闲工夫管这些。李二保没有和老三商量，自作主张买了一身衣服的布料，打算送给来贵，以表示他的谢意。

但又怕汪家老两口想到别的事情上去，多心，更怕来贵给他难看，总也不敢送去。

正在这时候，公社秘书许庆文带着一个记者模样的人，找来贵采访，还说是崔书记交给他们的“政治任务”。路过李二保的家门，被请了进去。下台队长以他们的老交情，把心事透露给许秘书。小许鬼笑鬼笑地抽着李二保的招待烟，大包大揽：

“我知道你们的用意——她既是拼着命救人，不管是救得亲人还是仇人，心里肯定有些什么意思。前次为过桥吵架，那是不是冤家不聚头嘛，现在对上头了，我去拉红线，保证马到成功！”

李家父子拿得很稳，口头再三声明没那个意思。小许不信。

这个精灵鬼是对的。因为在李二保眼里，来贵确实是个难得的好劳力。性子虽然野一些，但有本事，有本事的女人是难得的。现在她既然救了儿子，自然不会像过去那样对立，说不定会同意给他做儿媳妇的，只是不便明说。儿子有另外的想头，他和许庆文的关系更深一层，无话不谈。在李二保不注意时候，李得胜咬着小许耳朵说："你去给来贵传个话，我愿意到她家顶门立户。"

应该说，李得胜对来贵的情丝始终没有断过。小的时候，青梅竹马，他们有过很深厚的友谊，只是上中学以后疏远了。他刚从中学回乡，来贵对他也还不错，挖沟挑渠时还帮他完成土方任务。有时免不了骂几句"吃干饭的"，但心底里好。而且来贵人长得"受看"，尽管她自己不事修饰，但那漂亮的脸蛋，丰满而壮实的身材还是吸引人的，简直比得上一个运动员，有着完美的曲线美。当他完全死了外出找工作、进城吃商品粮的心思以后，对来贵的向往却与日俱增。虽然中途他老爹托媒人碰过一次钉子，但那是老人的主意，与他无关。他是愿意上门的。这次来贵把他从黄河里救上来，更使他永世不忘，决心当上门女婿了。

"真的？"小许笑着问，"上门怕啥？不怕你笑话，我虽然有娶过来的媳妇，实际上比上门还上门！一月的工资收入除了我们吃穿，剩下的全跑她娘家去了，老岳母还常年在我家'蹲点'，同吃同住同……"

许秘书被李得胜捣了一拳，才打住话头。他告别李家父子后便来汪家渡口见来贵。

说是崔书记交给他们的政治任务，实际上是小许和记者的分内工作，而且他们各有打算，小许要写抗洪总结报告，需要补充先进人物的典型事例，顺便再给他正在创作的小说补充点"典型环境"中"典型人物"的"典型性格"。而那位记者，也是在县里听了有关方面的介绍，其中也有崔书记这样的领导干部的介绍，来和女英雄见面，一是核实材料，二是增加感性认识，以便把报道写得生动些。但是来贵不肯说，也不会说，"挤"也挤不出来。来贵对这样的人物早有接触，他们名为访问先进人物，实则比审贼还凶，寻根究底，没完没了。来贵向来又不会说思想动机，过去就作过一次难，八辈子也忘不了。

六年前，那时来贵才十八岁，是个小姑娘。因为对岸香山脚下几个村庄遭了冰雹，庄稼绝产，政府发放了救灾粮，运输成了问题。从下面的大渡口运过去，还得用马拉车或小拉拉车通过山间小道送到灾区，费时费事，远水难解近渴，县委决定从汪家渡口中转。那时正在批资本主义，渡口归生产队经营，就是李二保的大儿媳当售票员那阵。当县委书记的老崔亲自到码头动员，说明了支援灾区的重要性和急迫性，来贵就和她爹轮班摆渡，后来又增加了一副筏子，两人同时摆渡，向对岸运粮，那边有人接应。有时一天她摆十多个来回，最后一趟，因为她没有吃饭，又累又饿，风浪又大，翻了筏子。但她泅着水，硬是把筏子推了回来。这事被上级知道了，被评为积极分子，选到县上参加讲用会。那些替她整理材料的人就这么难缠。她发脾气，整材料的人也发脾气：

"你不好好谈，材料整不好，你上台咋讲？"

"咋讲？我用我的嘴讲！"

"不拿稿子咋行？"

"拿了稿子也没用——我不会念字。"

这是实话。来贵姐妹三人，只有她二姐转转念过中学，当了工人。她和大姐改改都是小学三年级的水平。后来在队上劳动，早把那点知识忘光了。

大会工作人员经过紧急磋商，又请示了头头，同意来贵不用稿子上讲台，但还是不放心，叮咛再三："你可想好了，上台不能信口胡说，讲的时候还要引用毛主席语录——就用'下定决心，不怕牺牲'那一段吧！"

来贵死死地记住，走上了讲台。她走得很小心，因为她平时划筏子，不怎么穿鞋，猛然穿上，很不习惯，尤其是穿着新鞋走那种场地。她站到台中央，理了理头发(临走她母亲精心梳理过)，恭敬地向毛主席像鞠了躬，又向大家鞠了躬，然后挺直身子说：

"大家选我当积极分子，有啥积极的！南山台上遇了灾，那里的人没饭吃，这咋行？书记说了，我就送，还有我爹，我妈也送过两回。我没有别的想头，就是要让那些挨饿的人有米下锅。我和我爹顾不上吃饭，备上干馍馍。我在对岸看到来接粮的人都饿着肚子，带的小孩饿得哭叫，我就把干粮送给他们，自己空着肚子，又累，回来的时候，划不动了，偏又遇到风，翻到水里了——吃干饭的。丢人！"

台下的人笑起来，给她拍巴掌。

说到这里，她站了一会儿，想想还有什么该说的没说上都说完了。又临时补充一句："以后有救灾粮，我还送。"

说完，又向前后左右鞠了躬，跑下台来。到台下看到替她整材料的工作人员对她瞪眼睛，这才想起没有背语录。但是已经来不及了。人们在拼命地为她鼓拿，经久不息。

她觉得许庆文和记者，同那次演讲会替她整材料的人一个样，净问些怪问题：

"你当时是怎么想的？"

"那么紧急，谁有工夫想呀？"

"难道'一闪念'也没有？"

"什么一闪念两闪念。没有就是没有。"

"真的？"小许像小娃娃那样，盯着追问。

"看这个小许！不是真的谁还编说！"

"他不是和你不对劲，记着仇吗？"

"仇人亲人都是人！"

…………

"这就有意思了……"

"什么意思不意思，我喜欢他，我要和他找对象——这总可以了吧？"

这个回答是两个人不曾料到的，他们为来贵姑娘的爽直憨厚而由衷地高兴。认为这就是真情实感，是问题的核心。当然，由于记者不熟悉内幕，对这句话的理解远没有许庆文深刻。记者提出来要给来贵拍一张照片。她一点也不推辞："行啊！"

记者以为她要修饰打扮一番，一边摆弄照相机，一边等着，但不见她行动。正想催促，来贵倒等得不耐烦了："照不照嘛，人家还忙着呢！"

记者暗暗吃惊，心里纳闷，这姑娘的性格怎么这样不合她那女性的身份？但又不便明确地表露，只好随便照了几张。

临别，许庆文看着记者走远了，低声问来贵：

“李得胜叫我问你，他想给你家做养老女婿，不知你愿意不愿意？”

来贵听了，满脸羞红，抡起拳头，在许庆文的面前晃着威胁：

“小许你要再敢胡说，看我撕你的嘴！”

许庆文笑着跑了。

根据他善于探索人的内心世界的经验，再加上来贵说话的神情，许庆文肯定“有点意思了”。

十二

许秘书和记者的采访，足足消磨了来贵的三个小时。正是洪水退了以后抢收庄稼（主要是庄子附近的基本农田）的关键时刻，耽误这么久，应该说是一种很大的浪费。那年她运粮有功，记者来访也是这么没完没了地盘问。不过那时接待记者也算出工，“八分半”照记，个人没什么损失。现在可不同，落下多少活，全都是自己的。因此采访结束，来贵就匆忙地投入到了紧张的劳动中。

小许和记者走了几步，刚到那座小桥，猛地想起，关于李得胜上门的事，应该到汪四麻子两口子那里见个话。本来农村青年的婚事还不能完全自主，而上门女婿尤其要老人相中才行，否则是难以送终的。因此，他又拉了记者他们走回头路，到码头上找赵月英。

许庆文肚子里道道多，他并不说要去做媒，只说来贵妈的凉粉如何如何好吃，吹得没边没沿，自己边说边咽口水，执意要请记者吃一碗，品尝品尝。由于小许的嘴甜，汪家婶婶特别多加了两匙辣椒油，醋蒜和芥末也放得多。小许问：“咋的？”记者一边擦汗一边称道：“别有风味。”

吃过凉粉，小许慢慢喝着赵月英送上的免费茶水，问她的生意，问这次洪水当中的损失，问她家的庄稼……问这问那，像闲串门子的老太婆那样啰唆。但仔细一回味，他的话有个“中心思想”：总是绕着来贵姑娘，有时还扯上李家三小子。他问：

“婶婶，你家来贵咋还不找对象？怕有二十五六了吧？”

赵月英长叹一声，为难地说：“唉，还说呢！是我们当老人的误了她。你想想，庄稼人没个儿子，这日子有多难！想给她招个女婿，又没合适的……”

“这倒是个问题。”许庆文说，“不过咱们公社这么大，难道连一个合适的也没有？你家来贵的条件太高了吧？”

“看你说的，我们庄稼汉，还能讲个啥条件！只要人老实，肯下苦……”

来贵妈想说已在南长滩瞅下了一个，又不好说，因为八字还没一撇，揭笼早了会冒气，只好暂时保密。

许庆文见来贵妈感兴趣，得寸进尺，又迎合着说：“对，对，养老女婿，脾气是很要紧的，让我想想，看看近处有没有合适的……”他口中念念有词，咕哝了半天。突然一拍大腿：

“嗐,你看我这人,眼皮底下的人,也想不起来!”

“谁家?”

“李二保的老三——就是你们丫头从黄河里捞上来的那个人。”

“他?”来贵娘连听也不愿听。

“不错呢!大妈,这个人我了解……”

“也是个犟板筋……再说,他爹心眼子太多,又好占便宜,我们这样的老实人家和他们做亲戚,怕……”

“怕什么,找对象,主要是看小辈嘛!”小许装着老练的样子说。

“我看也不错。”记者插话说,“李得胜不就是民兵连长吗?他这次落水,也是为了抢救别人,精神境界很好。我写报道的时候,还准备提他名字,表扬表扬他呢!”

赵月英半天不说话,在肚子里打主意。一方面,改改说的那个人已经给说了,成与不成,也得给人家一个相亲的机会。现在谈论李老三,未免道理上过不去,另一方面,对李得胜也有点考虑。她想起了去年到电磨磨面的事。那天她碰上了一股旋风,一直追着她旋到磨坊跟前,觉得晦气,果然面磨得不顺利,先是断了两次电,后来皮带又接二连三地往下掉,看磨的人偏偏不在跟前。在后面排队等磨的李得胜有门道,他给换上了保险丝,重新挂好了皮带,小伙子不但热心,而且机灵。但想到李二保原来那个打算,又有来贵和李老三吵架的事,怕拢不到一块。她说:“那小伙子倒是没有对象。不知他愿意不愿意上门……还有,丫头咋想,我也不知道。前一阵,他们还为种地走路吵过架……”

“那没关系。吵架归吵架,找对象归找对象,两码事——矛盾总要统一嘛!”

说完,他们就告辞出来。路经李二保家门口,想把好消息传过去,偏偏李家父子都不在。过了两天,李得胜等得着急,独自跑到公社去问。许庆文说:“全妥了,你赶快打酒请客吧!”又把细节作了介绍。

李得胜喜不自禁,赶忙告辞出来。小许又一把拉住,拿出两张来贵的照片,那是记者采访时拍的,叫李得胜带给来贵。又如此这般的面授机宜,叫老同学依计而行,必然十拿九稳。

来贵接到照片,一手拿一张,仔细地欣赏了自己的芳容,又把手背到后面,得意地笑了。笑过以后把其中一张顺手送给李得胜,掉过头跑了。

又过了几天,李家父子穿得干干净净,在队长方国柱的陪同下,提着礼物到汪家行订婚礼。本来真正的媒人是许庆文,但汪泉茂认为他嘴上没毛,说话不牢,没有资格,这才把队长请来当介绍人。其实他是无功受禄。赵月英拌了一碟凉粉、一盘菠菜当下酒菜,又备了个豆腐饭,款待亲家和媒人。上菜的时候特地声明她是“居士”,不能动荤腥。

李二保喝了两盅,仗着酒盖脸,又得寸进尺,提出了新的要求:“得胜和来贵都不小了,快点给他们办了吧!让得胜早点过来,也好给这个家当帮手嘛!”

赵月英心里也急,二十六岁了,农村哪有这么大的丫头不嫁人!但她不便抢在老头子前面发表意见。只在上菜端饭的时候,笑着说:“看把你急的!这得看他们两个小的!”

汪泉茂喝了酒,脸膛红扑扑的,揪着胡子,慢条斯理地说:“娃娃们一辈子的大事,不可马虎。等庄稼收妥，公购粮任务完成了，消消停停地备办，到时候我要像娶媳妇那样，把你家老三迎过来，让人们看看，我汪四麻子有没有儿子！”

这话把满屋子的人逗笑了。

方国柱说：“四老爹说得对，婶婶也有理，还是问问得胜和来贵吧！”

可是两个人不在了。刚才还给老人们敬酒，怎么不见了？出门一看，河心里有两个筏子，像燕子似的，并排向对岸划去。原来那边有人要过河。看着这个样子，做老人的都高兴，李二保也转了口气：“只要他们情愿，迟迟早早没关系，由他们定去吧！”

尾声

洪峰过去以后，黄河水一天比一天小，快到国庆节的时候，正河道恢复了原来的样子，两边出现了许多露出脊梁的沙滩，在太阳的照射下冒着湿气，很快就蒸发完了水分，表面留下一层薄薄的硬壳。那些原来的小夹河，有的改变了位置，有的干脆不见了。而在别的一个地方又出现了新的小夹河，里面蓄满了水，其中也不乏肥大的泥鳅和鲤鱼。来贵家修造的那条小路，还依稀可辨，只是上面淤积了一层泥沙。小桥并没有被冲垮，不过下面的水位仍然很高，几乎贴着桥梁，给以后来这里参观采访的记者、作家和访问团的成员们展示着当时的险情。原来“撞田”里没有成熟和成熟了而没有来得及收割的庄稼，全都化为乌有。即便有几棵，也是趴在地上，被泥沙粘得紧紧的，再没有希望了，但这预示着明年这里将有大丰收。汪、李两家已经瞅准了圈占滩地的目标，做好了来年的打算。

人和牲畜没有受损失，连房屋也完整无缺。即使这样，各方面的慰问电像雪片似的飞来。地区还派出了以书记为团长的慰问团。除了党和人民政府的关怀，亲朋好友也纷纷前来探望。汪家已经出嫁的两个女儿，双双带着自己的丈夫和儿女，前来看望父母和妹妹。

改改和她爹走了个两岔。汪四麻子和李二保趁着洪水过后渡口生意萧条的机会，就地过河，背着筏子逆流而上，去南长滩贩软梨。临走，赵月英指示他，顺便把改改接来住几天。但改改在前一天和她的丈夫儿女往上走了几十里，从甘肃境内的一个铁桥上过了河，又走了十五里，坐包兰铁路的火车到县城，再步行来到码头，绕了一个大圈子。汪泉茂没有见着他们，满满装了两筏子软梨，带着亲家李二保，飞越“一窝猪”的天险，顺顺当当地回来，净赚了二百多块钱。等他到家，改改一家人早到了，二女儿转转两口子，也骑着自行车来了。

她们看到家里安全无恙，财产没有受到任何损失时，悬着的心落到肚里了。改改这才想起来贵的事：

“咋搞的嘛！叫人家给老三介绍对象，你们又悄悄订了婚？”

“你咋知道的？”赵月英感到奇怪。

改改指着转转说：“她给我写的信，叫我把人家退了！”

母亲拿眼睛瞪转转，二姑娘急忙解释道：“老三跑到城里给我说的，叫我写……”

“这个死丫头，把我这个老婆子蒙在鼓里！”赵月英生气地说。

“本来就没和他见面嘛，有啥退不退的！”三姑娘撒娇地说。

两个姐姐不再纠缠那个事，回头来围攻妹妹，追问她和李得胜的恋爱秘密，尤其对她从黄河里救李老三的思想动机感兴趣：

“死丫头，你是什么时候看上那个人的？”

“我也不知道……”

“鬼呀……”改改在妹妹额头上点了一指头，“心里面早有了人，还叫妈牵肠挂肚睡不着觉……”

来贵说：“你们尽说你们的话！谁早看上他了？吃干饭的！只不过发洪水他不害怕，大苦大难他顶着，像个男子汉的样子，还跳到河里救人……要是心地不好的人，他能吗？”

看到三个丫头黏在一块叽叽喳喳，有说有笑，赵月英心里甜丝丝的，她不想插嘴，也不想听。就给女儿女婿准备饭菜去了。她指示二女婿宰了一只鸡、两只兔子，在不沾染她的素家什的前提下，让老头子和丫头、女婿、外孙们美美地吃一顿。

渡口人家大团圆。家里一下增加了七八口人，地方也显得窄小了，赵月英提议到后方基地的大房子里去。年轻人偏要在码头上那间小屋里凑合，尤其是几个外孙子，一定要坐外公和小姨的皮筏子玩。因此，除了晚上睡觉，白天他们全都在码头上。大女婿帮着收拾秋菜地去了。二女婿烹调技术精湛，主动承担了做饭的差事。

饭好之后，便摆到丈母娘卖凉粉的方桌上，老少三辈，团团围在一起，只有赵月英怕荤腥，抱着转转的小儿子，躲得远远的，看他们吃喝。

这一家人暂时还没有一个诗人，但他们选择的吃饭地点却充满了诗情画意。脚下是滔滔的黄河，南边的背景是巍峨如黛的香山，头顶天高云淡，无限开阔，赏心悦目。说明渡口人家的生活，原该如此，不论遇到什么惊涛骇浪，他们永远是那样乐观、向上，对前途充满信心。而汪四麻子两口子高兴的，还在于敬酒把盏的行列里，又多了一个三女婿，而且是上门女婿，有了女儿，谁还愁儿子！

徐家的儿女

一

这一年的秋天，雨水特别多。不下雨的时候，天空也蒙着一层厚厚的乌云，就像悬着的破棉絮，几乎挨到山顶上，给人一种悲凉压抑的感觉。

徐天佑老汉独自一人坐在门前的树桩上，一瓶接一瓶地吃水烟。他的心境和头顶上的天空一样，阴沉沉，没有丝毫的舒展。那样式古老的青铜水烟瓶，除了在某些博物馆的陈列室看到外，日常生活中已不多见。但徐天佑却以他吃水烟的嗜好，无意之中保存了这件堪称文物的宝贝玩意儿。那是"粮食关"的时候，他用二升黄米换来的，代价不低。从此以后，在劳动的空余时间，他总要捧着那锃亮的水烟瓶，"呼噜呼噜"，津津有味地吃水烟。那是他最大的享受。老伴在世的时候，一面吃水烟，一面和老婆子拉家常，一瓶接一瓶没完没了，直至老伴从他手里把烟瓶夺过去，才算结束，可他现在究竟吃了多少瓶，吃了多长时间，连他自己也不知道。

他很悲伤。

他坐的那个树柱，是七天前锯倒的松树的，木头给老伴做了棺材，只留着那个树桩，正好供他坐着休息，其实也无所谓休息，不过是悲痛、彷徨的恍惚心情带来的呆痴而已。他一接触这个树桩，心里就难过，觉得对不住死去的老伴。拉扯儿女，辛苦了一辈子，死了连个像样的棺材也没受用，是心里的一个疙瘩，无法弥补的遗憾。据说，人的鬼魂到了阴间，棺材就是房子。棺材好了，亡人就住得舒服。可他给老伴用湿木头凑合，她在地下能好受吗?

徐天佑来来回回想着这个问题。

做棺材的木匠是大女儿的老公公。他是个手艺高明，脾气古怪，喜欢操闲心，唠唠叨叨的老头子。刚放倒的湿木头，按常规道理是不能用的。可是亲家母已经过世，停在堂屋里等着入殓，只好硬着头皮做。解板的时候夹锯，刮面子不上推刨，累得老木匠满身是汗，上气不接下气，嘴里嘟嘟囔囔地说：

"不是我埋怨你，亲家！明知道人不行了，还不早点准备，这样的棺材，对得起谁？又不是刘占云那样的五保户，儿女孙子一大帮……"

"……"

徐天佑难过地低下了头，无话可说。

亲家说的刘占云，就是青铜水烟瓶的原主人。他在庄里吃了几十年的五保。其实主要还是靠他自力更生。“粮食关”时变卖水烟瓶就是佐证。刘占云是大前年死的，那时队里刚刚实行责任制，包产到户，没有分文，当时的队长用一个旧牛槽把他掩埋了。

老伴并不是年龄很大，身体不好，早就预料到要死的那种朽木头。她才五十八岁，比徐天佑小两岁，身体也是很结实的。去世的那天早上，她还高高兴兴，精精神神，一面对老汉发着指示，安排着家务，一面忙着准备东西，打算坐晚上的火车，去省城服侍三丫头。前两天接到信，说她“又刮了一个”。这在农村算不了什么的。庄稼汉一年刮一个，也不过休息两天，照样下地干活。但城里不一样。城市里的人娇贵。她们吃公家饭，享受着法定的假期，人工流产和坐月子差不多，要绝对卧床休息。自然需要有人侍候。过去徐大妈经常干这种事。二丫头、三丫头、儿媳妇都在城里工作。算起来，家孙外孙就有五个(不包括乡下的)，哪一个不是她从头到尾服侍月婆子，抓屎抓尿，把孩子领大的！在这方面，她是专家，有经验。而且也是做母亲义不容辞的责任。既然三丫头来信叫，她就得立即行动。和往常一样，准备这，准备那，凡是山里出产，能补养身体的东西，全都搜罗了带上，外加自己的口粮。这也是至关重要的。城里吃粮定量，比不得农村自家出产，想吃多少就多少。过去一贯这样，她进城自带口粮，住的日子长了，老汉还得再送，不能白吃儿女的。这天早上她按历来的习惯装粮。可是见鬼，好端端的人，正撑着口袋，叫老汉多装点粮，却一口气上不来，坐了下去，口吐白沫，眼睛发直，不到一刻就断了气。不但徐天佑没有想到，便是她自己，何曾想到这么快就死了呢！

把亡人停放妥当，徐天佑想到的第一件事就是棺材。

早在五年前，徐天佑把自家的一棵松树砍了，解成二寸厚的板子，码在西屋的后墙边，作为他们老两口的寿木，准备以防万一，随时使用。可是天晓得，他们一对老骨头，竟越活越硬朗。每次进城(自然是应召去完成某项任务的)回来，总要骄傲地炫耀一番：

“哼，别看城里人吃的好，穿的光，其实虚得很，一个个全是药罐子！天天看病。我连一颗药丸也没吃过。前几天凉着了，头重脚轻，丫头说是重感冒，要陪我去医院，我不去。一扛就扛过来了！”

的确，他们老两口一个比一个结实。正因为这样，那年儿子结婚做家具，说城里木料不好买，如果有松木的话，可以换到硬杂木。做母亲的听了，当机立断，吩咐老汉：

“把咱们的木材给他们！”

“你……”

当时徐天佑不情愿。他不是舍不得东西，而是怕他们两个老骨头，万一哪个哪天跌倒了，到哪里去找棺材？

老伴很乐观：“你放二十四个宽心！你和我都这么精壮，阎王爷不会要的。儿子做摆设要紧，快叫大女婿的汽车拉着送去！”

徐天佑年轻的时候脾气暴躁，没有少打老婆。但随着儿女们成长，时代的发展进步，形势对老婆越来越有利。无论是老伴的主观感觉，还是客观的社会舆论，似乎这个家之所以有现在的成就，完全是老婆子的功劳和苦劳。因此，老伴的腰板一天比一天硬，以至最近几年，他们的关系发生了翻天覆地的变化，老伴成了家里的主宰，说一不二的绝对权威，任何事情都是她发号施令，徐天佑反倒退居二线，只有点头服从的份儿。

这么着，早已准备好做棺材的木头全都送给儿子做结婚家具了。就这样，做母亲的还觉得心里内疚，似乎欠着儿子什么。

当然这也不能全怪老伴。她已经不在世上了，天大的错事也不能再提。何况当时徐天佑也相信了老伴对形势的分析，表示赞同。

应该说，那是他们共同做出的决定。而且木头是给了自家的儿子，还有什么好抱怨的呢？不要说儿子，唯一宝贝的儿子，即使嫁出去的女儿，一旦提出要什么东西，做父母的。有什么舍不得呢？

二

徐天佑一面吃水烟，一面想心事，完全忘记了时光的移动，只觉得周围的光线越来越暗淡，以至对面山上的树木也模糊起来。

他知道天快黑了，正准备召唤鸡鸭牛羊进圈，一双软绵绵的小手突然蒙住了他那泪汪汪、痴呆而无神的眼睛。一股热气痒酥酥地喷到脖颈窝里。他心中有数，摸索着慢慢掰开那双熟悉的小手，高兴地说："是七月花吧！"

七月花的小手从眼睛上移开，又搂了他的脖子，亲昵地问："爷爷想什么呐，那么专心！我来老大半天你都不知道……"

徐天佑嘴里"啊，啊"地答应，却不知如何回答外孙女的话，反问道：

"天都黑了，你跑来干啥？"

"我妈叫我来给爷爷烧炕……"

小孙女甜甜地回答一声，急忙跑进院子，拿着背篓揽烧柴去了。

七月花是大女儿的小丫头，不过十一二岁，过去是经常来的。虽然她们家离这里有五里多路，隔着一道山梁，但小丫头还是当自家的院子那样往来。

七月花的妈妈不是徐天佑的亲生女儿。开头，他们夫妻似乎没有生育的希望。两口子等着焦急，求神问卦也不顶事。后来经别的有经验的老婆婆指点，让他们抱了别人家一个女孩。据说，只要抱来的这个孩子有福气，定会招引来一大帮弟弟妹妹。他们照着办了，果然灵验。为了吉利，他们给领来的女孩子取名"顺儿"。顺儿到家的第二年，妻子生了个丫头，取名改改，过了一年，又生一个，但是没有改过来，仍然是个女娃娃，取名唤唤，意思是下一胎换个男孩。也还有点灵气，第三胎果然生了个胖小子。他们达到了目的。庄里的人都说，顺儿是有福之人，因为有了她，徐家才女双全。徐天佑两口子打心底里喜欢顺儿，格外地看重她，吃喝穿戴上从不偏向，和自己亲生的几个一样对待。

但无论徐天佑夫妻如何爱怜，顺儿却无法改变她做老大的苦命。这里流传一句俗话：

做人莫做老大,种田莫种胡麻。在一个人口众多,日子并不富裕的家庭里,老大总是格外受苦。那时徐天佑的家还在大庄子上。当时刚刚合作化,家家凭工分吃饭。尽管他们夫妇年轻力壮,究竟一窝娃娃,生活很紧巴。因此,正当上学念书的顺儿,却不得不留在家里看护弟弟妹妹,帮妈妈煮饭,喂鸡喂猪,竟没能上学识得一个字。对徐天佑夫妻来说,这也是一件抱愧的遗憾事情。前不久,他们老两口还议论过。

“顺儿在咱家也算是有功的,在乡下受了一辈子苦,以后叫几个小的多照顾照顾!”

老伴对他的这个提议不太理解,从另一方面发了议论:“有福人不用忙,没福人饿断肠。顺儿虽然没念过书,可她命好!我的女婿又懂事又能干,你看看人家如今的生活!”

这完全是两码事。不过说到大女儿家的生活,那可真的值得骄傲。不仅在这个乡里他们家是首富,即使徐天佑在城里吃公家饭的那三个儿女加起来,也不够顺儿家一半的财产。大女婿名叫杨生贵,也没念多少书,但心灵手巧,能吃苦。公社化那阵,他在队里学会了开手扶拖拉机,责任制以后,他仍然开手扶跑运输,过了两年,手扶变成了大拖拉机,又过了两年,拖拉机又变成了“东风”牌的大卡车,还是没日没夜地跑运输,如今家里存款已经有好几万。顺儿在这样的家里掌权,她还稀罕弟弟妹妹们来照顾她么?相反,一年里头,当姐姐的倒是要补贴他们,虽然是一些农副产品,不起眼,但也是一片心意。徐天佑的话,也是从人情世故上来讲的。因为他根据自己的经验,隐隐约约地感到,在城里工作的儿女们,在这方面似乎有点淡薄。以前,徐天佑每年不过进城一两次,但他们的态度远不如顺儿一家人热乎。特别是这个七月花,哪次去了都是亲亲热热,老远地飞出来迎接,不等她父母吩咐,自动翻箱倒柜,给爷爷找好烟,好糖,忙着生火熬罐罐茶。可城里面那几个“碎鬼”,见了面先不说把手里的东西接住,却学着他爹妈的腔调,命令爷爷把鞋脱在家门口,换上那凉冰冰的拖鞋才让进门,生分得很。哪里有七月花懂事!平日家里有了什么好吃喝,她总是翻山越岭地送过来。到了家,像个大人似的,帮着干这干那,今天还专门跑来给他烧炕。多会体贴人呐!

七月花点着了炕洞里的柴火,又帮着他圈鸡鸭牛羊,还把他忘在树桩上的青铜水烟瓶送到堂屋里,比大人还细心周到,就像顺儿小时候一样,是个讨人喜欢的孩子。顺儿命大,也不一定表现在男人替她挣的钱财家当上。孩子们听话懂事,才是最大的福气。

爷孙俩干完活儿,徐天佑拉住七月花的小手,又说了一会儿话,要她留下来一块吃饭。七月花说:“老师布置的作业还没写呢!”马上要回去。

她正在乡里的小学上五年级。农村的孩子和城市的不一样。城里娃娃念书玩,回家也是玩,不玩就看电视。七月花可没有多少时间玩耍。在家里她要帮妈妈烧火做饭,喂猪喂鸡,还要跑老远的山路看来爷爷。经常这样。

听说她要回去写字,徐老汉就不敢多耽搁她。可是她跑出院子又跑回来了。因为她的妈妈又来了。

顺儿虽然打发小女儿来,但还是放心不下。多年来,她都是这样往返于对面的山梁。不管自己家里多忙多累,也要抽出时间来看看老爹老妈。特别是她母亲进城照顾弟弟妹妹不在家的时候，她来得更勤。除了帮着干家务活，还陪着说话。老人是很怕孤独的。现在老母亲去世了，她更是每天都来。其实也没有什么事情，不过是看看而已。如果其他几个妹妹弟弟在跟前，她会轻松些。可是他们离得远，这个担子只能由她一个人挑起来。

由于劳累，顺儿衰老得很厉害，两鬓已经有了白丝，脸上被风吹日晒，又红又黑又粗糙，像个老太婆。她只比二妹大四岁，可站在一起相比，简直像母女两人。但她精神很大，终年四季没有一日清闲。两个妹妹也捎过话，叫她到城里转一转，她始终挪不出工夫来，也是一辈子的苦命。因为她对老爹体贴照顾，徐天佑十分感激，有时甚至胡思乱想：当时把顺儿女婿招到门上来多好！帮着干活倒在其次，见天有人说话，有孩子们闹活，也不至于一个人孤孤单单……

顺儿十分麻利地给爹做好了饭，又陪着老人吃了，急忙领着七月花回去了。

三

顺儿母女离去以后，空旷的院子里就只剩下徐天佑一个，他那失神的眼睛又泪汪汪地呆滞起来，有一种被人遗弃的感觉。先前老伴活着的时候，一年里头至少有四五个月他一个人在家，那时却没有这种感觉。不管老伴在哪一个儿女家里，离得有多远，他也觉得老婆就在自己的身边，无论是干营生、吃饭、坐着吃水烟，都很有兴致，甚至就像两个人面对面地说话，丝毫不感到孤单。可现在不同。他心里明明白白，妻子已经彻底地离开了他，不可能再见面了，更不可能坐在对面和他说话，心里没有了盼头，虽然不是绝望，也是孤苦伶仃。他第一次感到院子是这样大，房屋是这样多。在他慢吞吞地走来走去，或者茫然四顾的时候，常常听到这里那里的有些响动，可是仔细听一听，却是静悄悄的，没有任何声音。

这么折腾几次，他甚至连吃饭的胃口也没有了，只抱着青铜水烟瓶吃水烟。如果老伴活着，是不会允许他这样的。

并不是害怕什么。从年轻时候起，徐天佑就以胆大出名，不信神，不怕鬼，也不在乎虎狼野兽。离这里二十里路有个高石崖，高石崖有个悬空寺，寺内有一尊青面獠牙的判官，手里持一条铁锁链，塑在一块活动的跷跷板上，人一脚踏上去，它就向前扑来，手里的铁锁链就套进你的脖子。一般胆子小的人是不敢踏上那块板子的。徐天佑却不怕。每逢庙会，他就和别的人打赌，走给大家看，旁观的人大惊失色，叫爹喊妈，咂舌闭眼的时候，徐天佑却面不改色，镇静自若。人们认为他是个不怕死的英雄好汉。心甘情愿地给他买好烟抽，还有人请他吃馆子。

自然那是玩耍。庄稼汉忙，一年三百六十五天，逛庙会的机会只有一次，在山沟里劳动过日子，却是天天如此，算起来在这里安家已有二十余年了，他从来没有想到孤单和害怕。当初选择这个地方安家，原是为了在山沟里开些小片荒，多收些土豆杂粮，好来养家糊口。这一重大战略转移是与1960年大灾荒的历史背景脱不开的。那时他一大帮儿女，喜上添愁。徐家的香火是不会断了，可眼前的吃粮是大问题。亏得他有思想，有决心，否则他的儿女怕早过不了粮食关。他把原有的三间房子拆了，拉到这无人敢来的山沟里，也不找风水先生，自己选了这块背风向阳的窝窝子，盖起了新房。白天参加集体劳动，夜晚摸黑加工他的小片荒，从而解决了大人小孩的温饱问题。老伴又是个会过日子的女人，凡事计划得周全，处处为儿女打算。因此他们没有被眼前的困难压倒，千方百计，让两个小女儿和儿子上学念书，受到了中等文化教育。如今个个成龙变虎，不但找到了工作，而且在城里安排了好工作。方圆几十里，谁家不羡慕徐天佑！说他家当干部挣钱的人多，徐老汉自己又节俭，日子过得比土地主强十倍！徐天佑也因此沾沾自喜。虽然一年三百六十五天当中，他坐下来休息的日子不多，在某种程度上比别的人还要忙碌辛苦，但他前途光明，心里甜美。他觉得比任何人都幸福。儿女们从城里给他买来高级水果糖，带嘴包金的高级纸烟，他从来舍不得自己享受，全都招待了客人。庄子上的一些老弟兄，每隔一段时间就要到这里串串门子，他就翻箱倒柜，拿出好糖好烟招待，还要特意说明，烟是谁带来的，糖是谁买的。而他自己却抱着青铜水烟瓶，快快活活地听着别人的恭维话。那是一种精神上的享受，无上的光荣。

实事求是地说，托儿女们的福，徐天佑老两口见的世面不少。本村的一些老年人，到过县城的有几个？可他们去的是省城！自从儿女们在城里扎下根以后，他和老伴轮来换去，哪年也得往城里跑四五回。老伴去带着任务，住的时间比较长，一般是几个月，有时甚至一年半载地长住。至于徐天佑老汉，则是风雨兼程，来去匆匆。因为家里的一大摊子放不下。无论是在家劳苦还是进城逛游，无论是老伴在家还是进城，那时候徐天佑的身心完全处在幸福之中，浑身充满用不完的劲。可是老伴一死，他的这种幸福感就遥远了。他的脑子里再也幻想不出儿女们家里的欢乐景象。过去，在他坐着吃水烟的时候，他能在脑子里想象出哪家儿女干什么，好像电波传导，清清楚楚，活灵活现。现在电波断了，连五里外大女儿家的人干什么都想象不出来。只觉得孤单。满脑子是湿木头做的棺材，老伴的怨言……

是啊，木匠老亲家的话是对的：儿女一大帮，老伴临死，还用湿木头凑合做棺材，对得起谁？儿女双全，虽说是徐家之德，但也是老伴的功劳呀！

想到这些地方，他悔恨得不得了，连水烟也不想吃了。吹灭灯，倒头便睡。有些事情回想起来，简直是无法治愈的伤痛，他只好在黑暗中闭着眼睛默默地忍受。

四

烧“三七”纸的时候，只有顺儿两口子带着孩子们来了。城里的几个谁也没见。但是儿子邮来了信。他没有提到烧纸的事，却关心到了老爹的生活。信写得很婉转，说老爹要是愿意的话，可以把庄子上的房子处理掉，到他家里去安度晚年；如果不愿意，过几年再说，反正他是不会到庄子上来的，房子迟早要卖出去。

徐天佑看了信，一句话也没有说。难得儿子这般孝心，想到了他的生活。可是卖不卖房子，去不去城里住，他得仔细想一想。如果真按儿子打算的那样做，他又要做一次战略大转移了。

自从老伴去世，他的精神明显地没有过去那样活跃了，他已经太疲乏、太不想挪动了。

过去到城里小住，一是要给儿女们送东西，二是顺便看看孙子、外孙子，完全是上了年纪的人的正常心情。而且，短暂的见面，也如亲戚般的亲热。如果长时间地住下去，又是另外一回事了。况且他年纪已经太大，思想太固执，对于一生中熟悉的周围事物又是那么习以为常，因此不想离开。再说，老伴安葬在这个山沟里，也不忍心远离。尽管棺材是湿木头，可有他在这里看护，经常在坟头上拍拍土，年节烧几张纸，对死者是个安慰，自己的情绪也要好一些，因此他让大女婿回信，说他暂时还不想离开老家。而且给大女儿当面表示："你们放心好了，我自己会凑合着应付。你们也知道，前几年你娘在世的时候，她总是这家那家的不落屋，还不是我一个人！我也学会了烧烧煮煮，再说，一个人能吃多少？我会过得挺不错的。你们就不要管我啦。"

其实他想的并不仅是这些。

房子，是他和老伴共同奋斗的果实，在某种程度上，盖房子时老伴费的心比他的还要多。一个老农民，连这点根基也不留，他还算什么人呢？不求别的，但愿保本。这是他一辈子的处世哲学。再说，城市生活究竟是什么样子，他非常清楚。每次从城里观光回来，他和老弟兄们谈扯时，有一句非常精辟的话概括："城里没有什么好看的！除了高楼就是人，人像蚂蚁一样！"至于城里人干什么，他也有总结："吃饭、睡觉、洗衣服。"这和他终年劳碌的生活是格格不入的。

当然他最不习惯的还是住房的紧张。

城里的三个儿女中，就数儿子家住房窄小，在五楼上不说，那两间房子，全都让大大小小的家具占满了，人连下脚的地方也没有，去了到哪里住？二丫头家的房子最宽，说是六十平方米，三个住人间，但其中一间作了客厅，小两口住一间，孩子住小半间，哪里还有客人住的房子？过去，无论是老伴去，还是他去，多数是在丫头家落脚，就在凉台上支个行军床。别说夏天热、冬天冷，就那巴掌宽的帆布床也够受了。一上去就"咯吱咯吱"地乱响，连个身也不敢翻，哪里有家里的炕暖和宽舒！

在凉台上睡觉真不是滋味。家里的鸡窝也比那宽大。最要命的是憋在小房子里没个去处，又没有人来说话，比坐班房还难受。徐天佑小的时候就喜欢和人说话。他念过小学。在课堂上写字的时候也喜欢和同学说话。因此，老师批评他不专心，他不服气。一个人手里干活和嘴里说话有什么关系？这么多年，他一直是边干活边讲话，从来没有误过什么事情，可老师非要求专心不可。结果因为他专不了心，只好念完小学就回家捋牛尾巴。如今四十多年过去，说话的习惯更加根深蒂固。可是到了城里，蹲在那鸽子笼一样的房子里，简直能把人憋死！对门一家有个老头，似乎和他一样，也是临时进城的乡下人。他趁女儿女婿上班，把那老头子请到家里闲谈，等于交流经验。两个人都很开心。可是女儿不高兴，把他好好嚷了一顿。从此，他就不敢领人到家里来，也不敢到别人家里去串门，但他和对门老头儿共同想出了一个主意：利用到楼下倒垃圾的机会，互相交谈几句，而且不能太久，还不时地东张西望，探头探脑，像电影上的地下工作者接密电码一样，担心被别人发现。真别扭。像那样的环境，他怎么能长久地住呢？金窝银窝，比不上自家的穷窝。这一着棋要慎重地走。

五

在大女儿一家的帮助下，徐天佑老汉勉强做完了秋收的各种农活。有一阵子，他闲散地坐在那棵老松树桩上，在秋天的阳光下，闷闷不乐地沉思，无非是想老伴在世时候的一些琐碎事情。他企图再像过去那样，对各种营生发生兴趣，比如上山采些木耳、蘑菇啦，把鸡鸭赶到收过庄稼的地里吃吃谷穗，让它们增肉长膘啦。通过这些零碎小活，使自己有事可做，不至于胡思乱想，整天思念老伴，而眼睛里接触到的每一样东西，又不能不使他想起她，这实在是非常凄惨而使人难以忍受的事情。他简直害怕在这个院子里走动，一个人继续在家里待下去。

但是，他又毫不犹豫地拒绝了大女儿让他进城散散心的建议。

要在往年，这时候鸡鸭肥壮了，正是他带着家禽进城看儿女、孙子的时候。即使自己想不起来，老婆也会提醒催促，可现在没有了这种动力。大女儿提出建议以后，他也想去，可一想到长途跋涉，火车上的艰难和颠簸，又失去了信心。

过去他是不在乎的。

有一次，他带着鸡鸭上了火车。这里是小站，检查不严格，随便什么东西都可以带上去。可是进了车厢就出现了麻烦，尽管他小心谨慎，没有敢往里面找座位，只在车厢门口将就着，可列车员还是发现了，半道上非撵他下车不可。徐天佑急出一身汗，好话说了几大筐，人家还是不通融。正在万般无奈的时候，他突然想到了鸭子。他从背篓里提出一只少说也有四斤半的肥鸭送到列车员面前，列车员不接，他十分尴尬地放在地板上，那列车员不说要，也不说不要，只是用脚把那只鸭子踢到座位底下，转身慢慢地走开了。过了一会儿，又走回来，说了一句："当心，别让车长看到了。"以后再也没找他的麻烦。

可是到了省城下火车，要乘公共汽车进城的时候，售票员无论如何不让他上去。他正想施展火车上的伎俩，后面上车的乘客把他挤开了，嘴里骂骂咧咧，听不清他们说些什么混账言词。再看看那种不要命的挤法，他也就失去了坐车的信心。即使售票员允许，他也不敢上去，上去了不把他挤扁，也会把鸡鸭挤成稀泥肉酱。他一咬牙，背着鸡鸭步行十公里，半夜里摸到儿子家。媳妇责怪他不坐公共汽车，又问他累不累，他说，比走山路强多了，平平坦坦，又有电灯照着，一点也不累。

这是真心话。体力上累不累，只有徐天佑老汉自己明白，可他心里受用，那是谁都能看出来的。宰了鸡鸭，按城市里的吃法，红烧啦，清蒸啦，等等的花样，端到桌子上，看着小孙孙们津津有味地啃骨头。他心里多高兴呀！小孙孙只不过胡乱抓着在嘴里吮一吮，就撂到饭桌上。当爷爷的看着着实可惜，他就顺手捡起来，用他那长的指甲，慢慢地撕下种头缝里的肉，放进自己的嘴里，还嘟嘟哝哝地说："杀生害命，骨头啃净。"而且他觉得，小孙子嘴里嚼过的东西，自己再吃，格外香甜。有时女婿见了，也高兴地笑。女儿却不高兴，埋怨道："爸，不要捡桌子上掉的东西，等会儿给鸡吃！"城市里的人也养鸡。就在凉台上，用精致的铁丝笼圈着。徐老汉晚上就在离鸡笼不远的地方睡觉。

老伴也常常提醒他，在儿女家吃饭不要过于埋汰。发现他从饭桌上拾米粒，就骂他是“老贱驴！”可他从小养成了爱惜食物的习惯，总也改不了。他只念过小学，不会背诵“锄禾日当午，汗滴禾下土。谁知盘中餐，粒粒皆辛苦”的诗句，但他会说“打牛千鞭，难得细米一颗”的话。这是小时候他从爷爷那里学到的。多少年来，他自己不抛撒饭粒，也不允许别人糟蹋五谷。小娃娃自当别论。除了经常教导他们外，偶然不慎撒扬了饭，他就喂到嘴里。虽然受到老婆和女儿的埋怨，但也没有人认真反对过。可是有一次在儿子家里，当他发扬这种优良传统的时候，却被儿子呵斥了一顿，

那天因为他送了鸭子去，儿子高兴，特意请了自己的老丈人来家里吃饭。徐天佑自然在末座相陪。吃到中间，他下意识地把孙子啃过的半只鸭翅膀喂到自己嘴里，正想和小孙孙开一句玩笑，儿子却沉着脸呵斥道：

“你是没见过吃的，还是怎么的？”

这一喊，差点把徐天佑骇出神经病来。他的心抖，手抖，好不容易才吃完那顿饭。过后他怎么也不明白，鸭子明明是他从乡下送来的，儿子怎么会说他没见过吃的东西呢？那一夜他在凉台的行军床上翻来覆去，再加上近旁的鸡骚扰，一夜都没有合眼。第二天他就告辞回家，一路上腿不住地打软。当初背着鸡鸭，负重在身，也没有那样疲累。

不过这事只有他一个人知道。他始终未对老婆提过。现在要让他到儿子那里长住，或者临时去散散心，他实在鼓不起这个勇气来。

正好大女婿找到一车到省城里的货，他就拣出六只肥壮的鸭子，六只母鸡，让他顺便捎给城里的儿女们。大女婿开的“东风”大卡车，两个钟头就到城里了，办这个事不成问题。临走，他又捎上一句话：

“给他们说，你爹今年没有精神了，不能亲自送！”

但是大女儿家，他还是亲自送去了。五里路他还走得动。再说，到大女儿家去，就和到自己家里一样随便，没有多少顾虑。果然，他刚一翻过山梁，七月花就飞奔迎了上来，硬硬地从他肩头接过背篓，接回家去了。

像多少年没见面那样，女婿给他煨茶，外孙女给他拿烟拿糖，女儿忙着给做饭，如同迎接贵宾。

顺儿不会做七碟子八碗，只是给他揪了蘑菇面片。大女儿的面食是很有水平的。至少在徐天佑眼里是这样。她从八岁开始学着上锅台，到了七月花这样的年纪，擀出来的长面，又细又长又软，亲戚们都夸奖说，比城里的丝罗挂面还好吃。当然，在乡下农民家里，也仅此而已，说到炒菜，简直一窍不通，老百姓家里，一年三百六十五天，有多少吃炒菜的机会？办喜事请厨师。平常日子，过来过去就是米面，家常便饭，只要可口就行。徐天佑如今上了年岁，牙口不好，对面条已无能力消化，最喜欢大女儿的揪面片，又薄又小又软和，吃起来又有筋骨。过去，每隔一段时间，他总要专程来吃一次。那清清淡淡的素面片，只搁少量的胡麻油，外加葱花炝醋。有汤有水，比什么酒席都好吃。在这方面，城里儿家就比不上。二丫头、三丫头，家常便饭都还在行，炒菜全仗男人掌勺。其实两个女婿也是瞎凑合，不过是

从电视上或别人家里看了几眼，一知半解，炒的菜名目不少，摆一大桌子，好吃的却没有一个，全都半生不熟，硌牙。哪有顺儿的蘑菇面香！他连着吃了两碗。这是老婆去世以后他吃得最好的一顿饭。可是女儿问他，饭香不香，他说，饭香，只是嘴里没有味道。七月花给他煨罐罐茶，平日总要喝几十盅(一盅一口)，今天只喝了四五盅，就说“苦”得很，不喝了。

六

“十月一，送寒衣。”农历的十月一日，是传说中的鬼节。这一天，要给亡人烧纸，送寒衣。从来不相信鬼魂说的徐天佑。早早想着这件事。他还特别吩咐大女婿：“给城里的几家写信，让他们记着这个日子，找个十字路口烧烧纸，纪念纪念。”

大女婿笑着劝阻：“爹，在外面工作的干部，不讲究搞迷信……”

徐天佑便不高兴，把刚刚拿起的水烟瓶狠狠往炕桌上一蹾，沉着脸说：“谁说的？那一年我到城里去，亲眼看到有人烧纸。不过他们不讲时辰，总是等到很晚很晚，马路上没有人了才去烧——那也不要紧，总是后人们的一点心意嘛！”

徐老汉说得很严重。在众多的儿女当中，他唯一敢随便说话，敢于发脾气的就是这个大女婿。大概是经常见面的关系。不过徐天佑也还有一种想法，他认为大女婿和自己一样，是受苦的庄稼汉，虽然这两年发财当了万元户，却没有离开农村，当然也没有什么“政治地位”。其他的几个女婿就不同了。二女婿、三女婿都是国家干部，有身份，而且离得远，一年里头难得见一面，自然以娇客相待。就连自己的亲儿子，他也像对待下乡的工作人员那样，恭恭敬敬，从不敢起高腔。遗憾的是他从来没有发现自己这种厚此薄彼的做法，还经常对别人讲“手心手背都是肉”的理论。

不管他什么样的态度，大女儿两口子对他还是一贯亲热孝致，顺从听话。在这种事情上，更是不好相拗，只得照办了。

可是“城里的几家”毫无反响。烧没烧纸，送没送寒衣，谁也不知道。只是在农历十月初三的那天，二女婿到家里来了一趟。

二女婿升了什么处长，庄子里的人全都知道。他是几个女婿中文化最高、职务最大的一个，同时也是最风流漂亮的一个。高高的身材，不胖也不瘦，眉精眼竖，喜欢戴一副装饰性的变色眼镜。无论对谁说话，都是扬着头，用训示的腔调。据说他是孤儿出身，从小无人约束管教，对旧礼节一窍不通。但他熟悉官场，和单位领导的关系特别好。在徐天佑的印象中，他虽然当着什么“长”，却并没有多少正经的工作，成天提个照相机到处游逛。他给徐老汉也照过几张，其中一张放大的彩照就挂在堂屋的后墙上，庄上的老人们羡慕得不得了。他在外面跑乏了，就回家听录音机，也不知唱什么玩意儿，远不如秦腔好听。这是白天。晚上他可不在家里闲呆。吃过饭，他就换上西装，头上抹了油，还洒香水，带着老婆去跳舞，二丫头跟着他也学会了些本事，总喜欢收拾打扮。一面嘴上喊叫没钱花，一面这里那里地买衣服。去年她回娘家，带走了一百斤头等枸杞，说让女婿拿到外地去卖个好价钱，可是到如今也没有见到钱，卖掉了没有，也不说一声。他们两口子每次出去跳舞，总是高高兴兴，可是回到家里就吵架,也不知为的什么。徐老汉窝在阳台上睡行军床,本来就不舒服,小两口半夜吵架,他更不是滋味了。劝又不好劝,只能一个人对着鸡笼唉声叹气。徐天佑对二女婿十分敬重,三丫头和儿子念完书,全仗他活动才留到省城工作,是全家的恩人。可两口子老是这么闹,他实在受不了。这么着,他的旅行计划老是提前,本来住一星期的,三天就回家;本来住三天的,两天就往回跑。三丫头和儿子那里也一样,不得安宁。特别是三丫头,嘴比刀子还厉害,骂自己男人比骂儿子还便当,把男人当女人使唤。简直没有规矩!要遇上徐天佑年轻时的脾气,早给她两个耳刮子了。可现在他连劝说都不敢。什么世道!只好躲开,眼不见为净。

当然,徐天佑在城里住不长久,还有他自身的原因:想水烟。他除了第一次进城带了水烟瓶外,以后因为女儿和老婆坚持反对,再也不敢把那出土文物带去,还有那包水烟的猪水泡(包水烟能保持湿度,不走味),本来是很正常的,但他们看着丢人现眼。这样,徐天佑只好土包子开洋荤,抽那些安着过滤嘴,用锡纸包得漂漂亮亮的冒牌香烟,可那是什么味道?干燥、呛嗓子,有时候还有"定时炸弹"爆炸。哪有水烟瓶好!在徐天佑看来,古人创造的这种烟瓶,实在是最科学不过了。每次只装黄豆大的一小团,点着只吸一口。而且那烟是通过清水过滤以后才到嘴里,多卫生!那黄不拉几的过滤嘴算什么?抽了咳嗽不说,还尝不出烟味。而且抽水烟省钱,一大包两块钱,里面有十块小方板,一板够吃两天,这一点尤其重要。徐天佑一辈子艰苦奋斗,一辈子省吃俭用,在他看来,老农民过日子不知俭省,那简直算不得人。

因为想水烟吃,他常常提前回家。当然他也还惦着地里的农活。闲逛有什么意思,干营生才是正经,也是他的本分。

今天二女婿来,是徐老汉没有想到的。女婿还是那样神气。

他说是来县里检查工作,顺便来家里看看,他压根儿没提起给死去的老岳母"送寒衣"的事。因为有司机随着,徐老汉也没好意思问他,只问了外孙乖不乖,鸭子肉好不好吃一类的话。徐天佑虽然年年养鸡养鸭,还发送亲戚,但他自己从来不宰鸡宰鸭吃。在他看来,那是城里人的事,农民没有闲工夫。女婿无意当中又提到买胡麻油,城里供应的不好吃。

这一说,徐天佑才猛然醒悟,今年给城里的油还没有送去。往年每家十斤胡麻油,差不多都是和鸡鸭同时送去的。可今年的胡麻收成不好,也还没有送到油坊加工。女婿这一提点,他就有些内疚,赶忙打发大女婿到庄子上的刘家油坊去,借了一些油,把二女婿带的几个塑料油桶灌满,打发走了。

第二天,又收到了儿子的信。对"送寒衣"的事,作了这样的汇报:"城里没有烧纸的习惯。对死者的纪念最好是心里想着,烧纸是封建迷信,不允许!"

徐天佑看完信,气狠狠地骂道:"放屁的话!"

不过也没有办法。老爹的这个话只能在背地里说说,当面他连大气也不敢出。

其实叫徐天佑生气的,不仅仅是儿子不给老妈烧纸的问题。而是给他出了新的难题。儿子在信上讲完了纪念死者的理论,笔锋一转到正题:

"……多亏一个朋友帮忙，搞到了一张彩色电视机的票，是二十寸的索尼，带遥控，睡在床上可以开关调台……可高级了，连侨汇券的价钱算上，要两千多块钱。你知道，我们两个都是低工资，又有孩子拖累，没有任何储蓄。希望爹给一点援助，越快越好……"

听听这口气！

过去老婆活着的时候，儿子的信就是最高指示，从来都是坚决照办，不敢打腾腾。因为他们就这么一个宝贝疙瘩，不管怎么说，他是徐家的香火苗苗，得捧着。

可是徐天佑手中没有钱。按他这几年的光景，是应该有所积蓄。可是"蛇钻的窟窿蛇知道"，他们的钱全都零零碎碎补贴到儿女们的身上了。老两口不管什么原因进城，都是自己掏路费，从未沾过儿女们的一分钱。大概他们互相有依赖吧，谁都没有主动问过爹妈往返的车钱有没有，似乎他们是公费旅行。去年三丫头因为超生，两口子降了工资，又罚了钱。当时老伴正在她们家侍候她坐月子。看着女儿女婿窘迫的样子，忍心不过，偷偷和老汉商量，把压箱底子的八百块钱添补了去。因为害怕别的儿女埋怨他们偏心眼，一直严守秘密，对谁也没有说起过。就这，城里的两个丫头还说爹妈向着儿子，结婚又拿钱，又送木头做家具。可是进城吃住都在她们家，不公平。似乎再有两副做棺材的木头送给她们才合理。这次老伴的丧事，除了大女儿添补了钱，又送了一只羊做祭献，其他都是花圈挽幛，没有再掏一个子儿。丧事的钱一掏完，他哪里还有什么钱！

想到这些地方，徐天佑就浑身乏力，没一点精神了。

事实上，他现在的身体一天不如一天了，行动变得越来越缓慢，对农活不再感兴趣，活动也变得起来越少。鸡鸭给儿女们送走以后，本来可以留下一些来年产蛋，再发展，但是想到每天喂呀，圈呀的，觉得实在是个累赘，超出了他的照料能力。因此，他让大女婿拿到集市上卖掉了，其实大女婿并没有到集市上去，他只是把鸡鸭转移到自己家里，又按头等价钱给老丈人给了钱。即使这样，所得也不过六百多块钱，不够儿子需要的三分之一，

他很着急，从这个屋子转到那个屋子，在院子里走来走去，想着，看着，翻动着，企图发现有什么值钱的东西可以变卖，以便满足儿子购买彩电的要求。可是找不出一件值钱的东西。由于焦虑，倒把思念老婆的情绪转移分散了一下。但在万般无奈的时候，他又不得不想到老婆。如果她在的话，或许能帮他想想办法，拿个主意。因为过去的大主意都是她拿的。现在没有了这个主心骨，可叫他怎么办啊！

徐天佑恨不得跑到老婆的坟上哭一场。

七

大女婿从老岳父这里买去的鸡鸭，又由他的妻子陆陆续续地宰了，炖好以后打发孩子送给爷爷吃。有一次，七月花送饭的时候，无意中在桌子上看到了舅舅的信，回去对她妈妈说了。顺儿是个体谅爹妈的孝顺女儿。她自己也快当婆婆了，因此更加感念父母的辛苦。当她知道弟弟写信要钱的事情以后，赶忙从自己的私房钱里拿出五百块钱送了去，加上徐天佑自己卖鸡鸭的六百，又卖了几百斤胡麻，凑足了一千五百块，寄给了兄弟。虽然没有凑够

两千块，也尽了最大努力。办成这件事情以后，徐老汉像完成了一个非常重大的任务，卸下了身上的负担，松了一口气，全身也瘫软了下来，好长时间没有出门，只在自家的院子里晒太阳，闷闷不乐地沉思。

先前，他是个喜欢活动的人。忙完地里的农活以后，他喜欢赶集。并不一定是买卖什么，而是散散心和老兄弟们碰碰头，交换交换新闻，临回家吃一碗甜醅或油炒粉，也是一日的快活。可是自从他的老伴去世以后，集上的人很少见他的面了。

老弟兄们放心不下，你来他去，提着自家做的油香、包子或者别的好吃好喝来看他。有时候同时来好几个人，加上大女儿送的东西，满满堆一桌子。他只是点点头，心安理得地接受下来，并不说什么客套话。他也不再像过去那样，高兴地从箱子里拿好糖好烟散人。事实上，过去的积存已经在老伴的丧事上用光了，其后儿女们也没有往来带，家底空虚了。他只好抱歉地拿出青铜水烟瓶招待客人。那本地出产的水烟，是大女儿定期到集上买了，打发孩子送来的，倒还充足。

村干部和乡长也来过一次，意义是多方面的。一则徐天佑是乡里的守法良民，人缘关系好；二则他有好几个儿女在城里当干部，是老太爷一类，在地方上说得上话的人物；第三，也是最重要的一点，乡村干部从刘占云的事情上吸取了历史的经验教训。虽然他和刘占云不同，有儿有女，但都外出工作，不在身边，万一他一个人在家出了什么问题，作为地方长官，也脱不开责任。

但是不论地方长官也好，老弟兄也好，或者他并非亲生的女儿去探望，他都用一样的话安慰对方：

“我自己会对凑着过的。烧烧煮煮，我差不多已经习惯了，一个人能吃多少呢？你们就放心好啦！”

仿佛是他探望别人，而不是别人来看望他一样。

屋子里虽然凌乱一些，也看不出有什么大的困难。炕也是热的。因为他的外孙女七月花每天必来一次，除了烧炕，还替他涮锅涮碗，做些简单的洗涤。这么一来，地方长官放心，老弟兄们因为有自己的家事，慢慢地，也不大走动了，访问的人越来越少。

这也正好适合他最近养成的独处的习惯。他越来越喜欢一个人坐下来想心事，不希望有人来打扰，晚上早早闭了院门房门，早早上炕睡觉。其实也无所谓睡觉，只不过是默想而已：

在一个月光明亮的晚上。他就一个人这样静静地想着，想着……

多日不见的老伴来到他的炕沿跟前，就像刚从城里回来，穿戴得整整齐齐，笑吟吟地问他：“这一向我不在家，你一个人过得好吗？”

“我有胳膊有腿，会烧会煮，有啥不好过的？你放心好啦！”他安慰着对方。

“你这个老贱驴！平常总是舍不得往锅里下米，我担心你饿肚子……”

“放心吧，我会自己照顾自己的。”他又做了一次保证。“你走这么远的路，也累了，上炕来休息休息……”

“在城里丫头家，一天楼上楼下几十趟，也不感觉累，走这么长路算什么！放心吧，我和你一样，身子骨结实着呢！”

说着，老伴在他眼前伸了伸粗壮的胳膊。他自己也想伸出胳膊来，可是没有力气，总也拿不起来，只好作罢。他又想起了给儿子寄钱买彩电的事，问老伴：“我给儿子寄的钱收到了没有？彩电亮清不亮清？”

“你寄了多少钱？”

“一千五。里面还有大丫头添的五百……”

老伴突然不高兴了，大声斥责他：“你怎么才寄这么点钱？小气鬼！你不会把房子卖了吗？”

怎么老婆子也提到卖房子？莫不是她和儿子串通好了来逼他？徐天佑大声申辩道：“房子是庄稼汉的根基，卖了，我往哪里去住？”

老伴“哼”了一声，转身就往外走，嘴里嘟嘟囔囔：“等着吧，你很快就用不着房子了……”临出门，把他的青铜水烟瓶也摔在地上了，“咔嗒”一声，发出了耀眼的火花……

徐天佑惊得坐了起来，月光透着窗子，照得满炕满屋都亮亮清清，可就是没有他的老伴，门闭得紧紧的，水烟瓶也好好在桌子上放着。他大为惊讶，疑惑了老大半天，这才清醒过来，知道自己是做梦。

自从老伴去世后，这是他第二次梦见她。他巴望夜夜都能梦到，但是老伴在梦里出现的机会极少。他的木匠亲家说，死了的人在睡梦中少出现是好事，说明亡灵在阴间过得舒服，没有遇到麻烦。徐天佑也信也不信。湿木头做的棺材，她能舒适吗？他希望在睡梦中亲自问一问她。可是第一次梦见，她连一句话也没有和他说，好像生他什么气。这一次倒是关心地问了他的生活，可又因为给儿子的彩电钱没给够，她又发了脾气……他回想着梦中的情景，心情又紧张又激动，但不是害怕。

他认为这个梦是真实的。因为他们算得上恩爱夫妻。老伴无论走到哪里，也总是惦记着老头子，现在她去世了，自然放心不下他一个孤独寂寞，所以回来托梦。这是合乎老伴生前那种宽厚心地的。便是发脾气，也是实实在在的。因为活着的时候她提起过这个话，说两个女儿家里都有彩电，唯独儿子家里是“黑白”，媳妇不高兴，常常当着客人的面说“穷酸”，她和儿子都感到脸面上不好看。说明老伴至死也还惦着给儿子买彩电的事……

之后，他便睁着眼睛，在孤独寂寞中闷闷不乐地一直沉思到天亮。一大早，脸也不洗，只给牛羊添了点草，就翻过山梁，专门去给大女儿报告这个睡梦。像小孩那样天真。

说完睡梦，女儿顺着他的意思安慰了一番，他的心情才好受了一点。他也不顾七月花的苦苦挽留，又急急忙忙赶回家，拿了早已准备好的香和纸，到老伴坟头烧化了，祭奠一番，呆呆地坐了一个上午。他对老伴说，他生活上没有困难，最大的苦楚是心里有话没处说。言下之意，希望夜夜能梦到老伴，诉诉衷肠，那喃喃而语的口气是非常凄惨的。

八

在严冬到来之前，徐天佑老汉病倒了。一会儿嫌七月花烧的炕太烫，热得受不了，一会儿说炕不热，冷得打战。实际是自己发冷发热，得了重感冒。因为他向来没有看病吃药的习惯，顺儿就给他烧酸辣汤发汗治疗。后来温度总算降下来了，却是不想吃东西，慢慢地变成了一种难以捉摸的毛病，不痛不痒，却是哪里也不对劲。他自觉不好，对大女儿说："让城里的几个来看看我吧，把娃娃们也领来，叫我好好看一看，再迟，怕见不上面了……"

顺儿安慰道："看爹说的什么话！你年纪又不大，身体一向很硬朗，哪里就会死了！金柱（顺儿的大儿子）明年结婚，等着抱重孙子吧！"

"我难道不想抱重孙？不过这种事情由不得人呀！想想前几天你娘给我托梦，说我很快就用不着房子了，那就是兆头！她是来叫我了……"

"梦的事情，哪有个准！你好好安心养吧，过几天会好的！"

顺儿嘴里这么说，心里却也有点紧张。千方百计地劝说老人家到县城里或者省城去检查一下，不要怕花钱。徐天佑说什么也不去。女儿道他的脾气。还在她小的时候，徐老汉去山里收蜂，不慎从崖顶上跌下来，摔坏了两根肋骨。他也没住医院，只在公社卫生所吃了几副汤药，居然挺过来了。现在得的是不痛不痒的老病，他自然不会去医院。没有别的办法，只好让她丈夫开车去县上，专程请了县医院退休以后私人开业的丁先生来看脉。丁大夫是有名的中医，治好不少的疑难怪病。请一趟也是不容易的，亏得万元户有面子，又肯花钱。丁先生诊了脉，说了这样的话：

"老哥，你这病不是太大，脉息还清晰得很。大概你一个人生活，饮食上不方便，身子太亏，让女儿炖几只老母鸡补一补，很快会好的。"

但是丁老先生的三服药吃完了，仍不见好转。鸡汤送去，动都不动，七月花喂他吃，也不张口，说肚子里满满的，连水烟也不吃了。

顺儿看着害怕，叫丈夫给城里的弟弟妹妹发电报，让他们快点来，一块商量治疗方案。不知道乡邮电所把电报稿写错了，还是省里邮递员没有按时送到，反正城里迟迟不见来人。老汉天天嚷着要见孙子（自然是指他儿子的儿子），可就是盼不来。

其实他心里很明白，除非发电报说他已经死了，否则城里的任何一个儿女都是不会来的。这不能怪他们，吃公家饭的人，有纪律约束。走哪里要告假，日子长了还得扣工资，扣奖金，哪有当农民的随便！想走哪里就去那里。如今包产到户，自己安排自己的活路，用不着给什么人请假。多少年来，自从儿女们在城里安家落户，全都是他们老两口往儿女那里奔，给他们看孩子啦，侍候坐月子啦，背着送农副产品啦，等等。儿女们因为公务繁忙，家里脱不开身，很少回来。那年老伴有病住县医院，徐天佑让大女婿带信，结果谁也没来，二女婿托人带来了几瓶乡里买不到的好药。也托了那几瓶好药，老伴的病很快好了。这次会不会给他也带来药呢？他不需要药。他想见人。

接着，在一个大雪纷飞的寒夜，他那泪汪汪的眼睛开始散光，进入了弥留状态。其时，三女儿赶到了。但是老人已经不能说话，十分急躁地把瘦骨嶙峋的手挣出被窝，颤颤抖抖地乱指划，别人也闹不清他比画的什么，你这么说，他那么问，乱猜一气。最明显的一次，他伸出四根指头，往后山墙那里指。人们顺着他指的方向看，墙正中是一幅从集市上买来的中堂画，那是一副无名氏画的老虎，已经被烟熏得看不清面目。中堂两边有他早年间得的各种奖状，也有从城里带来的儿孙照片，在这一切的左右，是一对老式的描花大红衣箱。中间是一些无用的瓶瓶罐罐，他的宝贝水烟瓶也在那里，冷落了多日。七月花以为爷爷想吃水烟，跑过去拿了来，他摇了摇头，三丫头又把全家福的照片摘下来给他看，他干脆把脸背过去了。谁也猜不透他的意思。

正在众人开动脑筋，费尽心机猜测的时候，他的手无力地落在自己的胸脯上，头猛地一偏，永远闭上了眼睛。在场的亲人哭过之后，又急着给城里发电报。

第二天，二丫头和儿子赶到了。女婿和媳妇因为工作忙没有来。亲孙子倒是跟了来，但是徐天佑却再也看不到小孙子了。小孙子也没有看到爷爷的脸。因为上面盖着一张白纸，不许动的。

姐弟四人在乡亲们的帮助下，十分悲痛地安葬了老父亲。自此，徐天佑陪着老伴，安安静静地在他们艰苦创业的山沟里永远休息了。

和老伴比起来，徐天佑的丧事要简朴得多。那次因为徐天佑亲自主持，一切照旧，请了二十多个人吹吹打打，整整闹腾了三天三夜。这次儿女们民主决定，移风易俗，丧事新办。加上天寒地冻，有些亲友没有通知到，大庄子上的娃娃们也没来看热闹，因此又几乎在静悄悄的情况下安葬的。事实上，一年里头两重丧，儿女们也无力支撑了。

庄上的一些老兄弟对此很不满意，包括顺儿的公公在内，以为对老人不尊。但碍着那几位当干部的子女的面子，只是在背地里议论罢了。老木匠这次没有亲自做棺材。寿材是徐天佑的大女婿从县城买来的现成货，倒也体面。而且下葬那天，大雪飞扬，天地皆白。说明徐老汉终身辛苦，处处做善事，上苍也为之感动。那些年岁已大，行将谢世的老头老婆婆们，对这件事情感触良深，议论了好长一段时间。

九

丧事完毕以后，姐弟四人在公证人村长的主持下，讨论遗产的处理问题。

谁都有一套成熟的想法，谁都不愿意第一个提出来，只是你瞪我，我瞪你，推来让去地拖延着时间。

自从老爹有病，大女儿差不多一直在这里陪着照料，已经有二十多天没有回家了。大丧期间，家里大人小孩又都在这里忙乎，许多紧要的农活都耽误了。她实在不能再等，于是第一个发言：

“所有的东西分成四份……”

“怎么能分四份呢？”弟弟急了，站起来质疑。他自认为是唯一的合法继承人。

“你听我说完！”姐姐摆一下手，很有决断地制止了别人的打岔，“分成四股，弟弟占两股，二妹、三妹各占一股。”

公证人睁大眼睛看着她。同时也为她的大公无私精神而感动。

“四股也好，五股也罢。我看这些破烂东西值不了多少钱！爹咽气的时候和我们没有说上话，大姐一直在跟前，存折在哪里，你总清楚吧？”

“爹看病的花销和棺材钱都是我们七月花他爸爸出的，爹什么时候有存钱来？”顺儿说着，又伤心地哭了起来。

“那你说说，爹咽气时伸四个指头是什么意思？”三丫头质问道。

“……”

“怎么，爹伸了四根指头？”二丫头十分感兴趣地问。

“那可不。大姐和大姐夫一家人都在场，还指了指箱子。”三女儿说。她觉得大有文章。

“说不定箱子里有四千块钱……”

于是在公证人的监督下翻箱倒柜。可是除了几件旧衣服，零散的几颗水果糖（或许是城里的儿女带来，散落在箱底的）其他什么也没有。

城里的亲戚看着乡下的大姐：咋回事？

公证人说话了：“你们也别起疑心，我们在一个村子里，谁家的锅大碗小，吃稠吃稀，心里总有个大模子，别看你们爹妈活着的时候风光，还不是靠你们几个添补！信用社从来没有提起过你爹存钱的事。这次病了，多亏你们大姐、大姐夫……”

“国家有规定，公民存款保密。信用社怎么能随便对人说？”

徐天佑的儿子顶了村长一句。他是一家银行的出纳员，内行，在他看来，公证人并不公正。

大女儿一直在哭。她不是因为自己委屈，而是为爹伤心。老父亲一辈子拖儿带女，省吃俭用，有谁知道！小弟弟还说这样的话，她更伤心了。抽抽搭搭地说：“村长，俺爹的苦楚你是知道的。你看着给他们分吧。我早说过了，一根柴火棍棍也不要！”

“天知道……”

“谁信？”

“哼！”

顺儿也不再听他们争吵的难听话，哭着走了出去。

地方长官本来想干一件好事，主持公道。现在看来也难。他说：“你们都是懂政策的国家干部，还是民主讨论，自个决定吧！”

“我们国家就是落后！”徐天佑的儿子又说话了。“法律也不健全，又没立遗嘱的习惯，总是把矛盾交给后人……”

“你爹写了遗嘱，在我这里……”

门外有人接话，跺着脚，抖身上的雪。那是乡长和一个叫刘大爷的，他是徐天佑生前相好的老弟兄。

“遗嘱？我们来了好几天，怎么没有人提起过？”三丫头质疑。

"这几日乡长去县里开会,不在家……"村长代为解释。

"就是,就是。"刘大爷作证。

"唉呀呀,这炕怎么这么凉?"乡长究竟是大官,并不忙着给他们解释。而是脱了鞋,爬到徐天佑生前睡的大炕上,用手摸着找热窝暖脚。等他坐定了,问:"徐大爷的水烟瓶在哪里,叫我吃几瓶。"

"你说的那个老古董吗?俺姐放到俺爹棺材里了……"

"可惜!"乡长有点扫兴。但是他又说了句:"难得你大姐这份孝心。"

没有青铜水烟瓶,只好从银行出纳员手里接过带嘴的香烟,看看牌子,点着了,慢慢地品味道。

女眷们等着发急。

"要不是你们大姐刚才找我,差点把这事忘了!"乡长开始作解释。"本来遗嘱早就写好的,只因我上县里开会,忙得一塌糊涂,给徐大爷纸都没烧……"

说着,他摸摸索索从衣袋里掏出一张纸,用通常给乡民传达文件的腔调读起来:

"遗嘱!"他念了这两个字,停顿下来,唤起听众的注意。接着又念:

"我苦了一辈子,没有置下什么财产,也没存上钱,对不住儿女。有九间房子,原是为儿子打算。托共产党的福,儿子念了书,当了干部,在城里住着公家的楼房,他不会稀罕乡下的破房子。我死了,不能卖,也不要拆,交给村里公用吧。也算我一辈子的根基,庄子上后辈人说起,有我徐天佑这么个人。其他的东西,值不了几个钱,或送人或卖钱,四家子商量,不要伤了和气……"

三丫头不客气地从乡长手里夺过遗嘱,二丫头和小兄弟也凑过去看,上面有立嘱人,执笔人、公证人的三个名字,三个手印。因为印泥按得重,几乎看不出什么指纹。

三丫头把遗嘱还给乡长。嘴里嘟哝:"没文化的人,脑筋就是糊涂!"

儿子什么话也没有说,只是一根连一根地抽过滤嘴香烟。

乡长还是那一副慢腾腾的官腔:"看看,你们还有什么需要我们帮忙的,快说,别客气!"

那位公证人刘大爷,一个劲地捋胡子,不吭声。

村长滑头。他看到乡长这么负责,便不声不响地溜了出来。刚出院门,就隐隐听到从徐天佑夫妇的坟头那边传来一个女人的哭声。几乎在同时,房子里也争吵起来。他也不去理会。徐老汉辛苦一辈子,就这么个下场。省吃俭用顶个什么用!还不如抓紧眼前的享受。他这么想着,也不回家,径直到镇子上的酒馆里喝二两,消消心里的闷气!

镇山虎

一

拐爷已经给自己选好了坟地。这是接近他的几个老弟兄，在山梁上闲转，无意中碰到拐爷，拐爷和他们站着闲聊，无意中透露的，并且把“窝窝子”也指给他们看了，叮嘱他们千万保密。可是转眼的工夫，其中一位最诚实的老哥，无意中把这个信息告诉了自己的老伴，老伴到邻居家借缝被子的大针，又悄悄说给老姊妹。不到半天工夫，关于拐爷健康欠佳的传闻，在后山梁家喻户晓了，却又严格保守机密，不公开议论。但它的重大影响是显而易见的，那天各家的晚饭比平时迟了一炷香的时辰，饭桌上也没有笑声。有四户人家烟囱上压根儿没有冒烟，九户人家夜里没有开灯。好在后山梁尚未发行股票，否则，股市行情也会因此而动荡起来。

第二天天不亮就有人敲我家的大门，擂得山摇地动，一派理直气壮的势头。开门一看，竟是村里胡子最长、辈分最高的三位老者，其中就有我那爱管闲事的七太爷。后来证实，他就是听拐爷宣布选坟地的见证人之一。不知他们是自发的还是受命于人，竟齐声向我下达一道指示：赶快把拐爷的传记文章写出来，让他老人家在活着的时候亲自过过目，高兴高兴！要不然，到时候拐爷闭了眼，你的文章再天花乱坠，他也不知道。要是你的狗屁文章瞎吹，他在棺材里不气个半死才怪！

我倒成了他们的批判对象。这是从何说起呢？看看他们脸上的严重表情，我知道事关重大，也理解他们的心情。三位老前辈之中，虽然只有一人会背《三字经》，一个上过两年初小，会半截《千字文》，一个纯粹文盲，但他们听广播看电视却是热心分子。偶然也听别人读报，传播小道消息。他们大约有感于时下一些显贵权要死后的悼念仪式，还有那些胡吹冒撂的悼念文章，流行一种“古为今用”，死人为活人服务的恶劣风气，不过是借逝者的光辉，映照自己的前程而已。拐爷在后山梁又是如此德高望重，不得不在大清早来找我，这么郑重其事地下达命令。

尽管糊里糊涂，还是满口应承了。究其原因，也是多方面的。

好几年以前，我曾在地区农民报上给拐爷写过一篇八百字的通讯，把他一心为公、从不多吃多占的廉洁精神宣扬了一番。半个月以后，收到三元稿费，买了一包硬盒哈德门请哥们的客，拐爷碰上了。他问我何以如此大方，我不敢撒谎，老实汇报了替他吹喇叭的事。他点着我的眼窝子笑着批评：“我哪有这么干净！你龟孙子别在我身上做文章，骗钱抽烟！”

我见他并不真生气，顺竿往上爬了爬：“拐爷的教导我记下了，现在不写。等你百年以后，我要好好给你立一个传，让咱们后山梁的后辈儿孙，一万年以后记住你的功德！”

拐爷是三十多年的老共产党员，遇事豁达开朗。他说：“我死了，你小子怎么嚼舌头，好赖与我无关！”

这句玩笑的话竟然传了出去，有些人还牢牢记在心里。三位长者特地跑来，似有清算后账的意思。于公于私，我都有不可推卸的责任。我之所以有今天，成为后山梁小有名气的“一把刷子”，完全是受拐爷的恩惠。他老人家在致力于后山梁脱贫致富的几十年奋斗生涯里，从来没有忘记过提倡小辈人上学识字，培养本地文化人才的大事。为了安慰几位老公民的忧天之心，我把拐爷当日的重要指示抛在脑后，不顾他还活得硬朗健旺，就向三位请愿者做了这样的保证：“放心吧，我今天立即动手，争取在拐爷闭眼之前亲自看到他的传记文章！”

二

两三年前拐爷自己提出请求，退出村委会领导班子。当时后山梁的政局很动荡了一阵，山脚下的自由市场的物价也涨了几天。村民们焦虑万分，推举包括七太爷在内的几位有威望的老年人当代表，求见拐爷，请他老人家继续掌舵。乡政府的书记乡长也真心实意地劝过两次。然而拐爷经过深思熟虑，主意已定，绝难更改。他讲出来的理由，你没法不服：“中央领导都退，我算老几！没有什么可商量的，退！”

只好按他老人家的意思办。因为他是乡党委委员，乡里搞了一个欢送会，后山梁也搞了一次。再过八天就是拐爷的六十寿辰。借着这个名目，群众促领导，由新当选的村主任牵头，有经验的老年人做实际指挥，杀鸡宰羊，蒸馒头炸油饼，摆了三天流水席。但拐爷坚决不肯出头露面，敬酒的人也不让进他家的门槛，只在窗外讲几句祝福贺寿的吉祥话。此后为了顺应民心，让家人和后山梁的男女老幼情绪稳定，拐爷就传下话来：从此百事不问，一心在家静养。接班的年轻支书碰上疑难大事去请示，他也不照面，坐在炕上隔着窗子听汇报。听完只说一句知道了，你们自己看着办吧！从不干涉年轻人的工作。

关于立传之事，虽然比不上支书请示的问题重要，却也是和拐爷有直接关联的大事，有必要给他老人家打个招呼，通通气，如蒙接见采访一次，即使站在窗根交谈，也是十分荣幸的，写的时候心里踏实。

为了在尽量短的时间里把问题说清楚，少浪费他老人家的精神，我事先做了充分的准备工作，在脑子里形成了一个提纲——之所以不落在纸上，是因为拐爷讨厌照稿子发言。他有着惊人的记忆力和非凡的大脑功能，谁要是照稿子讲话，在他心目中先就变得没了水平。因此我这个“知识分子”绝不能在他面前掉价。我也要像拐爷那样，凭着记忆把复杂的问题说得头头是道。我先在脑子里构思出传记文学的框架，先写什么，后写什么，何事彩笔细绘，何事简约轻描，想得一清二楚，甚至连拐爷以前在重大场面的演说，在后山梁战天斗地过程中的突出行动也从记忆中翻腾出来，历历在目。我越想越兴奋，越想越睡不着觉，翻来覆去，掀蹬被子，影响得老婆也不得安宁，她抱了枕头，跑到外间去睡，骂我是“神经病”。我心里想，你懂得什么！要是拐爷的传记造成轰动，你才知道我今晚失眠的重要意义！

就这么紧张地思索了一夜，外面公鸡乱叫，天快大亮的时候，才迷迷糊糊合了眼。刚打算休息一会儿，爱管闲事的七太爷跑来催促，要我赶快去拐爷那里听指示。我知道这件事耽误不得。一蹦子跳起来就往拐爷家跑。半路上碰到一群上学的小娃娃，拦住我请教学问。我说我有紧要事情没有工夫。他们居然不讲道理，胡搅蛮缠，有的拉我的胳膊，有的抱我的腿，有的掏出书本，指定我给他们朗读课文，说要考验考验我，看是真秀才还是冒牌的伪劣产品……我明白他们是有意胡闹，便拳打脚踢，企图冲出重围。可是他们人多势众，我挣扎了半天，仍在他们的纠缠之中。我只好以实相告，我这是要去拜见拐爷，有重要事情请示。谁知这些碎鬼居然口出狂言，怪声怪气地说：“拐爷是谁？拐爷有什么了不起！”

我听了他们的这些混账话，又气又怕。在我们后山梁，以至方圆几十里，谁不晓得拐爷的大名！别说你们这些小毛孩子，你们的父母，你们的爷爷奶奶，你们的老祖宗，哪个敢对拐爷不尊重？你们乳臭未干，就这样目中无人，这还了得！心里一生气，身上也有了力量。正像古书说的那样，怒从心头起，恶向胆边生！我挥动铁拳朝他们的头上打了过去。谁知这些小家伙突然之间变成了人身狗面、发出汪汪叫的怪物，将我围得更紧，抓得更牢。我吓出一身冷汗，正不知如何摆脱困境，突然听到一声断喝，如雷贯耳，雄壮无比，酷似拐爷的声音。抬头一看，果然是拐爷。经他一吼，小怪物们四散奔逃，又不远去，在几丈远的地方蹲踞下来，打量我和拐爷。我因为有了援助力量，也不再惧怕，便狠狠地盯了他们一眼。发现这些小怪物的两只眼睛不是在前额而是在头的左右两侧，长在两耳之上。两只眼睛的表情也迥然不同，瞧着拐爷的那只眼睛，眼皮朝下，眸子里是一种畏惧恭顺的神情，而对着我的这只眼睛却是眼皮向上，怒目圆睁，凶相毕露，恨不得将我活吞进去。

拐爷似乎没有发觉这种异常，对着我笑，也对着由小孩子变成的小怪物笑，标准的一视同仁。他穿了一身崭新的时髦衣服。上身是前不久兴起的粉红色水洗绸夹克衫，下身绿裤子，乳白色耐克鞋，从未见过的潇洒样子。这么看来，他老人家急流勇退，摆脱政务在家闲适静养，确属上策。以前在位，他瘸着一条腿，由南梁跑到北梁，从沟底爬到山顶，走东家串西家，多么辛苦！何曾穿过如此气派的漂亮衣着？太好了，太好了……我正这么想着，沟底下刘家的小儿子刘得元开着东风牌大卡车从梁上冒出来。他家是拐爷亲自树立起来、多次受表彰的“先富起来”的典型，平日见了拐爷何其恭敬，今天却像不认识似的，喇叭按得震天响，呼啸而过。这还不要紧，他居然目中无人，朝我直冲过来。我心里说完了，腿像钉定一般，无法挪动。正在这千钧一发的时刻，拐爷奔过来轻轻一挡，刘得元的汽车就停住了。我吓得大叫……这时有人摇动我的身子，睁眼一看，是妻子从地里回来，且笑且怪：“晚上折腾，白天睡大觉，还乱喊乱叫——梦着什么了？”

我有点不好意思，坐起来揉眼睛，迫使自己快点清醒，回忆梦中情景，竟是如此可笑。

想了一会儿，突然觉得不对劲，穿了鞋就往外跑。妻子问我到哪里去，我说去看看拐爷，随着把梦中之事说了。乡下老辈子人有一种迷信说法，梦是反的，如果梦到一个人穿得破破烂烂，这个人肯定就要碰到好事，不是升官，便是发财，如果梦到的熟人穿很鲜艳的新衣服，又非常精神，此人非死即病，要倒大霉。拐爷在我的梦中那么一身穿戴，他老人家莫非……

我不敢直说出来，只想去看看。妻子又骂我是“神经病”。她说她刚从菜地里回来，路过拐爷家门口，隔着大门看到拐爷正一个人做气功锻炼身体，录音机里放的音乐动听得很……

“实确？”

“骗你是长尾巴的！”

我相信妻子说的是真话。站在院子里细听，果然有熟悉的音乐声从拐爷家那边飘过来，如妻子所言，悦耳动听。拐爷在位的时候，去县里参加一个会议，学了这套功，还买了音乐磁带。当时没有实行是因为工作忙，静不下心。从他退下来那天起，就天天关在院子里，双手抱着小肚子抖，样子挺可笑。既然放着音乐，说明他在抖。能抖就说明平安无事，我也就放心了，继续构思为拐爷立传的提纲。

三

拐爷挡车救人，并不完全是我梦境中的虚幻，而是确有其事。在他辉煌的人生历程中虽然算不上顶了不起的大事，却也是闪光的。未来的传记中不能不提到这一部分。

说来也巧，这事还和我有直接关系。换句话说，我是他舍已救人的历史见证人。这样说也不确切，应该说我这条小命是他救下的。就和头天夜里的睡梦一样，亏得碰上拐爷，否则我早已灰飞烟灭，哪里还能稳稳当当地活在后山梁，享受这改革开放以后中国特色社会主义的幸福！

那时候我们这地方还没有汽车，也没有拖拉机，更没有从前川直通村里的这条柏油路。当时的支书叫孟天柱，三十多岁，人高马大，壮实得像美国的公牛篮球队队员，只手能把麦场上最大的碌碡立起来。他的哥们戏称他是“伍子胥”，能力举千斤。力气大，脾气更大。一个下乡干部在报告里把后山梁称为“穷山恶水”。他认为这种看法是对他家乡的诬蔑，把人家臭骂一顿，赶了回去。队上的男女社员见了他，更像老鼠见猫，大气也不敢出一声。

孟支书赶走了看不起后山梁的下乡干部，其实他自己心里也不痛快，常常怨天尤人。交通不便就是他发愁的困难之一。

那时后山梁通往前川的只有一条弯弯曲曲的牛车路，老辈子人称它为“大路”。若干年后大路裁弯取直，精确的长度为十五里。但当时顺着那条古老的大路翻山越岭，对那些腿脚不灵便的老年人来说，无疑是二万五千里长征。村里没见过汽车的人达半数以上，妇女更甚。少数见过汽车跑的人，那是沾了女儿的光。因为女儿嫁到前川，得到亲家母的邀请，去看望女儿或小外孙，这才有机会看上一眼飞驰而过的汽车，回到后山梁再吹上三年五载。孟支书上台以后，给村里拴了两辆胶轮大车。我们小孩子称为——“拉拉车”。为了使马车顺当行驶，孟支书命令村里的精壮男劳力苦战两个月，加宽铲平。心存怨气的人称那次义务劳动为“抓壮丁”。从那以后，胶轮大车运输东西到前川，不但载重量增加，交通事故也大大减少。

我当时正上小学，就像睡梦里拦我请教学问的那一帮碎娃，终年流着鼻涕，又可怜又顽皮。学校在前川，走得快也需两小时。机会好碰上出山的“拉拉车”，我们就想爬上去坐一程。但赶车的把式不让我们坐，说是支书有规定，不准带小娃娃，理由是“太危险”。狗屁！你车把式坐着就不危险？去前川串亲戚、看病的小媳妇老太太坐着就不危险？骗小狗去吧！我们自己想办法，偷偷往上爬。最好的机会是上坡的时候。车把式聚精会神地赶车，无暇后顾。因为坡陡，车厢的后梢仰得很低，一抬屁股就可以坐上去。不过我们不用这种办法。我们是“打吊吊”，用两只胳膊支撑着爬上去，前半截身子伏在车上，腿子向后向上蜷曲。如有情况即可迅速逃逸。即使这样，也常常挨车把式的鞭子。因为想爬上去的人很多，车只有两挂，得不到机会的人在旁边喊叫，向赶车人报告，在这种时候你跑得不灵活，车把式的顺梢会在你耳朵上留下一道血印子。

有一次，两挂车装满了粮食，由支书亲自押运，到公社粮库去缴公粮。孟支书很神气，推着他的破飞鸽自行车走在两辆车的中间。在山路上骑自行车，推一半骑一半，不累你满身大汗休想爬到梁顶。支书完全可以不骑车子，坐送粮的车去，或者把自行车放到粮车上，下坡的时候再骑，但他心疼牲口，自己躬腰往上推，嘴里“呼哧呼哧”地喘粗气，和驾辕的骡子比赛似的。我们看到他专心推车爬坡，钻空子爬上了后面的一辆车。在我旁边的孩子叫尕宝，就是开卡车往我身上冲的刘德元的叔叔，很是顽皮，还和我们这些贫下中农子女争着爬车。他的身子又重，本来粮车稳稳当当，给他一压，车仰了起来，辕马也悬空吊了起来。偏偏又是转弯的地方。车把式惊慌得连吆喝牲口的声调都变了。孟支书撂下自行车来帮忙。为了防止车轮继续下滑，他跑到车的右边，也就是临土坎的这边，想用肩头顶住车厢。当他发现我和尕宝还猴在车尾巴上，立时大怒，一手一个，从衣领上提起撂出老远，而他自己因为躲避不及，被翻倒的车厢砸断了右腿。

那是我和尕宝闯的祸，我们还傻头傻脑不理会。孟支书被送到公社卫生院，医生给他把骨头茬子送进肉里，打上石膏，住了二十多天，又送他两个拐杖，通知大队用架子车把他接回村。支书下地走着试了试，发现那条腿短了半截，摸摸，也和左腿不一样。他让会计陪他去县医院检查。尕宝的爹和我的爹也跟了去。县医院给他照了X光，发现骨头接错了，但是已经长住了，没办法。老孟心想，我是个大队支书，要给众人跑腿，天天领着社员干活，腿治不好咋办？就让陪他去的三个人一个抱腰，一个按腿，一个按脚，他喊一、二，三人同时用劲，“吧”一声，长好的腿又从伤口的地方拉开了。在旁边的医生护士吓得变了脸，喊爹叫妈，头上冒汗，悄悄对陪的人说，你们后山梁有这么坚强的支书，啥事办不成！医生被他的精神感动，又重新给他接好，精心护理。但是还有点瘸，走路带“拐”，哥们叫他“老拐”，孩子们喊他“拐叔”，后来随着年龄增长，升为“拐爷”，孟天柱三个字被迫退位，“拐爷”就成了他的大名，尊称。

拐爷舍己救人的那年，正是全国人民学雷锋的时候。如果当时有新闻记者来采访一下，或者村里有我这样的秀才写一篇通讯报道，通过报纸电台宣传宣传，他老人家可能就会是我们这一方的先进，甚至是全县全省的“活雷锋”。但是拐爷的命运不济，不但没有人写文章宣传，而且还惹了事。

事情也是他自己引起来的。

治好腿从县里回来，他死里逃生，多少有点兴奋。村里人也把他当成从战场上光荣负伤回来的英雄，大加吹捧。有人奉承他：支书真勇敢，腿压折了，接好又拉断，骨头茬子露在外面，哼都没哼一声，比关云长刮骨疗毒的时候还坚强。拐爷对这种奉承不愿意听，笑骂道：“吹你娘的脚！把你的腿砸断试试，看你咋个坚强法！我疼得身上的汗都淌干了，哪有力气喊叫！多亏尕宝他爹往我嘴里喂了一粒灵丹才止住……”

“啥药，有这样灵？”

“你猜猜……”

“我又不在跟前，咋知道？”

“是这个！”

拐爷神秘地伸了一下小拇指头。随之又叮咛道：“这话我只告诉你一个人，千万不要对其他人说！”

“你放心好了！”

这事和拐爷选坟地，要求老弟兄保守秘密一样，最终还是传出去了。拐爷不但未当上英雄，还成了罪人，革职审查。工作组的干部问他为啥要吃地主送的鸦片烟，拐爷说伤口疼得挨不住。

“你是共产党的支部书记，就因为受了点伤，可以吃大烟？”

听了工作组的批评，拐爷不但不检讨，反而顶撞起来：“我吃了，你能把我的屌咬掉半截！老子舍命救人，你倒来纠缠这种事！”

“你救的是地主的儿子，光荣了？”

“我只知道他是一条命，你懂吗？吃草的东西！”

尽管拐爷硬顶，但他最终以“态度恶劣”而被意外革职。瘸了一条腿，又丢了官，但他不后悔。也算他有眼光，当年救下的尕宝，书念得有出息，如今是县太爷一级的官了。

四

七太爷是我父亲的尕爷的小儿子，羊圈里的驴驹，辈分高，其实年龄不大，只比我父亲长三岁，也是拐爷的小弟弟。他因为当年受到拐爷的重用，担任过会计、保管、文书一类的要职，有点像我现在的角色，直接参与过拐爷领导的许多重大事件，因此对拐爷既崇拜又有深厚的私人感情。他向我下达了为拐爷立传的命令之后，又积极主动地提供资料。关于拐爷治腿的那一段动人事迹，就是他亲口对我讲的。在县医院重新拉断伤腿，负责抱腰的勇士，就是七太爷。多少年过去，七太爷提起来仍不免吸口冷气："你想想，要让人生生地把好腿拉断，那是什么情形？我这个帮忙的人都吓晕了，他还又说又笑不在乎。你说说，这拐爷！"

从那时起，我就服了，全队的人也服了——拐爷的威信从那时就树立了起来……

说完这个故事，七太爷又把话锋一转，讲拐爷给后山人谋的福利。他说，拐爷这人虽然胆大但不胡来。他最大的特点是，护着咱们后山，不让本乡本土的人吃亏。七太爷又讲了他亲自参与的一件事情。因为讲得激动，加上他又上了年纪，难免前后重复，我不得不加工整理一番。

拐爷停职不到半年又恢复了工作。因为后山再找不出第二个人能够代替他。

那一年，据说中央有指示，又说是省里下的文件，又有人说是县上自己搞的土政策，总而言之，是上头的精神，要在农村搞一次反瞒产私分的运动，重点是偏远山区。因为这些地方，山高皇帝远，公家能掌握政策的干部顾不上去宣传，农村的队干部文化低胆子大，喜欢搞歪门邪道，容易出现资本主义倾向。县里的工作组下来，要先解决公社干部的思想认识问题。公社领导人个个形同罪犯，在工作组的帮助下，学习了七天七夜文件，总算吃透了上头的指示精神，同时也吃掉了八只羊二十只老母鸡，一百多斤面粉，这才做出决定：抽调以公社副书记为首的六名干部，配合县里的工作组到各大队全面彻底地检查。

消息传出，人心大慌，鸡犬不宁。队干部连夜召集社员开会压底线，统一口径，并向男女老少发出警告：要是嘴胡乱说，停止全家人的全年口粮供应！在此同时又积极筹办接待事宜，尽其队里所有，热情招待上头来的人。但工作组立场坚定，吃饱喝好之后仍然坚持原则，查出了不少准备瞒产私分的"黑田"。消息传到后山梁，队里干部们同样紧张，连夜找拐爷讨主意。但是拐爷根本没把这事放在心上。他思谋的是另外一个重要问题，想着往后山梁修一条汽车路。这个问题自从他受伤以后，始终是他的苦恼，也是心事。可他想不出办法，队长们又跑来问如何对付工作组，建议用"喂"的方法，还说要把损失降低到最低程度……拐爷听得冒火，将抽剩的烟屁股扔到地上，威严冷静地大声训斥：

"都给我把臭嘴闭上！我问你们，咱们到底是偷了还是抢了？这么尻子松！一帮不中用的饭桶！不做亏心事，怕什么鬼叫门？我们后山梁大队既不扩大自留地，又不搞瞒产私分，走的是社会主义光明大道，怕个啥！"

"可是……"

"自己尻子不要松，该干啥的干啥，工作组来了我来对付！"

工作组到后山来的那天，大队部只有三个人：拐爷；看大门的老王，因为他只有一只眼，人们叫他"瞎老汉"；再一个就是七太爷，他当时是文书兼杂务。拐爷把工作组让到大炕上坐定，老汉就忙着烧水烫茶。拐爷向工作组汇报完了，老王的茶水还没开。拐爷把他骂了一顿，又对工作组说："实在不好意，大老远来连一口热茶也喝不上……要不咱们先检查工作，到地里看看庄稼？咱这山场地方，坡陡沟深，土地分散得很，不抓紧时间，怕看不过来……”

拐爷说了这话，也不等工作组的意见，提了他的拐杖带头往外走。临出门又给瞎老汉下命令：“手脚放麻利点，把茶水准备便当，领导检查完工作好喝！”

尽管腿不灵便，但走路的速度，工作组没一个人比得上。拐爷领着工作组的一大群人，忽而爬坡，忽而钻沟，忽而东山，忽而西梁。边走边讲解。碰到庄稼长得旺的小块田，工作组问，这是集体的还是个人的？拐爷说，后山梁没有资本主义钻空子的地方！

他又把工作组领到一大片不太好的庄稼地里，当地人叫“撞田”，不在基本农田统计数内，由社员自己耕种收获，是真正的“小片荒”，也是工作组查的对象。正好有几家人很分散地在地里拔草，有个工作组员说：“这肯定是私人种的地，要不，干活的人这么分散？”跟在后面的七太爷慌了，抢着解释，拐爷却把他叫住了：“去把干活的社员叫来，当面给领导汇报，看他们给谁干活？”

组长忙说：“算了算了，别敢误生产。”

拐爷又把七太爷批评一顿：“我让你给工作组准备吃喝，你咋跑来凑热闹？”

“按你的意思，我让麦香领了几个攒劲媳妇擀面呢……”

“你看你！工作组来咱们后山梁检查生产，能有几回？又是这样上山爬坡地跑路，怕是肚子早饿了。你还不快点回去督促，让她们手脚放得利索点，弄好点！”

七太爷连连答应，调头回队。工作组长却感动了，再三表示“随便”，又让拐爷带路，继续看庄稼，企图看出些什么来。拐爷就领着他们爬高上山，越来越精神，说话嗓门越来越大，但工作组的劲头不行了。有的坐在地埂上抽烟，有的在寻草莓吃，润嗓子。拐爷看到这情形，心里有些明白。一面说抱歉的话，一面帮他们摘草莓，请工作组解渴。工作组长也乏了，阴着脸问：“老孟领着我们这么跑趟子，是看我们的走相，还是让我们看风景？”

拐爷只是赔笑：“看领导说的……”

工作组长又敲打：“检查是一个方面，主要靠自觉，共产党的支部书记，这点觉悟总得有吧！”拐爷赌咒发誓说没有瞒产。组长宣布结束检查。返回的路上，组长批评他乱开荒，他说以粮为纲，没有办法。又批评他耕作粗放，广种薄收，靠天吃饭。拐爷连连检讨，说没有办法。

中午招待工作组的是一锅烩的浆水面，里面还放了不少洋芋块。拐爷一面让工作组吃，一面抱歉检讨：“本来想给领导弄点好吃的，可我们后山梁这么穷，没有办法……”

县里的工作组在公社总结的时候，虽然批评了后山梁的广种薄收，但对拐爷坚持集体生产的社会主义方向给予了很高的评价。

这一年，因为上头的公购任务（其依据是工作组的检查报告）加重，许多地方交了公购粮以后社员没有口粮，又跑到公社申请救济。拐爷来了个高姿态：“大家都一样，我们后山梁也缺粮。不过我们不给国家添麻烦，自己勒紧裤腰带过穷日子吧！”

五

七太爷肚子里的故事倒光了，他又给我出主意，让我去找退休的妇女主任刘金花。我没有吭声。觉得这位本家太爷越来越糊涂了，怎么推荐出这么个人来？七太爷看出我的心思，进一步点破："你不要小看刘家老婆子，她年轻的时候是咱们后山梁的一枝花，你懂吗？她是拐爷的相好……你看我，老懵懂了……不说这个，你也别在文章里写这种事。她当妇女主任的那些年，常跟拐爷出去参加重要会议，又在一块商谈工作，肚子里装了拐爷的不少故事，不信，你去访问访问……"

其实七太爷说的情况我早有所闻。只是我不愿找她。因为她在后山梁的名声不佳。抛开她年轻时的风流韵事不说，就说政治吧，自己退下来，还把妇女主任的位子让给她的二丫头小翠，这不是搞"世袭"吗？虽然是拐爷推荐，乡党委批准的，但她自己也很积极，到处吹小翠如何能干，办事有决断，做派像老支书……这不是此地无银三百两么，亏她说得出口！

刘金花从妇女主任的位子退下来之后，又承包了山下的村办饭馆，不言而喻，这也是拐爷的意思。她现在比台上的时候还自由，要钱有钱，要权有权，隔三差五打发小女儿给拐爷送补养身子的饭菜。我去找她搜集拐爷资料，她果然高兴，表现出了异乎寻常的热情，吩咐掌勺师傅炒了许多菜招待我。更使我吃惊的是，前妇女主任，不愧在拐爷的领导下锻炼了那么多年，不仅记忆清楚，口齿流利，而且有非常强的逻辑思维，她给我重点谈了拐爷跑公社，上县城，争取修后山梁柏油路的事，头头是道，有条有理，无需加工就是现成的好文章。

拐爷宣布后山梁人勒紧裤带过穷日子的第二年春天，公社在前川里组织起了一个"社会主义大集"，每半月一集，在公路两旁的河滩里，成千上万的农民交换农副产品，调剂余缺。后山梁的人不是卖油就是卖粮，个个红光满面，嘴上油汪汪的，好像出门口的时候抹了油。公社召开大队干部会议，别的队干围攻我们拐爷，说，你这个盂瘸子，花花肠子真多！你们勒紧裤带，社员们却吃得肥头大耳；我们放开肚皮，却个个面黄肌瘦——你不瞒产私分，哪来的？拐爷只是笑，给他们散烟。说，我们后山梁的人过日子俭省，比不得你们川里人会铺张浪费，大吃大喝，多少也不够！

"我们不是傻瓜！"

"你们是先进！"

…………

听到大队干部的这种玩笑，公社书记老田找拐爷个别谈过一次话，问他可有埋伏？拐爷还是赌咒发誓。田书记说："你以为我是县里的工作组，一哄就信？"

"咱不敢……"

"其实工作组也看出了你的鬼把戏，不过没有戳破罢了！"

"书记说笑话哩！"

“人家看着你孟拐子瘸着条腿，又有这样的精神，多少有些感动，也有同情——你知道那个工作组长是谁？”

拐爷摇了摇头。

“我妹夫，陆建中，交通局长……”

“我的妈呀，你咋不早说？”

“我说了，你能拿稀汤面哄人家？哼，你这个孟拐子，以后少要这种把戏！”

拐爷连声检讨，作了保证。随即又提出要求：“请书记帮个忙……”

“什么事？”

“和你家姑爷拉拉关系……”

“你别来这一套！”

“咱也是为了公众利益……”

“别绕弯子，有事直说！”

拐爷就把往后山梁修汽车路的想法说了。田书记觉得是件好事，答应给他写条子，让他自己跑。拐爷说：“光有私人的条子还不行，公社得替我们打个报告，把后山梁不通公路，农副产品运不出来，不利于社会主义建设，若干情形的理由写清楚……”

公社书记笑了，佩服拐爷的心机：“你这个老孟，报告不是在你肚子里，已经编好了吗，还让公社报什么？”

“你让秘书写了盖上章章子，别的你就别操心了，我自己去跑！”

拐爷不知道用什么办法，往县里跑了几趟，居然把交通局长搞转了，答应往后山梁修一条简易公路，还派人做了测量，负责技术指导。投资的办法是以工代赈。拐爷十分高兴，召开社员大会发动，让能动弹的，不论男女老少，全部上山修路。有些“二货”不相信，攻击拐爷第二次“抓壮丁”，躲奸耍滑不出工。

拐爷也不十分强迫，他自己家里却是倾巢出动。除了老婆在家干后勤，儿子媳妇女儿都到梁上修公路，他自己除了指挥，也亲自动手挖土方。别人看支书一家人那样起劲，想来总有些什么好处，便跟着上工，不到两个月，路基全部修好，铺上石子以后，姑爷局长还格外开恩，往上面撒了一层柏油，汽车直趟趟地开到后山梁。别的大队眼气，放出谣言，后山梁的柏油路是孟拐子拿队上的香油换来的，社员受苦，得利的是支书一家……

这后半截子话也是“事出有因”。交通局长说话算数，路通以后，按技术员核实的土方量付款。土方谁干得多，各队的记土员记得清清楚楚，按花名册兑现。拐爷一家出工最多，挖的土方也多，挣的钱自然多，总共合起来有好几千块。拐爷是大队的当家人，在自己家里更是独断专行的权威。他做主买了一台二手的拖拉机，让小儿子开着跑运输，现在已经变成了汽车。剩下的钱作为奖金，分给媳妇女儿买花衣服穿了，皆大欢喜。

拐爷不但得利，而且扬名。公社在三干会上表扬了后山梁队，发了一面锦旗。因此，拐爷的威望又提到了一个新的高度。

路刚修成，开始不相信公家会开工资，出勤少领到的钱也少的人，便心怀不满，放出话

攻击他:孟拐子拿队上的东西给交通局行贿。有人亲耳听到拐爷和保管的几句对话:

"用一百斤的桶装两桶油,交通局的车来给装上!"

"账咋走?"

"记到民工的伙食上!"

"这……"

"你顾虑个锤子!两桶油值几个钱?我把家里的一对鹿茸都搭上了!人家要给咱们拨好几万,哪个多哪个少?你掂量掂量——有责任我担!"

…………

有时间有地点,有物证有人证——和拐爷对话的保管就是七太爷,当有人私下里找他调查时,他却死不认账,还把对方骂了一顿:"拐爷豁上命为众人办好事,你们在后面编着咬——不识好歹的瞎狗!"

事情反映到公社,也没听到响声。只是邻近大队的支书开会到一块,总要和拐爷开玩笑,把"香油换柏油"挂在嘴上。

六

素材收集了不少,但我一直找不到合适的机会,去向拐爷他老人家汇报传记提纲。七太爷是少数能够接近拐爷的亲信之一。他说,最好是天麻麻亮刚起床的时候。拐爷在这个时辰,不但情绪好,脑子也清亮。时间是不成问题的,愿谈多长就谈多长,可以畅所欲言!

但我得找新奶奶联系,请她找机会安排具体"晋见"日子的时候,新奶奶却说,早晨绝对不成!不但早晨不成,而且最近的一个相当长时间里都没有闲工夫。

话出自新奶奶之口,自然是具有权威性的。

新奶奶就是那年带领一帮攒劲媳妇,给检查瞒产私分的工作组做饭的那个麦香。当时还没有当上新奶奶,只是拐爷的相好。后来过了好几年才做了拐爷的第三任夫人。拐爷的头一个老婆是什么模样,是丑是俊,是死是离,我们小辈一概不了解。第二任夫人是他和一个朋友交换来的。那时拐爷还没有拐,也没有当支书,而是在林场当护林工,家也住在场里。一块干活的差不多都是年轻小伙子,带着自己的媳妇去干临时工,一家一间土坯房,早出晚归,相安无事。有时端了饭碗串门,饭菜不分家。一弄两弄,他和邻居的女人好上了,他的女人又和邻居男人偷情。双方当面把事情挑明,发现互不吃亏,干脆顺其自然,没打没闹,和平协议,两个女人换了窝子。这就是第二夫人。换妥以后,拐爷怕再生变故,便辞了林场的工作,领着女人回到后山梁。这是一个又和善又能干又会生孩子的女人。在她给拐爷生了两男三女,完成传宗接代的任务以后,因操劳过度,早早离开了人世,把位置让给了麦香。她活着的时候,就已知道麦香和拐爷的相好关系。只因她自己贤惠,又顾全支书丈夫的面子,不但没有吵闹,反而睁一眼闭一眼,这种高尚的姿态也感动了麦香,不但素常大大方方上门,帮"姐姐"洗衣做饭干家务,在她最后病重的日子里,也是麦香妹妹熬汤送饭接屎接尿,尽心服侍。支书奶奶大受感动,咽气之前拉着麦香的手,把拐爷托付给她,这才放心地闭上眼睛。丧事办完，过了百天，又是麦香操持，热热闹闹地给亡灵念了个经。之后麦香就正式搬到支书家里，接替了夫人的位置，我们称她为“新奶奶”。

新奶奶在原先的丈夫那里没有生育过，正式嫁给拐爷，自然一心一意。加上拐爷的儿女已经长大成人，另立门户过日子，老两口住在那个四合院里就显得格外清闲，新奶奶便一心一意地照顾拐爷。那种无微不至，胜过母亲照顾自己的婴孩。每天早晨六点，也就是我们后山梁人习惯上说的“公鸡乱叫”的时候，拐爷由新奶奶扶起来，穿整齐衣服，靠在被子上，坐着服下一个冲得很有水平的“蛋花”，接着抽一根“早烟”，然后就一个人歪着头想些事情。他给自己定了一条原则，尽量不想过去的事，好的坏的都不想，只考虑未来。可是六十多岁的下台支书，有什么未来可考虑呢？又不是领袖人物，不考虑中国还考虑世界，操心了大陆还操心港台。一个后山梁的小山窝窝子，交给年轻人去干，有什么不放心的？何况已经试着换了三个人，虽然出过小小的闪失，但究竟没出大乱子，基本上按他老人家定下的规矩行事，还有什么好说的！考虑个人的事，最重要的也不过是打棺材选坟地两样，都已经有着落，还想什么呢？看他脸上的专注神情，肯定是在想重大问题。不过他只是一个人心里想，从不说出来。而且在他考虑问题的时候，绝对不允许有任何响动来干扰。新奶奶也得轻手轻脚地走路、干活，最好是避得远远的，免得他不高兴。

拐爷的头脑依然清楚，新奶奶和接近他的几个老年人都这么说。事实上也不糊涂。这从他的言语上可以判断出来。尽管说话的声音比过去低了，节奏变慢，想一句，说一句，中间停顿的时间很长，但话的意思基本完整，也有逻辑性。如果这些话由别的可靠的人传达出来，意味就更加深长，够后山梁的人想上几天几夜、学习落实一段时间的。但他一般只在自己肚子里盘算，不轻易说出来。有时说一言半语，也不允许轻易往外传。他对自己在后山梁所处的地位很清楚，怕话多了，影响人们的情绪，就像选坟地引发出来的人心浮动那样，教训够深刻了，不能重犯过去的过失。

这天早上，他又在专心致志地考虑问题。想着想着，他突然大声问新奶奶：“昨天晚上咱们吃的什么饭？”

新奶奶心里好笑，这老头子八成没有睡醒？前一天的夜饭都记不住，这……心里酸酸的。那样一个刚强汉子，说老就老到这个程度了！疼爱地给他掖了掖被子，柔声回答：“老一套——蘑菇做的臊子面！”

“你看我这记性，你看我这记性……”

拐爷从沉思中醒过来，也笑着责怪自己。他又吩咐新奶奶：“你给我把他喊来！”

“你到底说的是谁嘛，他他他的！”

“看我这记性，就是他嘛……”

“他爹，到底是哪一个？”

拐爷还是叫不出“他”的名字。因为憋劲，胡子也直立起来，右手竖起个大拇指。

麦香机灵，马上会意：“你是说老大？”

“对，对，把老大给我喊来——咋搞的，我想了大半天，就是想不起这狗日的叫什么名字，唉……”

听拐爷这么说，新奶奶想笑，却又笑不出来，心里很有几分紧张，老头子莫非要出啥事情？她不敢怠慢，立即把拐爷的大儿子孟林传了来，同时也给七太爷他们几个人透了个信。但是等到几个老公民赶到拐爷家里，孟林听完老子的指示已经离去，拐爷一个人站在那棵老核桃树下面，听着录音，抱着小肚子抖腿，抖得很专注，对来人一概不搭理。

老弟兄们足足等了两根纸烟的工夫，拐爷终于收功。问他们来干什么，几个人你看我，我看你，解释不出他们来干什么，正像拐爷记不起“狗日的”名字一样。

新奶奶说：“你今天早上的样子怪怪的，我心里害怕，叫他们来给你瞧瞧！”

“他们会瞧个锤子！”

拐爷敏捷地讲出一句笑话，几把白胡子都朝天翘了起来。说笑了一阵，也看不出拐爷和往日有什么不同，老弟兄们才放下心来。但新奶奶坚持说，早上的确有点怪。事实上顾问班子，又围绕拐爷的“怪”，展开热烈而深入的讨论，多方分析、寻找原因。其中年纪最大的一位，在肯定拐爷没有大问题的前提下，开了这样一句玩笑：“是不是麦香晚上挨得紧了点？”

新奶奶骂：“老没正经！”

拐爷说得很认真：“有麦香伺候我的后半辈子，是天大的福分！吃喝可口就心满意足。那种事情，好长时间不想了！”

“那又是咋回事呢？”

“莫不是你这抖肚子的功抖出了毛病？”

听了这话，拐爷把头一扬，断然否认：“你们不懂胡说哩！咱们中国的气功，由党和国家领导人介绍给外国的元首，连美国的下台总统布什也学着做呢，老外越抖越壮实，就我出毛病？不瞒你们说，这几个月抖下来，腰窝眼里都有劲了……”

“咋说，咋说！”

年纪最大的白胡子逮住了理，又回到他的话题，用昏花的老花眼看着麦香，怪声怪气地笑起来。麦香讨厌他们的无聊话题。看到拐爷脑子清醒，有精神谝闲传，心里踏实了，便下逐客令：“没事干请回吧！麻烦几位老哥了！拐爷练完功要休息一会儿……”

七

张副乡长陪同刘副县长来后山梁视察乡镇企业，是在拐爷记不起儿子名字的第三天下午。刘副县长的汽车刚刚开进后山梁就和我遇了面。不过应该说是他们撵上了我。因为我奉命到乡政府办理计划生育指标的事情回来，快要进村，他们的汽车搭尻子撵上来。刘副县长不忘旧情，让司机停车，把我拉了上去。司机跟刘副县长来后山梁多次，熟门熟道，汽车直接开进拐爷家院子。

这是最近一个多月里我第一次进拐爷家。尽管心里想着立传的事，但此时此刻不能提。也轮不到我说话的机会。刘副县长见了拐爷如同亲儿子见了亲爹。事实上也是他的再造父亲，恩重如山。县太爷就是当年拐爷从车轱辘底下救出的那个“尕宝”，大名叫刘成功。吉祥的名字给他带来了吉祥的前程。刘成功念书用功，小学、中学、大学，如同运动员的三级跳远，一气奔了出来。毕业以后，开始在县轻工局上班，四年前开人代会，他以多数票当选为副县长，其中就有县人大代表孟天柱的一票。不过拐爷没有对他说，正如当年救了他的命，拐爷闭口不提一样。刘县长之所以知道并记在心里，是因为他的地主老子活着的时候，再三再四地提念，又给他叮嘱，才在脑子里打下深刻的烙印。不过副县长下乡，一有机会就到后山梁，并不是因为这个缘故而来看他的救命恩人，也不是他老爹的坟头埋在这里。他是冲着拐爷这个先进人物，冲着拐爷干出的工作成绩而来。而我们前川乡看乡镇企业，是绕不开后山梁村的。磨坊、油坊、中药加工厂、林场、果园、饲养场、运输队、饭馆……应有尽有。

这些都是拐爷创下的业绩。拐爷也因此获得不少荣誉。他的先进名号究竟有多少，别人说不清，拐爷自己也懒得记。新奶奶麦香能说清，但拐爷有纪律，不准对外张扬。他从支书位置上退下来之后，让新奶奶把四周墙上的各种奖状全部摘下来，放到人看不见的地方。麦香遵命办理。有时来的客人偶然问起，新奶奶小心谨慎地用手指一下：“那两个大红箱子，里头装的全是他的奖状！”拐爷听了就要瞪眼睛，不让老婆把话说下去。他的观点是，好汉不提当年勇，炫耀过去的成绩有什么用！要紧的是你给后人留下了什么看得见摸得着的东西。

他的成绩很多，不是一句两句能够交代清楚的。如果用电视连续剧的形式宣扬，少说也得 24 集。尽管不宣扬，后山梁的人心里都有一本账，乡政府和县里的领导也知道。这就是包括刘副县长在内的官员们下乡，到前川必到后山梁的原因。并不仅仅因为油光马路上好跑汽车，也不是麦香调理出来的年轻娘妇们擀的长面好吃。主要原因是这里的乡镇企业“有看头”。

刘副县长抓着拐爷的手，嘘寒问暖的话说了足足有二十分钟，支部书记和村长才上气不接下气地跑来。进门先向拐爷问过好之后才和县、乡领导握手说话。礼毕坐定，刘副县长自然要问起工作，并且直接和拐爷交谈。拐爷说，我老了，已经好长时间不管村上的事情了，外面的情形知道得很少……

年轻支书赶忙接茬：“拐爷还硬朗得很，脑子又好使，我们这里，有他老人家指点，工作顺顺当当！”

拐爷连连摆手：“我说过多次，退了就不管事，大主意你们自己拿。你们不听，大事小事跑来问，连埋个坟头，申请生孩子的指标也要我点头，搅得我觉也睡不安稳！上面让我们这些老家伙们安度晚年，你们说，这样下去，叫我如何安法？哼……”

满屋子的人笑了起来。

拐爷吩咐：“县上的领导大老远来指导工作，伙食咋安排了？还不快点准备！什么地方应该看，也带去参观参观，听听领导的指示。别总是坐在房子里空嘴说白话，给领导汇报些数字。凡事扎实一点！”

很明显，这是拐爷在送客。

于是县、乡领导就向拐爷告辞，我们都跟着出来。刚到院子里，拐爷又追出一句："成功，你也到你爹的坟上看看。不要忌讳什么地主富农的，都什么年代了！"

"谢谢拐爷关心！"

刘副县长没有去拜他爹的坟，而是由支书领着，参观乡镇企业，重点看了拐爷大女儿和女婿承包的果园，小女儿领导的编织厂，小儿子当经理的运输公司，最后看了药材加工厂，厂长就是拐爷记不起名字的那个孟林。

一转眼到了吃饭时间，支书、村长、加工厂厂长陪领导到山下刘金花承包的饭馆进餐。刘副县长把我也硬拉上去。我见车上坐满了，不敢上。司机十分友好地解释："山里没有交通警察，多坐几个没关系！"

听他这么说，我建议把村里那几位德高望重，和拐爷特别亲近的老汉也拉上。不等司机表态，支书急忙拦挡："算了算了，刘县长工作忙，他们吃完饭要马上赶路，可以顺路直接回去，你们走回来。带上他们，回来咋办？难道让县长的车再送一趟不成？再说，师傅也太辛苦……"

司机说："辛苦算不得什么，不过油箱里的油不多了，刚够回县城。"

就这样，支书、村长、孟林，再加上我，陪着刘副县长他们吃了个便饭。刘金花表现得十分热情。仔细推算起来，她还是成功的姑姑一辈。过去因为成分原因，没有相认。现在也就马马虎虎。两方面都很客气。

送走领导，我们刚要起身回村，沟口村的支书领着他们的妇女主任去乡里办计划生育指标，路过这里，进饭馆打尖。支书和村长把他们留住，尽地主之谊，吩咐炒菜上酒，又喝上了。我的脑子里思谋着给拐爷立传的事，无心陪酒，便一个人回来。刚进村口，就碰到七太爷他们几个，在他们经常聚会的那棵老白杨树底下说闲话。看到我，连连招手。我只得过去搭话。他们问：

"吃了？"

"吃了。"

"走了？"

"走了。"

"哼，我就知道是走走过场……"

"饭倒讲究！"

"谁让人家年轻人赶上改革开放的大好时光？从上到下都是一个路数！"

"拐爷那时候可不是这样。一锅稀面汤照样打发，回去还给咱们说好话，救济粮照发！"

"哼！"

…………

趁着他们批判得热烈，我悄悄溜了。否则，他们会把我当替死鬼，没完没了地批下去。

在这些长胡子的人的眼里，拐爷是后山梁永不落的太阳。对新上任的干部，十分地不放心。每有重大举措出台，便要问这事拐爷知道不知道？如果得到的回答是肯定的，他们就表扬一句，这还差不多！否则，他们就抵触，当面教训你："支书，支书算什么？你们才吃了几碗干饭？我劝你还是老老实实请示拐爷，不要自作主张！"

但拐爷又不耐烦。高兴了，听一听，点个头，甚至有简短的指示。不高兴，连头也不抬，或者训你一顿。最近一段时间，他闭门谢客，除了几个老弟兄去聊天，村干部一律不见。支书心里不踏实，还是缠他，他就用给刘副县长的那一排子话打发。这使七太爷他们一帮老年人很不放心，碰到一块就忧心忡忡地议论："要是拐爷百年了，咱后山梁咋办？"

"拐爷可不能……"

八

离开几位长胡子的老公民，我急急地往村公所走，打算趁村里几位主要负责人不在办公室，上访群众少的清静时间，把考虑出来的拐爷传记提纲落到纸上，以便给大脑思维系统腾出点地方，再作进一步的构思。谁知我刚把门打开，傻老柳就影子似的跟了进来，向我打听支书和村长的去向。我心里明白他要干什么，当然不能把真实情况告诉他。否则他会用他那破锣嗓子把支书喝酒的事，从梁头广播到沟底，从后山喊到前川。尽管并不是什么了不起的新鲜事，但他仍会当作爆炸消息，满世界传送。说不准他会边喊边往山下跑，抓紧机会挤上酒桌，明着混饭，实则臊摊子。我可负不起这个责任。

但这傻老柳也不是寻常人物，很难对付。后山梁只有一个拐爷，也只有一个傻老柳。如同瓦岗寨造反英雄里的程咬金，他的混闹是出了名的。当初他父亲送他上学，老师给他起的名字叫柳长春，富有诗意。他书也念得不错，毛笔字比我写得还漂亮。后来之所以称为"傻老柳"，也不是随随便便叫出来的，而是经过我们这里的绰号专家精心研究，反复考虑，多方征询意见以后发明创造，向群众正式公布，当然傻老柳自己也同意的。这位绰号专家已经退休，就和七太爷他们结合在一起，做了拐爷的业余顾问小组成员，大名刘财。细算起来，他还是刘副县长的本家，刚出五服的叔祖。但他天生傲骨，向来瞧不起当官的（拐爷例外）。

因此没有认这个县长孙子。他自己也有一个绰号，叫"点子刘"。是双关语，一是脸麻，二是他经常给拐爷出谋划策，点子多。这点子刘发明"傻老柳"，费了不少心血。据他自己解释，"傻老柳"三字皆有深刻含义。傻者，指其人性格。柳长春幼年聪慧，念书深得老师喜爱。因为中途他老子得病死去，他妈又跟人走了，一个孤儿，还念什么书？连日常生活也维持不了，又无亲人调教，命虽保全下来，但也染上了不少坏习惯，人见人厌，竟没能找到媳妇，光棍打到现在。其实他人很不错，不但有文化，而且体魄健壮，有一身好力气。合作社以后中国农民凭工分吃饭，后山梁也不例外。长春又能干，工分自然头等。拐爷和其他队干部和所有指派人的头头一样，"抓住不放，丢掉全忘"，喜欢鞭打快牛。柳长春自然是目标之一。哪里的营生重，条件苦，就把他派上去，充当尖兵角色。但在分配上又不肯体现多劳多得的政策。比如口粮，能干，自然能吃，肚皮大，这是谁也明白的道理。可干部们另外有理论，说他光杆一条，没有拖累，只给他一份最高口粮，按工分再多出来的就扣住不分。他争论没有结果，便想出了对策。先把当支书的拐爷骂一顿。那时拐爷还没当上拐爷，仅仅是孟支书。威信也没有提到应有的高度，骂了也白骂了："你这么不按政策办事，老子不干了！从今以后，我也要学城里人，星期天休息。队上的活，多一把也不干！"

他是一言既出驷马难追的男子汉，果然实行六天工作制，星期天到处游。可他光棍一条，闲在家里干什么？慢慢地学会了串门子，到别人家里去给年轻媳妇义务劳动，比如担水劈柴之类。干完了还能混一顿饭。干的过程中又有清脆悦耳的说笑声，听着骨头酥，比队干部恶声恶气的驱赶受用多了。吃饱饭回到他那冰冷的土炕上，做梦也格外香甜。真正关心他的长辈教育他，说这么混不是个事，要好好给自己挣工分，攒点钱说媳妇成个家。他听不进去。软心肠的厚道人就摇头，说长春白长了一灵醒模样，实际傻得很。众人跟着说他"傻"。点子刘灵机一动就给他起了个"傻柳"的绰号。叫到四十岁出头，中间又增添了一个"老"字，以示尊重。至于柳，自然是他的姓。点子刘说，也还包含另外的意思，因为他人高马大，走起路来不自觉地左右摇摆，应了"风摆柳"的说法。总而言之，傻老柳的绰号就这么延续下来了。

傻老柳是来找支书要救济的。他的年龄比拐爷小不了几岁，也已接近退休年龄，当然也就没有剩余劳动力可以出让。即使有，也没有人光顾他。当年是英俊后生，现在整个成了一棵老核桃树，哪个讲卫生的女人敢让他担水？混工分又没地方，生活一天比一天艰难，拐爷给后山梁人谋了那么多福利，唯独没有社会保险。他的主张是"坚决不养二流子"，连原先的"五保户"也取消了。实在无以生存的人就找队干临时性救济。傻老柳也找领导。开头找拐爷，拐爷不让他进门。他瞅机会挡在路上诉苦叫穷。拐爷一推六二五：

"这个傻老柳！你难道没听说我已经退了吗？不在位了还能管什么事？"

独一无二的拐爷遇上了独一无二的傻老柳，自然是针锋相对："你怎么能讲这种话？共产党员，狗的屁！你退了，村里为啥还给你发工资？"

"你咋能和我比？我是……"

"你是什么？支书？大官？哼，拐子，你给我听着，我虽然不会像你那样，欺上瞒下混官当，可我也为社会主义出过力，流过汗。这一点你敢不承认！年轻时候，你对我们又骂又哄，什么苦干实干加巧干。好，我们听党的话，没命地干。现在老了，力气挣干了，你们就一脚踢开不管，卸磨杀驴，太不近人情了吧？明给你说，老拐，你要讲道理，大家都好说。要不然，我傻老柳傻起来，有你好看的！"

一向威严的拐爷，在傻老柳的这一排子话面前居然哑口无言。

点子刘和七太爷他们及时赶到救驾，把拐爷劝回了家，又轮流教训傻老柳。点子刘不仅能给人起绰号，还是个说仁讲义的学问家。这一点深得拐爷的信任。他也有投得明主的快乐感，以维护拐爷的荣誉为己任。他点着傻老柳的鼻子批评："说你傻你越来越傻了！有啥话不会好好商量，大呼小叫的！你也不想想，是在对谁说话！"

"你要是把咱们拐爷气出个三长两短，有你狗日的好果子吃！"七太爷的话向来很实际。

“那可不，”另一个老汉接着训导，“就是拐爷的儿女亲戚不说什么，我们老弟兄也不饶你！后山梁的群众也不会放过你傻老柳！不把你的骨头抖散了才怪！”

“哼！”

…………

从那以后，傻老柳再没有闹过。不过他的口粮问题也得到了解决。年轻支书从拐爷那里得到“不和他一般见识”的指示以后，不但把傻老柳列为“特困户”长期救济，有时还亲自送粮上门，美其名曰：“送温暖。”可是傻老柳不买他们的账，把人情记在拐爷头上，当着众人的面，倚老卖老，教训小支书：“好好向拐爷学习吧，看看人家是什么水平！拐爷在台上那阵，他不但一跺脚后山梁地动，公社和县里也叫得响。申请救济，要多少就给多少，哪像你们这样窝囊？光知道摆酒场子！”

傻老柳就是这样一个难对付的人。我只能拿好话哄他。他听说支书村长不在，又骂了一气。突然神秘地问我：“听说了吗？麦香给别人说，拐爷这几日有点不对劲……”

我点了点头。

“听说他老人家的坟地也看好了？”

“知道，这不，我还准备给他老人家立个传呢……”

说到这里，我自悔失言，赶忙把后面的话咽了下去。傻老柳已经明白了，立即感兴趣地问：“写好了吗？让我瞧瞧！”

“早着呢，才打提纲……”

“要不要我提供点材料？”

“到时候再说吧！”我打了个哈欠。

“哼，你小子看不起我？实话告诉你吧，拐爷的事，除了他自己，后山梁就数我知道得多。看你需要哪方面的？出五关还是走麦城？工作上的还是生活上的？要啥有啥。特别是拐爷拈花惹草搞女人的事，哈哈，那才有意思呢……”

“柳爷，你别胡说！”

他听我叫他柳爷，十分感动。马上停止了胡说八道，变得严肃起来：“算了算了，柳爷和你闹着玩哩，你怕什么。咱们拐爷在后山梁威风一辈子，光荣的事多得很，咋能把那种事情写上去？好好编吧，上天言好事，你编得好，将来拐爷到阴间去，阎王爷也会重用他的……”

九

在村公所里，我和傻老柳议论给拐爷立传的事，不到天黑，后山梁的人全都知道了，并且有了进一步的发挥。说什么拐爷快不行了，不但选好了坟地，挖好了墓坑，连开追悼会的祭文也写好了，就等着在广播上正式宣布官方的公告……

一传十，十传百，越传越玄乎。那些上了年纪的老年人，个个愁云满面，眼泪汪汪，三五成群地聚集在一起，站在便于眺望的有利地形上，一面伸长脖子朝拐爷家的院子里看，一面指指戳戳，低声议论。气氛紧张而又沉闷。

我自己家里的人也听到了这个使人不安的坏消息。母亲一向心软眼泪多，一听拐爷快不中了，顿时眼睛成了一泡水，自动加入了议论的人群，把做晚饭的事也抛在脑后。我的老婆也跟着叹气。但她是从外乡嫁过来的，和拐爷距离远，情感不是太深，因此关心的程度也差些。当她从地里干完活回来，发现家里冰锅冷灶，孩子放学还没有吃饭，就大发脾气，摔碟子砸碗，诅咒家里的人死光了！我本想顺手给她一个臭嘴巴，让她知道我的厉害，可是落不下来。因为我在考虑重要问题，或者说，我心里紧张，这“祭文”的事，肯定是傻老柳传出去的。而傻老柳的消息来源，除了我，还有谁呢？拐爷要是怪罪下来，我如何解释？嗨，你这个不长脑子的笨驴，都干了些什么呀！我在心里把自己骂了一通，后悔没有和支书村长他们一块留下来喝酒。放着逍遥不逍遥，跑回来干什么？当然回来也不是啥大错，偏偏遇上了这个讨厌的傻老柳，偏偏……

担心是没有用的。拐爷果然生气了，他立即传我。而来传话的人，正是我那本家叔祖七太爷，首先提出为拐爷立传的始作俑者。几十岁的人了，居然给人家当狗腿子，跑跑颠颠传话叫人，太丢我们老祖宗的人了！可是七太爷不这么看，他还以此为荣呢！进门二话不说，气势汹汹，满脸兴师问罪的样子，立刻逼着我去见拐爷：“拐爷正在气头上，你放麻利点！”

“是他们散布谣言，和我有啥关系？”

“谁让你嘴不牢！”

“还不是你，让我给拐爷写什么传……”

“你这个兔羔子，还敢倒打一耙，往我身上栽？不错，是我的意思。可你说说，七爷我让你到处广播了吗？你倒能行！八字没见一撇，风却放了不少，还偏偏说给那个没用处的傻老柳，让他扬了一世界，全村人都嚷开了，还说拐爷快咽气了——哼，这不是活往死里咒拐爷吗！”

“现在我去见他又有什么用？”

想到拐爷平日的威严，我心里多少有点怯乎。

“认错，认个错，让他老人家消消气！”

不容我再置申辩，七太爷押着我往拐爷家走去。穿过村子巷道的时候，在那些指指点点、七嘴八舌的村民眼里，我简直成了囚犯，谋害拐爷的罪人。我向他们解释说“没事”，拐爷好好的，上午还参加了外事活动，接见刘副县长和张副乡长，谈笑风生，作了许多最新指示。我亲眼所见，没有半句谎言。他们哪里相信！认定我在继续制造谣言欺骗他们。我很气愤。心想，多亏拐爷在台上这些年，把后山梁的经济搞上去，人人生活大改善，油泼辣子，白米细面撑的！要是吃了上顿没下顿，前心贴到后脊梁，你们有这份闲情？

走进拐爷家的院子，傻老柳已经在墙旮旯里蹲着抽烟，灰不溜秋的瘦脸更加灰土，眼睛低垂，神色仓皇，就像刚刚挨了主人一脚的狗，一副罪该万死得可怜样。他看到我，站起来想说话，无非是想对质，减轻他自己的罪责。我没有理睬。心想，不是你那张破嘴，怎么会出现这样的事？我正眼不瞧，昂首阔步地跨进拐爷家堂屋，如同舍生取义的英雄。

屋子里挤满了人，拐爷的儿孙们都集合起来（单单缺了加工厂厂长孟林），个个脸上表情凝重肃穆，好像在接受最后的遗嘱。再看看拐爷，他老人家倒轻松。他不像往常，半躺半坐地倚靠在被头上，而是精精神神地坐在方桌左首的一把枣木椅上，正和点子刘他们说话，倒也看不出发火生气的样子。见我进去，把话打住，结结实实看了我一眼。这样的目光，以前我已经领教过数次，每次都是头上冒汗，腿肚子发颤。今天我鼓了劲，尽量镇静，才算稳住神。只听他问："村里闹成这个样子，是咋回事？"

"我也搞不明白……"

"傻老柳都承认了，你还抵赖！"点子刘激动地站起来质问我。似乎他是陪审团成员。

村里的老年人里面，我最看不上眼的就是这个点子刘。虽然我自幼受家教，懂得尊长惜幼，对老年人都很尊重，连傻老柳我也称他为"柳爷"。但对点子刘有些例外。在我看来，他的骨头没有二两重。凭着他识几个字，早年间能念报（那时村里文化人不多），又会说长道短地发表评论，拐爷就把他当成二世诸葛供起来。他自己也以最有谋略的老臣自居，不劳动也能吃饱肚子，成了后山梁名副其实的脑力劳动者。其实他连傻老柳都不如。因此我也不给他好看，大声申辩："把柳爷叫进来，问问他，我什么时候说过拐爷身体不好的话？我只说要给拐爷写传记文章……"

"对，对，就这么回事！"傻老柳在门外接了话茬，"我说祭文，他说传记，还不是一样！谁也没说拐爷要完蛋的话。也不知哪个屁股眼造的谣言，说拐爷快要死……"

"你给我住嘴！"点子刘厉声制止。

七太爷和其他几个老头扑上来要拧傻老柳的脖子。拐爷打手势制止住了。

"不让我说话，把我叫来干什么？"傻老柳的傻劲上来了。

拐爷怕他胡说，赶忙息事宁人："算了，算了，这事吵到这里就算结束，任何人都不准再提起。话说回来，你们这样闹一闹，我也高兴，说明有人关心我嘛！只是我不明白，你们为啥无缘无故地想起给我写祭文？"

"不是祭文，是传记。"我壮起胆子纠正。

"就说传记吧，你是咋想起来的？莫不是点子刘的点子？"

拐爷说着，自己先笑了起来。

我本想把七太爷的话亮出来，又觉不妥。拐爷都不追究了我何必把自家的爷爷供出来？就另编一套，说最近我看到中央一些首长、元帅的传记纷纷出笼，有的还在香港发行，很是赚钱，就想到拐爷你……

"你也是胡闹！我屎肚子百姓咋能和大人物比？"

"其实都一样。大人物有大人物的经历，拐爷你有你的光荣道路……"

"千万不要胡闹！立什么传，我孟拐子没有那个资格！将来我死了，你们要是有心，就在坟头上立一块石板，凿上我的名字——孟天柱，千万不要写什么拐爷！"

满屋子的人笑了起来。

点子刘乘机出主意："拐爷是宰相肚里能行船，宽宏大量。这事算弄明白了。我们也放心。不过还得请拐爷劳动劳动……”

“又是啥事？”

“外面山头上还站着那么多人，牵挂你老人家的身体呢！请拐爷出去，给他们说上几句话，招招手，好让他们放心地回家吃饭……”

“有这个必要吗？”

“非常必要！”点子刘说话的神情，仿佛是一个老谋深算、力挽狂澜的国家总理。

拐爷在一大群人的簇拥下，缓缓走出家门，向前后左右山头上的人招手，用尽全力讲话：“大家，请回家吃饭吧！没有事，我孟拐子还想多活几年，享社会主义的福呢！”

山头上的人群高兴地拍起了巴掌。站在拐爷身后的点子刘突然举起胳膊，用沙哑的嗓子喊了一声：“祝拐爷长命百岁！”

众人嘻嘻哈哈地散了。

可惜年轻的村领导人醉倒在山下的饭馆里，失去了感受这个动人场面的机会。拐爷的大儿子也陪着支书一块醉卧。他是第二天下午回到家里才听说的。但他并未去他爹那里问安。因为他尽量避免和年轻的继母见面。麦香和他曾是小学同学，又同岁，现在突然变成他的长辈，双方都不好意思。不过孟林对他老爹的身体状况心中有数。他对人说，哪会这么快就死了？我们还等着他老人家拿出老底子给我们水娃说媳妇，让他抱个重孙子高兴高兴呢！

十

知父莫如子。孟林的话是有道理的。他的老爹，后山梁的老支书，人人敬重的拐爷，身子骨确实还很硬朗。看那样子，不但能稳稳当当地抱重孙子，年轻人里的调皮鬼预言，新奶奶麦香说不定还会给加工厂厂长生一个小弟弟出来……老年人听了这些不上串的混账话，严加斥责。但他们凭着自己的直观印象和几十年的生活经验，也断定拐爷还能活若干年。有人还说，当初传言拐爷要死的消息，正好冲了拐爷身上的晦气，从今以后他会活得更好！

谣言平息之后，拐爷也改变了他原先的生活习惯，不再大清早坐着喝麦香的“蛋花”，而是闻鸡起舞，空腹健身。也不再合着录音机抖腿，而是对着刚刚露头的太阳，站在有露水的草地上锻炼，谓之“箭指柱”。他说这种练法，头顶阳光，脚接地气，对着东方的天空吐故纳新，久而久之，就会出现元始天尊给姜子牙传的那种功夫，五气朝元，三花聚顶。他还悄悄对老弟兄们说，以前尿尿滴滴答答，总也控不干净。现在只要憋住气，一股子冒完，浇得又高又远。老头们听了掩着嘴笑，对麦香做鬼脸。

因为身体状况改观，拐爷的精气神一天好似一天。他也改变了成天关在家里，闭门思考问题的习惯，户外活动的次数多了。以前他的活动范围只限在园子里，至多到附近的庄稼地看看。现在他扩大了范围，喜欢往沟底钻。看那条从山上流下来的河水，这里、那里看着。河床里有许多石头，大的、小的、扇形的、长方形的、正方形的、奇形怪状的……拐爷对它们发生了兴趣。像探宝找矿那样，捡起这个瞧瞧，挪动那个看看。开头人们不知道他要干什么，后来才晓得他是在替自己物色墓碑材料。有人建议用钢筋水泥造一个，他拒绝了。他要自己选一块天然的大石头，亲手写上自己的名字。

他看得很仔细，也很认真，比地质队的人选矿还要严格。最后他选中了一块照白黄紫四色相间的大石头，发动几个精壮小伙子，借用杠杆的作用，费了九牛二虎之力，装到手扶拖拉机上，拉到他家院子里。石头卸到地上，立刻吸引了众多的参观者。院子内外，熙熙攘攘，像赶集一样热闹。点子刘主动担任讲解员。他对参观的人说，拐爷进的这块石头是“虎石”。将来拐爷百年了，埋在墓前，就是咱们后山梁的“镇山虎”，扶正压邪。拐爷想得有多远！活着的时候，竭尽全力为咱们后山梁人谋福利，百年以后也不忘为乡亲，要尽力保护这一块地方。

经他这么一讲解，参观的人细细端详，越看那块石头越像老虎模样。心里想，世界上的事情就这么奇怪！一块天生的老虎石，在河滩上摆了多少年，谁也没有发现，偏偏碰在拐爷的手底下，莫非有天意？叽叽喳喳，议论个没完，夸奖个没完。拐爷说：“哪里是老虎？别听点子刘瞎白话。照我看，倒像个狗的样子。既然大家抬举，我孟拐子死了以后当一条看家狗，把咱们后山梁守护好！”

听了这话，人们对拐爷越发敬重。

过了几天，拐爷让人请了磨石川的一个老石匠来，把那块虎石加工雕凿一番，使它立着更稳，面子更平整。点子刘说，经石匠先生这么一打磨，虎石更像老虎了。要是在大城市，可以放到公园里展览卖门票赚钱。拐爷不理他的评论，自己提笔在正面写下“孟天柱之墓”五个字，请石匠凿出来。用的是阴文，凹下去的部分用红漆漆了，鲜艳夺目。但在后山梁人眼里，不在墓碑是否像老虎，而在拐爷自己选料设计，自己题写碑文的举动。这样的事情，不但在后山梁是首创，大约全中国全世界也没有第二个，从这里可以看出，拐爷是一个多么了不起的人，多么值得后山梁人骄傲！

于是点子刘串联几个长胡子的老村民，向村委会提出建议，为拐爷的墓碑提前落成搞一次纪念活动。村委会经过研究，认为这是一个优秀提案。立即做出决定：全村放假一天，宰猪一头，牛两头，配以鸡兔，摆席庆贺。先向拐爷敬酒，祝他老人家长命百岁，然后村里男女老少，开怀畅饮，大吃一顿。由小学生娃娃组成的腰鼓队，在拐爷家院子里扭了九九八十一圈，晚上请乡里的电影队放了一场电影。

因为庆祝活动热闹喧嚣，拐爷夜里没有休息好，第二天中断了练功。但到第三天又恢复了正常。

后山梁的男女老少看到拐爷和过去一样精神，全都放下心来，各司其职，该干活的干活，该闲转的闲转，该吃的时候吃，该睡的时候睡，融融乐乐，一派升平。

十一

自从拐爷在他家里当着众人的面，叫我千万“不要胡闹”，明确表示反对给他写传记文章，后来又亲手制造了那块独特的墓碑，我这才相信，他老人家在这种事情上并非哗众取宠，故作姿态，而是出自一个老牌共产党员的至诚。他说不写就不写。我从此减少了精神压力和思想负担，但同时又产生了一种发自内心的责任感。在我看来，这传记文章与他的墓碑是否联系是一回事，写不写又是一回事。不能说他自己树个石碑，就不能立文字传记。拐爷在后山梁不是普通人。他是后山梁的创造者。从合作化到十一届三中全会以来，他虽然三上三下，但在人们的心目中，他始终主宰着后山梁，任何时候，他都是我们的真正主心骨。他的升降沉浮，都与后山梁的兴旺衰败有密切联系。没有拐爷就没有后山梁。因此，无论他生前还是死后，给他写一部完整的传记是十分必要的。他的苦荣经历，就是后山梁的历史演进过程。而要完成这个历史任务，在现阶段的后山梁，除了我没有第二个人。当初七太爷找我，算他老人家有眼力。

于是我把拐爷的指示搁置在一旁，以给报社投稿为名，抓紧搜集资料，但工作进行得十分艰难。先从老年人开始。因为他们都是历史的见证人，有的还是重大事件的参与者。和我家七太爷一样，他们肚子里都存了许多和拐爷有关的动人故事。他们又都上了年纪，有朝不保夕之虞。采访他们，就等于抢救文物，刻不容缓。我排列出名单，除点子刘（我有意避开他，据我的经验，凡事经过他的口，八两就会掺进半斤水），我挨个访问。一开头，都说拐爷干下的好事，多得像后山梁的土坷垃。但让他们谈具体例子，又想不起来，和七太爷一样，说得颠三倒四。有的谈到了一些重大事件。由于他们当初参与的程度不同，现在的观点上的差异，所述所评，相互矛盾，甚至尖锐对立。不过对拐爷的评价倒还公允，比较一致。仿佛他是太阳，都想站到有利地形多沾一点光和热。采访到中年和青年人，问题就比较复杂。他们都是标榜“解放思想”“实事求是”的积极分子，开口闭口“一分为二”，对当年拐爷领导的一些大运动颇有微词，而且很多人不能严肃地对待我的工作。有的公开说，我是吃饱了撑的，有的主动找我提供资料，但讲出来的却是不能写进文章的艳事甚至是丑事。

尽管他们说得有鼻子有眼，有时间有地点，人证物证俱全，但我认定他们是心术不端，胡说八道。这是中伤拐爷。如果上纲上线，给他们定一条“恶攻”罪，是不成问题的。要命的是那位当加工厂厂长的大公子，也悄悄对我说，老爷子虽然在事业上轰轰烈烈，但年轻时生活太“荒唐”，话语中流露出来，对他母亲的早逝，耿耿于怀。这么一来，我就不能不相信那些胡说八道的鬼话，从而在我心目中的拐爷光辉形象抹上了阴影。但对他们提供的资料，我且听之的客观态度。既不往笔记本上记，更不往文章里写。中国传统，向来对尊者讳，对贤者讳。给拐爷立传，为的是什么？岂能给他老人家脸上抹黑，画个大花脸出来？

管他三七二十一，我力排干扰，加紧撰写，打算在写作的过程中，挑选一些精彩篇章送到报刊发表，给拐爷晚年生活增添些光辉。

有一天晚上，我挑灯夜战，奋笔疾书，不觉到了鸡鸣时辰。看看表，已是凌晨四点多钟。感到有些累，正准备躺下打个盹，突然从窗外传来悠悠的哭声。开头是一个女人的哀婉凄怨，后来就增加到许多人的大哭悲号，有男有女。一会儿，又有“噼噼啪啪”的鞭炮声。

究竟发生了什么事？我的睡意顿然消失。急忙外出，想弄个明白。刚到院里，傻老柳可着嗓子喊我的名字，呜呜咽咽，说是拐爷去了，支书叫我赶快去。

这无疑是晴天霹雳，几乎将我击倒。稳了稳神，我订正一句："你把话说实确！"因为事关重大，又有历史的经验教训，我不得不追问清楚。

"我吃了豹子胆，也不敢在拐爷身上说谎！"

"为啥又放鞭炮？"

"谁知道呢，说不定是为拐爷送行，或许是小孩子闹着玩……咱不管他。快点走，支书正等着你哩！"

我跟着柳爷高一脚低一脚地赶到拐爷家。整个大院子灯火通明，屋子里挤得水泄不通。除了麦香还在真心实意地哭诉，其余的人已经擦干了泪，紧张地讨论后事。拐爷的遗体已经移到一个单人床上，停放在堂屋正中。看着他永远闭上的双眼，我十分难过，泪如泉涌。

支书看到我，立即布置一项任务："你马上去乡里，照这个名单，到乡邮电所拍电报，或者挂电话，咋快咋办！"

我知道这是大事，接了名单就走。村长又追上一句："别忘了给乡领导通知！"

为了路上的安全，又给我派了一名助手。我们每人骑一辆自行车，飞速往乡政府赶。因为天还没有大亮，正处在黑夜与清晨之间的那个凄凉世界，眼前的种种东西跟白天大不相同，现出了模糊又夸大的形状。我又是熬了夜的人，看东西不真切，自行车拐来拐去，接二连三地栽跟斗，一路上摔了五次跤。我的助手本来和我并驾齐驱，看到我这个"正手"连连摔跤，他立即萌发了保护我的责任心，抢到前头探路，结果比我多跌了两次。两个人伤痕累累地赶到乡政府，已是日上三竿。

先给乡党委、政府报丧。

领导们正在开着一个特别重要的会议。听到拐爷逝世的消息，立即中断了会议，全体起立脱帽，为拐爷默哀。之后又派张副乡长骑摩托车火速赶到后山梁，吊唁死者，慰问亲属。乡长又亲自给邮电所长下一道命令：上午其他电报电话业务一律停止，保证后山梁的"唁电畅通"！

十二

我和我的报丧助手回到后山梁，拐爷的治丧委员会已经正式组成：乡党委书记任治丧委员会主任，村支书任副主任，其余村领导和各队队长任委员。委员会下设办公室，办公室下面分设组织组、秘书组、保卫组、礼宾组、接待组、后勤组等六个办事机构。各组任命了一正二副三个负责人，下面按任务的繁简轻重程度，分配了若干"执事"。这么一来，全村的青年人，各有所属，各执其事，各司其职，立即投入紧张的运作：搭帐篷、砌炉灶、抬桌椅、写挽联、布置灵堂……其中以后勤组工作最繁忙。他们除本身的开辟灶房、杀牲煮肉、蒸馍炒菜、筹备碗筷等正事外，还得应付其他各组的体力劳动，临时支差，来回奔忙。后勤组长发起火来，后勤是委员会的后勤，不是各组的后勤，凭什么随便调动我们的人？拐爷又不是我们一个组的拐爷。人人都得尽力，你们为啥当甩手掌柜的？太不自觉了！什么态度嘛……

高声吵闹破坏了丧事应有的宁静肃穆。办公室主任闻讯赶来制止，又出面协调，才把矛盾解决。几百号人忙碌了两天两夜，第三天悼念仪式正式开始。

庄严的日子降临了。

后山梁成了人的海洋，又是帐篷的世界。那些想趁拐爷的葬礼发财的外地买卖人，不知从什么渠道得到消息，连夜从远处赶来，占领有利地形，扎帐篷摆摊子。因为治丧委员会的布告有严格要求，帐篷无论大小，一律都用白色，因此从远处望去，整个后山梁就像降了一场皑皑白雪，银蛇蜡象，十分壮观。帐篷下的摊子，因其经营性质不同，五花八门，千奇百怪。其中以饮食业最为红火，有本地的浆水面、臊子面、甜醅、凉粉、油炸糕，也有出口转内销，去美国镀了金回来的"加州牛肉拉面"。无论土洋，锅灶都是临时在山坡上挖的土坑，燃料是就地取材的树枝枯根。袅袅炊烟汇在一起，又似硝烟弥漫的战场。除了饮食业，还有农副产品，从城里赶来的私人承包了的国营公司，打着大甩卖、大削价的幌子，抛售各种过时的衣衫，到乡下躲避"打假"办公室眼睛的大小伪劣商品。还有玩蛇耍猴的把戏，看相算命的骗局。有的还在比较平坦的地势摆了台球案子，以香烟为赌注的小轮盘游戏机……总而言之，是把前川河滩里的自由市场搬上了后山梁，应有尽有。

为了防止发生意外，保卫组派出了无数个巡逻小分队。身背新式步枪的武装民兵，威风凛凛地在布满山头的帐篷和人群中转来转去，表情严肃，使那些企图趁混作乱的小偷蟊贼，胆战心惊，无法得手。

因为做生意的人越来越多，再加上附近村庄乘大小拖拉机和毛驴车专门来观光看热闹的人，整个山梁爆满，大有不堪承受之势。如水的人潮，直接威胁灵堂和悼念场地。为此，治丧委员会指示保卫组，在拐爷家院墙外划出了方圆二百米的警戒线，无论是买卖人的货摊，还是从远地里专门来看热闹的闲人，一律不得越界。开头人们不大理解，为什么要留出这么大的空地。这不是有意把拐爷和群众隔离开来么？等到悼念活动开始，这才明白，留的空地不是大了而是远远不够用。拐爷的悼念方式是官方与民间结合。院子里有直系亲属孝子和治丧委员会办公室活动的地方，七太爷和点子刘他们也一直在那里忙碌，累了就在贵宾休息室坐一会儿。紧挨院墙几座临时帆布大帐篷，分别是灶房、餐厅和工作人员休息室。在这些帐篷的中间留有五十米宽的通道，供摆放花圈和走人之用。凡来吊唁的宾客，无论职位高低，亲疏远近。值班礼宾高唱一声：孝子跪香！吹响队立即奏乐，将宾客一直送到灵堂，默哀吊唁，焚香化纸。如果是近亲当中的女客，那哀婉动人，又泣又诉的哭声，和着鼓乐节奏，听起来还真感人肺腑，起到了催人泪下的良好效果。

前来参加葬礼的贵宾中，有代表县委、县政府的刘成功副县长，还有那位给后山梁铺了油路的前交通局长，后来升了人大副主任的陆建中，已经退居二线的乡党委田书记。县农工部、农业科、乡企业局等单位发了唁电，送了花圈。乡政府的大小官员全体出动，除了个人联名送的挽幛，还有党委、政府、妇联、人武部等系统送的花圈。到中午的时候，花圈已经排列到警戒线。礼宾组不得不请保卫组协助，调动民兵的力量，缩小花圈摆放的空间。

办公室和后勤组、接待组共同商定，按照传统习俗和丧事从新的精神，凡来吊唁的人，招待一碗肉烩菜，一个半斤重的大馍。但组织组和礼宾组提出异议，认为不能绝对平均主义。乡领导和附近兄弟村的头脑人物，不仅身份显贵，而且远道而来，一碗烩菜太薄，应该上“八大碗”。双方为招待标准的奢俭问题，争论得面红耳赤，迟迟不能决定，影响到灶房的大师傅和执事们无所适从，不能及时开饭。时间一长，等待用餐的人排起了长队。最后官司打到治丧委员会，主任委员、乡党委书记紧急召集委员们磋商，经过一小时又二十分钟的激烈辩论，最后做出折中方案：贵宾四菜一汤，普通客人除原来的标准，另外多加个蒸馍，吃不完可以带走！

官方的悼念仪式下午三点开始。在哀乐声中，乡党委书记致悼词，刘副县长讲了话。但因各种声音喧闹，他们究竟讲了些什么，别人连一句也没听清。

追悼会结束，阴阳下令启灵。三声炮响，鼓乐大作，孝子们的哭声腾天而起。由刘副县长为首的贵宾亲自抬着拐爷的灵柩送上汽车，驾驶员就是那个冒失鬼刘得元。后面一辆手扶拖拉机载了拐爷自己制造的墓碑。但在孝子扯纤，先后排列的顺序问题上临时出了麻烦。子女行列里出现了三个身份不明的人，其中就有现任妇女主任小翠。开头她们挤在经堂烧纸跪香，嫡亲子女并未介意，现在她们居然堂而皇之地排在孝子中扯纤，名正言顺的儿女们就不乐意，坚决反对。双方发生争执，激烈分子趁着失去亲人的哀痛，愤而至于大打出手。领导不得不出面干涉。点子刘、七太爷他们也出来解劝，用和稀泥的办法，两面说好话，才得以平息。之后，吹响做前导开路，孝子分男女两行，紧随随后，扯起从灵车上引出的两条白布，用头顶着，边哭边走，哀哀缓行。送灵队伍绕村一周，让拐爷与全体村民以及他熟悉的一草一木做最后的告别。凡经过的人家门口，必有香案供桌，洒酒抛菜，烧纸祭奠。有的还指示小娃娃大放鞭炮，为拐爷送行，在他们看来，拐爷无疾而终，乃有德之人，死后升天，理当热烈欢送。

墓穴是事先派人挖好的，棺木放下去，孝子抛撒银钱纸币，宾客用手抓土掩埋，“土匠”抢上来大锹挥动，很快成了一个土堆，众人和拐爷做了永久的告别。堆起的新坟和附近其他的旧坟堆没有两样，应了“进入坟墓一律平等”的老话。只是那块别致的石头墓碑，如老虎般地蹲在坟前，威严无比，引来了不少人的赞叹和敬佩。专程赶来的一个省报记者，不失时机地拍了两张珍贵的照片。说这种朴素的墓碑，正好配合党和政府大力提倡的移风易俗的精神。他要将照片在报上发表，配一篇详细的文字稿，好好宣扬一番。

返回的路上，人们轻松愉快，又说又笑，自由交谈。组织组负责人不无得意地说，记者的积极性完全是按他们的高见，特殊招待产生的奇异效果。否则，拐爷算什么……

这话他本是随口说出，意在显示自己的工作水平和远见卓识。不料被点子刘他们几个老头听到，便大骂他“放屁”，扑上去撕抓痛打。眼前的人赶忙把他们隔开。以保护拐爷名誉为己任的老公民们仍不依不饶，群起而攻之。批判那位组织组负责人的阳奉阴违的叛徒嘴脸，说拐爷尸骨未寒，竟敢如此无礼，将来不知把拐爷糟蹋成什么样子。要不是大孝子孟林高姿态劝阻，将大事化小，一场诋毁和捍卫的殊死搏斗很难避免的。

尾声

我给拐爷写的传记终未能在他生前完成，“让他老人家高兴高兴”。为此，七太爷严厉地批评了我一顿，说我做事不上劲，给他丢了面子。我也无话可说，任他教训。心里埋怨拐爷你为什么走得这样急呢？

经过拐爷盛大空前的葬礼活动，我在为自己的工作乏力而内疚的同时，也感到为拐爷这样一个人物树碑立传的艰巨程度。任何一个亲身经历过拐爷葬礼的人，都会觉得假别人之手创造出来的悼词，任你如何天花乱坠，也比不上拐爷自身的存在和群众发自内心的怀念有意义。因此我改变了原来的计划。在拐爷“一七”那天，未等直系亲属中的孝子贤孙和村委会领导去祭奠，也不等他的生前友好——七太爷为首的那一帮老弟兄去烧纸悼念，我来个捷足先登，一个人跑到拐爷坟头上，将我前一段时间搜集拐爷传记材料的采访记录和已经写好的几十页稿子，一根火柴化为灰烟，从而了却了我的心愿，也算对拐爷有个交代。烧过的纸灰经风一吹，顷刻间飘得无影无踪，只有那个刻了“孟天柱之墓”的石老虎，稳稳当当地蹲在那里。我向拐爷祷告了几句，正要叩头起身，突然发现墓碑有些异样。揉揉眼睛细看，在“孟天柱之墓”的左边，出现了“拐爷安息”四个字。是毛笔蘸了红漆写上去的楷书，比拐爷自己写的那几个字漂亮得多。一看那凌厉的笔势，我就晓得是傻老柳所为。他怎么想起来干这种傻事？那天在拐爷家里，因为谣言的事，当着众人的面，拐爷特别声明不要写“拐爷”，他是亲自在场听了的，怎么还故意违背？真是一个不长脑子的傻瓜蛋！

但是过了许多日子，拐爷的“百天”经也念过了，家属和村委会领导并没有提出反对意见，也没有人将傻老柳写的字涂掉。我到拐爷的坟上特意看了一次，柳爷写的那几个漂亮字还鲜鲜亮亮地在墓碑上。坟堆上已经有嫩嫩的青草长出，说明拐爷是真安息了。

风流小镇

一、企业家带来的好消息

六月里的一个下午，炎热的太阳把县城的街道变成了一个燃烧的火炉。干燥的空气使人喘不过气来。但是为利禄而奔忙的人仍然熙熙攘攘，摩肩擦背。常乐镇党委书记李森也夹杂在其中。他刚刚参加过县里的"三夏"工作会议，急急忙忙往县城汽车站奔，想尽快回去传达精神。

当李森行至钟鼓楼转弯的地方，侧身躲避擦身而过的汽车时，一个急切而熟悉的声音把他叫住了：

"李书记，李书记！"

这是个洪钟大吕般的嗓门，又毫无顾忌，竟然惊起了鼓楼顶上的一群鸽子，使街上的许多行人也陪着李森收住了脚步。

喊声是从一辆崭新的桑塔纳小轿车里传出来的。李森熟悉这辆车。那是他们镇上的企业家、新兴建筑公司总经理黄永吉的专车。就在李森站定的瞬间，桑塔纳也在他的身边停了下来。车门打开，西装革履的黄经理像个弹球似的蹦了出来。和党委书记相比，农民企业家不但生活阔绰，人也长得魁梧高大，色如铁塔，酷似从赤道国家回来探亲访友的华侨。他礼貌地摘下那副装饰性的茶色石头眼镜，笑着说：

"我正想找书记说个事……"

"什么事？我现在没有时间，要赶着回去布置工作……"

"太好了！我也要回去。请书记坐我的车一块走吧！"

训练有素的司机已经打开汽车后门，笑嘻嘻地恭候。

李森没法推辞。事实上也是他求之不得的事情。虽然钻进汽车，但心理不平衡。作为县里第二重镇的一把手、党委书记，指挥着两万多人轰轰烈烈地搞"四化"建设，但出外办事，到县里开会，都是挤公共汽车。哪像黄永吉这般车马辉煌！虽然人们背地里叫他"黑包工头"，那又怎么样呢？他有自己的专车，而且是中外合资的桑塔纳！跑县城省城，比走他家的灶房门口还容易。

不过今天"黑包工头"得意的原因不是他的桑塔纳专用轿车，而另有鼓舞人心的事情。

汽车启动之后，黄永吉从他的提包里取出一张报纸递到书记手里，问：

“你看今天的报纸了吗？”

他把“今天”两个字说得特别响亮。

多少年来，常乐镇这个位居公路干线，离省城只有二百多公里的重镇，只能看三天以前的省报，至于首都的各大报纸包括李森喜欢研究的《参考消息》，大多是一个星期以后的旧闻。作为决策人，他痛感不适应“四化”建设的形势，曾到县、省的有关会议上呼吁，又通过人大代表送提案，但至今还是一如旧故，从广播上听到的消息，三天以后才能从报纸上细读。可是黄永吉递到他手里的这张报纸，却是一张真正意义上的“今天的省报”，企业家给书记亮了一下报头，迅速地翻过来，指着三版给他看：“大记者遥远写的，专门吹咱们常乐镇，看看，整整一版，多不简单！”

的确是整版的通讯。题目是《改革之风吹拂古镇》，副标题是“常乐镇巡礼”。少说也有六七千字，分了八个小标题。其中一个是“企业家的胆识、气魄”，其实是黄经理的专题小传。难怪他这么喜气洋洋，神气活现！

为了让李书记专心研究报纸上的文章，企业家暂时抑制住激动的情绪，只吸烟不说话，时而往书记的脸上瞅一眼，看他欢喜到什么程度。但是李森没有喜形于色。他虽然把目光盯在手里的报纸上，其实并没有看进去。因为车速很快，不利于阅读，再加上司机放开收录机听流行歌曲，李森的情绪根本无法进入。转眼之间，车却在常乐镇的大门口停下了，全程不到半个小时。

下车以后李森追一句：“你找我就是为了这张报纸？”

“怎么？这还不够书记开心么？我高兴得要死了！这可是咱们常乐镇的光荣啊！”

“这么说，你是专门跑到省城拿这张报纸的？”

“哪里，我是去‘钓鱼’的！”黄永吉回答的口气近似油滑。

“什么，跑到城里去钓鱼？”党委书记信以为真，不解地问。

“有个大旅游饭店的工程招标，我去‘钓鱼’——这是我们搞建筑的行话，把投标叫‘钓鱼’。钓到了，企业就有活干了……”

“钓到了？”

“托书记的福。已经十拿九稳了！”

“唔……”

“也多亏林常委说话……”

“这种事你也找领导？”

“哪里，我去谈生意的时候，顺便带了点西瓜，以你的名义，给林常委和刘局长送了些……”

“你怎么乱打旗号？”

“人情多一点没有坏处……”

“这报纸也是从林常委那里拿的？”

“那倒不是，是写这篇文章的作家买了送我的。书记不问我差点忘了——小刘，把后备厢打开，给李书记拿十张报纸！”

“要那么多干什么？”

“当资料保存嘛！再说，报上写了这么多常乐镇的好人好事，谁不高兴？让邮电所摆到柜台上去卖，保证放抢！”

黄永吉说得眉飞色，劲头十足。听见汽车喇叭声，出来迎接的镇公所炊事员兼门卫冉大成——人称冉师——不耐烦了。他看不惯“黑包工头”的烧包样，大热天拉着书记啰唆个没完，早就不高兴了，便放下脸催促道：

“这么大的太阳，你想吃我们书记的烤肉饼呀！真是少见！有话进办公室的房子里，凉快着说行不行？”

“没了，没了，这就走……”黄永吉说着，把报纸塞到冉大成手里，正要往汽车里钻，又记起了什么，回身对李森说：

“写这篇文章的作家，过两天他想再到咱们镇上来看看。到时候我派车去接，等接到了，请书记会见会见……”

“你认识他？”

“不但认识，还是哥们儿……”

企业家坐车走了，冉大成陪书记往办公室走，不高兴地“呸”了一声，骂道：

“好没情形！几十岁的人了，还像小二流子一样，哥们儿，哥们儿，天底下的人没有他不认识的，听着恶心！书记对这号人要提防！”

二、领导层的反响

作为常乐镇的掌权人，李森不能不重视黄永吉送来的报纸。别说这是登在省报上的长篇大通讯，便是地区农民报上的短新闻，秘书周九大写的“豆腐块”消息，他也指定专人收集剪贴，永久保存。有些重要的资料，他自己也保存一份，放置案头，随时翻阅引用。这位和黄永吉是“哥们儿”，而自己不曾见面的“遥远”记者（企业家称他为作家）写的这篇重要文章，理所当然地要好好研究，认真学习。

李森没有回家吃老婆的揪面片，而是让冉大成在灶上给他随便搞了点东西填肚子。一是传达县里的会议精神，需得理理提纲，想出本镇的贯彻措施。二是要静下心来仔细研究《改革之风吹拂古镇》。正如农民企业家所言，这是常乐镇的光荣。当家人心里是很受用的。他反复看了三遍，又认真推敲了其中的数据和事例，认为大体实事求是，没有胡吹。

第二天传达会议精神，村以上干部，包括企事业单位的头头，镇公所全体工作人员，八九十号人济济一堂。在正式会议开始之前，李森郑重其事地把《改革之风吹拂古镇》推荐给了全体与会者，甚至破例地把它和中央文件摆到差不多的同等位置，让秘书周九大给参加会议的人高声朗读了一遍。书记怕大家领会不深刻，又亲自作了许多提示性的注释，别的人就跟上来，围绕着书记的注释和文章的本身，争先恐后地发言，尤其对文章的作者“遥远”感兴趣。

“这个写文章的咋叫个遥远？百家姓上没见过这个姓，怪里怪气的。”

老镇长王兴业以他渊博的知识对作者的姓氏提出了质疑。他小的时候上学是以《百家姓》为启蒙读本，烂熟于心，家里又珍藏着一本明代的《百家姓》刻本，秘不示人。

“报纸上写文章的人，有几个是真名实姓？还不是随心所欲编出来的！”

工商所所长万成对老镇长的姓氏考很不以为然，提出了自己的见解。

周秘书笑着补充：

“这叫笔名——文人就兴这一套！”

“可他又是谁呢？没见他来采访过，怎么就长篇大论？”

“现在的报纸，有多少真话？全是一包水！”

“可是遥远的这篇文章写得有名有姓，有鼻子有眼睛……”

“你也要看他全面不全面！”

…………

“遥远”的哥们儿黄永吉因为有重要业务没来参加会议，因此，既没有人能说清楚“遥远”到底是何许人也，也没有人出来替他的文章辩护。会场上百十来号人，就这么连猜测带分析，见仁见智，热烈而认真地讨论了一小时零二十四分钟。转入正题，李森传达“三夏”会议精神，有些没有捞到发言机会，或者发了言而余兴未尽的人，仍然一边抽烟一边交头接耳，嗡嗡之声比李森念稿子的声音大出许多倍。会议主持人王兴业不得不使劲拍巴掌，严肃地提醒大家集中精力，认真听会。

但是会议结束以后好长时间，李书记和王镇长反倒无法忘却那位不曾谋面的“遥远”先生，还有他编造出来的长篇文章。可谓余音绕梁而三日不绝也。李森考虑的问题尤其多。

这位“遥远”同志，你既然是黄永吉的“哥们儿”，为何来常乐镇采访回避当局，不和镇上的任何一位领导人接触？就像某些文艺作品中描绘的那种微服私访的钦差大臣一样，悄没声地进自由市场，与小商贩和先富起来的专业户交谈，又不通过官方审查，就堂而皇之地发表出来，这种做法太使人费解了！莫不是黄永吉捣的鬼？他的“哥们儿”，什么样的“哥们儿”？以前省报或中央报刊的记者下来采访，差不多都是县委派专车，宣传干事陪同，或者随着下乡深入基层的县委、县政府首脑，通过听工作汇报了解情况，捕捉新闻素材。在这个过程中，镇上无论哪个头头轮班坐镇，都得依照“惯例”在“常乐楼”的雅座上“便饭”一顿。如果是像现在这样的鲜货季节，临走“意思意思”，最不行也得往车屁股里塞几个西瓜或半筐水果。可这位“遥远”先生为什么不和官方靠近而要“遥远”呢？莫非他负有什么特别使命？不过从文章上研究下来，尽管有同志们说的那种“不全面”“水分大”的毛病，但色调还是明朗的，完全是客观公正的报道，表扬的格调。如果他在采访前或采访后和镇上的负责人谈一谈，文章会写得更全面更深刻，说不定会发在第一版的什么地方……

李森本来打算到各村的田头禾场上去看看麦收的进度，掌握些第一手资料。但因为“遥远”的文章老在眼前晃来晃去，好像真有一束带彩的强光，伴随着清爽的改革之风，在他的脑子里钻来钻去，促使他不得不坐下来，冷静地思考些问题，以便在荣誉面前保持清醒的头脑，使全镇的工作再上新台阶。

李森在乡镇一级干部里是佼佼者。他有足够的文化知识，人事档案里存的是西北农学院的大学文凭，又在领导岗位上锻炼了几年，可以说挥洒自如、游刃有余。他并不是那种十分想当官，做梦都向上爬的人。但是既然历史的潮流已经把他推到这个位子上，总得干出点能让人看得见的成绩。而且也不能总在一个地方表现，要有个长进吧！以前“低头拉车”闷声苦干得多，而对干了的工作如何通过新闻媒介宣传出去的事考虑得很少，因此常乐镇尽管已经开放，十分繁荣，但却不为人所知，要不是“遥远”的《改革之风吹拂古镇》，连他们自己也没有认识到那些已经出现的新事物的重大现实意义……这么看来，黄永吉的“哥们儿”写的长篇大通讯，绝对是一篇有积极意义的好文章，至少对党委书记本人起了开拓思路的催化作用……

思考到这里，他突然来了“灵感”，想自己动手写一篇体会性的文章，送到省报上去发表。题目也涌现出来了：《农村基层党组织工作如何适应改革形势》，以常乐镇党委的工作为主线，理论联系实际，发挥一些议论，写成一篇对上有参考价值、对下有指导意义的体会经验……

他想得兴奋，欲罢不能。准备把秘书找来，帮着在一块拟提纲，抬起头来，却见冉大成笑呵呵地端了一大盘切得很有水平的西瓜，送到他的办公室来，嘴里喊着：“尝鲜，尝鲜……”

要说鲜，也确实新鲜。虽然常乐镇的“瓜王”王保生引进的印尼西瓜已经吆喝了差不多有半个月，农民企业家黄永吉以他的名义给远在省城的林常委和刘局长送去了，但作为常乐镇的首脑，他却从未尝过今年的西瓜的味道。王保生的“五大牙子”，就是五角钱一牙，不到二两重，一斤西瓜一元二角，是个惊人的价钱。当然，工作忙，顾不上享受也是一个原因。现在冉大成把切好的西瓜送了来，沙漉漉水汪汪，甜香扑鼻。他毫不客气地拿起一牙就啃，连说“好吃，好吃”，又问：

“哪里来的？”

“书记放心，两牙西瓜，能影响到廉政上去？”

老冉用教导的口气回答了这么一句，慢慢腾腾地给他的“黑棒子”点着火，一面吸烟一面看书记吃瓜。

“话不能这么说！完了记到我的名下！”

“嗬，我老冉请不起一个西瓜？”

李森不再吭声，静下心来吃西瓜，津津有味的样子，不亚于他读“遥远”的文章。

三、满面春风的冯立新

“遥远”发表在省报上的文章，不但引起镇公所领导人的重视，普通老百姓也对它产生了浓厚的兴趣，从而形成了上下相呼应的热烈气氛。当然不是所有的常乐镇人都有这种热情，而是那些有政治头脑，在历史上以关心国家大事、维护常乐镇荣誉为己任的活跃分子。这些人当中，首屈一指的优秀人物是冯立新。他在常乐镇，就像世界上那些思考先有鸡还是先有蛋的科学家一样，本镇谁家的米汤由稀变稠，谁家的房子由低变高，谁家的媳妇由丑变俊……都逃不过他锐利的目光。“今天的省报”他仅仅比镇领导人迟看到一天半时间。要不是他和“黑包工头”不对劲，说不定黄永吉会把报纸直接送给他，成为看到“遥远”文章的前三名。

那天下午，冯立新在邮电所门口的贴报栏里看到了“今天的省报”，一目十行地把“遥远”的文章溜了个大概，发现《改革之风吹拂古镇》居然把他也吹了进去，写了老长的一段文字，激动的神情和农民企业家不相上下。立即跑进邮电所自费买了一张报纸揣进怀里，直奔交换新闻的“中心广场”。那里早已聚集了七八个业余新闻协会的会员，仿佛等待他传达重要精神似的。

冯立新尽量控制住自己的兴奋，点着了别人递给他的纸烟，狠劲吸了两口，这才迫不及待地掏出揣在怀里的报纸指给大家看：

“今天的报纸，你们看看，上面写的什么事情！”

当别的人伸长脖子看个究竟的时候，他又不等人家看出结果，自己先作说明：

“登了咱们常乐镇一大篇！上面提了好多的人，李书记、王镇长、马经理……还有，还有我……”

冯立新有意省略了“黑包工头”黄永吉的名字，而巧妙地把他自己放在“还有”的最后，表示了他在荣誉面前能拿得住。

听说“今天的省报”上有冯立新的名字，业余新闻协会会员们肃然起敬，一个个张大了嘴巴。大报纸上经常出现的是党和国家领导人的名字，省委书记省长的名字，还有电影明星的名字，哪会轮到常乐镇的冯立新？哈哈，真够新鲜！凭什么？就凭他的这套破西装？有人用揶揄的口气问：

“报上咋写你的？叫我看看，是不是你带头解放思想穿西装的事？”

听了这话，冯立新那张永远保持“泥土气息”的脸，隐隐透出了点红色，毫不客气地从那人的手里夺回了报纸，用生硬的口气说：

“要看你自己去买。这是我专门花钱买了来作永久纪念的，弄脏了咋办？”

说着，他又把报纸仔细地叠成四折，揣进怀里，就像当年他领救济款，到手以后小心地往贴身的口袋里装钱那样，十分慎重。

平心而论，人们是不应该开这种玩笑的。“遥远”的文章上提到名字的总共不过二十几个人，占全镇总人口的万分之一二，这是简单的吗？何况他确实带头穿西装，那种不怕讽刺打击的勇气和开拓精神，谁能比得上！

那还是八年前的事情。当时改革之风还未吹拂古镇，第一个来到常乐镇的温州客是个衣服贩子。他带来了两大包西装和牛仔裤，在十字街口选个摊位，将衣服挂在绳子上喊叫：

“试一试来看一看——从香港进口的英国货！”

整整叫喊了两天，除了有人好奇地去看去摸，试的人连一个也没有，更不用说掏钱买。那时候本镇的业余新闻协会也未正式成立，只不过是几个按传统习惯聚在一块谝闲传的“哥们儿”。他们就拿冯立新开玩笑：

“依我说，这西装老冯穿着最合适，又不用系扣子……”

冯立新穿衣服的确不喜欢扣扣子。并不是有意摆谱，而是没有扣子可系。他天生命苦，自幼死了娘，后妈每年冬天给他缝一件百纳补丁的棉袄，同时要把单衣收回以备来年热天再用。

棉袄襟子穿着本来就是“防空洞”，他又偏偏不会使用那核桃球式的布扣子，不到几天就扯脱了。后妈绝不替他缝第二回。他就用一根草绳扎在腰间，挡住了肚脐地方的冷风，上下散着也无暇顾及，“不管风吹浪打，胜似闲庭信步”，照样到处玩，照样上山放羊。天长日久，练出了一身耐寒的硬功夫，甚至可以称得上特异功能，大冬天不系扣子也不怕肚子疼。如今他已五十出头，手头也宽余了，经常有体面的新衣服上身，只是习惯成自然，无论春夏秋冬，都喜欢敞着怀。他又是个喜欢标新立异的人，闲汉们一撮弄，他就动了心：

“穿就穿，有什么了不起！”

那时他已经在马进贵的农工商总公司混事，手头活便，用优惠价花三十元钱买了一套“进口”西装，当即穿在身上，在镇子上摆来摆去，就地比原先潇洒了许多。

你要说这种带头没有什么意义，也不尽然。后来常乐镇有那么多人穿起了西装，其中包括支书马进贵、镇长王兴业，也是受了冯立新的感染才下的决心。领导人穿洋服，无疑是对他的带头行动的支持和肯定，他受到鼓舞，又买了一套国产货。不过这时候的价钱已不是三十元，而是一百零八元，比早先涨了将近三倍。当然他本人的经济也发达了，并不在乎。穿了新西装的那天他去马进贵家串门，正好碰上省乡镇企业局的刘湛局长来镇上搞调查研究。这位局长和冯立新有些历史关系，说话也亲切随便。他说，从冯立新的身上看出两个新鲜事物：一是农民思想观念的更新；二是生活水平的提高。可惜“遥远”采访不深入，未能把领导的这两句话引用到他的文章里去，只一般性地提到了冯立新的“脱贫”和家庭的生活改善，连致富二字都没有说。但整个来说，“遥远”的文章还是鼓舞人心的。既然改革之风吹拂了古镇，自然也拂到了冯立新。尽管没有见过世面的人讥笑他穿西装，不相信省报上有他的名字，但是白纸黑字，谁能抹杀得了？冯立新依然满面春风，兴高采烈。

四、见仁见智评“遥远”

冯立新在“中心广场”新闻交换处讨论“遥远”的文章未能尽兴，心里极不舒坦。事实上他自己对那篇大文章也没有看得太仔细。回家以后他关了门一个字一个字地看，认真研究。这个良好的习惯是在“文化大革命”中养成的。那些年，他是公众经过民主投票，选举出来的学习老三篇的积极分子。二十多年过去，现在他仍能淌淌流水地背出来。原是个高小文化程度，因为钻研毛主席著作，“蚂蚁啃骨头”，不但提高了思想，也增进了文化，居然能独立读书看报，特别是当时的“两报一刊”社论，他总能在翻来覆去的学习中领会出与众不同的精神。这对他后来研究社会、思考问题打下了良好的基础。李森和马进贵两位顶头上司经常在会上表扬，说冯立新“善于动脑筋”，也是一种促进。碰到与常乐镇有关的重大问题，他从来不轻易放过，总要花费工夫，弄出个“一二三”来。现在这个没见过面的“遥远”在省报上洋洋洒洒一大篇，开头他只是因为看到自己的名字盲目高兴，并没有仔细推敲文章的全部文字。从维护常乐镇的荣誉这个原则立场出发，仔细阅读认真研究是十分必要的。

不用心看则可，一用心看，常乐镇的老公民不由得火性大发。别的不讲，就说对改革人物的评价吧，凭什么理由把“黑包工头”黄永吉放在农工商总公司经理马进贵的前头，而且文字也长出许多？太没道理了！尤其可恶的是关于他老冯的那一段话，不知听了什么人的瞎话，居然把他写成一个落后变先进，在企业家的帮助下脱贫的“三靠”人物，岂有此理！我老冯早在20世纪70年代就是积极分子，你怎么一字不提？又想表扬我又不来采访我，道听途说，瞎编硬造，这是哪里的章程？

想到这些地方，冯立新由原来的兴奋变成了气愤。他把报纸揣进怀里，又一次来到中心广场，打算把他的重大发现和精辟的见解讲给大家听，但不知为什么，那地方除了王保生的瓜摊，还有两个卖瓜子的老头外，业余新闻协会的会员全无踪影。

“这些吃干饭的家伙不知钻到哪里去了？”

他在心里骂了这么一句，调头就往镇公所的方向走。既然新闻交换处不能满足他的发表欲望，干脆把自己的想法当面讲给镇领导，和书记镇长交换交换看法，也不枉领导重视他一场。还没等到他走到镇公所大门口，就听到有人高声吵嚷。跑到跟前一看，原来是“王疯子”和冉大成发生冲突，直起脖子干仗。冯立新和这两个人都是好朋友，连骂带劝，三言两语就把争吵的双方劝开了。先给王疯子撂去一支金驼烟，又划火柴帮冉师点着了雪茄烟，自己也叼上纸烟，心平气和地问原因。

王疯子和冯立新一样，也有过光荣的历史。20世纪70年代初他当过一届贫协代表，去省城开会吃过几天四菜一汤。人们尊他为“老代表”。老代表为了表现自己的觉悟，曾包办代替，让自己的老大媳妇一胎之后做了绝育手术。后来他的代表资格被取消，农村又有了生两胎的政策，全家人群起而攻之，老大两口子公开宣言不给他养老，一气之下他发了疯，经常跑到镇上吵闹，要领导“赔”他的孙子。他虽然没有冯立新那样高的文化，可以看报纸，但他经过“关心国家大事”的锻炼，非常注重收听广播。现在我们的国家广播事业发达，各乡镇都有自己的广播站，常乐镇也不例外。镇广播站除了转播中央、省、市、县的广播新闻外，还有“本镇新闻”。所谓本镇新闻，基本是两大类：一是记者自己采写的稿子——最新消息；另一类是报刊上有关常乐镇的消息报道，或摘要或全文，都得广播一遍。镇广播站的播音员只有一个人，叫吴美珍。吴美珍原是县广播站的，因为新人顶替提前退休，独具慧眼的李森把她抢到手，高薪聘请了来。她那经过正式训练的普通话（常乐镇人称为“北京话”），再加上多年的播音实践经验，虽然上了年纪（也不过五十多岁），但通过扩音器传播出来的话，仍然字正腔圆，甜润悦耳，句句动听。别说县广播站那几个从后门进去的丫头片子嗲声嗲气，错别字连篇地播音，便是省广播电台的播音员也没有几个能比上她。在常乐镇人的心目中，吴美珍是真正的明星。平常人们不说是广播站的消息，而是说“吴美珍在广播上说的”，“吴美珍说的”。“遥远”的文章，她当然也摘要播发了。本来只有少数看报纸的人知道，而且也不是看得十分仔细。经吴美珍的嘴一加工，送到听众的耳朵里，不但起到了家喻户晓的作用，更有进一步加深印象的效果。王疯子已经从别人嘴里听说过“遥远”在他的文章里把常乐镇的计划生育吹上了天，再听“吴美珍一说”，不由得火冒三丈，特来找镇领导提意见，倚老卖老，指名道姓骂镇长：“你这个龟儿子，吹牛皮也不看地方！你以为你叔是瞎子傻子？让黑包工头贿赂好了记者，写这种狗屁文章乱吹牛，什么计划生育先进——狗屁！”

其实王疯子纯粹是捕风捉影瞎起哄。“遥远”的文章上并没有关于计划生育先进的专题，不过在写到青年团活动时用幽默的语言调侃了一句：“如今常乐镇的青年妇女也观念更新，自觉地计划生育。有的有甜蜜的婚姻却不要孩子，有的女强人为了事业，干脆奉行独身主义……”

这段话要不仔细阅读就看不出来。不知吴美珍怎么播的？王疯子如何听的，反正他认定“遥远”的文章是瞎吹，吹肯定离不开基本国策的执行情况。于是他牢牢掌握斗争大方向，把矛头对准镇党委书记和镇长这一类当权派。尤其对他的侄儿王兴业，开口就骂，毫不留情面。

他要是和平请愿，倒也罢了。这一出言语，引起了冉大成的警惕性。且不说王疯子是真疯还是假疯，在这个火头上让他见领导，万一他不讲理，抡起棍子在领导头上来两下，如何得了？因此冉师往门洞当中一站，死活不让王疯子进去。

冯立新深深吸了一口烟，笑着责怪老冉：“你这个冉师！也不问问‘老代表’找领导是啥事情，就胡拦挡！我也是为报纸的事。你没看看那上头写的什么？”

“我哪有闲工夫看那种狗屁文章！公事都忙不过来，一天到晚脚不落地………”

“这倒是实情！”王疯子奉承了一句。

“我仔细研究了！”冯立新抢过话头，赶紧给二位好朋友讲他的重大发现。“这个‘遥远’太没有道理。写常乐镇的改革开放，基本群众一个字也不提，把黑包工头又裱又糊，油漆得浑身放光芒。还有那个盲流，也成了改革家。哼，他算哪一路神仙！”

“有没有写到马进贵？”

“有倒是有，不鲜亮……”

“这就不对了……”

冉大成的感叹还未发完，王疯子抢过话头大骂：

“要我说，全都是吃人贼！把本乡本土的人卡得死死的，反倒让外面来的超生游击队无法无天……”

王疯子采取的战术是攻其一点不计其余。因为自己的切身利益，他对镇公所的计划生育工作始终耿耿于怀，马进贵是村支书，他的顶头上司，当然也在攻击之列。

冉大成和冯立新不同意王疯子“打倒一切”的偏激观点，他们是站在同一条战线上的“保马派”。在他们的眼里，常乐镇的改革人物，除了村支书兼农工商公司总经理马进费，再没有第二个。其他那些发了财的人,说得好听点,是“万元户”“个体户”“专业户”,不客气,干脆就叫“黑包工头”“二混子”。冯立新愤愤不平地说:

“不管怎么说,把黄永吉和马经理放在同一条板凳上,我心里不舒坦!”

“你说得对!”冉大成用夹着“黑棒子”的手指着冯立新,表示赞同。“这里有个方向问题。老马他们搞的公司是中央下文件提倡的社会主义,目的是让人人都有饭吃。黄永吉就不是这么回事。他是一个人吃独食,究竟是啥主义,咱们也说不清楚,只有老天爷知道!”

“全是一伙吃人贼!”

王疯子又狠狠地骂了一句。

…………

三个人交换了看法。尽管大致的观点相同,但冉大成仍然不同意冯立新和王疯子去见领导。尤其是王疯子,老冉对他不放心。本着对工作负责、对领导安全负责的精神,他用大道理管小道理的办法,把两个老公民劝了回去,答应向头头如实转告他们的意见,“绝不贪污半句”。

冉大成是责任心极强的人,说话算数。当天晚上他就把冯立新和王疯子的意见报告给了李森,其中夹杂了许多他个人的看法。李书记因为“遥远”采访、发表文章没有通过他,心里始终不痛快,听了冉大成的情况汇报,也多少有点同感。但他不能随便说出来。况且在两位农民企业家的问题上,他向来不主张群众中厚马薄黄的观点。在他的眼里,无论是马公司还是黄公司,无论是黄家的小楼,还是马家的大院,都是改革开放的伟大成果,都是常乐镇的骄傲。他正想把这个道理讲给老炊事员听,秘书周九大插了话:

“这个王疯子,也是吃饱了撑的!他又不懂写文章的规则,提什么意见?要我说,遥远的文章很不错!至于他用的事例和观点,又是见仁见智的问题了!”

小秘书的这几句话,与其说是批评王疯子,毋宁说是给冉大成的“球蹴眼”,指着秃子骂和尚。冉大成平日连书记镇长也敢教训,怎能把周九大放在眼里?他因为顾及自己的年龄身份,没有和娃娃秘书计较。但此后有好长一段时间,秘书办公室里的热水瓶总是空的,开饭打菜的时候,盛到周九大的碗里,不是骨头就是带毛的肉皮。秘书才知道老炊事员不好惹。

五、冉大成的威力

“遥远”第一次采访常乐镇,也曾打算拜访镇领导。但在大门口碰到的情景,和冯立新、王疯子没有两样,甚至还要糟。作为记者、电视台编辑、作家,他们当然懂得,新闻记者采访哪有不见地方长官的道理?只不过他们来的时候,疏忽了带官方介绍信,又不按规矩登记,老冉理所当然地把他们拒之门外,文人又都是喜欢闹脾气的。看到镇公所的门房对他这个态度,一气之下,干脆不和官方会面,只在建筑公司总经理的热情招待下,串自由市场,走访专业户,再加上自己的丰富想象,写成了那篇“巡礼”,从而也给“遥远”和“遥远”的文章带来了神秘色彩。李森了解到这个情况后,也没有十分认真地批评冉大成。原则上讲,他的做法没有什么错误。这是个受人尊敬的同志，也是个令人惊叹的人物。他的身材框架高大，有如科幻儿童影片中的外星机器人，孔武有力。五官形态上他属于浓眉大眼的那一类型。眼珠子呈褐黄色，富有表现力。无论冒烟不冒烟，嘴上经常叼半截雪茄——常乐镇人称之为“黑棒子”，像中世纪的英国绅士，显出十足高贵的派头和一副妄自尊大的神情。在他的身上有许多值得赞美的优点，最突出的便是眼下青年一代最缺少的那种不计名利、多干实事、关心集体的思想和行动，从来不肯闲坐着虚度时光，处处想办法发挥手中的权力。他的正式岗位是炊事员兼烧水扫院子等杂役。但是平时只有十多人就餐的家常便饭，消耗不了他的旺盛精力的三分之一。闲着心慌，他便主动承担了门卫的责任。无论任何人，进出镇公所大门都得向他打招呼，否则就是违法。特别是上访找书记镇长的人，得不到他的允许引见，休想达到目的。为了表明他的身份，公家发的那件蓝大褂工作服，一年四季从早到晚不下身。出外买粮买菜也是这身披挂。说明他公务在身。就凭这个与众不同的特殊标记，街道两边的摊贩都得向他行注目礼，有的还争着给他敬烟，亲热地问长问短。任何一个他看中的菜摊上的任何一种蔬菜，都得按“规矩”用优惠价卖给他，粮店主任亲自从普粉口袋里挑优粉。“今天上头来领导”，“李书记王镇长喜欢吃”……都是他采买东西时张扬的日常用语，因为他的努力，镇公所的伙食一直是惠而不费，受人称赞。不过他并非那种喜欢听表扬话的人，他也和干同样性质工作的人不同，毫无低眉下眼，卑躬退让的形态。他觉得他和镇上所有的工作人员一样，是堂堂正正的公职人员，无论炊事做饭，还是守门扫院子，都是为党为国为人民，其神圣程度，与发号施令的书记镇长没有两样，因为出发点光明正大，他穿了蓝大褂往门口一站，万分自信，无比威严，大有一夫当关万夫莫开之势。有鉴于此，在中央发出精兵简政的指示以后，税务所有个年轻的税收员讲怪话：

“要我看，镇公所根本用不着那么多吃闲饭的干部，书记镇长也可以精简，赶下来帮我们收税，增加财政收入。镇公所只留冉大成一个人足够了！”

镇公所总共四十九个人，除了民政科长杨水胜外，就属冉大成资格老。他已经送走了三任书记两个镇长，一个个都在县上升了官阶或平调掌了实权。现任的李森和王兴业，在他面前是“年轻人”，但他并不居功自傲。不过说话的口气常常居高临下，带教训的味道。这些领导也不以为然，乖乖地听他指示，给他以相当的尊敬。越是这样，他越加兢兢业业，鞠躬尽瘁。尽管在他面前碰了钉子的人骂他是十足的坏蛋，他却把自己幻想成神劳形瘁的公仆。冉大成没有家室，只能以镇机关为家。这为他全心全意为人民服务提供了良好的客观条件。逢年过节或农事大忙，镇上党政两方面的工作人员下基层，偌大一个院子就留他一个人把守，更加忠于职守，决不藏私偷懒。在他眼里，镇公所满院子都藏着无限珍宝，须得百倍警惕。还有那上面来的紧急电话，下面来访的群众，都得他亲自应接处理。因此，他总是显得很严肃，同时也想办法使镇公所气象森严起来。这么一配合，才会衬托他事繁任重，思前虑后的高大形象。就因为他的这种神气和优良精神，一些有重要事情，见领导如渴思浆的上访者被拒之门外，延颈大骂，通过各自渠道的人民代表上书，批评镇领导作风官僚，不接近群众，有衙门习气，两位主要负责人在虚心接受，认真检讨的同时，又这样给大家解释，为老冉开脱：

“冉师的做法确实不大那个。不过他也是为了工作，出发点是好的嘛！看问题要看本质……”

他们实在太欣赏老冉这种不怕辛苦、不怕挨骂受气、任劳任怨的革命精神了。尤其是他的这种热爱本职工作的高贵品德，完全可以推广到全国甚至全世界的年轻人面前去做楷模。

不仅领导包容他，那些平常不在他眼里而对他意见很大的青年人也说老冉是镇公所须臾不可缺少的虎将。这得从三年前的一次球赛说起。

好像是什么节，十有八九是“五四”青年节，镇机关与各企事业单位比赛篮球，冉大成以他特有的健壮体魄和无与伦比的战术，力挽狂澜，为机关队赢了球。本来他是替补队员，具体岗位是后卫，当场上比分悬殊，在眼看机关队败北的危急关头，老冉头剥了蓝大褂，举手要求上场。用不着什么教练指导，他也明白球场上的后卫和他在镇公所的门卫有同样性质的任务，以阻止外人入内为神圣职责。他神气十足地往球场一站，两腿用劲，脚下生根，以静制动，只伸出两只胳膊和铁掌，来回摆动，扰乱对方的视线，阻止他们投篮。挡不住就拉，拉不住就撞。总而言之，千方百计，处心积虑，不让对方冲破封锁线。迎战的一方气得大骂，担任裁判的工商所所长万成也干瞪眼。尽管他连吹冉大成九次犯规，但到底没敢亮出黄牌把这位英雄罚下场。

观众就骂万疯子欺软怕硬。谁都知道，这位跛足的工商所长平日视察农贸市场，神气得像总督出巡。兴致上来，找碴整治小商贩，让你见神见鬼、喊爹叫娘，唯独对冉师客气，比见了书记镇长还恭敬，他今天穿了一身簇新的运动衫，脖子上套着从外国进口的裁判专用长笛。本想在球迷面前显示显示“国家裁判”的水平，不料碰到冉大成捣乱，心里万分恼火，又无可奈何，只好硬着头皮挨骂。那场球就在球迷的咒骂声和对篮球一无所知，纯粹为了看冉大成的精彩表演来凑热闹的观众的笑声中结束。

这么简单地介绍一番，你就会对冉大成有个概略的了解，同时也会对常乐镇两个最难对付的老公民在冉大成面前轻易退却能有几分理解。往后他还要多次出现在这个故事里。“你要想去常乐镇找官方办事，经过镇公所的门洞，不事先了解‘冉师’的脾气和办事规矩，碰到什么不顺利，那只能怪你自己了。”

六、“遥远”二访常乐镇

正午的天气又闷又热。镇公所的院子里静悄悄的。绝大多数的干部下基层搞夏收去了，冉大成义不容辞地挑起了总揽大院公务的神圣职责。为了能够眼观八方，照顾周到，便把那属于他专用的枣木太师椅搬出来，放在门洞里执行任务。太师椅是“土改”那年从地主手里没收过来的，坐过数不清的乡长、镇长以及别的领导干部。后来社会发展，办公用品更新，领导同志的办公室都配备了新式沙发，人造革靠背软椅，这把用木头做的老式太师椅就淘汰出来没人要了，老冉独具慧眼，宝贝似的接收了过来。他坐着不但舒服，也很威风。

特别是在门卫的岗位上，手里拿着长长的雪茄，平添了几分高贵气质。此刻的“黑棒子”照例没有冒烟，纯粹是习惯性的动作。他正在聚精会神地研究那张早已过期，然而又十分重要的省报。冉师不仅工作认真负责，和冯立新一样，也善于动脑子思索问题。他又是个很实际的人。他想的事情，通常都是书记、镇长考虑的那一类带有全局性的重要问题。自从那天冯立新和王疯子上访，对“遥远”的文章提出质疑，周九大又说了“见仁见智”的话以后，他就暗暗下了决心，要排除万难，把这张报纸研究出个所以然来。

没有什么干扰，他看得很仔细，像小青年读通俗小说，又像李书记批阅公文，全神贯注。边看边思考刚有一个问题冒出来，却被黄永吉的一声“冉师”给吓丢了。

“黑包工头”今天比往日更神气，在冉大成面前更客气。大热的天，却穿着一身崭新的银灰色西装，猩红领带，老冉看着也出汗。明知道“冉师”不抽纸烟，却硬要把一支“红塔山”塞过来，接着又把一本《支部生活》杂志在炊事员的眼前晃了晃，气壮如牛地说：

“我要见见李书记！”

“你难道不知道现在是夏收时节？”

“夏收和我见书记有什么关系？”

“人说一发财就心黑头昏，今天我算亲眼见到了！你包工赚钱，当然不知道龙口夺食的紧张，只晓得如何‘钓鱼’……”

冉大成很不客气地对“黑包工头”挖苦起来。

农民企业家自知失言，连声检讨：

“该死，该死！我的确昏了头，竟忘了领导下乡搞夏收的事，对不起，对不起……”

冉师不再理他。经理把脸上的笑意放更浓些，近似卑膝，又带着夸耀的口气说：

“冉师不要见怪，我已经检讨了还不行么？请你把这本书交给李书记。”说着他把《支部生活》翻到其中的某一页，指着上面的标题《共产党员的气魄》，在上角有个花边，标的是“人物专访”四个字。下面的副标题是“访农民企业家黄永吉”，很显眼的黑体字。“这是写我们公司的文章，请领导过过目……”

“又是那个‘遥远’编出来的吧？”

“哎呀，咋说了？正是他！冉师真是料事如神。”

“‘哥们儿’，总得互相吹捧吹捧嘛！”

“冉师真会开玩笑！不瞒你说，我昨天去省城，顺便把作家也请了来，他还要进一步写咱们常乐镇呢！”

“怕是给你贴金吧！”

“今晚上我在‘常乐楼’摆饭，欢迎作家，请镇领导会见会见他们……冉师你也去！”

“我算哪一路？别开玩笑！”

冉大成明白是“黑包工头”虚让的礼。

“其实也没有外人，都是咱们镇上的熟人……”

说着又从怀里掏出一沓子大红烫金的请柬递到老冉手里：

“麻烦冉师给送一送，千万不要误事啊！”

太阳快落的时候，李森和镇上的其他干部陆陆续续从各村队的田头禾场回来，一个个风尘仆仆，脸晒得油亮黑红，李书记进办公室洗过脸，坐下休息的时候，冉大成送来了黄永吉的请帖。李森看也不看就问了一句：

“谁又搞这一套？”

“黑包工头……”

“给你说过多少次了——不要这样叫人家嘛！”

“知道，知道……”

“他又搞什么名堂？”

“听说他那个‘遥远’哥们儿又来了，给他在这上头吹了一篇。”冉大成把《支部生活》放到李森眼前，“有这样的好事，他能不高兴？请作家，也请领导……”

“都请了谁？”

“镇上的头头全都有。”

“这么铺排……”李森皱着眉头咕囔。

“我看你还是去照个面吧，要不，臭文人又会造舆论说你架子大。黑……黄经理既然想摆阔气，你就去吃，反正他是个人掏钱，不吃白不吃！”

李森笑了。摆摆手，示意老冉出去。

晚上七点钟，客人们准时到会。“常乐楼”的女老板陈再铃，就像她自己办喜事一样，特地换了一身淡雅的西装套裙，亲自带领着服务员小姐在门口笑迎贵宾。为了保证宴会，不但二楼的雅座全包，一楼的“家常便饭”也不再供应。李森是最后一个到的客人。黄永吉把李书记往主宾席让。那里除了镇长、副镇长外，还有一个他不认识的男子，想必是“遥远”，旁边还坐着一位留披肩长发的摩登女郎。企业家身心喜悦，满脸堆笑地把镇党委书记让到留好的主宾位子上，忙着介绍：

“这是我们镇上的李书记！”又指着那一男一女，“这位是作家雷声远，这位是他的夫人朱丽遥。他们是夫妻作家，两个人合起来发表文章，用的笔名就是‘遥远’。合二而一，珠联璧合……”

席间顿时气氛活跃，笑声不绝。企业家的幽默话不但使在座的常乐镇官员惊羡，二位作家也为之倾倒，刮目而视。

李森听了介绍，心中之云雾洞开，高兴地站起来与二位作家握手，由衷地说：“原来你们二位就是‘遥远’先生，欢迎，欢迎！也感谢你们宣传我们常乐镇……”

“书记太客气了！”“遥远”的那一半以艺术家的雅慧深致回应，“我们是随便下来走走，顺便把这一期的《支部生活》带给黄经理——你们镇上的改革家不少啊！”

“不敢当，不敢当！”黄永吉抢着表示谦虚。又急忙把话题引入正题：

“李书记，今天没有别的意思，就是欢迎二位作家深入生活，顺便让他们和各位领导见面，交个朋友……”说到这里，他又一反斯文模样，亮起洪钟大吕的嗓子喊：

"陈经理,上菜!"

酒菜摆齐以后,黄经理又以主人身份致词,正经与笑话结合,斯文与粗俗杂混,博得阵阵笑声,宴会很快进入了高潮。虽然是乡下小镇,但宴会的场面丝毫不亚于省城的水平,时间拖得很长,吃吃喝喝,猜拳谈笑,闹闹哄哄,一直持续到深夜十二点才散席。两位作家没有住陈再铃的"春天旅馆"。尽管作家认为旅馆的名字富有诗意,夫妻同住更有情趣,很想亲身体验下。但黄经理不同意,坚持要把他们请到自己的二层小洋楼的专用客房去休息。那是企业家专为像省人大常委林辉这样的尊贵客人准备的休息室,陈设漂亮,环境幽静,以便让他们像在自己的家里那样,自由自在,舒舒服服,盛情难却,只能客随主便。

第二天,"常乐楼"恢复了正常的对外营业,买卖依然红火。冯立新对业余新闻协会的会友发布新闻,分析情况时估计,头天晚上"黑包工头"举行的招待会,陈再铃收入不少。但知道内情的人说,女老板叫苦连天,说她非但不赚,还倒贴了三百多,因为"遥远"发表在省报上的文章也提到了她和她的旅馆饭店,她有责任这么做。为了表示对作家的进一步热烈欢迎,"常乐楼"的女经理"独资"办了一场舞会,派专车去城里请来了文化宫的乐队,附带拉了两个曾参加过省城交谊舞大赛的"舞星"陪作家跳舞。两位作家似乎对跳舞不感兴趣,但是为了不辜负主人的情意,他们还是打起精神和排队等候的男女青年各跳了一曲,以致累得"散了骨头架子",好不容易回到黄家楼,第二天早晨连早饭也取消了。当李森得到了这个消息之后,不得不推迟原定的镇公所宴请,改在作家认为合适的时候再举行。

尽管官方采取了这些保护性措施,但二位作家仍不得清静。自从传出"遥远"来常乐镇的消息之后,人们的注意力已经不在《改革之风吹拂古镇》的文章,而完全转移到仰慕作家本人方面来了。当地居民原以为"遥远"是个一般的小记者,不曾料到是很有气派的大作家。而且不是一个而是两个,不是一般的两个,而是一对"伉俪",夫妻作家。文章分头撰写,署名合二而一,"遥远",太有情趣,太富于浪漫色彩了。本镇居民无分男女老幼,以亲眼见见作家的模样,一睹风采为最大幸福。以周九大为首的青年文学爱好者又组织了一场报告会,请二位作家讲创作经验。报告会需要经费,其中包括作家的讲课费,不是小数目。镇公所乃清水衙门,没法开支这笔钱,就用发动群众,与企业家联谊的办法。因为作家在常乐镇的绝大部分活动经费由黄永吉的建筑公司负担,周秘书就想到了农工商总公司的名誉经理李森,请他给马进贵说话。不巧,马经理在作家来常乐镇之前就外出,参加省乡镇企业局组织的考察团,由刘湛局长率领去南方各省参观学习。留在家里的几个副手,尽管有名誉经理的口谕,也不敢做主拿钱。黄永吉见书记为难,咬牙跺脚地说:

"磕得起头就能作得起揖——我一个人包啦!"

农民企业家、百万富翁的气魄从这句话里完全表现出来。

七、黄永吉和他的朋友

李森终于弄明白了,"遥远"之所以跑到常乐镇来采访写文章,完全是黄永吉的功劳。是他拉来了作家,并且提供了方便。那天坐他的桑塔纳从县城回来,在镇公所大门口谈到省报文章的时候,他说和“遥远”是朋友,而且是“哥们儿”却没有说如何成为“哥们儿”的。直到这次“遥远”夫妇重访常乐镇,活动完成回去的第二天,省人大常委林辉来镇上联系群众,黄永吉在家招待他老人家吃饭,请李森去作陪的时候,他才搞清了勾勾连连的道道。原来企业家和作家结缘是林常委牵的线。

已经说不清具体的时间,黄永吉去省城联系业务(就是他自己说的“钓鱼”),顺便到林辉家串门,正巧碰上“遥远”夫妇在座。林辉给他们做了介绍,偏重把黄永吉吹了一通:“这位是农民企业家,你们又是作家又是记者,应该好好宣传他们,他们的那个镇子也搞得不错,你们去参观参观,写一写……”交朋友的愿望,作家比企业家还强烈急迫,很快就完成了林常委的指示。毫无疑问,“常乐镇巡礼”和《支部生活》上的人物专访,林辉都看到了,在饭桌上似乎还提到过。

林辉始终保持着他的一竿子插到底的工作作风。后来到省人大任专职常委,联系群众更加密切。他每次来,因为公路的走向原因,汽车必须先经过镇公所大门,但是老林不愿意惊动基层的领导,怕影响他们的工作。他的车直接开进黄永吉家的院子。由于事先电话联系过,黄经理总是早早做好了一切准备,在家恭候。一旦林常委到了,他会立刻电话报告书记、镇长等地方长官,多数情况下是他亲自去镇公所,通过冉大成的引见,请镇领导到家里去,陪林辉同志吃饭。接待林常委,黄永吉从来不去外面的餐馆,即使“常乐楼”那种设有雅座的高级餐厅也不去,只在家里由老婆备办具有地方特色的“家常便饭”。这也是林辉同志本人的意思。他说这样子才亲切。每次坐下来,喝盖碗茶的时候,老林总要当着众人的面提起当年在这里睡热炕、吃羊肉臊子面的情景。深情地感谢黄永吉夫妇对他的照顾。经理夫人虽然文化程度不高,但是很会说话:

“看常委说的,要不是逃难,书记能认识我们家寒窑的门朝哪开?”

“哈哈,批评得太深刻了!”

现在的黄永吉家,已是旧貌换新颜,在镇子的东头,堂而皇之地立起了一座别墅式的小洋楼。别的不说,仅仅一个客厅的面积就比县委常委的小会议室大出六个平方米。室内的摆设更是富丽堂皇,华贵无比。林辉每次来,坐在纯牛皮的沙发上,当着他的随行人员和黄永吉开玩笑:

“你们看看,他有多阔气!我这个厅级干部也比不上他!城市里住老黄这样一套房子,可不容易!”

“看书记说的!”经理的妻子不好意思地说。

“怎么,我说得不对?当年你们圈我的那个黑房子——土箍窑洞,是啥个样子?”

“那房子我们可是当纪念馆保存着。老先人留下的其他房子都推倒了,只有那个窑洞舍不得动——我们想留着做纪念,教育后人……”

“有这个必要吗?”

“太重要了!”

喝过茶,农民企业家领着林辉参观他后院的花房,随行人员簇拥着,笑声阵阵。

黄永吉的小洋楼的前院是个纵横二十米的大院子，林辉的汽车可以直接开进去。林辉批评他浪费土地。没想到他的后院比前院大出好几倍，有果树有菜地有花房，中间坐落着那个土里土气的小窑洞。黄经理推开门，把老领导让进去。虽然没有人住，但打扫得干干净净，一尘不染。屋内靠窗户盘着小土炕，上面铺了半新不旧的毛毡，毛毡上是一条灰色的线毯子。大花布面的被子整整齐齐地叠放在墙根。炕中间放着一个小炕桌，桌子上放着一个用墨水瓶做的小煤油灯，还有一本红塑料皮的《毛主席语录》袖珍本，这东西现在已不多见，听说在西方发达国家的收藏家以几百美元的高价购买收藏，林辉好奇地拿起翻了翻，扉页上居然是他自己的笔迹写下的“林辉”两个字，他实在想不起来，在那动荡的岁月里，自己是否真的带着这本红宝书。黄永吉坚持说，这的确是书记当年用过的东西，林辉笑了笑，也不去追究。但却严肃地提出批评，并要求老黄尽快拆掉小土窑，或者改作其他的用场，不能搞什么纪念室。

“这是严肃的政治问题，不能随便开玩笑！”

“书记放心好了，我会妥善处理的！”

为了表示亲切，黄永吉两口子始终坚持当初对林辉的称呼。老林见他保证了，也就不再过问。现在这个“纪念室”是否拆除或改作他用，不得而知。因为企业家的后院一般不对外开放。林常委也忙于考虑他分工职权范围内的大事，早把它忘得一干二净。

但是农民企业家和林辉的友谊始终保持着，经常互相访问，关系密切。当然，他们之间的来往，纯属私人友情，民间往来。林辉到常乐镇直奔黄家洋楼；黄永吉去省城到林常委家也是直出直进。不但他本人去，夫人也专程访问过两次，他那在艺校上学的二女儿也经常到林伯伯家玩，星期天去帮着干家务，顺便改善改善生活。至于黄公司的发家，完全是自己奋斗出来的，从来没有仗着曾经保护过林辉找他批条子办事。倒是林常委经常敲打他的老朋友，温言逊词地教导，提醒他注意政策，不要得意忘形。

黄永吉有的是办法，用不着走什么上层路线。这几年，常乐镇所有国家花钱的新建筑都是他一手承建的。不仅如此，他的业务还扩展到县城、省城。县委、县政府和县人大的办公大楼都是他的公司建的。去年又承包旅游点的“水晶宫”饭店。交工没多久，旅游局副局长因受贿被革职查办，行贿人就是黄永吉。常乐镇人，尤其是业余新闻协会的那一帮会员，以为“黑包工头”这一次做了歹事，人赃并获，无路可逃了。但黄永吉自己方寸不乱，镇静得出奇。官方派出的调查组折腾了半年多，最后得出的结论是“毫无关系”。黄永吉自己也对人说，钱是局长派人主动要去的，我不能不送。当时就打入成本开支了。至于钱的用途，我也没想到他会自己装腰包！

这么表白以后，如云开见日，遇难成祥，企业家的脸上又露出了曙光，甚至显出了更为坚强的意志。败军之将成了战斗英雄。他仍然当他的优秀企业家，照样坐着桑塔纳去省城“钓鱼”、看望老友，照样参加各种代表会，照样在自己的小洋楼的大客厅里会见记者、作家和各方面的来访者，包括林辉这样的老朋友。现在官办的《支部生活》和省报上都发表了宣传他的文章，一时名声大，黄永吉成了常乐镇坚不可破的英雄人物。

八、马公司加大改革步伐

农工商总经理马进贵去南方考察了二十多天，当他大开眼界、大受教育回到常乐镇的时候，不但“遥远”本人已经回省城，他所写的文章引起的轰动也大大降温，不再成为人们的议论中心，但是经过严格训练的工作人员，仍然郑重其事地把那张报纸送给总经理过目，并且汇报了接待作家，李书记希望公司帮忙，而总经理不在无人做主的事。马进贵听了居然发怒拍桌子：

“你们都是盛饭的桶！且不说人家在文章中写了我们，即使一字不提，咱们也应该有所表示。难道你们不晓得宣传舆论的重要性？往后公司发展，用着这些人的地方多着呢！”

几个副手挨了训，大气不敢出一声，却在心里嘀咕，这老头怎么回事？以前惜金如命，公司招待外面的关系户，从来不去“常乐楼”大吃大喝，只在公司自己办的小饭馆意思意思，他也从来不陪吃。镇公所的摊派，也常常被他硬顶回去，怎么到南方跑了一趟就如此开通了？

属下的疑惑是有道理的。这位村支书兼任经理的农工商总公司是靠国家的扶贫贷款，在原有的农具厂、饲养场的基础上发展起来的。现在虽说有了大小二十多个厂矿企业，拥有百万资金，但是当了几十年村干部的马进贵，始终忘不了以前经历的艰苦日子，尽管是冯立新、冉大成这些人承认的社会主义的大经理，但支配资金仍然是小家子气，守成度日，不敢大手大脚。这次去南方考察，要不是老上级老朋友刘湛点名，他绝不会花这个钱，在这以前，他的工作也还是沿用多年以前当大队支书的老作风。一年四季，无论什么天气，都是天不亮起床，又从来不吃早饭，嘴上叼一根烟，就到他想去的任何一个下属企业去检查工作，高兴了和工人一块干干活，拉拉家常。每当有上级来检查工作，总要派人满镇子寻找。只有一样新派，那就是总经理的权力高度集中，他一个人说了算。他走的时候并没有权力下放，今天却骂别人是饭桶，何其不讲道理！不过从他的言谈举止中看出，这次出去的“学费”确实没有白花。先不说他正在出台的重大改革措施，满嘴的“信息”“效率”“速度”，真有点超英赶美的味道。动不动就“炒鱿鱼”。第一个被炒的是他的好朋友，忠实的拥护者——冯立新的小儿子冯健。

这小子碰到枪口上也是活该！他不过是在初中混了半年的文化，只因总经理看着他老爹的面子，把他安排在公司的硅铁厂，送出去培训当了电工。业务倒还过得去，受过几次小表扬。谁知他近一段时间迷上了麻将。赌钱事小，夜里方城之战疲累，白天当班补睡觉，电线短路造成冶炼炉结底，损失上千元。马进贵听了汇报，大骂“二流子”，立即下令：

“炒鱿鱼——开除他！”

虽然这名词是新学来的，但老支书的脾气是一贯的，常乐镇无人不晓。

这件事一度成为业余新闻协会会员在中心广场议论的中心话题。开头有人担心冯立新闹，等着看“戏”，没想到老冯不但不管，反而举双手赞成，拥护经理的英明决定，会员们感到奇怪，问老冯：

“你怎么胳膊肘向外拐？”

冯立新十分看不起地瞪了那人一眼，说出的话更为惊人：“你老哥是标准的农民意识！光知道老子护儿子，不考虑革命工作、改革开放的大事情。要是领导人都偏亲向友，干事情没有砝码，‘四化’咋搞得上去？”

“哗哗哗”，业余会友们拍起了巴掌，连列席的瓜摊老板王保生也竖起了大拇指，从而刷新了业余新闻协会讨论问题有水平的最高纪录。

事后据消息灵通的会友透露，冯立新的惊人之举原非他的觉悟水平，而是省乡镇企业局刘湛局长耳提面命的结果。

与黄永吉有惊人的相似之处，马进贵也有一个在“文化大革命”中的患难朋友，就是这次带他去南方考察的刘湛局长。而在他们两人成为好朋友的过程中，冯立新曾经起过不能低估的作用。

“文化大革命”中冯立新没有参加造反组织。不是他不想参加，而是马进贵那“狗东西”不让他参加。因为有意见，他的确在山上放羊的时候偷偷骂过马支书。他是那种精神上老是反对，事实上永远服从的人物。现在年过半百，依然如此。

因为马支书不让他“造反”，他就老老实实给队上放羊，又气又羡慕地看着黄永吉挎着盒子枪快活。有一天他正在山上唱“乱弹”，盼着太阳下山的时候，看到马进贵陪着刘湛，慌慌张张往边墙那边走。看到他也不打招呼，有意绕到一个山包后边去了。冯立新见过这位农工部长，上一年他来队上蹲点，搞“包产到户”的办法，还给他头上戴了个紧箍咒，叫什么“三包一奖”，规定了母羊的怀胎、产羔、成活率，完不成要扣工分，厉害得很。他和支书到边墙那边干什么？晚上羊进圈以后，他找支书试探，马进贵便瞪起眼骂他：

“乖乖放你的羊，要是胡说，看我揭你的皮！”

冯立新没有胡说。但是到了秋天，刮风降霜，冯立新因为衣衫单薄，常常在背风的阳洼旮旯里打战战。正在其时，听说上头放下一笔救济款，他第一个找支书申请救济。

“去年不是救济过你一套黄军装吗？”

“书记的记性真好。不过开春的时候，没有单衣，老婆把棉花扒了，你看看，这裤子不是？”

“不成器的东西！”

“你总不能看着我冻死吧？”

“我真没办法……”

“真的？”

…………

“支书实在为难，我就找刘部长去要……”

“你敢！”

“人急了啥活也干得出来……”

马进贵只好一个人做主给冯立新弄了一套两面新的棉衣，亲自送到家里。冯立新感激

得几乎要下跪。支书点着他的眼窝子骂:

“记住,你这个无赖!穿了救济衣服就把你的尻子夹紧!要是你对别人乱说,我揭了你的皮!”

“支书放心,冯立新明白倒顺!”

后来马进贵在刘湛面前提起这件事,仍然愤愤难平,刘湛却说:“不管咋说,冯立新保守秘密,这也体现了党和人民群众的鱼水之情嘛!”

刘湛的话是有道理的。冯立新在救济棉衣的问题上虽然有敲诈之嫌,其实是开玩笑罢了。再说,那时候已是深秋,冯立新确实没有棉衣穿。穿着单衫子上山放羊,在凄风冷雨中坚持十多个小时,即使冯立新自己不提出来,作为大队支书,一贯关心群众疾苦的带头人,他也会主动把棉衣送了去。当了乡镇企业局局长的刘湛把问题提高到“党和人民群众的鱼水之情”,马进贵只好认同,也暗暗佩服老领导的宽阔襟怀。每次刘湛来镇上视察,马进贵在家招待老朋友,也常常请冯立新来陪酒,增添气氛,不像“黑包工头”那样,把家宴严格限制在少数嫡系之内,徒增外人猜疑。刘局长率考察团从南方参观学习回来,在省上布置完工作,又到常乐镇来了一趟,目的是督促马进贵快点行动,加快改革步伐。吃饭的时候他听说了冯健被“炒鱿鱼”的事,就给冯立新做思想工作,鼓励他支持马经理。这才有冯立新在中心广场的那一番宏论。不仅如此,他还到处宣传:马支书领导的农工商总公司,才是真正的具有中国特色的社会主义!

冯立新不但在儿子的问题上通情达理,在其他方面也有很大的进步,包括他的生活。尽管他有过贫穷的过去,经历过“等靠要”的救济日子,甚至用那样的办法从支书手里要棉衣穿,但在春风吹拂古镇的时候,冯立新也毫无例外地得到了新生活。“遥远”把他作为“脱贫”的典型,并非捕风捉影,而是千真万确的事实。这当然和马进贵、刘湛两位朋友的教育帮助分不开,更重要的是他与生俱来的聪明才智和长时间牧羊的丰富实践经验,有一阵子他成了常乐镇皮毛生意的“坐地虎”。在全中国出现“羊毛大战”的那几年,他的生意曾经做到千万元,地跨西北五省直通上海。眼看他的买卖要超过“黑包工头”,祸从天降,羊毛羊绒一夜之间价格下跌,大批掺了沙子的羊绒无法出手,两个合伙人又因诈骗银行巨款而入狱。冯立新本人也受到公安派出所的传讯审查。后来弄明白,他只是从中牵线介绍,真正的大生意是别人做,他自己并不违法,在某种意义上讲他还是受害者,也就以批评教育开释。但经济账不能含糊。买方卖方都来清算,逼得他几乎跳河上吊。算他幸运,两清之后只赔了三百多元。又是马进贵伸出了友谊之手,结结实实地把他骂了一顿,并且警告:“再胡日鬼就揭你的皮!”得到保证之后,给了他三百五十元的无息贷款,解决了他的危难。为此他请街上的算命先生算过一次,说他既不能大贵,也无大难。是个鸡命,“老老实实地刨着吃去吧!”他一想也对,便下定决心立足于本镇市场。

常乐镇农贸市场的南端有一块有争议长期打官司的空地。转过身去可以“方便”,转过身来可以谈生意。这里经常有旧自行车和淘汰的马牛驴骡上市,谁也没有委派,冯立新自己冒出来成了经纪人。在双方买卖未成交前从不开口说话,只在袖筒里捏指头,“这个,这个”。待到有了八九成，他便以经纪人的身份，这边劝两句，那边骂几声，于是一笔买卖便成交了。双方都有酬谢。

没有牲畜上市的时候他就倒腾自行车、眼镜。他那些“石头镜”究竟从何处来，讳莫如深。但是源源不断，他手里始终保持十几副。乡下一些上了年纪有闲工夫的老人，或者年纪不大但闲工夫很多，如业余新闻协会会员的那些朋友，总喜欢试着戴他的石头眼镜。基层干部也喜欢这个。马经理的那四个色的镜子就是冯立新“原价”卖给他的。至于万成所长，对不起，虽然你管市场，也必须公事公办。同样是“四个色”，价钱要高出三分之一。有的人旧车子不想要了，就推到这里来，买卖双方自行交易也行，老冯并不干涉。但多数情况下都是出于双方都怕吃亏的思想，讨价还价很久终难成交。这时候冯立新过来，他以行家的口气出个价，卖方就乖乖地卖给他。推回家他擦洗一番，打扮打扮，第二天推到市上出手，就能赚出二三十元。人们眼睁睁地看他赚钱，十分羡慕，却没有他的本事。万所长也不能收他的税，反而表扬他，说他在流通领域起了积极的推动作用。现在冯立新虽不是万元户，但也是“油泼辣子水”，生活比老镇长还舒坦。

九、南风北渐

因为有了马进贵和黄永吉，因为有了这两大明星创立的两大公司的模范带头作用，常乐镇差不多以“一天等于二十年”的高速度，日新月异，向商业化的城镇迈进。这是在“遥远”的文章发表之前早已存在的千真万确的事实，不容置疑。但是要完成这个伟大的进程，仅依靠本镇人的努力是远远不够的。正如中国要加快改革步伐，提高经济发展速度，必须争取外资，欢迎海外侨胞回国建厂办公司，外国资本家来投资搞“三资”企业那样，常乐镇也少不了这个路子。可惜本镇居民中没有在外国或港台发了迹的亲属。不仅没有父母兄弟叔舅姑表姨和表兄表妹之类，甚至连舅母娘家外甥的干爹那样的关系也找不出一个。李森指示民政专干和公安派出所配合各村村长深入细致地调查摸底，甚至聘请了两位已经退休有经验的老同志当顾问，遍查全体公民的祖宗三代。历时七七四十九天，只找到两个令人懊恼的线索。一个是镇子西头的马姓里，早年在国民党部队当兵，1949 年确实随军队去了台湾，后来杳无音信。传说和他一块的老兵在台湾退役做买卖发了财回来探亲，火速派人去联络打问，回答令人失望。说那人根本未到台湾，半路上跳海逃跑淹死了。细算起来，他还是马进贵的本家叔叔。幸好是这个结局，否则马进贵也不会一直这么红，稳稳坐在共产党支部书记的位子上几十年，如今又成了农工商公司总经理。另一个是上桥村赵彦荣的叔叔，当志愿军抗美援朝到朝鲜，曾一度是人民英雄。但他命运不济，在仁川登陆一战中被美军俘虏，遣返战俘未找到他的名字。传说他被送到台湾去了，有的说在南朝鲜。这两个地方是世界公认的“亚洲四小龙”成员。在调查这个人的过程中冯立新显得格外积极起劲。因为赵彦荣是他家大儿媳妇的姑妈外甥，要能找到挂上钩，也算个光荣的海外关系，大小沾个光。但他的直系亲属肯定这个人已经不在人世，否则不会四十多年毫无信息。冯立新在刚刚找到线索的时候就在中心广场上对会友们广播了这个新闻，后来线索否定，他白白地被会友们取笑了一顿。

正在官方和民间苦愁，不知道用什么办法争取“外资”的时候，突然之间出现了令人鼓舞的大好形势。一夜之间，镇上拥来了一大批陌生的外乡人，好像雨天树根底下冒出的狗牙苦蘑菇一样，黑压压的一片。他们用当地人听不懂的外乡话叽里呱啦地大声交谈，莫名其妙地怪笑。男女混杂地挤进农工商总公司开的车马大店，合租价格最便宜的房子住了下来。这些人的言谈举止都让当地居民疑虑重重，很不放心。只有马立新思想开通。经过他的考察了解，不但掌握了他们来自浙江温州、江苏无锡、上海郊区和河南、四川，而且快速交上了两个朋友，将自己家里一间不用的土坯房，面积至多有“黑包工头”后院那个“纪念室”那么大，以每月六十元的租金租给他们，既是住房，也是作坊。别人向他打问，这些外乡人跑来干什么，他用外交辞令说：

“对外搞活呀！”

“咋样搞活？”

“你长着眼睛出气呀！不会用心去看？三教九流，七十二行，样样都有……”

冯立新的观察是不错的。外乡人带来的职业的确是五花八门，无奇不有。钉鞋的、理发的、木工、裁缝、爆米花、做豆腐、杀猪卖肉之类比较普遍。稀奇古怪的也很不少，什么拔牙镶牙的，做双眼皮的，修脚割鸡眼的，消除青春美丽痘的，“预知吉凶，洞察生死”看相算命的。脖子上缠着一条吐信子的大花蛇兜售跌打丸的，还有把手写或石印的广告贴在厕所或电线杆上，用“祖传秘方”专治久婚不育、阳痿早泄和其他疑难杂症的江湖医生……竞相在常乐镇出现，八仙过海，各显神通。除了治阳痿病的“医生”怕阳光，不到街上摆摊，花钱租了偏离街道的小房子，关了门给病人诊脉动手术外，其余差不多都是早出晚归，在街道两旁设摊摆点，公开赚当地人的钱。钉鞋、卖衣服、割双眼皮等买卖，主要对象是“处处要求完美”的年轻人，不用吆喝就有人找上门。没想到光顾算命先生的也以青年男女为主。他们将手伸给看相的“先生”，认真地听取在“财路”“官运”“爱情”等前程上指点迷津，胡说八道。上了年纪的人可没有这么盲目。他们既无看相的要求，又舍不得花钱。而且看到摆摊算命的“先生”竟是些西装革履、油头粉面的小伙子，便大大地产生了怀疑，认定他们是糊弄人的骗子。王疯子甚至借着疯劲，拾起他的木棍追赶过一次。但是江湖术士并不害怕。惊慌过后，照样将写了“请君留步看前程”的红纸片铺在地上做他的生意，瞄准青年男女的心理，在光天化日之下干着骗人的勾当。特别是那些在农村待得厌烦了，想出去换换环境，找个城市小伙为对象的姑娘，羞羞答答地把手伸给算命先生，心甘情愿地让人家抓在手里摩挲老大半天，直到讲出“爱情线”的来龙去脉，才心满意足地抽回来，再大大方方地丢下五元或十元的大票子高兴而去。

如果说看相算命的把戏尚需一些“学问”，那么墙上挂了气球打靶，在布口袋里摸玻璃球碰运气之类纯粹是骗人钱财的歪门邪道了。但他们却能在常乐镇的街道上堂而皇之地存在，大把大把地收钱，你说怪也不怪？

当然，摆卦摊骗钱的毕竟是少数的。外乡人到常乐镇来，主要目的还是搞“实业”，发展经济。比如浙江木工加工的沙发、组合家具,很快以它的式样新颖别致而取得了本镇年轻人的喜欢,以做传统箱柜,标榜结实耐用的本地木工只好另谋出路。还有那些做衣服的裁缝,在他们租用的小土坯房子外面挂个“浙江裁缝”或“上海西服店”的小木牌,就把镇上那些爱打扮喜欢穿戴的青年男女全吸引过去了。不但买了高档衣料去那里排队做衣服,而且新衣上身,必然到街上招摇一番,甚至到县城拍卖,给人家做义务宣传员。因为有了众多的成衣店,农村姑娘也居然城市化起来,不再学习针线,过起了衣来伸手的小姐生活。这无形中是以实际行动支持外地人发财。

开头,保守的常乐镇人还杞人忧天,替外乡人发愁,一根扁担挑两个包,甚至是两个肩膀抬一张嘴,在这里能混多久?很快从镇邮电所传出消息,外乡人成百上千地往回汇款。他们每半个月或二十天往老家寄一次钱,哪次也少不了五百一千,营业员还得在汇票上加盖“高额汇款”的戳子。邮电所原来只有两间门面三个工作人员,经常光顾那里的不过是水文站、地质队和附近炮兵营等外来常驻机构的工作人员和解放军战士。现在却完全为外地来的买卖人服务了。这些家伙寄钱,好像是事先开会商量过一样,到那几天,齐刷刷地挤进来,排起了长龙大队。又没有几个人会写字,填写汇款单极其费事,不断地问工作人员,不断地填错,互相商量的声音又很热烈,整个邮电所如同蜂窝一般。营业人员一天工作下来,头昏脑涨,大呼受不了。开头老所长还给大家做思想工作,要求他的属员发挥一不怕苦二不怕死的革命精神,为“四化”多做贡献。慢慢地,他自己也感到力不从心,难以应付。便急电县邮局,请求增加人员,扩充门面,以适应新形势的需要。县邮电局一位副局长亲率工作组来常乐镇考察了三天,老所长请视察大员在“常乐楼”便饭两次,又让他们实地考察了紧张的工作场面。副局长得到的印象是:报告属实。回去以后很快批下文件,增加编制六人,连同原有九大员,另外再给一个临时工,负责烧水看门搞卫生。两个月后,又会同计委下达了邮电所大楼的基建计划任务书,七间门面的四层大楼就在中心广场西侧打柱画线,承担建筑任务的是黄永吉的新兴建筑公司。因为家门口的活,他亲自督工,干得又快又漂亮,设计也独具一格。现在到常乐镇来观光的人摄影留念,差不多都是以邮电所大楼为依托背景。外地的买卖人不但定期出入大楼,往家里寄高额汇款,同时也站在大楼前照一张相寄给老家的亲人,向他们炫耀,游子在外,是在一个相当不错的城镇里发财。

十、王疯子的胜利

外来的生意人虽然买卖红火,但自身的生活却十分节俭,不肯多花一分钱。一开始,他们合伙在车马店里租大通铺过夜。日子长了,和本地人渐渐熟悉,便陆陆续续搬出来,租住当地农民家里的闲房,靠近街面的,像冯立新出租的那种房子比较贵,离街远的,就便宜多了,如果几个人合住,一天不过几毛钱。陈再铃的“春天旅馆”他们从不问津。后来出租房子的人联合起来提高租金,也抵不过南方人的精明鬼道,善于砍价。争来争去,每间房子不过三十元,一天一块钱,比住旅社合算得多。而且江南水乡来的买卖人发现,常乐镇出产的大米,比他们老家的大米不知要好吃多少倍,一顿一斤也不够。他们从房东那里买了米,早上出门做生意的时候量好米放到锅里，请女房东在他们的炉子上焖一焖，中午回去饭就现成，一点也不耽误时间。常乐镇民风淳厚，心肠慈善，看到这些外乡人辛辛苦苦做生意，吃得这样没盐没味，很是过意不去，就把自家腌制的咸菜酸菜捞出来，切碎拌上葱花油送给他们佐餐，得到一声“谢谢”也就眉开眼笑了。

外乡人生活俭朴，但野心很大，也可以说他们是不断进取。开头他们多是男人只身出来打天下，女的也是单身。待到挣了钱，在本地立稳脚跟，便把老婆老公和孩子接了来，在常乐镇过“侨居”生活，不用履行任何手续。这时候多人合伙租房的少了，转而成为一家一户的“独联体”。夫妻双双做买卖，晚上热热火火地在一块睡觉。不到几个月时间，那些年轻妇女一个个腆出大肚子，接着就有孩子出生。几年过去，大一点的已经会跑会闹，自个儿上街混在本地人的娃娃群里玩耍。有的不是生一个，而且接二连三地往下生。这一现象使常乐镇的居民又羡慕又嫉妒。

“这些狗东西！不但赚我们的钱。还利用我们的地盘养娃——一帮贼精溜子！”

最先发现这个问题的是王疯子。他气愤得跑到中心广场大骂。

常乐镇是全县的计划生育先进。早些年，王疯子当代表的时候也对计划生育有过贡献，做过牺牲。如今镇上为了巩固先进，李森与县委签合同下了保证，对本镇的育龄妇女采取一刀切的办法，凡生过一胎的，不论男女，一律到卫生所结扎。有的为了躲避，以至于两年不敢回家，门也封了，地也荒了，生活十分恓惶。哪像这些外乡人，明目张胆地在这里当“超生游击队”！

一向重视集体荣誉，以维护常乐镇名声为己任的“老代表”王疯子，当然不能不正视这个问题。他实在想不明白镇上的党政领导为什么对这样明显的问题不闻不问？气恨之余，进镇公所闹了一次革命。他家老大媳妇因为他的缘故，已经是那样，无法可想，老四媳妇生了个女儿，面临再要一个儿子的问题，马进贵也口头答应“考虑照顾”，却又指使卫生所的人到处撵着“结扎”。一样政策两样对待，“老代表”能不生气么？老天帮忙，他去的时候冉大成上街采买不在门卫的岗上，王疯子便畅通无阻地进了镇公所大院。李森不在，他就找他的侄儿镇长。王兴业见疯叔叔来，知道没有好事，忙起身笑脸相迎，让茶递烟。王疯子正眼不看，问：“外乡人跑到常乐镇搞超生游击队，你们知道不知道？”

王镇长赶忙给他解释：“好叔叔呢，你不在家享你的清福，操这份闲心干啥！你光知道咱们常乐镇有超生游击队？上海北京、咱们的省城里，超生游击队都成兵团野战军啦！有谁管他们？还不是电视小品上笑闹一阵，报纸上写文章评论一下，顶什么用？人家照样打游击，天南海北到处生。你侄儿不过是个小小的科级干部，管住常乐镇的人就不错了，哪有能力管流动人口？再说，他们来咱们这里做买卖，又不占咱们的土地。他们挣钱，也增加地方税收，促进咱们的经济发展，有啥不好？快算了吧，用不着为这种事生气……”

镇长说不生气，王疯子就气得更凶，疯病立马发作。不但扔掉了镇长递给他的纸烟，还摔破了一只茶杯，只差棍子敲到侄儿头上。

“原来你们是吃干饭的！胳膊肘往外拐，好，好，好……”

气狠狠地一路骂了出去。

镇长怕他在大街上发疯撒泼,急忙派了民政干事和冉大成跟上,连劝带拉,把“老代表”送回家了事。

王疯子可不是好对付的。当县上派出的计划生育工作队再次出现在常乐镇,对生第二胎的育龄妇女做绝育手术时,他家老四媳妇连夜逃跑,追到娘家也无踪影。马进贵气得没法,派人封了老四的门。可是贴封条的人前脚走他后脚跟过去撕封条,还把撕下的纸塞进炕洞点火。别的老头老奶奶见了直摇头,都说王疯子这回真的疯了!

这种舆论对王疯子极为有利。他正好借风扬场,大发疯劲,到处骂领导,重点是他们执行的“狗屁政策”,又揭露又批判。有精神的时候加入业余新闻协会的讨论会,同时眼睛盯着黄家洋楼和马家大院,只要发现他们谁家里进去吃公家饭的工作人员,林常委、李局长那样的大官更好,一般干部和作家记者也不放过,他就跑去告状,没有人敢拦挡他。当然他的状告得没有道理,不过是说说、听听而已。他自己似乎也心里明白,并不指望那些人给他解决什么实际问题,只觉得不这么纠缠就不足以发泄内心的情绪。当他告状告到十个月的时候,有人向马支书报告,王疯子家老四的房子里传出了婴儿的啼哭声。

支书问是不是听清楚了,别是谎报军情,让他白挨老疯子的骂。报告的人说,骗你是四个蹄子!不但有月娃娃的哭声,门上还挂了红布条子,你想进去查看也没法子。

马进贵怎么会没有法子?他请自己的老母亲去侦察虚实。农村里老太太串门是正常的友好往来活动,何况还是总经理家的老太太,哪里不能去?她去不但听到了月娃娃的哭声,而且以曾祖母的身份被请到挂了红布条的月婆子的房子里抱着婴儿亲了脸蛋,并且验明正身,那是一个带把的小家伙。曾祖母不能白当,老太太从身上掏出了五块钱塞进月娃娃的襁褓里。出来又被王疯子老伴请到炕上喝了一碗糖茶。

常乐镇又超生了一个计划外的孩子,中华人民共和国又增加了一个男性公民,这是确切无疑了。只是人们百思不得其解,这老疯子把儿媳妇藏在什么地方?不但躲过手术队的眼睛,还蒙混庄子上的众人,居然“日鬼”出一个娃子!

王疯子抱上了孙子,得意忘形,跑到中心广场晒太阳的地方给老伙计们散烟散糖,以示庆贺的同时,悄悄地透露秘密:“我家老四媳妇根本没有离开我家院子!”

“你家有地洞?”

“哪里!我家原来那两间旧房子不是租给浙江人住吗?我来个调包计,让老四两口子住那两间,请浙江人住我们的新房子,他们高兴得很。白天浙江人上街做买卖,就在那个房子上加锁,谁也进不去,谁也不怀疑——镇长亲口对我说不管那些地方,当然也就保险了……”

听的人就骂他装疯卖傻。王疯子也不回辩,只是笑。

镇上一些有文化的青年人便把外地人租住的房子称为“租界”。他们并不希求到“租界”里超生孩子,但是到哪里“摸花花”“摇单双”,多数情况下也平安无事。

这件事情的结果是,王疯子的老四受罚一千块,农工商总经理自罚五百,而且一次付清,又向镇党委交了失职检讨。只有王疯子一人快活。至于他家受罚的一千元,只是一张借条,哪年有能力哪年交,反正共产党不会饿死人!生产队长也挨了批评罚了五十块钱,实在气不过,带了两个民兵到王疯子家收罚款,不交就封门,再要赖就拆房子!王疯子做好了迎战准备,早早把半截牛缰绳悬在堂屋的大梁上,对收款的小队长以牙还牙:

“你小狗日的敢做这种伤天害理的事,我就给你‘挂帘子’!”

最后还是王疯子胜利了!

十一、常乐镇的又一奇闻

这半年多来,常乐镇好事接二连三,怪事也层出不穷。先是王疯子的儿媳妇在“租界”里生儿子,紧接着周九大在地区农民报上写消息报道,宣布瓜王“中外合资”的西瓜最大的一个长了九十八斤,创下了世界历史纪录。最使业余新闻协会会员感兴趣的是工商所万所长在家里请客,打开的茅台酒倒出来的是马尿。这条从小道传出的马路消息,不但业余新闻协会大受刺激,长时间地讨论分析,农贸市场所有的小商贩,外乡来的买卖人,全都很兴奋,交头接耳,街谈巷议了好长时间。一个星期前,“卖粮大户”马铁元又爆冷门,创造出新闻,被人告到镇公所,又被披露到官方的报纸上。

那是“头伏”的第二天,太阳火红,没有云彩,也没有风,热得狗吐舌头,趴在墙根的荫凉里不挪窝。外面的人想往屋子里躲,屋子里的人又想往外跑……冉大成因为要坚守岗位,哪里也不去,就在门洞底下的太师椅上端然正坐,睁着一只眼睛打瞌睡,正在做一个甜甜的美梦,却被一个南方口音的上访者打扰醒了。

“冉师傅,阿拉要见镇长……”

冉大成睁开眼一看,是租了冯立新家房子开服装加工铺的郑阿才。这是个干干巴巴、长相难看,却又精明干练的温州佬。三年前他单枪匹马来到常乐镇,靠做裁缝,教人剪裁衣服发了财。劳作之余总是乐呵呵的,喜欢用他的浙江话与本地人谝闲传,评论时事,冯立新打算把他介绍到业余新闻协会里去,他今天却满脸忧愁,一副小学生受了欺侮的可怜相。他先给冉师递了一支被汗手捏湿的“苗家”。冉公务员看也不看,推了回去,生硬地问:

“你找镇长干什么,大热的天!”

“出大事啦!我要我的儿子——我的儿子给人骗走了……”

“你儿子多大啦?给人骗走是怪你自己操心不到……”

“不是的啦……”

“到底咋回事?”

“我儿子从老家来帮我做生意,没想到给你们的马铁元花言巧语引诱,弄去给他家当长工……”

“这事倒新鲜!”

冉大成咕噜一句,坐直了身子,瞌睡全没有了。他重新点着“黑棒子”,摆出大人物的派头,让郑阿才坐在旁边的条凳上,从头至尾再说一遍。似乎他就是郑阿才要见的镇长。

郑阿才和所有上访告状的人一样，到了官府门口，不管是什么人，只要想听他的话，他就给你诉说。而且尽可能地详尽，不落细节。

原来郑阿才在常乐镇立稳脚跟之后又产生了新的野心，想扩大生意，搞私人加工厂，写信把老家刚从农业技工学校毕业的儿子召唤过来当帮手。儿子虽然不愿意接班当裁缝，苦于没有更理想的职业，只好勉为其难，答应帮老爹搞外勤。小伙子倒也机灵，三言两语就和“卖粮大户”马铁元成了忘年交，每次买回来的大米都是上等货，其中有专供镇领导吃的“白皮稻”。谁知马铁元放长线钓大鱼，优惠大米是抛出来的诱饵。最近一次去买米，在马铁元那里待了一整天，回来就宣布他的“跳槽”决定：

“缝纫工作不适合我，我要干我的专业，到马铁元那里学农业科学，培育水稻……”

“你疯了？”

“求求你啦，好爸爸！我经过认真考虑才选择的这条路，那里有好多专家教授，我可以学到许多知识……”

这话是不错的。种粮专业户的家里，每年的春夏秋三季，总有许多农业专家教授，带着他们的学生来搞科学实验。这对他是多大的支持！马铁元何其聪明！他在自家的房后选了一块地，找马进贵走后门办了合法手续，请农工商公司的建筑队盖起了一院子“专家招待所”，里面有住房有食堂有专门的服务人员，凡来这里搞科研的技术人员，他基本上免费招待，住房每天只收一元钱的被褥折旧费，反过来再加进伙食。这样一来，他不仅有广阔的实验基地，而且有良好的生活条件，农科院的专家争着到他这里搞课题，难怪他年年丰收，成了“卖粮大户”！

郑阿才的儿子郑志华就看上了这个工作和学习环境，何况马铁元还许下二百元的月薪！

冉大成锻炼多年，很有接待经验。他耐着性子听完了郑裁缝的诉说，不但不同情，反而哈哈大笑：

“这个事情找镇长没有用，和马铁元也没关系，是你儿子自愿的。周瑜打黄盖，一家愿打一家愿挨。再说，农业是根本，你儿子做得对。难道你不想让你的儿子出息成个专家么？”

“想是想，阿拉生意没人管……”

“只要你肯出钱，还愁雇不到人？叫我说，你还是不开放！”

…………

郑裁缝告状不响，只好回家把儿子再训斥一顿。儿子已经铁了心，无可挽回。他只能唉声叹气，让“狗东西”自讨苦吃，用泥腿子走农业专家的道路去。

郑志华并不以为苦，高高兴兴地把铺盖卷搬到马铁元那里，在“专家招待所”的房里找了个铺位。白天在地里忙活，早晚帮着服务员给专家们端茶送水，很快得到了农业专家们的赏识，破例地让他参与课题的某些工作。他也专心一意，干得认真，十天半月难得回镇上看看他老爹。

常乐镇的人得着这个情况，多少有些幸灾乐祸，说长道短。

"狗日的温州客！光想着占我们的便宜，没想到也有失算的时候，把念了中专的儿子送给种粮专业户当农工？"

这当然是王疯子、冯立新等人的一般见识。掌握大政方针的李森可不这么看。他不但在本镇的各种会议上旗帜鲜明地肯定这个新事物，大加表扬鼓励，而且作为改革开放的典型拿到县上去吹。说常乐镇不仅放开手脚大胆吸引"外资"，而且引进人才，高薪聘请外地科技人员，搞活本地经济。周秘书从李书记的讲话中受到启发，抓住这个新闻素材，找郑志华和马铁元采访了一回，写了一篇题为《江南水乡的知识青年扎根常乐镇》的小通讯，把郑志华决心学农，受雇于马铁元的事登到地区农民报上表扬了一通。轰动效应丝毫不亚于"遥远"的文章。吴美珍在她的喇叭里接连广播了三天，从而做到了家喻户晓，人人皆知。

十二、卖粮大户马铁元

周九大的文章从标题上看是写浙江青年来常乐镇搞农业，实际上很大篇幅写卖粮大户马铁元。而且字字有据，内容充实。相比之下，作家"遥远"的文章不过是浮光掠影，文字游戏而已。虽然他列了那么多小标题，点了二十多个人的名，也是道听途说，甚至凭想象杜撰，以偏概全的地方很不少。而最使常乐镇人不平的是他居然对这个卖粮大户不着一字！这和给"黑包工头"列专题小传相比，反差太大了！黄永吉是什么人！马铁元是省里命名的"卖粮大户"，每年向国家交售商品粮上百万斤，戴过红花，得过物质奖励。要说贡献，只能在大明星之上而绝不会在他之下。"遥远"居然目中无人，视而不见，太没道理了！镇公所的干部在议论周秘书的小通讯的时候，又一次提起了"遥远"的文章。分管农业的副镇长刘云才打抱不平：

"这个'遥远'，连无粮不稳的道理都不明白，还当的什么作家！"

"老刘的话说得不错，不过只是一个方面——本来是两句话，'无工不富'，你咋忘了？"

分管工业的副书记王良用惯常的口气和刘副镇长开了一句玩笑。

"不是两句是三句——还有无商不活呢！"

冉大成补充了一句。在这种非正式的讨论场合，冉师常常利用送开水的机会参加进来说一句半句，享受公务员的权利。他拿掉嘴上早已不冒烟的雪茄，用教训人的口气，点着指头阐述他的看法：

"不管咋说，不提人家马铁元是不公平的！别的不说，咱们灶上的大米，就是各位领导喜欢吃的白皮稻，为了保证供应，人家牺牲自己的利益，少收多少粮食？呵，全民经商，连这帮记者也给生意人迷住了眼睛！"

冉大成说得激动，蓝大褂的大襟随着他来回走动的步子，忽闪忽闪，如同苍鹰起飞时的翅膀。

年轻的秘书坐在一边，笑眯眯地洗耳恭听，没有插话。"历史的经验值得注意"，对冉师最好敬而远之。其实他心里比谁都明白。作为书记助理的大秘书，从工作需要出发，他对《改革之风吹拂古镇》研究过好多遍。虽然他对作者那种故作博学，胡拉八扯的题外议论很不满意，但对文章的本意还是领会的。刚才几位的话虽有一定的道理，但他们批评的观点却是不懂写文章的规矩的外行话。正像政治只能有一个中心，文章也只能有一个主题，一个侧面。“遥远”的文章是以商业的“窗口”看常乐镇的改革形势，着眼点在工、商二业的流通领域，哪能面面俱到，提种粮专业户的事？倒是周九大本人，早就有为马铁元写一篇报告文学的想法。只是秘书的杂事太多，始终挤不出动笔的整块时间。不过素材已经积累了不少，文章的框架也想好了，只待落到纸上。这次写郑志华扎根常乐镇的通讯员只用了其中很小一部分。

马铁元在常乐镇人的眼里被看成是一个怪人，当然也是一个很有本领的人。虽然是种粮专业户，却并不是农民出身。早年上过农业专科学校，学的是植物保护。曾在县农技推广站当过几年技术员。其间因为自己发昏，在讨论“科学种田”的时候，讲了几句与种田无关而与政治有联系的废话，正好是一个什么运动的关口，单位领导就把他拿出来顶了“任务”，一份材料报上去，一件公文批下来，让他回原籍接受劳动改造。从那个时候起，常乐镇多了一个有文化有技术的农民。他倒也乐观旷达，不愁不怨，始终保持着愉快而热情的天性，一心一意地在庄稼地里下功夫，因为当权的支部书记是他的本家叔叔，生产队长又是他的远房侄儿，倒也没有人敢难为他，反而让他当“老农”的助手，在种田打粮上发挥专长。如今他已经是五十多岁的人了，圆头圆脸，五官毫无棱角，也看不出有什么特别的聪明才智，一副忠厚老实的农民典型形象。只因他秉性乐观，心底的善良纯朴滋润着健壮的躯体，不但自己不觉老，别人也看不出他是两个孙子的爷爷。大儿子站在他的旁边，看着像兄弟俩。惹起一些人的善意玩笑。

十一届三中全会以后，党的阳光雨露洒到了马铁元身上，平了冤案，让他回原单位，他却真心实意地拒绝了。

“脱离机关这么长时间，对那种生活我已经生疏得很，倒是庄稼地恋人。我的根在这里，就别动摇了吧！”

两个儿子争着要去顶他的缺，被他拦挡住了：

“你们去干什么？混饭吗？一个人活到世界上来，要靠自己的本事！”

儿子都上过高中，之所以没有深造就业，也是受了他的牵连。现在有了这么一点好处，他又不让沾，太使孩子伤心了。一气之下，哥俩甩手不干了，把责任田留给老子，一个进了马进贵的农工商联合企业总公司当了供销员，成年累月在外跑跑颠颠；另一个投到黄永吉的门下，开始和洋灰搬砖头当小工，不到半年，被提拔成质量检验员，进入了白领阶层。

对于儿子的这种选择，马铁元倒也不怪，甚至于抱着鼓励的态度。他心甘情愿地承担了两个儿子的责任田，还不满足，又承包了另外几户不愿在土地里刨食的人的田，差不多是从前一个生产小队的土地面积。好朋友劝他也干些别的买卖，倒腾倒腾。他说，倒腾能赚钱，咱没那个本事。再说，钞票和五谷完全是两回事情……

念了一肚子书，因为他的原因，几十年来只能当个代课教员的妻子也埋怨他贪多消化不了。

马铁元却一副成竹在胸的样子。他和上桥村一个有拖拉机的人签了合同，将秋翻春种的大活包给了对方，他只负责计划管理。除草、收割请临时工帮忙。在这个农业专家的眼里，他的目的并不在生产粮食而在“工作”。他所说的工作含义，不要说两位改革明星不理解，就连非常讲求实效的刘云才副镇长也想不明白。他把百分之九十以上的土地交给他的一位远房叔叔——光棍汉马进才照看，领着临时雇来的小工耕作，他却和那些来搞课题的专家们在专门的实验田里做文章。他的田块离镇子虽然只有五六里路，但他难得去镇上一趟。只在夏秋两次交售商品粮的时候，他才带着粮食车队去粮库忙上几天，其实也是两点一线，直来直去，对镇子上新出现的商店、饭馆、“常乐楼”餐厅之类，目不斜视，从不光顾。只晓得在家里吃面条米饭。

就这样一个枯燥无味的土专家，有什么闪光的东西可以写进文章？多得很。周九大已经全部搜集到手。除了百万斤商品粮，除了和专家们搞科研培育新品种这些事实外，还有一件鲜为人知的事情——这些年来，他总结自己的实践经验，写了不少学术论文。考虑到自己的处境，发表时随意编了个笔名。有趣的是这个“笔名”和他的一个同学的名字巧合了谐音。而那位始终在科研单位的同窗反倒无只言片字问世。评职称时他想：既然你能用我的名字发表文章，我也借你一些文章用用，很顺利地评上了高级职称。同学究竟是同学，他拿到证以后还特地来当面感谢一次……可是谁也没想着给马铁元评一个什么职称。

倒是马铁元的叔叔、农工公司总经理马进贵从南方学习回来有进步，出台的改革措施中有一条重奖有贡献的科技人员。第一批考虑的名单里就有马铁元。据接近权威人士的冯立新透露：奖金不下一万，还要发一个教授级的职称证书呢。

十三、锦上添花的宣传报道

用“抛砖引玉”这个成语形容“遥远”的文章，是再恰当不过的了。《改革之风吹拂古镇》发表后，省内报刊竞相派出记者来采访，各式各样的宣传文章也就相继出现。其中以《乡镇企业报》关于王镇长的人物专访和省报记者云川写工商所所长万成的报告文学《市场官员的追求》最为轰动。秘书周九大酝酿已久，终于在农民报上发表的马铁元报告文学《土地的主人》也同引人注目。吴美珍在摘要介绍这篇文章时，声音格外的甜润响亮，说明她不但欣赏文章，也崇拜马铁元。冯立新和王疯子两位观察家，面对这么多报刊，这么多文章，一时搞不清主人公和作家的关系，同时也混淆了省报和其他刊物的名字。紧张的思考，使得他们头昏脑涨起来。但当他们冷静研究，又在中心广场业余新闻协会会员中经过长时间的广泛讨论之后，终于作出了公正的评价：记者的文章比作家的文章写得实在，“没有胡编乱吹”。究其实质，还是周九大的文章起的作用大，它不但填补了前一段关于常乐镇宣传报道中的空白，而且也平息了“遥远”文章挂一漏万引起的群众不满情绪。《常乐镇巡礼》中，上至党委书记李森、下至浙江裁缝郑阿才，点到了二十多人，偏偏没有马铁元、王兴业和万成他们，特别是镇长和所长两位官员，不可设想，常乐镇，特别是兴旺发达以后的常乐镇，缺了这两位重要人物会成什么样子！

云川以他记者的敏锐目光看到了这一点,文章也写得很有气势:

> 历史的脚步跨入了20世纪90年代!
> 商业经济的浪潮拍打着常乐古镇,集市贸易飞速发展……
> 集日里,当你漫步在喧嚣、摩肩接踵、繁华有序的市场,你不能不想到那些头戴国徽的工商管理人员,不能不想到这里的工商所所长万成……

作者用仰角拍摄的技法,一下把常乐镇名不见经传的万所长推到了为改革保驾护航的高度。

写王镇长的人物专访的那位先生不知道是什么样子。从文风上看,似乎和王兴业一样,是个稳重而扎实的人。他的文章既不像云川那样带有诗人气势,也缺少必要的现代手法,而是促膝谈心,款款道来,让人们了解到,王兴业这个第一线的农村基层领导干部,在改革开放的浪潮中思想认识提高的过程和他稳健扎实的工作作风,直道出对镇长人品的高度赞扬。

特别是他重视农业,珍惜粮食的事迹,可以说催人泪下,能与《天地人心》中的主人公张守敏相比照。

那一年老天睁眼,小麦大丰收。仅马铁元一个大户小麦就收了三十多万斤。他自己仅能"消化"五万多斤,其余都要变成商品粮交给国库。老马想搞搞声势,亮亮排场,从外村用了十多台手扶拖拉机,麦子收拾得"干饱净",浩浩荡荡开到了粮管所的大库门口。原以为他们会鸣炮欢迎,没料到热脸贴了个冷屁股,被拒之门外。老实人买了好烟去贿赂也不中用,人家说"库满",不收,马铁元一气之下找了王镇长,王兴业听了这个情况比种粮专业户还要着急,还要生气,大骂粮库主任:

"农民把粮食种出来,收拾得干干净净送上门你们不收,干啥吃的!"

"不是我们不收,实在是没地方存。再说,上头没放下款子,收了粮我们拿什么给人家兑现?"

"你倒有理由问我?应该早早地打报告向你们的主管上级去争取呀!"

"上头也没办法……"

"全都是吃干饭的!"

一面骂一面打开仓库查看,确实都装得满满的。王镇长立即回到镇公所,让冉大成通知全体干部突击打扫大礼堂,收拾好借给粮库做临时仓库,又让信用社主任调动资金,并且向有关人员下达了这样的命令:"凡是送来的粮食,只要质量符合标准,全部收购。谁要是刁难交粮农民或拒绝收粮,党纪说话!"

这个题刚刚解决,气象站又放出紧张空气:

"根据天气预报,三天后有中到大雨,希望抓紧粮食的打碾入库工作!"

"抓紧"二字说着轻松,真正干起来就不那么容易了,王镇长是公社化以后成长起来的农村干部，组织突击队，很有一些经验。那时候“三夏”都是上下动员，八方出力，极有声势。这些年土地承包到户，各自为战。要是天气好，细收细打，自然用不着当干部的操心。可现在将要碰到这种可怕的天气，不急怎么行？他甚至来不及打电话和在县上开会的书记商量，就一声令下：机关停止办公，商店关门，学校放假，男女老少齐出动，“龙口夺食”抢收庄稼。在企事业单位中响应最积极的是万成领导下的工商管理所。不但所里的工作人员倾巢而出，同时下令市场关闭两天，把各种买卖人也赶下去帮着抢收粮食。这种做法在20世纪80年代听来未免荒唐。但用“具体情况具体分析”的唯物主义观点看，又合情合理。何况常乐镇的商业个体户在万所长的直接管理之下，谁敢胡骚情？尽管心里有意见，表面上仍然拥护，参加了“三夏”突击运动。据后来县里的统计资料表明，全县二十四个乡镇，唯有常乐镇的夏收抓得紧，粮食没有受损失。谁能说这不是王镇长和万所长的功绩！

尽管业余新闻协会中的中坚分子冯立新、王疯子等人对万成有不敬之言，用“马尿装茅台酒瓶”事件攻击万所长，但多数人持不同意见。经常列席业余新闻协会讨论的瓜王王保生就当面反驳过他们“见风扬场”的谣言。他说：“真正的庄稼人和规规矩矩的买卖人是不可以胡说八道的！”

万成所长在三年前的一场足球赛中伤了脚趾，走路微跛。除了这点缺欠外，整体而言，仍然是很有风度的人物。衣着和生活，头脑和心地，言语和思想，在他身上都很调和。当他在逢集日带着随员，戴着缀有神圣国徽的大盖帽，昂首阔步地穿过自由市场的时候，比检阅仪仗队的将军还要威风。镇静的面部表情近乎冷酷无情。但是个体户挨他的训斥次数多了，纳税的日子长了，慢慢地体会出来，所长表面上的威风凛凛，不过是身负重任的工作需要罢了。实际上他那炯炯有神的目光说明他为人诚实、负责、可以信赖，这些美德如同一轮耀眼的光环，使所长大人更显得精神饱满。当初“一棍子”将买卖人赶到田头禾场收割打碾麦子，有人背地里骂他“瘸子”“缺德”，但当他带着两个白吃了西瓜的税收员到王保生的瓜摊前赔情道歉，补交瓜钱的时候，不仅所长本人的威望骤然升高，成了真理的化身，甚至使整个工商税的形象也大改旧观，一洗“工商税，白吃白拿还嫌贵”的污臭恶名。难怪万成业余爱好的“第二职业”是国家级篮球裁判，原来他的心里掌握尺度，比世界上最精密的仪器还要公平呀！王保生把万所长领税收员补交瓜钱的事一宣传，不仅个体户买卖人，便是常乐镇的全体居民也更加感觉到了“世界乾坤大，人间日月长”的哲理了。

十四、“两强”结合的新式家庭

“遥远”似乎有意和常乐镇的业余新闻协会的会员开玩笑。宣扬马铁元、王镇长和工商所长的文章出来，刚刚平息了众会员对他那篇“巡礼”的不满情绪，“遥远”女又独立出来，以朱丽遥的名字在省报上发表了关于“常乐楼”女老板的报告文学《追寻失去的青春》，还带了一个很长的副标题——“一个在经济、政治、人格上全方位独立的女性的人生经历”。文章的开头尤为别致：

“常乐楼”门口长时间地燃放着炮……

楼内正在举行热闹非凡的婚礼。宾客们拥着的新娘，看上去已不年轻，但由于服式华丽，精心修饰，艳眉衬托，依然那样漂亮、动人……

这是老板娘陈再铃女士的再度红烛。

常乐镇为之轰动。

…………

说实在话，常乐镇人对陈经理三年前那次轰动一时的婚礼已经淡忘了。在瞬息万变的改革开放年代，人们要记住的事情太多了，何况陈再铃是第五次结婚，在传统观念极强的常乐镇人眼里，怎么能把它当一回事，永久地留在记忆里？除非是“遥远”，除非是朱丽遥！

小镇再次哗然。

但是无论人们怎么看，业余新闻协会会员如何评论，女作家的文章还是值得称道的。尤其是她的胆识，敢于把常乐镇人不屑一顾的陈再铃，还有她的丈夫谢晓春，作为改革的英雄人物介绍给读者，而且以他们的婚礼作为引子大大提高了文章的可读性。业余新闻协会会员们尽管嘴上说它是“狗屁文章”，但在私下里却逐字逐句地研究，还凑在一块讨论。那种嫉妒羡慕莫名的样儿实在可笑得很。

谢晓春是仅次于“黑包工头”的专业户。他的私人汽车修理厂，当初向工商局注册时报的资产总额是二百万，那是五年前的状况。现在谢晓春已有三个分厂，工人一百多，据冯立新估计推算，固定资产五百万已是保守数字。他自己宣称，他的修理厂“坚持社会主义方向”，只对公不对私，主要服务对象是国营单位的大小汽车司机。不知道他用的什么办法，凡是给公家开车的司机都愿意把车开到他那里保养，尽管车进他的厂没有两三千元出不来，但司机都说收费合理，修理质量高。谢老板不但赚钱，而且赢得荣誉，营业室里各方赠送的丝绒锦旗已经重重叠叠了。他之所以没有被列入企业家的名单，是因为他“底子不正”。“遥远”的“巡礼”上提了他几句，冯立新就攻击作家“缺乏立场”，表扬“盲流”。虽然这是二十多年前的历史，但在常乐镇保守势力的眼中，他是个不知根底的“混子”，只羡慕他的钱而不敬重他的人品。据他自己说，老家在山西，但常乐镇人发音不准确，山陕不分，究竟是秦是晋，不得而知，他除了精明干练的特点，还多了一份做梦也想出人头地的野心。因为他的父亲投八路不遇而误入土匪行列，又死得不明不白，中华人民共和国成立后他家一直被视为专政对象。他上过几天学，却在生产队抬不起头，便爬火车跑到常乐镇来，靠着在县物资局当会计的远房叔叔的介绍，开头在马进贵领导下的农具厂当翻砂工，后又学扳金，会做铁皮炉子，会敲打拖拉机的驾驶棚。小轿车的外壳碰坏了，经他敲打敲打，再涂上漆，完好如新。但是20世纪80年代初，我们的国家还没有现在这样发达。全县总共两辆小轿车，司机又开得十分小心，很少碰撞，无法提供他发挥技术的条件。适时机关干部正兴起土暖气热。谢晓春凭着他的才智，创造出了一种小巧别致的吸气炉子，一时走俏，给农具厂赚了一大笔钱，马进贵因此得了先进，到县上介绍过两回经验，但谢晓春自己并未得到多少好处。因为“自流人员”的身份常被厂子里作为阶级斗争的活靶子敲打。正敲打热闹的时候，中央发文件农村实行联产责任制，土地承包给个人，当地的工厂，包括厂长在内，听说土地回老家，全都笑哈哈，种责任田了，连一个留守的人都动员不出来。谢晓春在当地没有户口，土地没有他的份，老家又回不去。马进贵就让他留守厂子。谢晓春身怀绝技，又野心勃勃，当一名看守可不过瘾。他提出承包农具厂。一年给厂里上交两千块，不过是八台暖气炉子。因为是下马厂子，不征税，两三年工夫他就挣下了八十多万。他得寸进尺，以三万元买下了农具厂的全部设备和地盘，挂出了汽车修理厂的牌子。从此以后，这个被人看不起的谢晓春在人生的荒凉沙漠中找到了青绿之地，经他苦心经营，变成了绿洲。现在他居然和县保险公司、交通局“联营”（这两家不投资），凡肇事的汽车，不在谢晓春的厂子修理，保险公司一概不予承认，事故也不处理。这么一来，谢晓春的汽车修理厂不再是私营而是国营，不再是独资而是“三资”。生意之兴隆，可想而知，连精明过人的“黑包工头”也得乖乖地把桑塔纳送到他的厂子里保养了，才能通过“审验”。

要说开拓精神，谢晓春只能在黄永吉之上而不会在他之下。谢老板发了财，又是县政协委员，独身一人，追求他的女人排起了队，其中不乏政治上优越的国家公职人员和漂亮的女大学生。谢晓春一概看不上，却神不知鬼不觉地和“常乐楼”的女老板、陕北籍的女强人陈再铃好上了，而且是先同居后领结婚证，结为名副其实的“秦晋之好”，又办了豪华的婚礼，三年之后的今天，女作家又把这件事拉出来渲染铺陈，也就在情理之中了。

陈再铃是那种处处都可以引起种种联想的女人。和谢晓春结婚的时候，她的旅馆饭店已有相当规模。因此可以肯定，她嫁给这个“自流人员”，并不是看中钱财贪图享受，而是看上了人。谢委员也是同样的考虑。陈再铃有高中文化程度，人又长得风流。早年在县妇联当过干部，后来因家庭出身和生活作风，也就是现在人们所说的“风流韵事”，被开除公职，原来的决定是要遣返她的老家陕北米脂，但陈再铃这个米脂婆姨，不但容貌出众，而且性格倔强，她不想把自己的屈辱和不幸带到家门口去，要求留在本县就地改造。这才放到常乐镇来当农民。迫于生活，她在常乐镇先后四次结婚，正式嫁的男人就有五个，谢晓春是她的第六任丈夫。这样一个经历的女人，在镇上的保守党眼里，其地位可想而知，与“自流人员”结婚，也是门户相当的了。由于她的名声不佳，开始的时候，不但官方不承认她的事业，连那些至今靠国家救济生活的人也不把她的富有放在眼里。业余新闻协会里甚至有这样的流言飞出：

“谁知道她的钱是怎么挣来的？”

“什么‘常乐楼’，人肉店！”

…………

陈再铃听到了，站在“常乐楼”的阳台上大骂：

“老娘的钱是自己赚的，想干吗干吗，管得着吗？”

为了维护自身的尊严，陈老板有权利这么回击，并且没有一个人敢于站出来正面迎战。但是有一件事情她做得不得人心，自己也问心有愧，对不起常乐镇的父老乡亲。

三年前的夏天，因为夏粮丰收，大家高兴，负责文工的副镇长跑到县上请了秦腔剧团来演出，让那些在庄稼地里辛苦了一夏天的农民轻松愉快一下。在摊钱的时候，连不看戏的马铁元也出了五百，而“常乐楼”的大老板却一毛不拔。更不近情理的是，头场演出的晚上，她的舞厅照常营业，把许多观众(主要是年轻人)拉过去晾了演出的台，使剧团的演员不高兴，负责组织工作的镇领导不高兴，那些想过戏瘾的秦腔迷不高兴……总而言之，她犯了众怒。要不是政策管着，王疯子会领人来砸她的摊子。后来经谢晓春参谋，她才醒悟，便咬牙跺脚忍个肚子疼，拿出一千块钱请剧团在中心广场公演了一次而取得了乡亲们的谅解。

这事过了不久，她和比她小八岁的谢晓春办了结婚手续。盛大的婚宴正如女作家在《追寻失去的青春》开头描绘的那样。来宾几乎包括了常乐镇大大小小的官员和实权人物，以及像业余新闻协会会员那种不便得罪的朋友。而为之张罗的是她的两个能干的女儿和女婿。这部分情节是朱丽遥在采写中最感兴趣的材料。

如今的女老板，由于年龄的关系，皮肤已经不再鲜嫩，但她的脸上仍然荡漾着青春的微笑。事实上她的心依然年轻，那双美目始终放射着自信的光芒。她敢于在五十岁的时候再婚，大办宴席，又敢于宣称她是百万富翁，可见气度不凡。当然，她并非吹牛，她的资产不但和她的丈夫不相上下，在常乐镇也数得着。她的旅馆和“常乐楼”的收入正像她在春节贴的对联：

财如朝日腾云起

利似春潮带雨来

日进千金已不足以形容。

“常乐楼”设在中心广场的东西角，和供销社大楼遥遥相对。陈老板以月薪六百元从县招待所挖来全县有名的一级厨师“梁大头”，又就地取材，培训了两名助手。无论多大的宴会，什么样的菜谱，都能应付。服务员是从镇上选拔出来的人尖子，一个比一个漂亮，由她的小女儿和王镇长的千金当正副领班。过路的司机不吃饭也要“闻香下马”，泡一壶茶喝喝，看看漂亮的服务员，振奋振奋精神，然后继续赶路。

当然，“常乐楼”的买卖不靠这些零星客人的家常便饭。陈老板靠的是“社会主义”。这是她万金难买的致富奇方。固定的“财神”有三家：黄公司、谢老板的汽车修理厂、镇公所。以前马公司坚决不光顾，最近马经理南方考察回来开了窍，也不断在“常乐楼”请客了。除了企业家们洽谈业务，招待有关部门的业务检查大员和本镇工商税务的朋友，镇公所也常有以书记、镇长的名义举行的“便饭”，还有一年一次的两个代表会，各行各业，各种各样的评比检查，全都在她的“常乐楼”支应，用支票结算。更有一层，她的生意从不讨价还价，事先招呼一声“标准”，届时按规矩上菜就行。结算时老板娘总要“优惠”，其实也是“公家的事情”，彼此心里明白。这样红火的买卖，连农工商公司的经理马进贵也眼红起来：

“嗐,这么好的生意,倒让一个女人抢了去,又收不到公司里来……”

其实老支书真正应该检讨的是人才外流,放走了谢晓春。这件事对他来说,是哑巴吃黄连,有苦在心,说不出罢了。

陈再铃和谢晓春虽然结为夫妻,但在事业上还是各奔各的前程。晚上回家是夫妻,早晨出门上班又是陈经理、谢老板,各行其道,互不干涉。即使谢老板在“常乐楼”招待客人,或者女企业家的汽车在谢老板的厂子修理,也是公事公办,各付各自的账,不拖不欠,也不“优惠”。他们的这种做法局外人觉得又新鲜又不好理解,却又不好当面考察。直到朱丽遥的《追寻失去的青春》发表,人们才知道女企业家追求的是“在经济、政治、人格上全方位的独立”。

女作家抓住这个题目大做文章,不仅写了陈再铃的坎坷经历和创业的艰辛,也写了夫妻二人在枕上心心密证、口口相传的致富良方。冯立新一伙业余新闻协会会员看着有趣,“黑包工头”却说那是作家自己的想象。别人问他有何根据,他诡秘地一笑,哪一个成功的企业家会把秘诀公开出来让别人去发财?做生意赚钱的鬼道道全都在各人心里头!

十五、保持清醒头脑的党委书记

李森打算到下面去看看,临行之前到周九大的办公室,有几件急办的公务要给他交代一下。进去发现九大埋头看报,连来人也没有发觉。李森觉得奇怪,把头伸到前面看,问:

“啥好文章,这么聚精会神?”

“你看,你看……”

秘书赶忙站起来,指着文章的标题给书记看。这是最新的一张“今天的省报”。第三版是一样的通栏标题:《太平洋有限公司大力开发高新产业》,四周用“改革大潮”的花边围起来。除了许多由醒目的小标题统率的文字外,还有几幅彩色照片,总经理个人的工作照就占了三幅。周九大自作聪明地问书记:

“看出名堂了吧?”

“什么名堂?”

“书记真不明白?”

…………

“这是报纸出售的版面,也可以说是太平洋公司买的版面。这上头的稿子编辑不审查……”

“你听谁说的?”

“云川。他说一个整版一万到一万五,这两版就是三万块!”

“哦……”

“云川动员过马进贵,他不干。其实是思想不开化……”

“照你的说法,这是对的?”

“南方早就这么干了……”

“咱们不能这样做！”

李森沉着脸这么说了一句，又把要办的急事给秘书交代一番，就推了自行车往外走。老冉问他去哪里，他只含糊其辞地说，“下去看看秋田”，没有把要去的地方说准确，怕中途干扰。这种情况过去常常出现，人还没到村里，找的人就接踵而来，使得他这个基层党的负责人根本到不了基层，心里老是不踏实。最近一段时间，虽然没有像周九大说的那样，买版面搞自身的宣传，但因为报刊上接连出现有关常乐镇的文章，采访的记者作家你来他去，在接待工作上耗去的时间很不少，他为此发过牢骚，也发过脾气。今天出来是下决心要彻底摆脱这些无谓的干扰。

出了镇公所门直奔河沿村，想去看看种粮专业户马铁元的千亩水稻丰产田，也顺便看看在那里搞科研的教授专家，尤其是他的老同学，专搞水稻培育的农艺师余海根。这位出生在江南水乡，毕业于农学院的优等生，毕业后一直坚持搞他的专业，仅在马铁元那里就蹲了差不多五年时间。马铁元和他成了志同道合的朋友。去年老马被评为省劳动模范，得了一千元奖金，非得分给余海根一半。老余没有接受，但依然在这里搞研究，帮种粮专业户在提高产量上下功夫。说来惭愧，老同学蹲点的地方离镇公所这么近，他却很少去看望，既不了解人家的工作，又很少关心农艺师的生活。对马铁元的联系，也远不如和黄永吉、马进贵那样密切。这究竟是什么问题？重工轻农？李森自省，还不是这样。但是不管怎么说，他得去看看啊！马铁元为常乐镇争的光荣不比黄、马二位明星少，理应重视。

遗憾的是马铁元不在，余海根也不在，专家教授们都不在，只有未来的专家郑志华在，他和马进才两个人领着另外几个雇工搞田间管理，有的在稻田里淌水，有的给玉米追肥。他们说，马铁元和专家们到黄河那边观摩去了，两天后才能回来。李森不免失望，他独自跑到田埂上看了看水稻的长势。穗子已经长出来了，还没有低头，但秆粗穗大，上千亩的丰产田，齐刷刷，好似人工用剪刀修剪过一般。阳光和煦，凉风徐徐，田野上空气清新，沁人心脾。镇党委书记突然感到自己“弃农从政”是人生道路的一大失误，心中涌上一股怅然若失的滋味。

看过“卖粮大户”的庄稼，正想到其他农户的地里去看看，周九大撵了来，说是来了三位记者，要见书记。

“所有的记者都要我亲自接待？”

“他们是新华社的，还有中央人民广播电台的……”

镇党委书记的“深入”计划只好半途而废，跟着秘书往回跑，不为别的，就因为前来采访的是中央一级的新闻记者。

奇怪的是周九大把书记领到了“常乐楼”。李森问：

“这是干什么？”

“这回是农工商总公司出血。上次接待‘遥远’，马经理不在家，有些事情没处理好，老马再三道歉，这次他先下手为强，抢在黄永吉的前面，把记者请到这里来，吃个便饭，顺便介绍情况……”

"介绍情况非得上饭桌？ "

"到处都一样，他不请，你也得安排记者吃饭，不如由他出面……"

席间了解了几位记者的采访计划。他们联袂而来，不仅为行动方便，而且也想到了报道口径的一致。除了各取所需，抓一篇消息外，打算三个人合写一篇通讯，直接发到《人民日报》，中央人民广播电台同时播发，最后省报省台转载转播，覆盖面大一些……

其情可感。李森既是镇党委书记又是农工商公司名誉经理，在征得记者同意后，晚上加班介绍情况。李森主讲，马进贵补充，足足讲了四个半小时。第二天马经理陪同参观，增加记者的感性认识。以准确、及时为新闻第一要素的记者，采访扎实，工作神速，第三天就完成任务告别。在送行的宴会上，李森对记者提出了这样的要求：

"实事求是，落脚点要放在贯彻中央改革开放的政策的正确指导上。要突出群众，突出党的集体领导，千万不要写我个人，最好不提名字！"

记者们表示理解，并且作出保证："一定按你的意思办，体现书记的指导思想。"

十六、盛名之下

三大记者走了以后，常乐镇接二连三地出现了一些平时很少碰到的陌生面孔。显而易见，无论是穿着打扮，还是言谈举止，他们绝非生意人。但他们对常乐镇却充满了浓厚的兴趣和热烈的情感。这些人来了，几乎无一例外地要会见政界、实业界、金融界、宗教界、文化界和其他各界的重要人物和名流。还必须由镇上专门指定的官员陪同，逛农贸市场，参观乡镇企业的各类厂（场）子，访问幼儿园、敬老院，参观各种展览和文化室。常乐镇也因此空前地热闹起来。

在这些来访者中，有些人很严肃，但大多数潇洒活泼，相当自由。有两位年轻漂亮的女士还在"请君留步看前程"的卦摊前蹲下，像乡下姑娘那样，将纤手伸给算命先生请他们看"爱情线"，追问一生有几个丈夫几个情人。有的还问她能不能当上国家主席。算完之后付钱却不如乡下人大方，往往只给两三块钱。常乐镇的居民奇怪这些人的言行，却搞不清他们的真实身份和职业。这些人在大街上高谈阔论，毫无顾忌地开玩笑。他们会见各界人士，也随时在街上和行人交谈，但对中心广场上的业余新闻协会的会员却视而不见，不闻不问。这很使会员们愤愤不平。即使这样，冯立新对他们的职业、姓名和历史背景却调查得一清二楚，用十分肯定的口气对会友们说："三等公民穿风衣，上蹿下跳吹牛皮。"他们绝大多数属于这一类，不是小报的记者，就是照相拍电视的，再不就是唱歌跳舞的演员。人们根据观察家的诊断将这些高矮不一、胖瘦悬殊、丑俊各异的访问者逐一研究，觉得老冯说得八九不离十。遂有看不上眼的想法，便不再关注，转而研究他们认为值得研究的问题去了。

然而马进贵和黄永吉两位总经理却对这些"三等公民"表示了极大的殷勤，同时也意识到了自己责任重大。未来得及碰头商量，就轮流在"常乐楼"的雅座上设宴招待。客人们也似乎吃出了经验。入席举箸，根本用不着主人敬让，一个比一个积极主动，争先恐后，颇有当今时代的竞争之风。有一次，热菜还没有上桌，一位作家已经醉倒在地上，被五个大力士抬进房间，陈经理关照大师傅另外做了醒酒汤灌下去，第二天中午才醒过来。但他自己坚持说，他根本就没有喝多少，完全是劣质假酒起的坏作用。并且发誓说，在他将要写的作品中，一定要把当前充斥市场的假冒伪劣商品毫不留情地抨击一番。至于住宿，客人们声明不要主人操心。他们一来就直奔“春天旅馆”，拿出名片当身份证，包占甲级房间。甲级不够占乙级，反正不住普通房间。陈经理了解到这个情况，连夜突击布置出八套甲房，五套乙房，将丙房全部改造升级，应付急需。对外又挂出“客满”的牌子，把那些不入等级的客人推到农工商公司的车马店和私人开的小旅店去喂虱子。

因为来镇上访问的人多，着眼点也大同小异，镇党委经过紧急会议讨论作出决定：专门成立一个接待组，由秘书周九大总负其责，下设总务、宣传、秘书三摊，分工把口。为了减轻镇领导介绍情况的负担，又能保证对外宣传中实事求是，由周九大执笔，按李书记惯常介绍情况的基本口径，将最新各项统计数字安排进去，整理了一份题为“常乐镇改革十年”的介绍材料，连夜在印刷厂赶印了一千份，像进剧场观看节目那样，人手一册，省时省事。

一般说来，有了这一套严密的接待组织和材料，再加上热情的服务工作，不管是来自党政领导机关总结经验的工作组，还是靠名片打天下，散兵游勇走穴的通俗文艺家，为专题片写解说词的诗人、记者，都可以应付过去。比较头疼的是电视台或者不是电视台而打着“制作中心”拍专题片的电视记者“哥们儿”，他们一来，总是兴师动众，车载马拉。甲级房间占得多，“便饭”也需几桌才能安得下。他们先不工作，而是先谈“赞助”。少则一两万，多则八九万，不达目的不罢休。除了这些“制作费用”，拍摄中的花销随时增加，但也不给镇党委找麻顺。根据外地的先进经验，经费分流到每一个镜头中去，在常乐镇就具体到两大公司和各企业以及上镜头的先进人物上去，按镜头的距离远近、时间长短、出现的次数、有声无声，分等论价。一开始，马、黄二位经理鞍前马后，跑得十分起劲。后来所求款项一增再增，名目繁多，不堪承受，他们便三十六计走为上策，外出联系业务，再也不闪面了。

在这个过程中，只有“常乐楼”的女老板只进不出，最为实惠。她是经过苦难生活磨炼的人，世事冷暖见得多了，对新闻舆论已不在乎，写文章也好，拍电视也罢，一切任其自由，要想让她“赞助”，对不起，一毛不拔。但是所有的来访者和镇上的接待活动，都离不开她的店和楼，从食宿两个方面帮了她的忙。不仅增加了她的经济收入，而且获得了“热情周到”，“宾至如归”的美名。在这种地方，女性的魅力和生意人的手段起了关键的作用。在那些记者、作家、文艺家的眼里，老板娘又温柔又仁慈，又客气又热诚。似乎他们在这里的衣食住行全是女经理免费供应，个个都有一种沾恩带福的感激之情。除了见面时的热情交谈和无伤大雅的笑闹以外，男女文艺家争着抢着在她特设的“留言簿”上题词赠言，说尽了好话。“电视家”们还特地把老板娘的特写镜头塞进两个公司的专题片中，出现的次数之多，镇党委书记也比不过。尽管她的出现不伦不类，和片名毫不相干，但专题片也不过闪那么几分钟，一晃过去了。两位总经理因为事情繁忙，竟未赶上看播出。后来拍摄单位虽然赠了录像带，他们也无暇看，当然也就谈不上提什么意见或抗议了。只有冯立新、王疯子这些局外人心明眼亮，看得清楚，批评拍的电视是“胡日鬼”。冯立新尤其愤愤不平：“《发展中的常乐镇农工商总公司》,怎么闪出了陈再铃的镜头？她算哪个庙里的神？太没道理了！”

但也只是发发牢骚而已。

十七、招待会上的插曲

大部分作家艺术家和上级党政部门的调查组完成他们的任务，将要离开常乐镇的时候,接待组组长周九大向领导建议,为了表示友谊和合作的诚意,镇党委和政府应该举行一次招待会,既是感谢,又是送行。

“人这么杂,怎么个招待法？”李森问。

周九大说好办。招待会以李森的名义举行,一揽子的形式,不管他们来自文艺界还是新闻单位,不管是行政单位还是有关业务部门,总结经验的也好,写新闻报道的也好,创作文艺作品的也罢,全都请来,像国务院总理举行国庆招待会那样,排场排场。

李森一向作风民主,尊重集体领导,这件事情他也不想个人说了算。为了慎重,召开了一次特别会议专题讨论,重新学习了中央和省、地、县的有关文件,对照精神,看这样做会不会妨碍廉政建设。讨论会气氛之热烈,前所未有。王镇长率先发言,举出了招待会可行的三个理由。第一,由各企业出钱办宴会虽属公款请客,但我们招待的是新闻记者和作家艺术家,还有行政部门带着各类高级职称的调查研究大员。他们是社会名流,与党政官员不同,可以特殊。第二,客人都是来常乐镇工作,用不同的方式和工具宣传常乐镇的改革成就,扩大影响。因此各企业增加收入,一本万利,实质上是业务性合作。招待费可以在广告费中开支,打入成本核算,财务制度上说得过去。第三,这几年他多次外出考察,特别是南方,这类宴会吃得多了。人家是中央树立的改革开放先进典型,早就这么搞,我们不过是跟人家学习而已。

接着就有许多人支持镇长的意见。同时也举例出了他们亲身经历过的场面,证明镇长的意见正确。有的说,他在珠海参观学习时受到宴请,吃过一回“八仙过海”的大席,端上的菜都是这辈子没有见过的。有的说他在浙江一家村办的厂子里吃的一顿席，二十四道大菜,名目富有诗意,一个比一个动听,可惜现在全都忘了……讨论会变成了中国饮食文化交流会,争先恐后,发言持续了两个多小时,李书记还有许多重要公务等着处理,不得不拍巴掌打断大家的发言,一锤定音：

“既然同志们认为不违背中央文件精神,经费也有着落,那就由周九大同志负责筹办。但必须注意,不能铺张浪费。要从我们常乐镇的实际出发,尽可能地俭朴实惠。出席作陪的名单也要严加控制,不要喧宾夺主,尽是咱们自己的人。”

有了书记的指示精神,周九大的心中有数了。他先拟出宴会的客主名单。客人总共二十九位,镇领导和各大企业的负责人三十二位,加上社会名流(包括在马铁元那里蹲点的正教授级专家)以及工作人员四十三人,总共一百零四人,坐十一张席,松动一些。会计熟练地作出了预算,根据各个企业的实力有多有少地分摊下去,自然是黄公司和马公司拿大头。黄永吉自告奋勇出第一份,并且亲自帮周秘书策划。原则是既要使席面丰盛,又要贯彻李书记的指示精神，节俭朴实。为了做到这点，他们煞费苦心，和“常乐楼”的女老板五次磋商，四次修改菜谱，最后定下了八荤八素，八凉八热的格局，“8888”，象征“发发发发”。席面的另一个特点是从主食到副食，从荤菜到蔬菜，全部用常乐镇本地出产的东西，海鲜和外来货一概不用。鸡鸭鱼肉由这类专业户定点供应，凉拌灰菜指定专人在宴会的当天早上采摘，西红柿是马铁元实验田里的无籽新品种。白酒、葡萄酒和饮料沙棘汁由马公司的各厂供应。饭后的水果是王保生特意从他的地里选出来的，并在水井里冰了一夜的西瓜。就连饭前的八宝盖碗茶也打破过去用桂圆、芝麻、葡萄干一类外来货的传统，改用当地出产的红枣、沙枣、杏仁、核桃仁、杏干、芝麻、枸杞，茶叶则用樱桃树叶子代替。总而言之，要使客人们体验到实实在在的“泥土气息”，样样菜肴保证一个“鲜”字，一个“土”字。在“土”和“鲜”中流露出常乐镇从领导层到普通老百姓，从党政机关到企业界人士那种纯朴敦厚的品德，在他们的心目中留下良好的印象。

宾主准时到齐。李森代表镇委镇政府致祝酒词，发表了简短而热情洋溢的讲话。客人中也推选了代表答谢。虽然李森书记的“便饭”以质朴节俭为格调，但场面照样热闹，人们兴致十足。在友好的交谈中夹杂着粗俗的打趣，笑声此起彼伏。别致的菜肴，人人赞赏。文艺家们用的都是艺术的高雅的字眼。每上一道菜，除了服务员小姐报菜名外，黄永吉也要站起来虚张声势地作一番解释。也多亏他的张罗，宴会上宾主双方频频举杯，情绪热烈而友好。

周秘书和几个工作人员坐在最后一张桌子上。尽管离主宾席很远，礼节性地敬酒也到不了他那里，但他依然快活。除了马铁元和在他那里工作的几位专家教授不知出于什么原因未出席外，整个宴会的组织工作是很成功的。正当他沾沾自喜的时候，发生了意想不到的事情。

因为有李书记“不要太铺张”的指示，席面上没有摆香烟。偏偏有一位青年作家这时候喉咙发痒，想抽一支烟，而他自己的烟抽光了，左邻右舍也没有烟。局面非常尴尬。王镇长给黄永吉递了个眼色，黄永吉跑出去从业务台上拿烟，偏偏柜台上没有拿得出手的高档烟。陈再铃就指示跑得最快的男服务员到附近经常替人代销高级烟酒的小卖部去想办法。很快就拿来了一条“红塔山”，黄永吉也不问价钱，忙着往每个桌子上发烟。然而他还没有完全散过来，那位发了烟瘾，急不可耐地先打开烟盒准备过瘾的青年作家却异乎寻常地大叫起来：

“你们看，这是什么烟？”

作家抽出的一支“烟”，原来是精心卷起来的十元面额的人民币！小伙子惊愕而好奇，再抽出一张，也是“大团结”，索性全部倒出来，居然二十根烟是二十张十元的钞票！消息传到其他席上，经过验证，也是一样的货色。这么算来，整条“红塔山”是两千块大洋！

“奇迹，奇迹！”

“怪事情，怪事情！”

“哈哈哈……”

以文艺家为主体的客人，像在剧场里看到演员的偶然失手，哄然大笑。

主人个个脸色阴沉，表情庄重。

书记的宴会受到了意外的冲击，精心筹办的“泥土气息”味儿不复存在。

见过世面的作家艺术家都说“不可思议”。但又不甘心这么不求甚解，无动于衷。人人开动脑筋，绞尽脑汁，分析这条烟的来历。文艺家们凭着各自无比丰富而奇妙的艺术想象力，提出了上百种的假设。但前一个人刚刚说出，后面一位高手就马上把他驳倒，无一成立。虽然主人再三动酒劝菜，想把情绪拉回到友好的气氛中来，但是枉费心机，最精彩的菜还没有上，客人一个接一个地起身告辞。没有办法，招待会只好在疑窦重重、迷惑不解中散场。

在宾主道别的嘈杂声中，黄永吉把周秘书拉到一边，咬着耳朵大声说：

“烟是从你爹的小卖部买来的！”

“真的？”秘书闻言大惊。

“千真万确！”

“我去问问他！”

“你还是讲点策略的好。”

周九大的爹叫周超然，人称“思变家”，自有其来历。他是个精明过人的老头儿。两年前他通过冉大成的门路，从万所长那里弄到一个杂货铺的营业执照，以代销熟人消费不了的烟酒和水果罐头为业，不到两年已经是个“万元户”。这么一个有头脑的人居然把到手的两千大洋扔了出去，真正的不可思议。

“思变家”因为大意失荆州，正在生闷气，秘书儿子带着政府官员的口气调查提问，老头子便勃然大怒，指着儿子骂了起来：

“你这个昏了头的蠢驴！是来审查你的老子吗？滚到一边去！我周超然受人之托，忠人之事，不能昧良心。你去对你的上司老爷说，我老周的小卖部卖烟卖酒卖杂货，就是不卖良心，不出卖朋友！”

何其高尚的信用准则！

李书记又指示工商所长万成利用职权去公事公办，“思变家”也不买他的账。他可不是几句大话能吓唬住的胆小鬼。

工商所长又能怎么样？我又没做下犯法的事，你来调查我？逼得急了，他拿出绝招：

“唉呀，好我的所长哩！那烟不就是你老人家拿来让我代卖的吗？你难道记不得了？啊呀呀，真是贵人多忘事……”

声音喊得又响又亮，就像王保生喊“五大牙子”，满街道都能听见。万所长只能“惹不起躲得起”，乖乖地走了。

从此以后，“红塔山”装“大团结”的奇闻取代了所有的最新消息，成为常乐镇人的议论中心，业余新闻协会的会友们对“思变家”回答万所长的话发生了浓厚的兴趣，进行了长时间的分析讨论。作为发言人，冯立新对外发布了这样的研究结果：这种事情出在万癞子身上，宁可信其有，不可信其无。要不，他是轻易放手的人？

过了几天，周九大翻报纸，从一家文摘报上看到一条奇闻：某处长出差到北京，住在一家宾馆，让随员去小卖部买烟，没想到买来的烟里装的是精心卷起的人民币。周九大赶忙把这张报纸递给李书记看。李森看了感慨地说："看来这种办法也是从大地方传来的鬼道道，并不是咱们常乐镇人的发明创造！"

随之，他的气也消了，并且撤销了追查命令。唯一受到影响的是"思变家"的生意。尽管他以大无畏的精神拒绝官方调查，保住了货主的名誉，但是"红塔山"装"大团结"的阴影始终笼罩着他的小卖部，委托他代销高档烟的人越来越少，即使有，也是拆封以后经过查验的零星货，整条的一个也不见。倒是过期的水果罐头源源不绝。

十八、赞歌唱给常乐镇

文艺家和党政部门的调查研究大员在常乐镇受到无微不至的款待，回到各自的岗位以后都有成果回报。文艺家们陆续写出了不同体裁和不同风格的文艺作品，有报告文学、纪实、散文、特写、专访、文艺通讯，可谓花团锦簇。手持录像机的电视台记者搞出了专题报道和专题片。行政业务部门总结经验的工作组除了向领导提供内部参阅材料外，也有副产品出来，分别在省里的农业、统计、乡镇企业的内部刊物上发表了调查报告。据周九大提供给书记镇长的统计资料，总共算起来有关常乐镇的通讯报道八篇，纪实小说两篇，报告文学三篇，散文五篇，其他形式的文章六篇，电视新闻三次共两分十五秒。电视专题片两集，内部刊物的文章九篇。文艺作品中以那位未酒先醉的作家写的纪实小说《带毒的佳酿》和抽烟发现人民币的青年作家的报告文学《团结在红塔山上》最为轰动。两篇大作均以李森的招待会为载体，虚构了许多情节和人物，用艺术手法描写了出现在M镇的奇事，歌颂了当地党政领导和工商部门追踪伪劣商品和侦破行贿案件的动人故事。看了作品的人无不拍案称绝！最见实惠的是云川陪同来的省报记者采访团，带队的是总编张昶，他谢绝了来自官方和民间的一切欢迎宴请活动。

"你们对记者最好的欢迎是提供真实的情况。"

他这样说了以后，只在镇公所听了半个小时的情况介绍，把周九大发给他们的《常乐镇改革十年》装进提包，就带领随员到企业厂矿和农村实地参观采访。因为记者团以青年记者和大学新闻系实习生为主，张总编对他们要求既具体又严格，扎扎实实地采访了三天。一个星期后在省报上集中报道了两天三个版面，大小文章二十余篇，出现名字的先进人物三十多位。不但文章写得真切，问题也想得周到，通过云川送来了一百份报纸，按零售价收了钱，公事公办，一清二楚。

另外还有可靠消息，两位从事纯文学创作的作家正在以常乐镇的历史变迁为题材谋划长篇巨制，不久的将来就可问世。

这么多的宣传文章集中地出现在中央和省内的各大报刊上，势同倾盆之雨，铺天盖地，吴美珍应接不暇，不知道先播哪个，后播哪个；哪篇摘要，哪篇全播。直接跑去请示李森，书记回答：“权力下放，你自己斟酌地播！”

但是如何利用这些宣传材料，李森颇费思索。以前那种简单的剪贴保存办法已经不适用了。镇党委专门开会讨论一次，决定从教育经费中列出专款，由周九大负责，将所有宣传常乐镇的文章各复制五份，两份存档，书记、镇长案头各放一份，另外一份拿出来展览使用。凡有上级领导来视察工作，先请他们阅览，以便大概了解全貌。电视新闻和专题片闪一下，给人的印象不深，特别是那些上了镜头的人，还未来得及看清楚自己的光辉形象就过去了，很不过瘾。他们鼓动拥有人民代表头衔的马进贵和黄永吉牵头，联名上书镇党委，请求去电视台复制拷贝，作为社教资料经常放映，以励后人。尽管两位总经理已经有了电视台赠送的录像带，但为了照顾群众的情绪和利益，还是在意见书上签了名。李森认为这个建议有质量，可以列为“优秀提案”。急派周秘书坐黄经理的桑塔纳去省电视台专门办理。

事后平静下来，大家坐在一块议论，权衡得失，一致认为当初镇上专门成立接待组接待那一批参观采访的客人，天天宴会，车接车送，虽然花了点钱，但仔细算大账，工夫没有白费，投资效果也不错。有人提议继续发扬这一行之有效的好经验，让周秘书继续开展外交活动，引进文化人。但是周九大没有接受这个光荣任务。他的理由是：

“我劝大家冷静冷静！再说，这也不是咱们一厢情愿的事情。文艺家下乡，就像蜜蜂采蜜。他们已经到咱们这里采过一遍了，暂时不会再来。听其自然吧！如果他们认为这里有可采之蜜，你不请他们也会自动往这里跑。”

周秘书的文章经常上报纸，他又是大学生，现在从事文字工作，大家已经认定他在文艺圈子的边缘上了，说的话在理，也就不再提起请人宣传的事。

十九、冷门新闻

正当常乐镇的官方要人，企业界的显贵，为报刊的宣传陶醉的时候，民间也感觉到了荣誉的快乐和精神鼓舞的巨大作用，特别是以冯立新和王疯子为骨干的业余新闻协会会员，因为事关本人，又与本镇的荣耀密切联系，他们始终处于兴奋状态，整日聚集在中心广场的新闻交换处，十遍八遍地重复着近日发生，已经成为过去的那件令人激动不已的大好事情。有好几次，过了吃饭时间，家里的孩子三遍五遍地催促，也不动窝。直到最有家庭权威的“老婆子”亲自出马，毫不留情地当众把他们臭骂一顿，像骂孙子那样，把他们骂回去才甘心。

尽管如此“臊毛”，但他们吃冷饭的时候，仍然忘不了那天和“外国朋友”说话、照相的美好回忆。

那是一个不凉不热，微风无雨，适合人闲坐聊天的好天气。业余新闻协会的积极分子聚集在王保生的瓜摊旁边交换新闻，议论镇上出现的大事。老代表——王疯子还附带着做生意——根据老婆子的指示，摘了一竹篮樱桃，用小碗量着做近乎原始的生意。因为全神贯注于热烈的新闻交换，他竟记不清逐渐变少的樱桃是卖出去了呢还是“会友”们抓着吃了。反正都一样。正在他们争先恐后地发言，讨论进入高潮的时候，从广场东边，也就是衔接公路的那一头，浩浩荡荡，开过来五辆高级小轿车。常乐镇人已是城门楼子上的麻雀，对这类事物司空见惯，习以为常。汽车从中心广场拐个弯朝镇公所的方向去了。毫无疑问，那是什么考察大员参观改革开放，用不着去管它，留待有了确切新闻明天再议。他们继续自己的中心议题。当王疯子的樱桃剩了不到三分之一的时候，车队又顺原路回来了。头脑机敏的冯立新马上得出结论："哈，这又是给'常乐楼'做贡献去了！陈再铃这个娘们！"

没想到汽车却在广场停下了。确切点说，汽车停在王保生的瓜摊前，也就是业余新闻协会活动点的旁边，从第一辆车上最先跳下来的是镇党委书记李森，依次是县委张书记、刘县长。而让业余新闻协会的会友们惊异的是，中间一辆车上出来的竟是一男一女两个洋人！更叫王疯子惊叹的是那个洋老头，看上去岁数和自己差不多，但他那向前突出的大肚皮，差不多可以装下一个小牛犊！四个王疯子也比不上他的分量。洋女人倒还秀气，年纪也轻。其他车上下来的全是中国官员。有趣的是外国老头只穿一件短袖汗衫，脚上穿着中国的布鞋，而陪同的中国官员，包括李森书记和开车的司机在内，全都是西装皮鞋，脖子上还系着"裤腰带"！

"真会出洋相！"王疯子在心里悄悄骂了一声。

李森一面擦汗，一面对翻译嘀咕了几句。翻译又对洋人"叽里哇啦"一番。大肚子外国人居然手舞足蹈，傻里傻气地笑了起来。漂亮的洋太太也跟着笑。

翻译回过头对李森嘀咕两句，李森就给王保生下了一道命令，瓜王有了生意，眉开眼笑，像兔子一样，拔腿往街对面他女儿家的院子里跑，原来这家伙的好瓜装在柳条筐里，用绳子吊在井水里"冰镇"。就在这帮子人等西瓜的时候，"外国朋友"看到了王疯子竹篮里的樱桃，指手画脚地叫了起来。王疯子不愧是业余新闻协会的骨干会员，过去又当代表见过世面，用不着翻译帮忙，他完全领会了"外国朋友"的意思，不亢不卑，大方得体地站起来，用他做买卖的小碗盛了满满一碗樱桃，笑嘻嘻地送到洋人的面前：

"这是我们家院子里自产的樱桃，甜得很，请朋友尝尝！"

外国人有点措手不及，往后退了两步，连说："谢谢，谢谢！"

冯立新一听外国人会讲中国话，也发生了兴趣，当仁不让地"直接对话"，替王疯子吹嘘：

"吃吧，吃吧，他是我们镇上的老贫协代表，热情好客，不会要钱，请你们尝尝！"

这么一说，两位外国朋友更不好意思了。但他们似乎不忍心冷落"老代表"的热情，男的从小碗里抓了两颗樱桃放到嘴里品尝，女的急忙拉开皮夹付钱。王疯子当着顶头上司李森和县太爷的面，当然不能收外国朋友的钱，极力推辞：

"不要，不要。两颗樱桃，小小不然……"

冯立新从王疯子的筐子里拿过来事先用旧报纸制作的喇叭状袋子，抢过装樱桃的小碗，将樱桃倒了进去，递到外国人的手里："送给你们做纪念！"

漂亮的外国女人坚持要付钱，而且是兑换券。但"老代表"坚决不收。李森也挡着不让客人付钱，这才结束了双方的客气和推让。

这时候王保生的西瓜也杀开了。外国朋友在县、镇领导和一大帮陪同的陪同下，又品尝樱桃又吃西瓜，说说笑笑，热闹了好一阵。外国朋友还拿出照相机对王保生和“老代表”照了相片，客客气气地说了一声：“再见。”

跟随参观团的女工作人员临走给了王疯子两块人民币，给了王保生十块，也不要收条就坐进了汽车。他们既没有去“常乐楼”，也没有进镇公所，直接回县城去了。

事情就这么突然地出现，很快地过去了。

但是谁也没有想到，半个月以后，常乐镇人看到的“今天的省报”上，居然登出了“老代表”和外国朋友的照片，尽管王疯子的头顶只达到外国老头儿的大肚皮上，但照片的角度取得很好，并没有埋没他的形象，笑得十分欢畅。文字说明是“巴西水稻专家西赛罗·布朗科博士夫妇和常乐镇的农民亲切交谈”。

照片拍得相当不错，但是说明文字写得太可恶！使得“老代表”又高兴又生气，本人明明有名字，为啥不写出来，只写个“农民”代替，难道我是阶级敌人么？难道我是一个普通农民么？岂有此理！再一想，照片虽然没提名字，其实常乐镇的大人小孩都认得，照片又鲜亮，比“黑包工头”装模作样上报纸的那些照片不知好出多少倍。心里的气也就没有了，当天的晚饭多吃了半碗面条。

冯立新等着报上出现他的照片，但始终没有等出来。好在他是旷达之士，因此也就没有什么特别的悲哀情绪。而且当他想到自己直接用中国话和“外国朋友”交谈，常乐镇仅此一人，心里也挺受用。而沾沾自喜的王疯子看到另外一张“今天的省报”，心里又泛起了莫名其妙的酸味。

那张报纸上登的是巴西水稻专家和种粮专业户马铁元的照片。虽然马铁元头上扣着一顶狗牙舌菇的破草帽，眼睛完全看不见，又站在齐腰深的稻田里，身子也看不到，只露出鼻子、嘴巴和两只手，但那说明文字不简单，是一条足有三百多字的正式消息：

“常乐镇种粮专业户、农业土专家马铁元的水稻育种法引起外国科学家的注意，巴西水稻专家西赛罗·布朗科博士专程拜访马铁元，互相交流经验，并且向马铁元发出正式邀请，出席明年三月在里约热内卢举行的水稻培育学术会……”

这条消息够爆炸的。业余新闻协会会员们足足议论了三天，但王疯子总是提不起精神来。而冯立新偏要拿他开心：“明白了吧，老哥？巴西的水稻专家是奔种粮专业户来的。马铁元不但是卖粮大户，而且是水稻专家。别看他人不起眼，可是名声大，要出国了——人家才是真正的新闻人物！”

“差不多！”王疯子这么咕噜了一句。

“错得码子大哩！你以为报上的照片是宣传你？人家是照外国专家，照西赛罗，捎带上你老人家半边脸，那是因为你手里端着樱桃碗，你沾了樱桃的光！”

“你想沾光还沾不上呢！”

这一场既不轻松又无意义的争论，双方都红了脸，几乎诉诸武力。多亏一贯主张和平的王保生出来息事宁人，连说带劝，请他们每人吃了一牙西瓜，这才在“团结友好”的气氛中结束。

二十、新书记跨上新台阶

冯立新和王疯子因为照片问题发生争执的第二天，业余新闻协会的讨论中心就开始转移了，并不是回避矛盾，而是出现了新情况。有人发现“遥远”夫妇又出现在常乐镇街头。

由于周九大有“蜜蜂采资”的宏论，开头人们并没有把作家的再次访问当一回事，以为他不过是应“黑包工头”之邀来观光散心的。待到黄经理透露出内部消息，常乐镇人又一次激动起来。

原来“遥远”夫妇苦战两个月，以常乐镇为背景，写成了一部反映农村改革开放的电视连续剧，分上中下三集。“遥远”男担任导演和制片人，“遥远”女担任女主角。男主角请的是北影一个演过多部电视剧的新秀。另外还打算从常乐镇选一些多次出现镜头的群众演员。卖瓜的王保生、“思变家”周超然、浙江裁缝郑阿才和镇公所的冉大成早已入选，无可磋商。更使众人惊奇的是黄经理在艺校上学的小女儿黄丽丽，年轻人称“黄二小姐”的那个丫头也在剧中担任重要角色，这次跟“遥远”一块回常乐镇体验生活。除此之外，还得选一批“五官端正”，又能在摄像机前睁开眼睛动作的女演员。这个消息还未正式宣布，已经不胫而走。头天夜里“遥远”就从各种途径收到推荐的小纸条五十多张，还不算总经理和二小姐建议的名单。鸡叫头遍，作家——导演下榻的“春天旅馆”外面早已排起了长龙。目测工作整整进行了一个上午。但是究竟谁能入选，作家导演秘而不宣，先把想当演员的女孩们的胃口高高吊起。此后便在房门外挂出了“谢绝会客”的纸牌，进行“内部审定”。

但据黄经理说，是在谋划经费问题。电视剧的经费预算需要十二万。财政拨款仅给了五万，不足半数，还是黄永吉认识那位拨款处长，看企业家的面子，差额部分作家打算在常乐镇筹措。最先瞄中的是两大改革明星。马进贵借故不见，避而远之。黄永吉因为电视剧的男主人公以他为原型，女儿又要担任角色，不得不咬牙出血，自报一万，再多一个子儿也拿不出来。理由是建筑行业不景气，企业亏损。实情是他觉得自己的知名度已经相当高，趋之若鹜的记者和传记作家躲都躲不及，《支部生活》杂志上登了照片，哪里再用电视剧宣扬？又不是真名真姓真面目的专题片，犯不上花冤枉钱。

“遥远”在心里骂黄永吉“贼”，又不敢得罪他。已经到手的五万财政拨款，还不是他要来的？“黑包工头”尽管名声不好，却是通天人物。以后用着他的地方多呢。何况他自己也拿了一万。夫妻二人经过紧急磋商，决心放下作家的架子，亲自到镇上去拜访李书记，请求他以行政方式，调动管辖的企业家的积极性，促成好事。没料到和他们第一次到镇公所采访一样，被冉大成拒之门外。虽然他们以前见过面，大家已成熟人，但冉师仍不肯通融。看着作家的面子，老冉没有用太生硬的言辞，而用打岔的办法搪塞：

“李书记调工作了，你们不知道？”

“什么时候？”三个人同声问。黄永吉尤感意外。

“哎呀，好我的黄大经理，这么大的事你不知道？还说和林常委无话不谈！听人说，这次李森升官，就是林辉和刘湛给地区推荐，让他在专署乡镇企业处当处长……”冉大成索性给他们公开内幕。

“你也能冒充神仙！”黄永吉不高兴地截住老冉的长篇演说，“你咋知道是林常委他们推荐？这是个大原则，不敢胡说！”

“黑包工头”嘴巴硬，心里却酸酸的。半个月前还在林常委家喝过茶，咋就没有透个风风？也太那个了！

“他升他的官，我们有要紧事和他商量。没有办手续以前他还是常乐镇的书记，让我们进去！”“遥远”女气呼呼地说。

“不行。”

“为什么？”

“李森马上要去上任，正忙着和新书记交接工作……”

“新书记到了？”黄永吉紧着问。

“早就在这里等着——你知道是谁？周秘书，九大！上头催得紧，两位领导人正忙着交接工作，没有工夫应酬闲杂事！”

听到冉大成把拍电视剧说成是闲杂事，“遥远”男气得眼睛里冒火星子。“那一半”甚至要冲上去辩论。被黄永吉劝住了。在回去的路上，为了消除作家的闷气，黄经理故作轻松地开玩笑：

“咱们来得不是时候。在这种新旧交替，两不管的当口，你要想干坏事，那是再好不过的机会。说到要钱解决问题，对不起，你们谁也顾不上，半年以后吧！”

听到半年以后，“遥远”的头上仿佛浇了一盆凉水。回到住处立即收拾行李，中午饭也不吃，让黄经理用车把他们送回去了。

其实黄永吉是自作聪明误了作家的好事。如果他想办法把李森请到“常乐楼”的雅座上谈这件事情，书记在临走之前，肯定愿意做点好事给人留下念念不忘的好印象。再说，让各企业赞助拍电视，又不是什么原则大事，谁不给面子？

冉大成说新老书记交接工作忙，完全是他主观臆断，或者有意找的借口。又不是会计保管交接财务列清单，哪里需要专门时间？周九大又是原来的秘书，镇上的工作他比李森还清楚，用得着介绍？不过是例行公事的鉴定会、座谈会、茶话会，还有各种名目的公私宴请。但是只吃了两顿，李森就觉得不对劲。一是营养太集中，身体受不了。二是他脑子里突然涌出前几天在《人民日报》看到的一则新闻。某省一个专员荣升副省长，他利用调动机会，到处吃请，收受馈赠，不但已经决定的职务泡汤，而且受了纪律处分。李森可不能干这种糊涂事。他当即决定开了一个村以上，包括企事业单位负责人的会议，十分谦虚地征求批评意见，在大家说了歌功颂德的话以后，他自己谦虚一番，并对今后的工作提了希望，还说了这样的话：

“听说许多同志在我走之前要意思意思，安排宴请。对大家的情意我心领了，但我不能参加。道理不用我多说，同志们都明白。咱们大家都以共产党员的标准严格要求吧！”

有些人以为他做官样文章，依然按照既定方针办。有的在“常乐楼”订座，有的布置夫人备办家宴。没想到李森第二天天不亮就跑到公路边等公共汽车，一个人悄悄到地区报到，走马上任去了。

早已排了队而没轮到请书记的人埋怨冉大成，说他不给帮忙。冉大成反倒把他们骂了一顿：

“你们这些不长脑子的蠢驴！有你们这样‘溜沟子’的么？书记的肚子又不是炕洞，鸡鸭鱼肉尽往里填！再说，他这次虽然升了官，究竟比不上在镇里当书记。我听说大机关的处长比驴毛还多，一捋一大把，半个子儿也不值。以后他下乡来常乐镇再请他，那才是真热情。怕的是人一走茶就凉……”

也只能以后再说。受损失的只有陈再铃。原来她的雅座已经排到半个月以后了，而且收了订座费。这么一来，不但不能收入，还得给人家退钱呢！

李书记走了。

周书记上任了。

常乐镇一如既往，热热闹闹。遇到集日，人们踩起的灰尘和小吃摊子上冒出的炊烟搅在一起，远在黄河对岸的县城也能望得见。

稍有不同的是，新书记年轻，更见谦虚谨慎。会议没有以前多了，也不轻易接见记者。为了改变机关作风，密切干群关系，取消了冉大成不成文的门卫制度。但是像王疯子、冯立新这类直出直进的上访油子，也难在办公室里找到新书记。冯立新问“老代表”：

“你看这小伙子怎么样？”

“一时半时还很难说，需要观察考验——实践检验一切！”

但是周九大经常泡在基层，这对成天蹲在中心广场交换新闻的冯、王二位老公民来说，很难有直接观察的机会。

有一天，新书记刚从乡下回到办公室，准备处理积压的文件，不料他老爹跑了来。“思变家”自从儿子升了书记，很少进镇公所，怕人说闲话。可这一次他连小卖部的生意也不向人交代，就跑来教训儿子。大门外的人听到了，觉得新鲜，冯立新、王疯子一般活动分子也很感兴趣，想进去听听新闻。却被冉师挡住了：

“书记的家务事，你们凑什么热闹？”

“周书记有指示，不让你把门，你又遑能妨碍领导联系群众！”

“别给我扣大帽子。我说不能进就不能进！”

两位活动家含恨而去，一路上把冉大成骂了个不是人。但是没过两天，他们却亲眼看到了新书记演的另一场戏。

那是周书记定下的半月一次的村以上干部会，学习文件通报工作。可是参加会的人却看到书记面前的桌子上摆了一条阿诗玛香烟，两瓶西凤酒，大有“悬鱼太守”的派头。会议开始，新书记讲了这么几句：

“这是一位同志趁我不在家的时候送去的东西。我还不清楚他的意图。我老妈糊里糊涂收下了。多亏我父亲思想明白，把我批评了一顿，也给我敲了警钟。现在我把东西放在这里，请他自己来取。要不拿回，我可要给他曝光了——以后也请大家监督我！”

在会场外面观察动静的冯立新和王疯子居然拍起了巴掌。

从那以后，“思变家”的生意彻底清淡了下来。但名声反而大振，成了常乐镇真正的廉洁模范。王疯子借着疯劲，常在他面前伸大拇指。走在路上，人们也对他相当地尊敬。有人说是父以子贵，“思变老爹”沾了儿子的光；又有人说，子因父廉，九大沾了他老爹的光。反正常乐镇这地方政治思想活跃，民主空气好，再加上中心广场的那一帮子业余新闻协会会员制造的舆论力量，镇委镇政府的大小官员的大小事情都在群众的监督之下。而常乐镇的经济更是百尺竿头，已经被省里评为“十佳”乡镇单位。周书记在年终总结大会上提出了新的奋斗目标：两年内力争进入全国先进乡镇行列。接着又举行了一次新闻发布会：经省、市、县批准，明年春天利用传统的四月初八庙会举办大型对外经济洽谈会，邀请中外客商来常乐镇观光，洽谈生意，届时也将邀请更多的新闻记者和作家前来采访。“遥远”的电视剧也将在那个会上举行首映式。

尕五爷全传

尕五爷是个普普通通的老百姓，活了一世人，从未迈出桦林沟一步。这样的小人物也配立传，而且是"全传"，不是太可笑了么？好在尕五爷已经过世，盖棺之后回述他的一生，从小到老，50余载，历史也几经沧桑，尕五爷随着世事的车轮，尝尽了人间酸甜苦辣、用"全传"二字概括，大约也可以马虎过去。

"九灵童"尕五

我刚刚学会说话的时候，祖母指着一个穿破棉袄，嘴上流着鼻涕的孩子说：

"这是你尕五爷！"

其实我已经认得他了。听别人叫他"尕五"，怎么到了我这里，还要加上"爷"呢？我虽然有那么一点不明白，也不乐意，但还是顺着祖母的教导，八哥似的叫了一声"尕五爷"。

尕五爷听得高兴，又有点难为情，胳膊往上一抬，用衣袖揩去了鼻涕，憨厚地笑了。他大约觉得这就这么轻易地被人尊称为"爷"，心里过意不去，于是走过来，要抱抱我，表示亲热。但是祖母把他挡住了：

"看你袖子上的鼻涕！"

他更加难为情了，手脚无措地忸怩一阵，终于转身跑开。和别的孩子玩耍去了。两只袖子在阳光下显得特别光亮。

当我上学念书的时候，尕五爷已经离开学校，赶着自家的一群羊放牧，成了真正的牧童。他的年龄只比我大十四五岁，行动上也没有爷爷的样子。在我的印象中他很邋遢，衣服总是纽扣不全，片片搭搭。鼻涕也还是那样，禁不住总要流淌。但他自己感觉良好，认为他是一个有学问的人，而且有资格考我。他常常在半道上把我的书包抢过去，翻看我的大楷，看得了几个"圈"，又强迫我：

"背一背你念的书给我听！"

我只好老老实实站定，把《百家姓》从"赵钱孙李"到"顾孟平黄"（我的老师只教到这个地方）几十句背给他听。

他将嘴唇往上一翘，灵巧地收回鼻涕，高兴地把书还给我，大人似的加以评论：

"碎鬼，比尕爷还能！淌淌流水！"他甚至在我的头顶上奖赏似的摸了一把，却又把口气一转，说："不过《百家姓》不是正经书。啥时候把《三字经》念这么熟，就中了，就能……"

他没有把想要说的话说完。不过我猜得出来，那一定是"就能赶上尕五爷我了！"

因为他是我们村里，甚至可以说是我们学校里，念书最用功的一个学生。尤其是《三字经》，简直是滚瓜烂熟。在他辍学几年以后，我们的校长，还常常挂在嘴上表扬，把他树为典范：

"你们看看人家张进才！虽然家里贫寒，上不起学，可他的《三字经》，淌淌流水，会背会讲！"说到这里他话锋一转："你们呐？干粮馍馍吃了无数，怎么就背不出来？"

尕五爷在老师的眼里竟是这样的有出息。庄子上的人也称赞他，有人甚至把他誉为"九灵童"。因为他会背《三字经》全文的那年才九岁。我的祖父把他树为榜样，让叔叔们学习。可惜我的几个叔叔，有的念完了中学，也没有一个会背会讲《三字经》的，祖父为此摇头不已。

但在我看来，尕五爷也只是背《三字经》而已，别的书他没念多少，甚至连《三字经》上提到的《论语》《孟子》《中庸》《大学》这些初级课程也没学过，反而能溜出"论语者，二十篇"，"孟子者，七篇止"之类的韵文。他之所以上学念《三字经》，也是我们家乡的特定环境造成的。

我的家乡桦林沟是个极偏僻的山区，古风淳厚，近代文化淡远。村子里有一所真正的民办学校，只有一个老师。既是校长，也是教员，是个武训式的人物，经常挨家挨户地"请"学生。只要上学，其他都好说。一、二、三年级的学生没有什么统一的课本，你能借到什么书就念什么书，目的很明显，意在识字扫盲。老师的教学方法也很特别。从一年级起就用毛笔写仿格，每篇四行，每行七个字，也就是说，学生每天必写二十八个大字。仿格是老师用他的颜体，把学生念的书从头至尾往下写，一个星期一换，要求你会写会讲。上自习真热闹，几十个学生，各唱各的调，齐声喧哗。尕五爷就是在这样的环境中念的《三字经》。他用的书是他的父亲，即我们远房曾祖曾经用过的课本。大约他家里还有《弟子规》《女儿经》《朱子治家格言》之类的书。因为在尕五爷成年以后对人讲道理引用《三字经》的时候，常常混杂着这些书的句子。不过他上学用的正式课本只有一本《三字经》。他在学校苦读的情形我没见过。但他回家劳动以后，早晚得闲，仍然高声朗读，声音扯得又高又长，传于户外，坐在我们家不过百步之遥的炕上，也听得清清楚楚：

"……玉不琢，不成器，人不学，不知义……"

祖父祖母每每听到，就会啧啧称赞："听听人家咋样念书？"

祖父是乡里秀才，对子孙的念书寄予很大希望。我家堂屋后上挂了许多字画，其中一副对联是这样写的：

新得苗林栽培法
喜闻子弟读书声

那是祖父望子成龙心情的真切表现。夸奖尕五爷的话，自然是对我说的。不过我不喜欢他们这个时候说话。我想系统地完整地听尕五爷朗读。他们这一打岔，尕五爷已经念过去了好多，到了“夏有禹，商有汤，周文武，称三王。夏传子，家天下，四百载，迁夏社。汤伐夏，国号商，六百载，至封亡。周武王，始诛封。八百载，最久长……”

“到圈里去，看看牲口的草有没有？在那里死喊活喊！”

这是他爹，我的那位曾祖的声音。尕五爷琅琅书声便像断了弦的琴，戛然而止。

星期天我有自由，偷偷跟尕五爷上山玩耍。他有兴致，或者在我的要求之下，他会站在崖头上给我朗诵表演。那声音无拘无束，优美而宏亮。可以说响彻天空，山鸣谷应，久久回荡。有些我听不明白，特别是“详训诂，明句读”那一部分，听起来特别苦涩，什么“诗书易，礼春秋，号六经，当讲求……”

听着这些，糊里糊涂，莫名其妙。当他背到“彼无书，且知勉。头悬梁，锥刺股。彼不教，自勤苦。如囊萤，如映雪，家虽贫，学不辍……”这些地方，他自己念得激动，我也深受感动。尕五爷正是依照古人之言，在放牧的时候还如此刻苦学习，比那囊萤映雪的车胤、孙康也差不到哪里去。

村里崇拜尕五爷的人说，他是真正的“九灵童”。常常一个人在山上大声念书，没有任何听众的时候也朗诵。对着群山，对着晴空，对着他的羊只，从“人之初”一口气念到“宜勉力”。全神贯注，脸也涨得通红，时不时抬起胳膊揩一下鼻涕，背书的声音却不间断，有一种目空一切，唯我独尊的气势。

我相信这些传闻是真的。在我相跟厮混的时候，他正是这一副神气。当他朗读，嗓子喊乏了的时候，就停下来，用真正尕五爷的口气教训我：

“你要好好用功，把《三字经》念熟——里面的学问大着呢！”

我似懂非懂地点点头。

在他看来，《三字经》是包罗万象，字字如金的宝书，一册在手，天地尽知，可以替代所有的书籍了。

每当这个时刻，一点也看不出这位辍学少年的精神苦闷。相反，当他陶醉在《三字经》中的时候，如同活在世外桃源的活神仙，几乎到了无我之境。

新奇的保管制度

农业合作社期间，尕五爷就任农业社保管，郑重其事地走马上任。他严肃认真的神情我至今记得清清楚楚。

保管室就设在他家的院子里。他老父亲留给他的那一大院房子，除了堂屋供他起居睡觉之外，其他的房子差不多都空闲着，尕五爷就在会上自动声明，把闲房子贡献出来作农业社的保管室，受到了社长和全体社员的称赞。从那时开始到公社化，桦林沟的集体保管室就一直设在那里，人们习惯上把尕五爷家称为“保管院”，平日见面问话，“你去哪里？”“到保管院去”，或者寻人，也会说“到保管院里去找”。

尕五爷家那冷清了多年的大院子竟成了一个热闹中心。

尕五爷本人也因此精神焕发起来。他自己买了纸和笔，将众人入社的各样农具造册登记，又分门别类归入东西厢房。在房子里也不是乱放，或摆在地上，或挂在墙上，擦得干干净净，放得井然有序。在人们的感觉里，不像是天天使用的东西，倒像是生产资料公司陈列的商品，或是博览会上的展品，看了叫人舒心，精神清爽。保管大院更是打扫得干干净净，如同迎接贵宾一般。

有一件事情，我始终想不明白。尕五爷小的时候，因为母亲去世得早，跟着他爹过日子，衣服从来是又脏又破，嘴上的鼻涕也擦不干净，窝窝囊囊，叫人不愿接近。当"成员"的那些日子，也是蓬头垢面，一副邋遢相。但是自他当了保管，却变成了另外一个样子、不但把保管室和院落收拾得干干净净，他自己的身上也整洁起来，衣服和裤子白是白，黑是黑，洗得干净，穿得整齐。社长开玩笑说：

"张进才越来越像个人样子了！"

自然，这只是表面现象。作为保管员，主要看他的工作成绩。尕五爷不负众望，尽心尽力，认真负责。

那时刚刚入社。土地和其他生产资料归拢了，但人心并没有归拢。有的人半夜里跑到牲口圈里看自己的牲口，有没有夜草吃。使用农具也必须用自己入社的那一件，说是顺手，不让别人使。实际上是不情愿，仍然视为己有。而另外一些人的想法又是个极端。本来是自己家里的东西，一入到农业社里，抬进保管院，就认为是公家的财物，与自己无关。使用时不爱惜，用完以后乱丢乱放。尕五爷看不上眼，用劝告的口气批评过几次，有些人接受，有些人不接受。像魏旋那样的人，不但不听劝告，反而和他寻事吵架。尕五爷不敢招惹，只好自己多辛苦，把别人乱丢乱放的农具逐一归还原位。泥土没有收拾干净的，他就擦拭一遍；破损了的，他细心修补。社长杨林看着高兴，时不时地在会上表扬：

"你们看人家张进才！干活就像个样子……"

众人笑起来。

"有什么好笑的！干营生，就得像张进才这样，勤快一点，放下杈把拿木锨，手脚不闲，多多益善……"

听的人还是笑。

尕五爷本人对这种表扬也没有表示出什么格外的喜悦，几乎和以前参加听训会没有两样，简直是不识好歹。有一次他甚至对扬林说：

"支书，你不要老在会上提我的名字，怪臊毛的……"

"咋？又想扭脖子！你这个糊涂杆子！我不是表扬你，是拿你打比方，叫大家往好里学！爱社的人，多多益善！"

杨林这么解释他表扬尕五爷的目的。

尕五爷也表示同意。

"你要这么说，倒也可通。就是要想办法把大家的心拢在一块，让人人爱护社里的物件。”

“嘿，你倒成仙了，教训我？”杨林笑着骂了一句。又说：“你给咱们写个制度，让大家遵从！”

“我弄？”

“不是你还是谁，念的《三字经》不用，放在肚子里沤肥呀？”

社长这么一提点，尕五爷开始动脑筋，拟保管制度的条文。他没有这方面的参考资料，自己也创造不出来，憋了好几天，只好仿照《三字经》的格式写了这么个东西，名曰《农具保管三字经》，共356句108个字：

农业社，家业大，人手多，事情杂。
管农具，有章法，库加锁，没麻达。
物归类，有定处，使用完，还原处。
半截绳，一张杈，来不易，爱护它。
进出库，手续全，使用时，节又俭。
保管员，责任重，大小物，账目清。
有破损，勤俭补，添置新，要慎重。
新和旧，一样用，对集体，如家庭。
管和用，一条心，视笤帚，胜家珍。

写好以后送给杨林看，杨林认认真真地念了两遍，笑着摇头说：

“你这个张进才，除了《三字经》，再没别的？这哪里像个制度？”

尕五爷有点不好意思。但他还是坚持。

“只要意思周全，我看这样写也可以……”

又在社员会上讨论，大家听了又笑又拍手。都说这个制度新奇，溜得顺口，记得明白。全体一致通过。

尕五爷很得意，自己买了一张大红纸，工工整整地写出来贴在保管院的墙上。

半年以后，省农民报的一个记者来桦林沟农业社采访，保管院自然是参观重点。记者十分感兴趣地和尕五爷谈了一个上午，提了这样那样的问题，有些具体问题，他回答得很好，但问到他为什么会爱社如家，工作干得这样认真仔细时，尕五爷却莫名其妙地溜了一段《三字经》：“犬守夜，鸡司晨，苟不学，曷为人……”当他发现记者合上了笔记本，眼睛里露出迷茫的神色，方知自己引用的“圣典”不合时宜，便不再往下溜，结结巴巴地说：

“这种事情没啥可说的。社长叫我当保管员，我不好好管，那算什么保管？”

“你这一套办法从哪里学来的？”

“跟我爹学的。我爹活的时候就这么整，我也这么整……”

记者知道从他嘴里再挖不出什么材料，就把《农具保管三字经》抄在采访本上走了。

半个月以后，记者的采访文章发表了，其中引用尕五爷创作的《保管三字经》竟然全文照登，一字不落。

尕五爷近水楼台，第一个看到了记者发表在报上的文章。原来农业社的报纸在社办公室。只因为抽烟人常常拿了报纸当卷烟纸，杨林就把保管报纸的责任交给尕五爷，自然也在《保管三字经》的约束之下。从此报纸整整齐齐，从不丢失。当然尕五爷可以第一个看到报纸，并且细读精读。他看到有关保管院的文章以后，心跳了大半天，又赶忙送给杨林过目。社长自然高兴，虽然写的是保管室，但那是他正确领导之下的成绩，脸面上有光，为此他还专门召开了社员大会，组织大家学习了一次。

这么一来，尕五爷坚持他的《保管三字经》制度更加坚决。要是有人不遵守，他就理直气壮地说："报纸都登了，你敢违抗！"

当然，尕五爷也不仅仅是守摊子，看管现成的东西。他一有空，就自己动手编背斗、筛子，做车上的挽具。做好了，问杨林：

"支书，你看行不行？"

杨林牛头不对马嘴地说：

"多多益善！"

讲释《三字经》

在不到一年的时光里，尕五爷升了保管，又上了报纸，这是多大的进步！作为堂兄的祖父，看着高兴，居然发出这样的预言：

"从小看大。尕五小的时候灵醒，大了一定会有出息！"

杨林也在众人面前卖弄："我早就说过，张进才是实在人，你们不相信，到底咋样？"

潜台词没有说出来。意思是他慧眼识英雄，发现了人才。

魏旋也转变了态度，想着方法和尕五爷套近乎，动不动就说："你忘了？咱们同学的那时候……"

尕五爷憨厚地笑笑，表示他没有忘。

不要说别人刮目相看，事实上，尕五爷自己也情绪高涨，脚底下轻快起来。早先他少言寡语，现在见了人主动打招呼，笑脸相迎。有时他一个人在保管院干营生，也会情不自禁地出声朗诵《三字经》，大门外就能听清楚。

由于他工作干得起劲，众人尊敬，他在保管院的地位也愈加巩固，和社长杨林一样，稳稳当当，从初级社当到高级社，从高级社当到人民公社，几乎没有人和他相争。他越干心劲越大，保管室越来越整洁，布置越来越讲究。凡是来桦林沟检查生产，参观学习的人，庄稼地里可以不去，牲畜圈里可以不看，保管院必须参观。否则，就像去北京城而没有去故宫一样，会非常遗憾的。

尕五爷也因此十分讲究摆放陈设。他把经常使用的农具放在西阁子房里，而东西厢房里陈列了那些不经常用，或者根本不用的玩意儿，纯粹是为了展览给别人看。如果真正细心的庄稼汉来看，会发现其中弄虚作假的成分。可是那些年月，能够外出参观学习的，又有几个真正懂得庄稼行务？更何况人们头脑发热，看了尕五爷精心布置的农具陈列室，没有一个不伸大拇指的。

尕五爷巴望有人经常来参观。事实上前来取经的人也络绎不绝。

每当有参观的人来，村里的小娃娃也攒头钻脑，往那里窜。一是跟着参观团凑热闹，前呼后拥，挤挤撞撞，用无知的小眼睛看人看东西，也看尕五爷的神情。尕五爷在这种时候，总是显得异常快活，异常谦恭，异常能说会道。

娃娃们喜欢往他那里跑的另一个原因，是他家大院后面的园子里有不少杏树等果树，夏秋结出果实来，对馋嘴猫似的娃娃们来说，那是很有吸引力的。小娃娃们掌握了尕五爷的特点，也可以说是弱点。在两种情况下他们可以偷袭果园。一是有参观团来的时候，他忙着讲解、招呼，无暇顾及其他；二是尕五爷一个人专心整理保管室或者朗读《三字经》的时候，神情专注，忘乎所以。每当这时，胆大的男孩子便领头溜进后院的园子，偷摘果子吃，尕五爷即使发现了，也不会苛责，只是像赶小鸡那样，把他们赶出来，并且指着他贴在墙上的《农具保管三字经》，对牛弹琴似的说："你们这些碎鬼，社里的告示贴在这里，还如此胆大妄为！这次五爷不怪你们，下次不敢！"

偷袭是不可能了，可娃娃们会软磨。他们知道尕五爷独身一人，生活寂寞，喜欢别人家的小孩，便推举嘴甜会说的女娃娃带头，缠着尕五爷要杏子要果子吃。

这一招很灵。尕五爷会把保管院的前大门从里门锁上。像幼儿园的阿姨领娃娃那样，领着孩子们进到园子，小心翼翼地摘下果子，十分公平地分给大家，不许有多有少。谁要是争抢，他就要不高兴，并用《三字经》上的话来开导：

"融四岁，能让梨——你们，要从小学习礼义——人不学，不知义。为人子，方少时，亲师友，习礼仪……"

当他发现小娃娃们的注意力完全在果子上，对他讲的《三字经》根本不懂，也压根儿没有听，他才恍然大悟：他的面前只是一帮馋嘴的小娃娃，并没有孔融那样的神童。只好长长地叹一口气了事。

除了这些碎渣渣，那些和尕五爷一样，十来岁就辍学在家劳动挣工分的半大小子也骚扰尕五爷的园子，常常翻墙而入，进行窃取。尕五爷正年轻力壮，要是给他发现了，没有人敢脱逃。不过尕五爷也不打骂他们，仍是耐心教育，以理服人。什么"蚕吐丝，蜂酿蜜，人不学，不如物"，"玉不琢，不成器，人不学，不知义"，或者拉扯上《弟子规》的话"用人物，须明求，倘不，即为偷"。目的是晓以大义，让他们懂得一些做人的道理，行为端正罢了。

但这些半大小子由于缺乏文化，和碎渣渣娃娃一样，对尕五答引用的"圣典"茫然无知。有的竟然在背地里议论取笑他，说他讲的《三字经》是没人吃的"烂散饭"。

每遇到这种情况，尕五爷就像孔乙已写茴香豆的茴字无人理睬那样，表示出一种十分惋惜的神情。

我从来没有参与过偷窃果园的活动。这是因为家里的大人特别是我的祖父母严格教育的结果。而且我敬重尕五爷，不可能干这种事。但是我听他讲释《三字经》的机会要比这些孩子多得多。且不说小的时候跟他上山牧羊，听他站在崖头上朗诵，便是我后来到县城上中学，星期天回家，或者寒暑假期，在家无事，总要到尕五爷的家——保管院里坐坐，和尕五爷叙谈叙谈。那时，他不再居高临下地看我的作业(当然他也看不懂)，相反，对我有了相当的器重，常常把他坐着修补农具的小板凳让给我坐，弄得我很不好意思。有时他还请教我几个自己不认得的疑难字。实际上他识的字要比我多得多，作个最保守的估计，当时他认得的字至少在五六千个，也就是说常用的汉字他都认识，我还没有达到这个水平。为了应付，我身边总带着那本袖珍四角号码字典。他见我用“横一垂二三点捺，叉四插五方框六，七角八八九是小，点下有横变零头”这样的口诀，能够快速地查出字来，大是惊异，连连称道。后来他也学会了，我中学毕业以后就将那本字典赠送给了他。

当然我去他那里，不总是查字典。在多数情况下是听他讲《三字经》，讲“四书”。虽然我也能背诵《三字经》，从“人之初，性本善”到“戒之哉，宜勉力”，一句不落，一字不差。但是逐字逐句地讲出意思来，我远远比不上尕五爷。特别是从“考世系、知终始。自羲农，至黄帝，号三皇，居上世”到“清太祖，膺景命，靖四方，克大定。廿二史，全在兹”，这 108 句讲述中国历史的句子，把朝代名称，开国帝王，统治年数等讲得很清楚，但我毕竟缺乏基础知识，只会背诵，不甚了然。而尕五答不但会背，且能逐字逐句地讲解，引申，三皇五帝的名字，春秋五霸的争雄，以后各个朝代的皇帝年号，在位时间，都能讲解得明明白白，比我们中学的历史老师讲得明白透彻，而且通俗易懂，引人入胜。

要使一个小学生或中学生明白中国历史的概要，单靠《三字经》上那些高度概括的话是远远不够的。尕五爷把从老师那里得来的知识，再结合上他看的书，从戏台上听来的故事，融会贯通，形象生动地加以发挥，大大加深了我对历史人物的记忆。

现在我已经年逾半百，对中国历史仍没什么研究。但大略的知识还是有的。中学的历史固然起了一定的作用。但真正的脑子里留下深刻记忆的，来自两个方面：一是少年时代尕五爷演绎的《三字经》；二是成年以后阅读范文澜先生的《中国历史简编》。现在我不但能顺利地背诵“考世系，知终始”那段文字，而且也会引申发挥，讲出细目。甚至连尕五爷鼓励我好好学习的殷切目光也记得清清楚楚，说的话语犹在耳旁：

“你要好好学，不要叫你的母亲白操心一场。你要记住《三字经》上古人说的话——尔小生，宜立志。莹八岁，能咏诗。泌七岁，能赋棋。彼颖悟，人称奇，尔幼学，当效之……有为者，亦若是……”

他见我听得用心，觉得仅仅引用《三字经》还不足以说明问题，又把《弟子规》中关于发奋学习和学习方法的一些话用上，反反复复地教导：

“朝起早，夜眠迟，老易至，惜此时……读书法，有三到，心眼口，信皆要。方读此，勿慕彼，此未终，彼勿起。宽为限，紧用功，工夫到，滞塞通。心有疑，随札记，就人问，求确义……”

尕五爷苦口婆心地讲，我不厌其烦地听。祖孙相对，从不讨论吃穿，讨论的都是学问。我相信从小学到中学，我能够刻苦学习，一直保持品学兼优的良好成绩，和尕五爷的热情鼓励是分不开的。他所引用的话，无论是《三字经》还是《弟子规》，都是引人向善的起码道理。特别是有关学习的那一段，确是经验之谈，即使是现在，也有参考作用。

写春联卖弄才华

如果说尕五爷熟读的《三字经》只能对我一个人卖弄的话，那么他因此而日积月累起来的满肚子文才，到了每年春节写春联的时候，便是他大显身手的好机会。

别看我们桦林沟偏远闭塞，但尊重文化的气氛还是很浓厚的。谁家有了红白事，亲友送礼的时候常有对联字画相随。过春节更是"有钱没钱，贴一副对联过年"，不管身上有无新衣，门上的对子绝不能缺少。尕五爷的光阴也不好过，但他贴春联的热情又比别人高出许多倍。以前是只在自家的房门上贴。自从当了保管以后，不仅贴自己住的房门，保管院从街门到保管室，大小门窗全贴，不留空白，甚至还要在大车、犁耙、播种机之类的农具上贴，颇有点红海洋的味道。

年前的几天是尕五爷最忙最兴奋的时候。他不仅自己忙，往往还要把我拉扯上替他跑腿。我们桦林沟只有两个人能写对联，一个是我们学校的校长，再一个就是尕五爷。早先祖父也写，可惜他不在了。校长是有社会地位的人，一般人不敢轻易求他，只有尕五爷好说话。不要说你去请他写，他完全是自觉自愿，主动为人民服务。还要搭上笔墨纸。他指使我的时候不直接对我说，必定通过我的母亲：

"他嫂子，让尕泉（我的小名）给我上一趟街，买些红纸写对子。"

"又是给众人送？"

"过年嘛！"

从辈分上讲，我的母亲是他的侄媳妇，论年龄，却差不多可以做他的母亲。因此之故，尕五爷从不直呼母亲的名字，而是比着孩子们的口气叫"他嫂子"，母亲也和我们的称呼取一致，叫尕五爷。遵照祖母的嘱咐，母亲对尕五爷的生活也给予许多照顾，比如做鞋啦，新旧衣服的缝缝补补啦，有了好吃喝，也要叫他来吃。现在看他自己身上的衣服又破又旧，并不曾挂一根线，却拿自己并不宽余的钱买红纸为众人写对子，很不以为然，用埋怨的口气说：

"尕五爷也真是！身上的衣服穿多少年了，也不扯件新的，倒把钱花在这上头，谁领你的情！"

尕五爷听到侄媳妇的埋怨，低头看看自己的衣服，笑着又重复一句："过年嘛！"

在尕五爷看来，过年就可以不分你我，就可以过共产主义生活。至少，他把无偿赠送春联视为一种理所应当的义务，作为一种精神享受。年年如此。

正因为这样，请他写对联的人越来越多。校长感到寂寞，装成闲转的样子来到保管院，对着他的得意门生说些善意的玩笑话：

"我说咋搞的，这两年没人请我，原来你这里门庭若市！"

"看老师说的……"

尕五爷不好意思起来。

校长超然一笑：

“这是好事嘛！长江后浪推前浪，一代新人替旧人。桦林沟再多出几个像你这样的人，我才高兴！”

老师越是这样夸奖鼓励，尕五爷越是手足无措，不好意思，好像他不是做好事而做错了事一般。想了想，便把笔搁在砚台上，从方桌边闪开，恭恭敬敬地让道：

“老师在这里，我不敢班门弄斧。请老师挥毫吧！”

据说书法家写字成，看见别人写字手要发痒。我们的校长也算得上个书法家，至少在桦林沟是这样。当他看到方桌上的笔墨纸砚，自然也手痒起来，学生又如此谦恭，便说：

“既然这样，我先来写几副，完了你再写！”

说着，就提笔挥洒，尕五爷亲自给他扶纸。校长写的是现成句子：

日新月异家家乐

万紫千红处处春

论书法水平，当然是老师的好。他写的是颜体，笔力浑厚，端庄凝重，字字显出功夫。尕五爷是从老师的“仿格”上临摹学习而来，加上他在校时间不长，辍学以后又经年累月地从事繁重体力劳动，手指僵硬，练习的机会不多，写出来的字自然比不老师。但是农村人贴春联是为了图个吉祥如意，只要横平竖直，表达出意思就高兴，并不嫌弃。倒是尕五爷自己即兴编出来的对联句子，人人喜爱。

老师写了几副，推说年货还没有办齐，搁笔走了。尕五爷规规矩矩地把老师送出门，返回身来，这才放松神经，摆开架势写春联。一般情况下，他是照着农民报上发表的现成春联句子写，比如“劳动门第春光艳，幸福人家喜事多”“百姓岁月当代好，万里江山今朝新”之类，还有郭沫若老先生的名联“人民公社般般好，路线光辉日日新”，他也喜欢用，但他又不满足这些现成的句子。他自认为肚内有些文章，想发挥发挥，独出心裁地搞创作，写出一些符合农民家庭的对联，贴到门上有独特的意味，可以长久地品评。因此在下笔之前，必先问贴对联的主人：

“说，这是往哪里贴的？”

“大门。”

他抬头一看，那是队上劳力最强，出勤最多，分红最高的人家。低头略一沉思，提笔写了：

岁岁致富岁岁富

年年迎新年年新

横批是：春色满门

军属老大娘把儿子寄回的喜报挂在墙上，又在窗子上贴了花，单等门上的对联。他就对其他人说：

“咱们暂且等一等，先优待光荣军属！”

想也不想，提笔写出了：

对联窗花映喜报
锣鼓鞭炮庆丰年
横批是：六合同春

军属的对联不是直接交给本人。大队支书就在旁边候着，他要代表全体社员，打鼓放炮地送去。临走，对尕五爷吩咐：

“等一会儿，给大家写毕了，给我也来上一副，迎个喜神！

尕五爷头也不抬，应道：放心！”

但他还是怕忙糊涂了忘记，就先把支书家的大门对联写好，放在一边。他写的是：

国事家事个人事事事如愿
粮多钱多贡献多多多益善

刚刚写完，在场的人便拍手大笑，称赞写得好。原来那“多多益善”四个字是杨林的口头禅。向上请求救济，人家问要多少，他说：“领导看着办吧，多多益善！”动员社员捐献，也是“多多益善”，甚至商量饲养员的牲畜繁殖指标，也是“多多益善”，叫人啼笑皆非。尕五爷平日不动神色，这时候居然巧妙地把这几个字嵌进对联，何等风趣！

接下来，要对联的人就拧成了绳，排成了龙。有女人们给盆盆罐罐上要的，有放牧员给牲口棚上要的，有给灶奶奶牌位上贴的，有给果树园子上要的……五花八门，各式各样。尕五爷有求必应，一一写出。他给农业社的羊圈门上写的对联是：

羊似摇钱树
圈若聚宝盆
横批：水草通顺

农业社的果园子门上写的是：

植树木山山叶绿果红
保水土块块苗壮根深
横批：造福万代

那些婆婆妈妈婶婶嫂子们要求为家用器具上写的小联，他更加挥洒自如，无拘无束。粮食囤子和面柜上写“米山面岭”，“勤俭节约”，炕头上写“身卧福地”“抬头见喜”。最有水平的是他为几家灶奶奶佛龛上写的对联：

为人不做亏心事
任你上天翻舌根

把所有的人打发走以后，他已是精疲力竭。但他还是极有兴致，给自己住的房门上写了这样一副对联：

勤俭劳苦
从容守正
横批：磊落光明

字数少，意思深。魏旋看上了，也要一副。尕五爷说：“句子重了意思不大，我给你另写一副。”就写了：

春霜洗出新思想
阳气催开好时展
横批是：风调雨顺

魏旋嘴上不说，心里很不乐意。他认为他和尕五爷的对联应该调个过才切合实际。但是新年大吉，不便理论，只好忍气吞声，让老婆打些浆糊贴到门上。大年初一去拜年的人看了，说是贴反了，笑话了一阵。魏旋不以为然地说：“他写的对子本来就狗屁不通，哪有个反正，马马虎虎吧！”

但尕五爷却不这么看。他为自己的对联创作而陶醉。大年初一借着拜年的机会，跑到各家又欣赏了一遍。

又一篇《三字经》问世

“文化大革命”过后的那年春天，上头派了一个工作组来，经过整顿，杨林又重新掌握了桦林沟的领导权。尕五爷恢复了社员资格。杨林通知他：

“张进才，你搬回来住吧！”

“我已经在山上住惯了……”

“保管院的房子仍然归你！”

"交给公众用吧！"

"你这个家伙！那是你的房子，明白吗？"

"管它你的我的，到时候眼睛一闭，还不知道是谁的呢！"

尕五爷嘴里突然冒出这样一句话。似乎他已经看破了红尘。杨林骂他：

"才狗大的岁数，就说这种丧气话！没用的东西！我还想让你当保管呢！"

"那怕不成。我如今脑子昏得厉害，眼睛也麻达了……"

尕五爷摇着头，认真地推辞。

事实上尕五爷也真的见老了。几经折腾，他的身体已大不如前，背也驼了，腿也直了，眼睛里失掉了先前的智慧光泽，烂熟于心的《三字经》也忘得差不多了，不再有兴致对别人主动提起。加上他独身生活，既没合体衣衫，又没有可口的饭食，身体衰老得很明显，几乎是一个小老头了。

大概杨林也看出了这一点，便打消了让他当保管的念头，改变主意，让他负责看果树园子。

山场地方，说是园子，其实也没有什么围墙栅栏，只因坡上有几棵不结果子的果树，约定俗成，这么叫而已。杨林在桦林沟掌权三十多年，只是个以粮为纲的专家，并不曾利用山里的自然资源优势，发展果木园林。倒是尕五爷家后院的果园里有几棵果树，每年结为数不多的果子，仅够娃娃们解馋而已。其他果树梨树，因无人剪枝培育，简直是有名无实。不知为什么，现在他想起了重视果园，而且让尕五爷专门看管。

因为杨林发话，尕五爷不敢推辞，便接受下来，但居住的地方不改变，仍然在那个小草房里。

尕五爷的精神虽然不比从前，但认真负责的工作态度一如既往，他不管则已，管了就竭尽全力。

果园不同于农具保管院，可以加锁。梨树、杏树、李子树……品种不多，却很分散，混杂在白杨、桦树、酸枣之类的林子里，东西宽五里半，南北长十里。从春天开花到秋天结果成熟将近半年的时间，看园子的人必须成天在林子里来回巡视照料，既要防止牲畜啃树，又要教育小娃娃不要糟蹋果实，当然也包括那些不自觉的成年人，是非常辛苦的差事。到了晚上，累得浑身的骨头架子都快散了，但他仍然坚持。除了到处跑着照料外，他还摸索着搞嫁接，把李子树条子接在杏树上，林檎接在干长把树上，居然也都成功了，长得很旺。但是他未能管得住人们偷偷摸摸地摘，有的成年人也顺手牵羊，无法一一发现阻拦。即使看到了，也不可能像从前给小娃娃念《三字经》那样，用"融四岁，能让梨"的话可以教育的。辛苦了一年到头，收了不到五百斤果子。

尕五爷觉得没有尽到责任，给杨林作了检讨。老支书却在群众大会核桃枣子一起数，把全体村民臭骂了一顿。

为了这事，尕五爷好几个晚上睡不安稳。他既为自己的失职而抱愧，又觉得杨林乱骂人不是办法。他想了又想，觉得管护园子也应该有个制度，让大家记在心里，自觉地遵守。

他一边思索，一边在心里打底稿，很快写出了《造林三字经》，一共48句144个字，拿给杨林过目。老支书笑着说：

“你这个张进才，还是不忘你那《三字经》的老套套。念念我听！”

尕五爷就念给他听：

庄稼汉　勤为本　欲发家　栽树林
桦林沟　阴湿地　雨水丰　地气足
插竹筷　也发枝　各样树　都适宜
梨和杏　经济林　用嫁接　好收成
杨和柳　能用材　作椽桁　离不开
松柏桦　生长慢　耐阴寒　种南山
同是树　性不齐　分阴阳　地势宜
春夏栽　秋冬管　不爱惜　也白干
树与人　理一般　养和育　紧相连
栽和护　是两步　心力齐　方巩固
富莫啃　人不砍　长成林　绿满山
结了果　可卖钱　好处多　万万千

杨林自己又细看了两遍，皱着眉头思索，想改动改动，说得更加圆满些。但他终究与笔墨文字无缘，提不出修改意见，只好勉强点头批准：

“凑合吧！过两天我让会计到供销社买几张红纸，你给我写出来，让大家遵守！”

尕五爷讨得老支书的口风，也不等会计去办理，他自己掏钱买纸笔，三下五除二写了出来。

众人看了拍手叫好。

“从前那是老《三字经》，现在写的是新的，不一样！”

“反正这上头写的都在理，以后咱们都得照着办！”

…………

尕五爷听得受用，又悄悄回到了他的茅草棚。

他不要奖励金

尕五爷写《造林三字经》，并不是让他起公约性质的作用，去约束大家。他从农具保管工作中得出经验教训，懂得了任何事情不能强迫，而要靠自觉的道理。“文化大革命”当中，臊头说他把公家的财产当成私人的东西，不让大家放手使用。他当时想不通，现在明白了，自己的确有过错，主要是没有想到大家的责任心。现在他又写了《造林三字经》。当初杨林让他写到红纸上张贴为制度，他虽然照办了，但不以为然。他心想，我的这个《三字经》算什么！不过是讲些人人都知道的道理，劝劝而已。光劝也不顶事，要紧的是实干，身体力行。

虽然他的体力一天不如一天，但他还是硬撑着，又看了两年多园子。这时候农村里已经普遍推行联产责任制。桦林沟的土地承包以后，果园也试行这个办法，由于他看管得好，又懂一点剪枝的技术，果子一年比一年收得多。到了年终结算，他个人应得的钱竟然有一千多块，这在桦林沟无疑是个天文数字，大家目瞪口呆。兑现会上尕五爷却拒绝领取：

“果园收成好，是众人的功劳。要不是家家管住牲畜、小孩，哪能收这么多果子？我不能要这个钱！”

“这是上头的政策，你怕啥？”

“赶快摁手印领吧，这么好的事到哪里去找？”

“我不要，留着集体发展园子吧！”

尕五爷硬是坚持不要。

队干部也不敢强迫，就把钱挂在他的名下存了起来。陆陆续续积累下来，竟然有五千多块钱。

这时候农村实行体制改革，人民公社变乡政府，大队改成村委会。在改的时候，当了三十多年大队支书的杨林退休了，由他的儿子杨明继任，当了支书兼村长。新任村长觉得这个钱老挂在集体的账上不是个事，三番五次地动员尕五爷快点领，尕五爷还是那个话：“不要。”杨明就请他老爹以老朋友的资格去说服。杨林十分乐意地接受了这个任务，跑到茅草房里，见了尕五爷就骂：

“你这个家伙?！活该受罪！党的政策宽大了，你还这么瘟头瘟脑！钱，我说的是你看果园分成的那些钱，是你辛苦挣来的，不是白拿，你为啥不去领？”

“我一条光棍，要那么多钱干啥用？”尕五爷为难地说。

“看你这个糊涂杆子！”杨林真的来气了，“钱这玩意儿，只要来路正当，多多益善，还怕烧了你的手？糊涂东西！五十多的人了，光杆司令还没有当够？”

尕五爷那麻木的脸上掠过一丝古怪的笑意。

“赶快去领。钱拿到手，也不要胡花，办个正经事，寻个婆娘，好给你烧烧煮煮、缝缝补补，把身上收拾利索，像个人样子！”

尕五爷本来没有认真听。可是当他听到这位训斥了他三十多年的老支书竟然把穿戴和人样子联系起来的时候，居然犯了拗劲。说：

“人，像不像样子，不在穿什么。《三字经》上说……”

“少给我摆你的圣人资格！”杨林当头把他拦住：“我懂的道理比你多！”

“那当然……”

“明白就好！考虑考虑，想好了，给我一个回话！”

尕五爷根本不予考虑。他好像有意气老支书似的，摇着头说：

“你就别费心了！这种事情，对我没有什么意思。别人不了解，难道你也不明白？土已经拥到脖子上了，还寻什么婆娘？万一我一口气上不来，不是把人家害了？我不干这种事情！”

“你呀，你这个张进才……”

杨林无可奈何，只好一瓶连一瓶地吃水烟。作为桦林沟长期的掌权人，他是十分了解尕五爷的。

在这之前，尕五爷有过两次婚姻的机会。一次是在中华人民共和国成立前。他的爹，我那位曾祖，在他生前曾用二斗麦子作聘礼，给他订了一个媳妇，紧接着是土改，尕五爷当了富农成员，对方提出退婚，尕五爷同意了。第二次是他当保管员的时候，工作干得好，又上报纸又受表扬，几乎成了模范，杨林亲自做媒，介绍了一个寡妇。正准备商量结婚的事，“文化大革命”的风刮来了，他因为是富裕中农，谁还敢当他的婆娘？一晃五十多岁了。他说的“土拥到脖子里”是有些夸张，但究竟年龄大了，无论是身体还是心情，全都失去了考虑这个问题的条件。杨林理解他的心情，不再勉强。但仍然给他鼓劲：

“张进才，你别在我面前摆资格——狗大的岁数，怎么就土埋到你的脖子了？照你这么说，我就不活了？好好打起精神来！咱们把话说定：要是碰上合适的，我就替你做主了！”

尕五爷也把话说定了：

“千万不敢！”

《造林三字经》上了《绿化》杂志

退休支书和尕五爷谈话以后，等着他的回音，谁知道尕五爷竟然把领奖金和寻婆娘的事忘了。或许他从来就没往心上放。因为体力大不如前，没有精神到沟底下的庄子上串门，便一个人只在林子里走动，稍有力气，就弄弄果树。村里发生什么事，来什么工作人员，他也一概不知，似乎真的进了世外桃源。当然，有许多事与他无关，工作人员也不晓得茅草棚里有个张进才。

可是有一天，省里下来调查林业资源的工作组问到了尕五爷。其实也是从《造林三字经》上看到的。

调查组的人有五六人，在“巡洋舰”的小汽车里坐得满满的。带队的竟是当年搞土改复查的王县长。他如今是省林业厅的副厅长，有的随员又叫他“老顾问”，搞不清他究竟是什么职位，反正官升大了。他到桦林沟，显得有点兴奋，对助手们说：“我二十世纪五十年代来过这里！”

杨林和魏旋认出了他，高高兴兴地拉手，叫他“老县长”。跟前跟后地介绍情况，瞅空子谈了些知心话。当然是个别谈的，不然会当场发生矛盾。魏旋说他因为“一贯坚持无产阶级专政”，吃尽了苦头，到现在弄了个光身，啥也不是。

王尚云只用一句话安慰：“过去的就过去了，往前看！”

他们两个人谈的时候都想着要说说尕五爷，不知为什么，总是忘。直到王尚云和他的随员发现《造林三字经》，感兴趣地抄在各自的笔记本上，问作者是何人，他们才逮住了机会。

杨林说："写这个的人叫张进才，厅长认识……"

"是吧？"王尚云似乎想不起来。

"他还受过您的恩惠，您忘了？"魏旋帮着老县长回忆。

"是吗？"

王尚云还是没有印象。但他对《造林三字经》很感兴趣：

"这个东西写得好！带我去见见这个人吧！"

"巡洋舰"开不到山坡上，他们就步行到茅草屋。人多，屋子里盛不下，就在外面的草坡上，一面晒太阳，一面谈扯。

魏旋抢在前面给尕五爷介绍：

"这是早先的王县长，现在的厅长，你的大恩人，记得不？"

"嗯，嗯……"

"要不是老县长那时按政策办事，有你的今天！"

"嗯，嗯……"

在我看来，尕五爷的"嗯，嗯"和王尚云的"是吗"是一回事。

杨林说："张进才在'文化大革命'中吃了不少苦……"

王尚云说："是吗？

尕五爷说："没啥，没啥。"

当话题转到造林问题上，两个人才有了兴致。王尚云称赞尕五爷的《造林三字经》编得好。尕五爷有几分得意，脸上泛出红色，说：

"这也算不得什么公约，不过是讲些道理，提倡提倡，叫人人重视……"

"是的，是的，就应该这么宣传！"

接下来尕五爷又谈了些他对桦林沟造林的具体设想和建议。随行人员根据王厅长的指示，都认真地作了笔记。

王尚云也关心到了尕五爷的工作和生活：

"有什么困难没有？"

"没啥，没啥。"

尕五爷还是这么两个字。

魏旋估计，王尚云会关照村干部对尕五爷多加照顾。但是王厅长没有提，只安顿了这么一句：

"张进才这个人在造林上有一套，你们要发挥他的作用，支持他的工作！"

新的村干部和杨林齐声答应：

"领导放心！"

有个随员说："他写的这个《造林三字经》，很有特点，我们要在刊物发表！"

调查组走了大约有半年的时间，乡政府托人带来两本《绿化》杂志，全是林业方面的文章，其中就是尕五爷的《造林三字经》。杨林拿出其中一本，说：

"村里留上一本，这个，我给张进才送去，叫他高兴高兴！"

尕五爷看到他的《造林三字经》上了《绿化》杂志，还真的高兴起来的，连声说：

"你看上头多重视，你看上头多重视！"

老支书顺茬做工作：

"可不是吗！他们不但重视你的《造林三字经》，还叫我们关心你的生活。前几天给你说的寻婆娘的话，你忘了？"

"忘是没忘，只是……"

"只是什么？像你这样，万一有一天痰堵在嗓喉眼上出不来气，跟前连个人都没有！"

尕五爷笑了笑，没有吭声。

杨林可没工夫开玩笑。临走又说：

"过两天给我一个回话！"

奇特的遗嘱

过了几个月，杨林等不着尕五爷的回话，问生产队长，说挂在账上的那些钱也没动分文。老支书不免生气，见了人就骂：

"张进才这个糊涂杆子，好话说了千千万，就是不听，天生的孤鬼。"

这个话真成了预言。两天以后，臊头急急慌慌地跑来，报告了尕五爷的死讯。

事情也纯属偶然。

臊头想跑买卖，没有本钱，他就想起了尕五爷在队里的集体账上存着的那些钱，想借来用。他说那些钱放着也是闲着，不如变成活钱得点利，尕五爷没有松口。他还想再去纠缠，发现尕五爷一个人硬棒棒地躺在炕上。便把借钱的念头吓飞了，赶忙颠起屁股找村干部报告。村长找不到，老支书听着信息急急地赶了来。当他断定尕五爷死了有好几天，就大发脾气骂人：

"你们这些当家的是干什么的！村干部是干啥吃的！一个大活人死了，连时间也不知道，看你们咋个交代！"

老支书人退心不退，作风不变，性情也不变。一急就骂人，核桃枣子一起数，不分青红皂白。骂够了，就吩咐众人分头去忙，给尕五爷操办后事。

入殓的时候，从尕五爷的枕头底下发现了一片纸，上面写了好些话，也是"三字经"形式：

张进才　五十六　一世人　活到头　从幼学　至年老　谨做人　勤务劳

四十载　新社会　凭双手　足衣食　当保管　尽其职　守果园　亦项力

凡公事　诚而勤　无私欲　唯尽心　父生我　独根苗　少兄妹　无妻小

村领导　允我情　有一事　作声明　果园发　众人功　非是我　一人能

奖励金　始未动　我死后　献于公　取于林　用于林　多栽树　留子孙

老支书听了，严肃地发表指示：

“这是张进才最后留下了一篇《三字经》，交给村干部，当紧保存，照他的意思办！”

这么吩咐了，他又觉得不放心，说：

“拿来吧，还是让我装上，妥当。”

他极其慎重地把那纸片叠成四折，像装人民币那样，小心翼翼地装进衣袋，按了又按，感慨万分地说：

“进才这一世，就活了个《三字经》。得意在《三字经》，吃苦受罪也在《三字经》，死了还留下《三字经》。难得这么一个人……”

老支书的话对尕五爷作了总结，这篇文章应该结束了。但是关于他的后事，我还要补充交代几句。

在尕五爷的丧事上，立了功的不仅仅是魏旋一个人。黑旦——向红，我们的本家，他的那个远房曾孙子，也表现不错。

“文化大革命”以后，他为了和错误路线决裂，和自己的过去划清了界限。三年前他竟当选为生产队长。究竟在初中混了五年，又在村上革命领导小组的位子上锻炼了那么一阵，嘴能说，脑瓜也灵，当队长很有些办法。尕五爷死了以后，他主动提出当孝子，戴了全身大孝，送到坟上，又大哭了一场。

边哭边诉说：

“老祖宗啊，黑旦过去吃屎不懂事，对不住你，犯下了罪，你老人家升天了，就原谅你的孙子吧……”

他这一哭，许多人都陪着淌眼泪。

尕五爷地下有知，大概也会原谅他的吧！

净土

一

午后的太阳透过玻璃窗直射进来，面西的小厨房就成了大烤箱。上锅的菜还没有烧出味来，做饭的人已经成了烘箱中的肉饼，汪汪地往出渗油。燕云又是脂肪型的体态，油出得特别的多。尽管她不断地到走廊上换气，但终因重任在肩，还得咬牙受煎熬。时间一长就喘不过气来，仿佛全身的水分已经蒸发殆尽，如同过了榨机的甜菜渣，口干舌燥，眼睛冒火，冲着在书房里吟诗的老头子发脾气：

“你们这一帮子穷酸，没事干，在一块吹吹牛倒也罢了，何苦搞这种把戏——聚餐！有本事到饭馆包一桌，偏要在家折腾！”

“话不能这么说！”司空凡赶忙辩驳。他的脑子里刚有佳句探头，被老婆的批评吓得无影无踪，心里不免恼火，却又不敢公开暴露，反把声调尽量变得柔和，求情似的解释：“这是朋友们在一块商量决议的事，并不是纯粹为了吃，而在互相联络，切磋学问，要的就是这种清静气氛。饭馆那种地方如何去得！况且已经实行多时，怎么可以在我们做东的时候破了规矩？”

燕云真的火了：“少给我扣帽子！你到伙房来试试！”

“知道，知道……你就克服克服吧……哼，加伟也不来帮你！”

“你都袖手旁观，还指望孩子！他们不上班了？”

燕云发过牢骚，缓足了精神，重又进入厨房，斗酷暑，战热浪，继续准备酒菜。

司空凡的佳句既然刚露头就遇到了暴风雨，料定一时半时不会再来，便轻叹一口气，把心思集中到聚餐的事情上来。想到老朋友相会的诸多欢乐，烦恼也就不复存在。

他们的聚会已经坚持了一年多。司空凡做东也是第二轮。开始并没有人敢往这方面想，仅仅是凑到一块谝谝闲传，说些在机关里不便说的心里话，实在的牢骚也有，空谈的宏论更多。时间一久，有人觉得不过瘾，一杯清茶也太寡味，应该佐以酒肴，搞成“沙龙”性质。多数人摇头，不为别的，就讨厌这个进口名词。在他们闲谝的时候，也评论时事，批判社会风气，“崇洋媚外”自然是活靶子，人人深恶痛绝。都是些有了年纪的老头子，虽然不是改革的落伍分子，却以坚持“四项基本原则”和中华优良传统为己任，怎能随波逐流，有人提出了“神仙会”。这个名堂历来褒贬不一，缺少定论，那些年是避之唯恐不及，现在政治清明，自然有人敢提。建议出来，略一思索，便纷纷表态：“正合吾意！”“英雄所见略同！”“妙妙，妙！”……立刻鼓掌正式通过。他们年龄相仿，脾气相投，文化层次相近，各方面都“差不多”。在机关里没多少事情，有的已是二线人物，日子过得赛神仙，现在得以过会，何乐而不为？于是讨论细则，规定日期，决定每月一次轮流做东，滚动式地转圆圈，在他们看来，当今社会，争官的争官，下海的下海，人人争权夺利骗钱，唯有他们的小圈子算得上净土，荣辱不相忘。朋友们在这里相聚，“闲有尘事难纠缠，弹琴饮酒竟欢然”。司空凡在自己的书稿里自书一副对联，录的是古人诗句：

境闲堪问道

客雅好论文

他们一月一会一聚餐，谈天说地论古今。“花谢水流倏忽”，时光打发得顺溜，倒也乐哉悠哉。时间定在每月初九。这里也有讲究。因为机关六日关饷，工资刚刚到手，备办酒菜不犯难。这一轮是老诗人做东。三天前交工资的同时把建议性菜谱递到夫人手里，请她“酌定”，却又十分强调，要搞出水平来，不能低于别人家的档次。当时儿女不在面前，他还打躬作揖，给夫人做了个滑稽的舞台动作。

燕云明白丈夫强调的道理。因为轮流做东，就有个你追我赶，互相攀比的问题。只能是后来者居上，不能王小二过年，每况愈下。更为重要的是这种轮流做东的家庭聚会，还有个“比老婆”的问题，比她们的贤惠，比她们的待客礼仪，比她们的热情，比烹调技术，比……总而言之，谁都心里明白，谁都嘴上不说。分明这里有个明争暗斗，比出优劣高下的问题。传说，时下官方也流行这类把戏，谓之“东西南北中”内向交流，地区性的研讨会。今天甲地，明天乙地，比宴会水平，比接待排场，当然也比工作……司空凡他们的神仙会是民间自愿结合体，并无比工作的思想负担，但主妇们又要斗斗心眼。她们认为，不办则已，办就办出水平。中国的食文化就在这种轮流的家庭宴会中不断创新发展。何况水平的高下与她们的名誉攸关，怎能视为等闲！燕云因工作关系（在省食品协会任秘书长），曾和人合编过一本《凤城小吃集锦》的小册子，对菜谱有些研究，自信能冠压群芳。还因为她有一个聪明伶俐的女儿娴娴，娴娴有一个比她更能干的如意郎君邓加伟。小伙子在单位上有文凭有口才，颇有外交手腕；回到家里却是一个忠实的仆从，做饭洗衣，样样承包。更叫丈母娘欢心的是他烧得一手好菜，凡是吃过一次的人无不称赞叫绝。但这个贼溜子今天不知道躲到什么地方去了，总也不见面。娴娴解释说，他不会避清闲，一定是办什么重要事情去了。女儿当然向着他。燕云只好独立支撑。

下午六点，精致的凉菜已经摆好，热菜有的上笼留着，有的做成半成品等上席时处理最后一道工序。可是奇巧，一向守时遵规的诸君今天竟然迟迟不到，差不多七点了才有人敲门。进来的是编辑郑广聪和前支部书记唐正。郑广聪字思明，是个只有骨头没有肉的人。

有钱难买老来瘦。他以此为骄傲。思明先生是个诗人兼戏剧家的艺术人才。早些年省城上演过一出叫《昊王》的历史剧,那笔调明朗,气势磅礴的剧本就出自他的高手。后来话剧衰落,他转产改行当了文学编辑,安安稳稳地过神仙日子,只把幽默风趣的才能留在朋友相会的时候发挥。他进得门来,不行礼问好,先打听喝什么酒。其实他的酒量最不济。从酒扯到茶,从茶说到饮料,思明始终嘴不停。唐正是老枪,只坐着喝茶抽烟不发一言,专等上菜。但挨到八点,再无一人进门。燕云发急地问丈夫:

“你的人呢,你的人呢?叫我摆下这一浪淌,你的人呢?”

老诗人哪里回答得上来!只觉得口舌发干,脊背上蹿冷气,仿佛要大病来临。郑广聪忙拿轻松的话劝慰:

“惠常兄,千万别生气。他们不来自有不来的原因。咱们开席吧!嫂夫人也站得累了,再说,我从昨天晚上就留出肚子等这一顿……”

也只能如此,刚刚举杯,主人的祝酒词还未出口,林景春匆匆地跑来,郑广聪抢先兴师问罪:“德阳兄如何不守时间?”

“一言难尽……”

德阳是林景春的字。他们这个圈子里,许多人都有“字”,而这个字只在神仙聚会时互相称呼,旨在增强气氛。平常不用的。

德阳先生缓过气来,做检讨性的解释:

“你们知道,我这个人别的优点没有,守时间讲信用是一贯的。五点半就骑车往这里赶,哪晓得西大街有个叫黑天鹅的火锅酒楼开业,鞭炮放了半个多小时,上百辆小车把街道堵得死死的,我的自行车卡在中间,总也找不到出路……”

接下来又大批特批腐败现象。

思明赶快拦住:“不提它,不提它,说多了倒胃口。咱们嫂夫人的手艺,不比哪个酒家的名厨高超?更重要的是这种酒菜无论吃多少,心里踏实,睡觉安稳!”

闻人是上了热菜以后才进来的。他进门的时候就红头涨脸,酒气喷人。司空凡和他关系最近,问话也不客气:

“这是怎么说?”

“道毛,斯咪么省!”闻人用日语说对不起。又补上中国话:“我甘自认罚。”说完仰脖一咕嘟,杯中酒点滴不剩。

闻人是复姓,单名泰,主修日语。

除了写一手好文章,闻人还喜欢唱歌跳舞,尤善鼓琴。司空凡家有一把废弃多年、断了几根弦的古筝,是他们的爱女娴娴小时候用过的。当初燕云想把女儿培养成艺术人才,买琴请教师,投了不少资。但娴娴上中学以后就独立自主,宣称她无音乐细胞的遗传因子,拒绝学琴。这把古筝就挂在杂物间,尘封多年,十三根弦有四根不见了。亏得闻人技法娴熟,居然能摸出几个音符来。

二

司空凡轮值的聚餐会，只来了四位客人，余者无故缺席。因此场面冷清，主人尴尬，酒也喝不出味来。闻人的琴曲弹得虽入迷，也不过是自拉自唱，自我陶醉，别人无甚兴致，唐正先生有了年纪，坐得时间一长就骨头酸，好不容易等到大家吃完饭，茶也不喝起身告辞。德阳、思明二位也跟着走，说是路上好照顾老领导。闻人仍沉迷在“杀狗啦”中。等主人送客回来他才醒转，起身坐在椅子上，神秘兮兮地要求：“可否到书房一谈？”

主人会意，立即领他到书房。闻人随手关了门。他中等身材，精壮结实，连鬓胡一天要用电动刀滚两次，一月三进理发店，“寸头”永远保持不长不短的适度。衣着整洁，西装笔挺，颇有点洋味道。他平日也喜欢开开玩笑，今天如此神秘，司空凡大惑不解。小心地问：“什么事情？”

“事关重大，你听了千万别生气……”

“但讲无妨……”

闻人先生便把声音放低，像传达秘密起义的军事命令那样，又瞥了一眼房门，确信不会走漏风声之后才低声说：

“高级职称评委会议的情况你可听到？”

“一无所闻！”

“难怪老兄如此平静……”

“有什么情况你快说嘛！”

“我不信你一点感觉也没有？”

“请不要拐弯抹角！”

“今天的聚会何以缺席这么多人？难道他们都有重要事情？”

“你是说和评职称有关？”

“其实我也是分析而已。不过今天的评审结果对老兄十分不利。我得到可靠消息，你老差了一票……”

闻人把他了解到的评委会情况详详细细地讲了出来。老诗人听罢，腰椎骨突然一阵酸痛，大张着口，靠在椅背上半天回不过神来。

闻人见此情景也有几分害怕，赶忙安慰，并积极出主意：

“此事尚有一线希望……”

“请指示！”

“据可靠消息，领导小组验收的会议定在下星期二上午，还有五天时间。领导小组组长白副省长，因为年龄关系，要退到人大去。这是最后一次主持领导小组会。这次申请高级职称的人当中有一些是政协、人大代表，他能不送送人情，给自己的选举创造条件？”

“我不是代表呀！”

“老兄也太书生气了！你想想，各种门类上会验收的高级职称不下二三百，他能认识几个人，还能只对代表开恩？据说，这次验收会只开一个上午，光念名单还不得两小时？他要放宽政策，表示对知识分子的关心……”

“我的名单提不上去怎么办？”

“问题就在这里。你必须上访，面见白副省长，把你的材料亲自送到他手里，再把你的大作送上几本，让他在脑子里留下初步印象，到会上他必然要问起，这就是转机。你再把科干局长搞转，让他扶一把，不怕上不去！”

“可是……”

司空凡过去也上访找过几回领导，知道走上层路线的意义。但是要在几天时间内顺利地完成闻人说的这些工作，无疑比登蜀道还难。他不免胆怯犯愁。

“别再犹豫啦！”闻人进一步打气，“我要说的就这些。情况给你汇报了，点子也替你出了，到底该怎么办，大主意你老自己拿吧！”

说完，起身告辞，身子一晃走了。临出门带了锁，意在不让主人多送。司空凡想到他刚才传递消息，又帮着出点子，十分感动他的情意。看到他出门时身子摇晃，怕身上有酒脚下不稳，追了出去。等到楼下已不见踪影。天上星河耿耿，地下里巷清辉，空留一路月色。要在往常，这正是吟诗的佳境。但今夜心绪不好，体力也难支，便快快地回去，脚也不洗，蒙头睡下了。外面燕云如何埋怨嘀咕，他一概装聋作哑。

三

尽管心里烦闷，但司空凡仍不破坏多年养成的生活规律，中午睡了一个小时。醒来之后摇摇头，眨巴眨巴眼睛，确信自己没有“神经病”之后，头脑暂趋冷静，思维也慢慢清晰起来。心里来回盘算，把上午的行动做了个小结，这职称评定的事，也只是闻人酒后传言，充其量是一面之词。内情究竟如何，总得进一步打听清楚才是。没有调查就没有发言权。怎好糊里糊涂生气？好在上午被省政府的门官挡了回来，没有见到白副省长。如果人家放你进去，真见了领导，领导又认真地问起情况，你如何对答清楚？太盲动了……

批判了自己的错误行动，便重新鼓起精神往机关跑，找高评委中那几位哥们儿，也就是前一天晚上聚餐无故缺席的那几位老兄，问问他们，究竟是谁不够朋友，关键时刻来这么一家伙，很可能他们都做了手脚，心中有鬼。否则，怎么躲着不闪面？分明是……想到这些地方，司空凡就觉得气不平，头上冒冷汗。

在三楼的楼梯口碰到了王钦贤。这是个不长胡子、脑袋谢顶的胖老头。看上去，头部像个吹足了气的塑料气球，有一碰即破之势。秃顶先生自称是本省的第一把“刷子”，“平生老眼空四海”，目中无人。不说别的，仅凭他那顶不着毫发的大脑门，便足以表明他是多么的资深历高，知识渊博。他在高评委里处于举足轻重的地位，也是自然而然的事情。司空凡见了他如逢救星，竟然忘了他们小圈子里的规矩，大声而亲昵地在楼道里呼唤王胖子的“字”：“敬一，敬一……”

敬一回头看明白喊他的人，也马上表现出一副急切的神情：“你到底来了！我正愁没处找你。快，到我办公室来！”

司空凡闻言不禁哑然失笑。昨天聚会你都不闪面，还说什么没处找我？哼……但这不是追究责任的时候，还是忍着气跟了进去，看他究竟说些什么？也好学习学习他当面撒谎的真本事……为了敷衍，先问一句：

“昨天在下值东，老兄如何不赏光？害得我好等！”

王钦贤并不回答，只吩咐一句：“请把门关上！”

他自己已经奔到办公桌前，把手里的报纸杂志胡乱往桌上放，指着对面一把积满尘土的椅子：“请坐！”

司空凡皱了皱眉。他穿的是早上去见省长的礼服，银灰色的毛料西装，正牌的香港货。笔挺闪光，这样埋汰的地方如何坐得下去？就犹豫一下，从对面书架上拿来一张旧报纸，抖了抖上面的尘土，铺在椅子上，这才小心翼翼地落座。王钦贤对尘土已习以为常，很坦然地坐在属于他的那把靠背椅上，开门见山地说：

“昨天的评审会情况不妙，投票结果对老兄不利，我哪里有心思去喝酒？再说，去了，你必然要问起这档子事，那种场合岂是谈论问题的地方？索性缓一缓再告诉你……”

“怎么？难道……”

“严重地讲，这是犯纪律的，但咱们之间的关系，不把当时的真实情况告诉你，又算得什么朋友！”

“是的，是的……”

司空凡一边应一边扭动身子，屁股底下的报纸发出“吱吱啦啦”的响声。

“正式投票之前有一阵议论，也是统一认识的意思。我抢先第一个发言，替你吹捧，为的是先入为主。其他人也表示赞同。可是结果你的票没有上去，你说说……”

“难道展如、越石他们……”

“按理说不会。可是严酷的事实又摆在那里，迫使我们不得不怀疑自己的天真……”

“我要当面问问他们去！”

司空凡气呼呼地说了这么一句，起身就要走。王钦贤伸出肥厚的手掌往下按，一边劝慰，一边讲着深刻的道理：

“千万不要莽撞。无记名投票，你能肯定是他们没有画圈？为了避嫌，画圈时还统一发了油笔。这种事情，用现代化的仪器也检验不出来，你敢随便怀疑？别说咱们这种小评委会，人大、政协那样的高层代表会的选举，不照样出娄子？内定的候选人不上票，也是干瞪眼！你要是冒冒失失去追问，不把我卖了？”

“可是……”

“冷静点，朋友！以老兄你的资历和创作水平，拿高职是迟早的事情……”

“可是……”

“你听我说，”王胖子摆摆手，使老诗人的话憋在“可是”下面出不来，“造成这个局面，固然有客观原因。但从你个人来说，也有失误，比如申请系列，就有值得检讨的地方……”

“可是……”

“你听我说，”敬一先生还是不让他发言，“你想想，你这个职称，拐了多少弯？按说，你当老师那么多年，走教育系列最有资格，可惜你在关键时刻离开了学校——这也怪不得你。从理论上讲，前途光明，实际上后面的路是黑的。世界上没有未卜先知的神仙。那时候你就应该定下心来写你的诗，你却要评那个狗屁不顶的副编审！求情下话，东找西找，得到了，工资一分不长，是个空衔。现在又要转作家系列，申请一级，这就不能不招人闲话议论，说你哪桌好吃往哪桌跑……”

“可是……”

“算啦，你要说的理由我都知道，也完全理解。但我只是一票呀！爱莫能助。找上面也不会有大的希望，等着吧！久坐必有禅，你记住这句话！”

听到这里，司空凡真的来气了！你卖什么狗皮膏药！当初你还不是凭着脸老皮厚，跳来跳去跳到正编审的位子？又在我这里冒充神仙！但仔细一想，这秃和尚不愧有一颗不长毛的大光脑袋，说出的话多少有些道理。

司空凡的确走了不少冤枉路。当初大学毕业，因成绩优异而留校任教，一干就是二十年。那个时候有多诚实？不但干得认真，而且也很称职。他曾赋诗明志，写过一首诗：

执教育人何劳辛，
授业传经奉献勤。
莫怪蜡烛多喜泪，
应知桃李正缤纷。

当时颇有矢志不渝，为之终生奋斗的决心。到了20世纪80年代，政策宽松，文艺创作空前繁荣，他业余写的诗接二连三地发表。这时候他又感到原来的目光太短浅。而且业余时间也不够用了。教员待遇微薄，工作又累，哪比得上专业创作的自由？于是他决定战略转移，跳槽到了现在这个文学期刊编辑部。没想到第二年大学率先恢复职称评定，和他同样学历同样教龄的人评了副教授，他便叫苦不迭，在领导面前大呼冤枉。等到编辑系列开评，照顾了他一个副编审，这才心理平衡。编辑工作比教师轻松多了，双月刊，诗歌占的版面有限，只需两三天时间就可以完成一期的发稿任务，剩下的时间搞自己的创作。他又肯用功，加上编辑岗位的优越性，在外以文会友，遍结联盟，他的诗篇也就喷涌而出，挣得不少名声，堂而皇之地踏进了作家行列。前年作家系列也开始评定，有的水平不如他的取得了一级作家的资格，他便睡不着觉，找领导理论，要求转行。头头拿出文件给他看，指着画红杠的条款请他领会，他才明白自己不在岗无资格参评。又申请编审，却落得这个局面，让王胖子逮住把柄，用许多便宜话来教训，太岂有此理了！脑子里突然冒出元好问的《自题写真》：“东涂西抹窃时名，一线微官误半生。”自己狗屁官也没混到，评一个编审如此艰难，实在是可怜又可悲了！

四

从王钦贤的办公室出来，他又去敲程鹏和田青玉也就是“展如”和“越石”的门。连拍几下毫无动静，愈发证明这些人有意在躲避他。决心晚上去他们的家里，当面问问，看他们作何解释！同时也可以证明王胖子说得是真是假。因为心里发烦，在机关也不愿意多招呼人，便逃难似的匆匆回家。不料推开门一看，他要找的两个人已经坐在客厅里，燕云正陪着他们喝茶。看到司空凡进门，程鹏抢先打招呼：

“惠常兄，我和越石商量好了，午休起床就往你这里跑，紧赶慢赶还是错过了！”

“就是就是。”名田青玉字越石的人赶忙附和，“你肯定是为职称的事发急，可是这种事情怎么能在机关里谈？”

越石的字取得文雅，人却没有多少光彩。唯一可以出头露面的是那个大蒜鼻子，无论春夏秋冬，始终保持紫红的颜色，显示出他的与众不同。

司空凡听他二人这么一解释，心里的气就消了大半，忙说：

“多谢二位关心！情况我已经略知一二……”

“你听谁说的？”程、田二位齐声问。

“这就不必多问了！”

“肯定出自那个智慧的光头！”展如抢了一句。

司空凡笑了笑。

“他倒是一只会抢功的老猫！”

程鹏生性谦虚。为了保持谦虚谨慎，一般情况下他很少讲话。今天却妙语连珠。

“有些人是惯用两面手法的。惠常兄你要清醒！”越石提醒一句：

“我明白，我明白……”

“你也不要太生气……”

“名利轻随风云。我才不在乎呢！”

司空凡轻松地说了这么一句，又赶忙给燕云递个眼色，让她守口如瓶，不要把上午去找白副省长的事抖搂出来。其实太太比他聪明，至少不犯“神经病”。在她看来，丈夫为职称的事去找省长，已是十分掉价，何况被传达室的女人挡回来，这种事情怎好对别人讲？保密还来不及呢！而且她对这两个人齐刷刷地跑来报告消息，早就犯嘀咕。又想到他们头天晚上商量好了不来赴会，有意晾台，心里不免窝火。她究竟是在食品协会当秘书长的角色，善于应付场面。为了堵住他们的嘴不谈这个烦心的问题，燕云提出了这样的建议：

“二位尊驾难请。今天既然屈尊下顾，又是为了我们老头子的事操心，就在这里吃便饭，也是补昨天的课——好多菜没有上桌，在冰箱里冻着，我把它拿出来热一热，你们喝酒！”

“这怎么好意思呢？”越石谦让着，抬起屁股要走。

展如一把按住他，顺势发挥：“恭敬不如从命。越石，你就别客气了！嫂夫人的补课说是极恰当的。昨天咱们缺席，饭菜都浪费了，岂不是罪过！不如今天把它一扫光。再说，昨天评审会上，你我给惠常的圈也不能白画吧？哈哈哈……”

“哈哈哈……”

酒菜上桌，二位客人便逸兴遄飞，主人脸上也有了光彩。三巡过后，本来愁思满怀的老诗人，在朋友的开导下，竟也“万千烦恼尽抛却”，颜开心喜，情绪转变了。一边喝酒，一边表明心迹，眼泪汪汪地说，“名利于我如浮云……在咱们这一片净土，做学问才是正经大题目……”

程鹏拍手附和：“说得对，说得对，这才是咱们这一层次的人应有的高雅胸襟！”

越石却摇头：“展如此话差矣！”

“为什么？”程鹏不服气。

“该不该评和要不要是两回事。”田青玉振振有词，“像惠常兄这样的水平，评编审也好，评一级作家也好，都是应该的，可又偏偏两边都不靠岸，晾在干滩上，公平吗？我认识科委主任刘恒，刘大炮，他是领导小组副组长。我们的关系相当不错。惠常你放心，我去找他活动你的事，这点面子，我相信他是会给的……”

“你这么一说也启发了我！”程鹏又抢过了话头，“社科院的张副院长，是我的校友。他也是领导小组成员，我去把他动员起来，不就多一票？”

“感谢二位鼎力相助！来，我先敬你们一杯，事成之后，咱们仍然在我这里，放开喝它一次……”

“哈哈哈！”

两位好朋友喝到鼓楼的时钟敲响十二点方散。

司空凡是每日为文的勤奋作家。数十年来，他养成了夜间写作的习惯。平常在家人入睡以后，他仍要在书房里苦熬很长时间。一方面是自己确有创作欲望，另一方面也是以自己的行动给子女们树立不虚度光阴的榜样。但这天晚上破例。客人们走后就早早躺倒了，加之多喝了几杯，呼呼入梦，居然一觉大天明！

五

睁开眼睛以后，司空凡并没有立即起床。他有在床上构思的习惯。实践证明，在这个时辰，头脑清醒，遣词造句，灵感迭生，曾出过不少好作品。可从那天开头的佳句被夫人吓回去，两天多就毫无诗兴，再加上这要命的职称问题，困扰得脑子一片混乱，完全是无政府状态。因此醒了之后，他仍然赖在床上看天花板。看着看着，听到了客厅里的谈话声。这么早，是谁来了？侧耳细辨，原来是燕云和女儿女婿聊天。实际上是邓加伟一个人滔滔高论，不时传出娴娴和她母亲的笑声。老先生的肚子里泛起股酸。对于这个女婿，虽然说不上十分讨厌，但总觉无话可说，只是对付而已。而傻老婆子却像“醉打金枝”中的那位皇后娘娘，“丈母娘爱女儿更爱女婿”，十分钟爱他。说起话来津津有味，没完没了。真是个没有头脑的“老母鸡”！

司空凡和燕云是20世纪50年代的大学生，计划生育安排得科学，儿女双全“一枝花”。老大熙民是儿子，毕业于清华大学土木工程系。在这件事情上，不仅体现了做父亲的教子有方，而且也证明熙民是个听话的乖儿子。老诗人回首自己大半生，先是教书，后搞编辑，业余创作，到头来是“儒冠误”，“虚名负我，半生吟啸”。发誓不让下一代学文。儿子遵从他的旨意，报考了工科。毕业后自我推销，在建设部的一家研究所谋到了差事，不到一年和所长的千金对上了象，成了人家的上门女婿。这些年来只回过一次家，还是来参加学术会顺道看看的。儿媳妇只在照片上见过面。司空凡悔当初片面强调学习而疏忽了思想工作，致使儿子丢掉了中华民族的优良传统，完全不念高堂思儿之情，哪里还有什么孝道可言！平常信也很少写，只在过年过节来个问候电话，说是从外国学来的先进！他心里比失了荆州还要沮丧。如今老婆把女儿留在身边当宝贝，女婿也跟着泡在家里搭伙，一日三请安。这种做法他本来不乐意，但想到膝下有人承欢，帮着夫人干杂活，也就不再横加干涉。偏这邓加伟生得鬼精灵。除了文凭差点，其他方面，把清华毕业的儿子和念了师专的女儿捆在一起，也比不上加伟的半个脑袋。论年龄他比熙民只大一岁，却早参加了两年工作，现在已经混到一个副处级，而且是省里公关协会的理事，业余律师协会的副秘书长，三六九的饭局，比国务院副总理还忙。不管他混得如何非凡，在老丈人的眼里不过是鸡鸣狗盗之徒，得不到什么好颜色。加伟知道老泰山对他不感冒，自觉敬而远之，只在丈母娘面前积极表现，不但帮厨做饭，洗涮之类的杂活也全包。燕云直夸女婿孝顺，心里有苦闷也对女婿倾诉。老头子评职称的难题她当然要对女婿说道。邓加伟听得认真。待司空凡起床洗漱完毕来到客厅，他已经想出了高明的办法，直截了当地对老丈人说：

“这件事情，依我的看法，爸是舍近求远，走了弯路……”

“什么意思？”司空凡沉着脸问。

邓加伟对岳父大人的冷面孔已经习以为常，仍然笑嘻嘻地进言：

“你老找白副省长管什么用？”

“从哪里学来的油腔滑调！”

“我说的是实在话！这种事情，你应该找找宣传部的王部长……”

“你……”老诗人不知说什么好。

“他是职称领导小组的成员，社会科学方面的职称，谁上谁不上，就他一句话！”

“他当皇帝我也不拜他！”

“其实用不着老爸出面，妈去找他……”

“这个办法高！”娴娴帮腔。

“你都给我闭嘴！”

老诗人闻言跳了起来，势同斗鸡。他真想拿手中的茶杯砸过去，让加伟这浑小子闭上他那不值钱的臭嘴。但是多年养成的高深涵养，使老夫子控制住了激怒的情绪，只是狠狠丢下一句：

“你们都给我记住，我的事情不用你们操心！名利于我如粪土！你们也不要太庸俗！”

说完，他进书房提了那只永远厚重饱满的公文包走了出去，也不说明去哪里。

看着老头子气嘟嘟地走了，屋里的三个人相视而笑。燕云温和地责备女婿：

“加伟，不是妈说你，这个话你就不应该提起。明知道你爸忌讳，你偏要往他敏感的神经上刺……”

燕云说到这里，脸上掠过一丝不易察觉的忧伤，起身进了她自己的卧室。

刚才邓加伟提到的王部长，就是省委宣传部的副部长王常胜。尽管他取名常胜，但当初在情场上却被司空凡轻而易举地战败。其实司空凡也没有怎么争，只不过乘虚而入罢了。当初在学校，司空凡和王常胜都是学习尖子，王常胜又多出一张能言善辩的嘴巴，同学们称他“雄辩家”。但当他把自己划进右派圈子以后，又有口难辩。在那样的政治背景下，燕云一个弱女子，退而求其次和学习优秀而不问政治的司空凡结合也是合情合理的。事情已经过去了三十多年，都快抱孙子的人了，老头子还这样的小心眼，喜欢吃醋，燕云很不理解。当然，司空凡也不是无缘无故地犯醋劲。在这个问题上他多多少少总有些充分的理由，也可以说是苦衷吧！诗人自以为满腹经纶，工作也尽职尽责，却不为世所重，“空垂青云之志”。燕云，自己的妻子，只写过一本“小吃集锦”的小册子，却比他早两年评上了副高。自己申请副编审费了九牛二虎之力才到手，这回晋升正高又是这么艰难。还有这个王常胜，他表面上忌讳提这个名字，实际上又暗暗和人家比高下，总怕自己在妻子的心目中失去平衡。王常胜当右派虽然倒了几天霉，但以现在的情形看，几乎看不出他有什么损失。且不论仕途的腾达，便是他的实际精神面貌也无任何坎坷生活留下的印记。两个人年纪难分伯仲，但王常胜却显得又年轻又潇洒。有一次部长接见外省来的一个电视女明星，竟说他是美男子！诗人却整个地被学问压扁了！满面劳碌困倦，不折不扣的“老头子”。尤其要命的是燕云风韵不减，性情又活泼，思想开放。尽管她承认现实，一心一意地跟司空凡过日子，结出了一双儿女的果实，但对当初和王常胜的那段恋情并不隐讳，仍大大方方地保持着友好往来。司空凡除了臭老九的脾气，还有些读书人的小心眼。怕自己和王常胜在地位悬殊的情况下，妻子和旧情人往来，难免追慕旧时情感，绵绵依依，部长大人又是靠嘴头子吃饭的人，三说两说，燕云把握不住分寸，爱的天平失去平衡，家里发生内乱，后果不堪设想……

眼看父亲生气走了，母亲也不大乐意地离开房子，娴娴觉得很对不住老人家，责怪了加伟几句，又把母亲从卧室里拥拥搡搡地请到客厅，头顶在妈妈的肩膀上撒娇，替老爸求情：

“妈，你就帮爸一次吧！他所以嘴硬不求人，是放不下架子。老爸评职称，也是咱们家的一件大事，对你有实际的好处。拿到正高，就可以享受高职楼，住房面积扩大，我和加伟搬到家里来住，你不更省心！”

“说来说去还是为你自己打算，鬼精灵！”燕云疼爱地点了点女儿的额头。

“你就去找王伯伯一次吧！”娴娴趁势进攻。

“你胡说什么！”

“你心里清楚……”

“看你爸那样子，我没去他就急成这个样子，我真去找人家，他还不把我吃了！我才不干这种吃力不讨好的蠢事情！”燕云说到这里，眼圈微微发红。

加伟赶忙缓和气氛：

“娴娴，你就别逗咱妈了，咱们另想办法吧！不过，要真当成个事办，总得有些活动经费，咱手头……”他用右手的指头做出点票子的动作。

“你这个吝鳖！八字没见一撇，先要起钱来了！”

娴娴嗔怪丈夫，实际是小两口演双簧，把话说给他们的妈妈听。

燕云随手丢出五张老人头的大票子。

六

司空凡虽然反对女婿提出的曲线救国策略，拉不下面皮让老婆孩子去为他活动，但也不想坐以待毙。诗人把自己关在书房里，企图调动他的艺术家的智慧，想象出一个快速有效的公关办法，到头来却是枉然。只好求助于老朋友，轮番到“神仙会”各成员的家里诉冤枉、讨主意。个个都贡献了锦囊妙计，一副两肋插刀的仗义豪情，真是感人至深。王胖子仍然坚持他的老观点：

“记住，千万不要去活动。咱们是评职称不是官场的那套。你我凭本事吃饭，用不着低三下四！我就不相信你这样的人组织上会想不到？等着吧，这是迟早的事！”

王钦贤以为自己高明，有资格教训别人。司空凡很看不上他这个样子。但因为自己找上门来讨主意，就不得不硬着头皮应付，做出洗耳恭听的虚心态度。

闻人依然是知心知腹的知心人。家里没有找着，出门碰在路上。他一把拉住诗人，左瞧右看，确信无人窃听，这才神秘地问：

“跑得咋样了？”

司空凡茫然无助地摇摇头，又把王胖子的见解重复一遍，闻人听后便失声叫起来：“天呐，这样重要的大事情，你怎么可以听别人的‘咕咕等’？我有个朋友，其实你也认识——京剧团演三花脸的梁大同，他的一级演员就是找了白副省长才评上的。你不去找，人家谁把好事情送到你的手里来？记住老弟的话：天上掉馅饼的事情，只有童话故事里才出现！”

说完知心话，一声“洒哟那啦”，又忙他的买卖去了。他和朋友合伙开了个卡拉 OK 音响门市部，生意挺红火。

司空凡看着他无忧无虑、精力充沛的欢乐样子，又羡慕又嫉妒。长叹一声做下一步打算，又找了唐正先生。此公在台上的候，就以“点头先生”出名。不论下属找他谈什么问题他都点头，但不解决任何问题。会上做总结发言，无论前面的讨论意见如何分歧激烈，他都是“大家讲的我都同意”。明知找他等于问道于盲，但考虑到他主持机关工作期间也颇接触过一些高层领导，或许能给关键人物说上话，助一臂之力。但是见了面，他和司空凡一样缺乏主见，即使有些想法，表达起来也言不及义。老诗人只好放弃问计于人的打算，大主意自己拿。在高度保密的情况下，他又去省政府找了一次白副省长。

这次运气不错。值班的是一位年轻小伙子,看上去不过三十岁。老诗人尊敬地递上了名片。年轻人接过去一看,惊喜地叫道:

"原来你就是司空凡老师!久仰大名!"一边说一边抢上来握手。

司空凡被他弄得莫名其妙。在文学圈子里,这样的话他听得多了,而且他认定百分之八十是假情假意,因此也就用打哈哈对付,无动于衷。今天这位年轻人这么说,看来是发自内心,却又不知对方是何许人,在什么地方见过面。小心地问:

"你是……"

"我叫何勇,刚从部队转下来。我读过司空老师的诗,写得真棒!"

"哪里,哪里,请多多指教。"

司空凡机械的谦辞反把年轻门官弄得不好意思了,涨红着脸,连说"不敢"。又赶忙让座倒茶,奉若贵宾。茶泡好以后又谈诗。从司空凡的诗谈到别人的诗,从别人的诗谈到整个文学创作,煞是投机。司空凡搞清面前这个把守重要岗位的年轻人是自己的崇拜者,心里十分高兴。但他有事坐不稳,频频看表。崇拜者很有眼色,问:

"司空老师这是……"

"啊……我想进去找个人……"

记取上一次的经验教训,他不想把找领导的话坦白出来,更不敢说为职称的事找白副省长。

何勇虽然自称是诗人的崇拜者,非常友好热情,但忠于职守,非要盘查清楚他找谁,等和里面联系通了才能放行。当然,说话还是笑嘻嘻的:

"请问老师,您找哪位首长?我先给您电话联系一下……"

"白副省长……"

"哎呀,亏得我问了老师,要不,填了单子进去,也是白跑……"

"怎么?"

"今天首长都不在……"

"你怎么知道?"

何勇笑了。不知是笑他不明事理,还是笑他小看自己的能量。但还是耐心地解释:

"首长的汽车从我眼皮底下开出去了,我能看不见?您老来得不是时候——难道您忘了,后天是'八一'?"

司空凡瞪大眼睛,不知"八一"和首长出门有什么关系。省政府又不是军区司令部。

"'八一'"前地方首长要到部队慰问子弟兵,开联欢会。我在部队的时候就这样,年年如此。现在提倡军民共建,联络得更密切!"

"噢……"

"您过几天再来找吧!"

司空凡心里说,过两天就黄瓜菜凉了。

何勇偏是热情周到,追着问:

"司空老师要是给首长有什么信或材料，留下来我一定负责送到……"

老诗人开始犹豫，但想到年轻人对他那样崇拜，又待人诚恳热情，便拉开皮包，从里面翻出几天前给白副省长写的申诉和他的诗集，郑重其事地交到何勇手里，再三叮嘱："劳驾今天一定送到！"

"没有问题，请放心好了！"

为了感谢，司空凡答应给何勇寄一本他的签名诗集来。

离开省府传达室，信步到马路对面的公共汽车站候车，情绪也比来时好多了。觉得今天这一趟没有白跑。何勇答应转呈他的申诉材料，这就有了一半希望。尤其高兴的是年轻门卫竟然对他"久仰"，说明司空凡的知名度是相当高的，至少有广泛的群众影响。要是白副省长知道这个情况就好了……

正想得如意，听到有人喊：

"惠常，惠常！"

原来是田青玉——越石。

"你到省政府办事？"

"哪里！我是路过此地，顺便去传达室借用电话……"

"噢……我还以为你去省政府找什么人呢！"

司空凡听他话音不对，心里先就慌了，好像做错了事给人发现似的。赶忙中想到何勇，便从他身上发挥：

"没想到传达室的值班员竟是我的一个学生，多年不见，热情得不得了。打完电话一定要拉住我喝茶，问长问短，还要谈诗……眼下这样的年轻人不多……"

"你真是桃李满天下啊！"

田青玉带着揶揄的口气恭维一句。

"惭愧呀……"

"你的职称怎么样了？"

这位越石先生今天格外地关心老朋友。

"无可奉告！"司空凡冷冷地抛出这个外交辞令，企图把对方碰回去，又觉得太生硬了，怕影响友谊。便把口气放平和，进一步解释："你是知道的，对这种事情，我向来看得很淡，功名自古等闲事。评不评无所谓……"

"可是……"

越石的话没说完，公共汽车开了过来。为了摆脱困境，司空凡舍近求远，等田青玉从前门上车，他便弃了后门。

田青玉不再纠缠，但那句"桃李满天下"的话，却在司空凡心里掀起了万丈波澜。想到自己辛劳大半生，骨头熬成了油，别的不敢夸口，教出来的学生，在省城工作而数得上名字的，少说也有百人，内中不乏佼佼者。且不说那几个因为一篇小说或几首诗轰动，轻而易举拿二级作家，职称和自己比肩的"文坛新秀"，政界也有好几个官至副厅级，出门屁股冒烟。

至于商潮涌出的大款就更多了，有几个因财大气粗混上了政协委员，和省长书记平起平坐，参政议政，“无话不谈”。闻人曾出点子让他去动用门生的力量。但惠常先生秉性孤傲，高高山上的青松树，能折不弯腰。快六十岁的人了，不愿去掉这个价！宁肯不要那个虚名！

七

拜佛未能踏进庙堂，司空凡心里又窝火又焦急却又想不出通天的办法，眼睁睁地坐失良机。这天夜里，他迷迷糊糊，辗转反侧，连一个吉祥的睡梦也没碰到。诗人相信，在这个社会里，人，是需要用梦来安慰自己的。可是现在连梦也没有，这是多么严酷的现实！

早饭后，他装着若无其事的样子，到机关遛了一圈。目的是听动静，希望得到一些非官方消息。但是碰到的人都不提这档子事。他认定这不是好兆头！根据过去的经验，现在的人都喜欢关心与己无关的闲事，比如看电视新闻评论波黑战火，给美国总统克林顿拍巴掌，等等。机关里晋升高职虽然是少数人的少数机会，但人人眼睛瞪得溜圆。有关评审结果，和党政机关人事任命一样，通常是传得很快的，真正的“不胫而走”。往往上面的会议还没有结束，老百姓就知道了讨论的决议。可是今天机关却异常平静，连那几位消息灵通人士，也无任何表示。

司空凡观察不出动静，心里更加毛躁，埋怨省政府那个年轻门官，嘴上说敬仰他，却不真心实意地帮忙，肯定没有把他的材料和著作送给白副省长，因此误了事。至于越石、展如等人许诺给他活动的事，更值得打问号。想到这些地方，他就感到胸闷，出气不匀，赶快回头往家里走，想独自关在书房里平静平静。没料到一进家门，爱女娴娴就扑上来搂住了他的脖子，嘴里嚷着：“恭喜爸爸，恭喜爸爸……”

女儿是宠出来的，惯会撒娇。以前她自己在学校得了高分或什么奖励，也是“恭喜爸妈”。今天不知抽的那股筋。司空凡心里不好受，没情绪应付，便用手拉开女儿的胳膊，板着脸问：“我正倒霉呢，哪有什么喜！”

“高职到手了，你还装糊涂！”

司空凡闻言一怔：“谁说的？”

问这话的时候，他自己也明显地感到声音有点抖。

“绝对可靠，千真万确！”加伟神采飞扬地证实。

只有燕云没有表示出多大的激动来，平平静静地坐在沙发上嗑瓜子。

“你们说得可是当真？”司空凡再求正一遍。

“谁还敢在这个问题上和爸爸开玩笑？昨天过的会，科干局正忙着打文件呢！”

加伟说话的口气，好像他亲自参加会议，又具体经手这项工作似的。

得到女婿的保证，老诗人终于回过神来，脸上泛起了红光。他将那时刻不离手的皮包放在沙发上，挨着夫人坐下，用左手在妻子的腿上轻轻拍着感叹：

“我们的国家究竟是共产党领导，还有个公道可言……”

“其实，也是老爸的资历成就摆在那里……”

加伟趁机恭维老泰山。

“是的，是的，我的条件是可以和任何一个人比的……”司空凡又突然理直气壮起来，人也兴奋了，吩咐女儿：

“娴娴，给爸倒一杯酒来！”

“这么热的天，喝的什么酒？神经病！”燕云说了这话，迅速地和老头子拉开距离，躲到沙发的另一头，继续给老头子服镇静剂，“我看你是高兴过头了！稳住一点吧，别成了20世纪的范进，神经错乱了……”

说到这里，她自己先笑了起来。

加伟打圆场：

“妈说得对，天热不要喝酒。爸的心脏又不太好，要避免大悲大喜，不要过度兴奋。不过爸升了教授级的正编审，还是应该庆贺的。娴娴，你去抱个西瓜出来，咱们以瓜代酒，向老爸祝贺！”

“是的，是的，这两天我喉咙里像有什么东西堵着，心里也焦渴，应该吃瓜凉快凉快！”

“你是英雄好汉，心里还能有火？熬煎的是我们这些小人物，替人家跑上跑下，好心不得好报！”

吃西瓜的时候燕云又冒出这么一句。

“怎么？你真去找……”

不知是西瓜吞咽得太急，还是说话的缘故，一口瓜汁呛在嗓子里，司空凡连连咳嗽。燕云见他急成这个样子，又气又好笑，赶忙给他吃定心丸：

“我可没这么大的能耐，也不敢越雷池一步！你真要感谢，得谢咱们的加伟——不是他，你等着吧！”

“妈快别这么说，是老爸的成就摆在那里，当之无愧！”加伟坚持把老丈人的条件推到前面，无非是灌米汤而已。

“哎，你怎么变得谦虚了？无愧是爸爸的乘龙佳婿！”娴娴娇声娇气地和爱人开玩笑，也不忘把话说给父亲听，“不过，谦虚过度就是虚伪了！功过是非，应该分明，这是咱爸的教导。这次老爸晋升教授，你是头功一件，理应表扬——这样吧，爸请一次客好不好？”

“同意！”

“我请，我请……你们说，咋个请法？”

司空凡像佩红插花游宫院的状元，快活得手舞足蹈。

“我有个条件——不能在家请，”娴娴鼓着嘴做小姑娘状，“说是你请客，还不是妈妈出钱又出力，一个人在蒸笼里忙活？要请，咱们就大大方方地去哪个酒楼来一桌！”

“好！我去联系，保证优惠价！”

加伟主动请缨。

教授级的编审立即摇头：

“不妥，不妥……”

“为什么？”

“是这样的……”

“你歇着，让我替你说——”燕云伸出一只巴掌向下压，堵住人的嘴，模仿她先生的口气，“人心不古，世风日下，去哪里觅一方净土？还是躲进小楼，家里清静……”

“你也发挥得太过了！”司空凡温和地反对，“我称自己的斗室为净土，是一种哲学概念，并不是说社会一团漆黑——那不成右派言论了！”

“你紧张什么！现在言论自由，你爱怎么说吧！不过你也应该好好想想，你周围的那一群朋友，果真是清静无为的神仙？”

“咱们不议论人好不好？”

说完，夹起皮包逃进书房。这边的三个人清楚地听到，诗人的书斋里有韵味十足的京剧戏文哼出……

八

半月以后，正式文件下来，本单位的人事干部让司空凡又填了三张表格，交两张照片和50元钱，最后交给他一个红皮的职称证书。老诗人拿回家，让妻子、女儿和女婿逐个观赏一遍，自己又在书房里把玩抚摸多时，恨不得夜里睡觉抱在怀里。

又过了一个月，工资也进了档，一下子增加了三十多块。司空凡给夫人交钱的时候，如同从赌场上回来的赢家，将塞满钞票的信封丢在桌子上，抛出两个字：

“点点！”

燕云看不上他穷人乍富扭腰腆肚的样子，眼皮也懒得抬。装工资的信封在桌子上冷落了差不多两个半小时。

司空凡没有忘记答应女儿请客的诺言。娴娴拍手叫好，建议在客人名单中添上王常胜。编审老爹一听就黑了脸，鼻子里喷冷气。燕云也不主张。

“省点事吧！再说，人家也不在乎咱们这一顿饭！”

加伟立即附和丈母娘的观点：

“妈说得对。王部长的饭局只怕排到两个月以后去了……”

司空凡装听不见，坚持在家“热闹热闹”，并且把任务落实给女婿：

“加伟，这事你就一手办吧！别让你妈操劳，到时候她还要招呼客人呢！”

加伟正想表现表现，求之不得，当下拍了胸：

“老爸放心，只要你把标准定下来，采买、下厨我一人承包，保证让您老人家满意。娴娴，你也别插手，到时候打扮得漂漂亮亮，当招待员吧！”

“去你的！”

正式请客那天，正好是农历八月十四。中秋节的气氛很浓，天气也特别明朗。司空凡觉得老天爷也会锦上添花，特意将宴会的时间推迟了半个小时。

名义上是评了教授（女儿女婿坚持要这个称谓，说编审不好听）请客，实际还是神仙会的原班人马，只是少了王胖子敬一先生。可怜的人儿，三天前因为机关通知他办退休手续，档案上的年龄还差七天时间，说着说着和人事干部吵了起来。三吵两吵就把心脏病吵犯了，送进医院现在还没有脱离危险期，当然不可能出席宴会。老诗人深感遗憾。其他的朋友都早早到场，个个脸上表现出为朋友荣升编审的敬贺热情。各路神仙平日都过着严谨而相当俭朴的生活，聚会之日的肠胃滋润是相当重要的。正式开宴之前，一如既往，先要开些无伤大雅的玩笑，尤以“幽默大师”郑广聪最为活跃，和每一个人都要打趣几句。接下来便集中到司空凡的职称上展开，借题发挥。有批评社会风气不正的，有说老诗人成绩卓然，当之无愧的。同时也不忘记把人情送在当面，争着报告各人在领导小组那里如何“美言”，他们的“铁哥们”如何在会上坚持，等等。司空凡分不清谁给谁托的情，一概用“谢谢”二字承情。

正式开宴，司空凡准备再一次正正规规地向朋友们致谢，词儿也想好了，还未来得及张口，闻人反客为主，先声夺人地祝辞：

“惠常先生勤奋创作，写诗万首，此次荣升编审——教授，实乃功德圆满，可喜可贺！我提议，我们大家为他的胜利干杯！”

“感谢诸位的支持和帮助！”

新任编审赶忙答谢一句。话虽简略，但发自肺腑，脸上的笑容也和杯中酒一样，满满地向外溢淌。

燕云仪态大方地陪在丈夫身边，微笑着向众宾客点头致意，劝酒布菜。她身着一袭酱紫色连衣裙，脸上施了淡淡香脂，显得十分光彩，不减当年风姿。

酒酣耳热，人人有了兴致，开始时的客套和拘谨很快消失。闻人是很难安静的人，肚子里有了酒更加活跃。他带头向编审夫妇敬酒祝贺，其他人也依次跟上来碰杯。诗人本来善饮，今日喜事临门，更加欢畅，一连满饮六杯。燕云再三劝阻，他却引用《滑稽列传》中淳于髡的话，“朋友交游，欢然道故，私情相语，五六斗难醉”，我才喝了多少？越喝兴致越高。

有人提议闻人来一段鼓琴吟唱。闻人连连摆手。他说：“今天燕云嫂子准备了这么丰盛的筵席，但好酒不能无诗，何况惠常兄晋升高职，诗人得意，定有佳句华章，请惠常赋诗一首如何？”

众人立即放下筷子鼓掌。司空凡谦让再三，神仙们哪里肯依？坚持要他发挥七步之才。老诗人知道推不过。便瞪眼张嘴，凝神思索。不到两分钟已经有了，是一阕《西江月》：

万里青冥似水，碧虚皓魄良宵。狂朋怪友更相邀，心畅百愁尽了。

名利轻随风去，诗情浓胜香醪。浮生长恨无新调，莫道斯人易老。

众人鼓掌，夸老诗人才情不让子建。娴娴和加伟听得席上热闹，也双双进来向客人敬酒，向老爸祝贺。神仙们的聚餐会再掀高潮。

啊，我们这些老家伙

——摘自一个老干部的手记

一

不知道从什么时候起，我突然有了一种念头，想把自己的一些想法和遇到的事情随时记下来，作为备忘录，“立此存照”。可是呢，又力不从心。别说文采不行，连起码的文字也不够用，常常提笔忘字，写不通顺。每念及此，不仅手颤，心也颤啊！

中华人民共和国成立初期，生活安定，还写过几天日记。后来从安定走上安逸，便懒散下来，连字也很少写了，只在嘴上下功夫。可是说句良心话，我的工作是无可指责的。辛辛苦苦，忙忙碌碌，无一日懈怠。但说到亲自写点什么，简直微乎其微。本来自己写写讲话稿，给群众复个信什么的，是极好的锻炼机会，我却统统让给秘书和别的同志了。有时老家来信，我也是让老婆孩子回复，自己从来不亲自动手。现在想来，真有点后悔莫及呢！假如我原来的文化程度相当可观，有个大学文凭或中专牌子，那又是另外一回事了。可惜我什么也不是，只好“老大徒伤悲”了。如今看到有些老同志离职退休，一个个弃武从文，不是伏案写革命回忆录，便是奋笔疾书搞创作，纷纷著书立说，贡献最后的力量，心中又急又羡慕。岁月如水，吾亦垂垂老矣！离职退休的问题提上我的议事日程，为了不使日后的生活闲散寂寞，觉得有必要学着动动笔，记点什么了。或大事，或小事，随手记下来，也不失为一种史料之积累吧！当然是“内部发行”性质，不准传抄的。

二

在大兴改革之风的今天，我决定对自己的生活方式也改革一番。

从现在起，我要住办公室了。

宣言一出，我家的“老太婆”就极力反对：“你疯了？简直是开国际玩笑！”

“什么国际玩笑，你自己大惊小怪！”我针锋相对地顶了她一句。世界上的事情，但凡有所改革，必然要遇到种种阻力和困难，一帆风顺是不可能的。大事如此，小事亦然，毫无例外。我自己深深感到，在生活起居方面，受“老太婆”管束太严，简直到了限制自由的地步！因此今天“革命”，毅然决然，不做任何妥协和让步。

刘静同志——就是我家老太婆，有她自己的工作，不大不小也负着责任。可她老是注意力不集中，喜欢在我这方面分心。这真是要命的事情。其实完全是多余！我叫她把我们唯一的孙女儿毛毛照顾好，别管我的事，她说孙女、爷爷都要管。还说什么“没有爷爷，哪有孙女的幸福？”

多么伟大的理论！

可对于工作方面的事，她又是另外一种态度。有些部门的头头来家谈工作（当然这种做法也不是没有缺点的），她老是挡驾，拒之门外。偶尔有人闯进来，她就摆起“官太太”的款儿给人家冷言冷语冷面孔，至于茶水呢，连冷的也没有。我觉得她这样的态度是不好的。我从来不容许自己用怠慢鄙视的态度对待任何人。共产党的干部，必须具备那种严肃的和关怀人的心情。在这种心情的支配下，和每一个来找你的人认真地谈话，才符合马列主义和毛泽东思想，也符合我们这些“人民的勤务员”的身份。许多人物传记、电影、文学作品，不都是这样描写老干部的形象的吗？我相信这样做，会给人们带来好处，给工作带来好处，当然我们自己也会受到群众的尊重。可是我家老太婆，就是文明话说的“夫人”，她就不往这方面考虑，简直太那个了……不过你也千万别误会，因此而认为我的夫人是个落后角色。不是的。那样看问题，就大错特错了。在某种意义上讲，她还是很马列主义的。一分为二嘛！只不过在这些方面欠考虑，或者说有那么一点小缺点罢了。而这种缺点又妨害着我的工作，甚至影响我的形象。因此，我下决心独立自主了！

当然，反对我这样做的，不光是老太婆一个人，秘书也不乐意。他嘴上不讲什么，却在行动上示威，从行政处领来一套铺盖，在隔壁，就是他的办公室支起了临时铺板，警卫处晚上也开始值班了！

这问题有多复杂？真是牵一发而动全局！但我决心已下，义无反顾！在这次改革运动当中，我认为对领导的秘书、警卫制度，也应该有所改进，至少应该从实际出发。

三

自从住办公室以后，时间充裕多啦。不过，闻风而至，利用休息时间，找我谈事儿的人也多啦。清闲是不可能的，那也不是我的目的。

今天农业局老韩来汇报工作。这是一个长相粗鲁，眼光温和，心肠很软，凡事都很认真的老头儿。前不久，他突然大动肝火，同粮食局长吵了一架。原因是他下乡搞调查，碰到山区一个村庄的农民缺口粮，有人外出逃荒。他了解到这个情况后，寝不安席，食不知味，夙夜忧叹，回来就质问粮食局长：“我们的技术员和农民种出那么多粮食，你们弄到哪里去了？让社员饿肚子，你的心肝肺哪里去了？”要不是有人劝住，差点动武。

不过今天他不谈粮食问题，而是谈他们单位的班子。本来不想谈，因为人事上的问题，个别谈不大妥当。可他专程来了，也不好拒绝。何况我们是老关系。如今虽然我的职位比他高，那是组织的安排，工作需要，并不等于我比他高明。我丝毫不敢在他面前摆领导的架子，他也不把我当领导。说起来，他还是我的入党介绍人呢！但对他工作和思想上的毛病，我可不客气。说话当中，他流露出对提拔知识分子的偏颇见解：“现今这风气，什么都好走极端！过去不重视知识分子，现在又把他们拍到天上去了。这不是教条吗？哼，规定一个局的领导班子非要有一个大学生不可，这不是开玩笑？脱离国情嘛！咱们国家的教育制度中，还没有专门培养政治家、企业管理家的学院，你把那些搞技术的硬拉上来，对谁有利？还不是摆样子！再说，一个人的脑袋瓜就那么大，又是政治，又是技术，哪能容纳得下？孙悟空还差不多！”

你听听他这是什么话！还是个老同志呢！凭着我们的关系，我便老实不客气地批评了他一顿，而且又重复强调了中央关于干部“四化”的伟大战略意义。他还是摇头。不过，他终究是党培养多年的老同志，组织观念强，口头有意见，行动服从。说他们已经物色好了一个大学生，四个杠子都符合：正牌大学毕业，有技术，今年四十八岁，是“文化大革命”前的党员，拥护十一届三中全会的路线……临了又加一句，人是不错，就怕压不住台。

现在咱们有些同志就这样可笑。总是担心这，担心那。老韩还算不错的呢！思想认识问题，不能雷厉风行，慢慢来吧。

谈完正事，我们又拉到老熟人上来，这个离休了，那个当顾问了，某某在北京治病，某某可能调换岗位。说到这些，老韩兴致勃勃，滔滔不绝。我也愿意多了解一些老战友的情况，一问一答，没完没了。

正说到高兴处，秘书从隔壁走过来，毫不客气地下逐客令：

“韩局长，辛书记这两天血糖又有回升，医生不让他太劳累。是不是请您改日再谈？”

“哈，这小伙子！”韩老头笑着站起来，边走边嘟哝：

“没说完，就撵我了！好吧，好吧，我这就走——我何尝不希望书记多活几年？哈哈哈，就走，就走……”

送走老韩，秘书摆出三个药瓶，遵医嘱分别取出一次的服用量，监督我一一吞下去，又检查了保险盒放的位置，立刻逼着我睡了，他才退到隔壁休息。

看来，在办公室也不自由啊！

不过秘书这样做，完全是同志间的革命友谊，和老太婆那种爱非其道究竟不是一回事。我没有什么可抱怨的，只好高高兴兴地服从。

四

秘书叶华郑重其事地对我说：“我看，你还是回家住吧，何苦呢……”

“这是怎么说？”我发现他的脸色有些不对头，提出的劝告也是荒谬的。

他苦笑了一下，欲言又止。这个眉清目秀、文质彬彬的中年人，是“文化大革命”以前的大学生，写文章很有一手。以前在宣传部门工作，跟着我已经四年多。有人建议，让我把他“放”了。只因他诚实稳重，办事又利落，我总舍不得。他进的并不是“秘书”大学，但对这方面的知识却很精通。他从一开始就懂得在什么场合该在场，什么情况下不该在场；什么时候可以发言，什么时候不该插话，做事极有分寸。今天他是事先有所准备，而且鼓起了勇气说这番话的。见我丝毫不理解他的意思，便进一步解释道：

“你自然蒙在鼓里啦！自从机构改革提上议事日程以后，社会上议论纷纷，有些业余政治家……”

“什么，什么业余政治家？”

我还是第一次听到这个新鲜名词。

“不错，现在各个单位是有一批吃了饭不干工作的‘业余政治家’！他们对中央的人事安排，对省委的班子组合之类的问题，比你们这些头头关心得多……”

“都说什么啦？”我忍不住问了一句。

“说什么？提起来真叫人生气！他们说，你患的是老年性社会流行病……”

“什么是老年性社会流行病？”

“平常百病缠身，不是住医院就是疗养。一听上面叫你们离职，退休，退居第二线，马上精神百倍，做出了精力旺盛的样子……”

我笑了笑。小叶却愈加生气：

“你以为从家里搬到办公室来，一天十五六个小时的工作，是对党的事业忠诚，竭尽全力了？可人家说你是故作姿态！过去一天三餐都在家吃，连开会也不在招待所用餐，怎么现在中央号召老干部退居二线的时候，反倒破了常规，在机关吃、住了？”

“工作需要嘛！”

“什么工作需要，人家说你是不想退，才做出这一举动的！”

这倒是个新鲜问题。

过去我的确不在外面吃饭。特别是开会，财政制度规定在本市的人不予补助伙食，可就是改变不过来。我觉得作为省委负责干部，我应该带这个头。而且因为我患糖尿病，动脉硬化，医生对饮食做出了非常严格的限制。而这种限制在老太婆那里，又层层加码，任意发挥，到了十分挑剔的程度。这事周围的同志都知道。在外面吃饭，他们势必私下捣鼓，给服务人员增添麻烦。最近因工作需要，来办公室住了几天，怎么又冒出了这么些问题？

“你听谁说的？”

我并不是追查人头，有什么用意，只不过随便问问罢了。

“说这话的不仅仅是一些业余政治家，而且很大程度上是一些单位的领导同志。有些部局的头头公开说，‘让我们退可以，你们省委先做出个样子来……’”

…………

好吧，我就做出这个样子来！

这可不是赌气。我早就有这个打算。而且从年龄和身体的实际状况考虑，也到了非退不可的地步。我马上写离休报告。至于别人的议论，随他的便吧！我觉得一个真正的人是不应当顾虑这个的。我只能做到一点：自己相信自己！

五

几次提笔写离职报告，都未能写下去。并不是有什么顾虑，意犹未决，而是干扰太多。

老太婆表面上和我赌气，不管我的事了，实际上她无时无刻不在牵肠挂肚。不过她采取了迂回战术，在幕后操纵，让上幼儿园的孙女给我打电话，一天至少三四次，进行事实上的遥控。一会儿问我吃药了没有，一会又问我午饭吃了几两，又问夜里睡得好不好，等等。通过孩子天真的说话语气，我似乎站在传真电话机前面，看到我的老战友在打着手势，一字一句地提示孙女儿，问什么，怎么问，无一不是出自她的眼神和口型，最后她还让孩子撒了个不太圆的谎：

"爷爷，我病啦，舌头疼，你回家来看看我吧！"

这就是她的智慧，她的机智！

但是，你要知道，通过孙女儿的口说出这个话，是有威力的。就像电影演员配音一样，通过音色的感染，更加吸引人。

我的两个女儿和一个儿子虽然都成了家，但只有这么个孙女儿。人到了这样的年龄，不管你怎么样，多少会有一些"儿女情长"的东西渗透出来，特别是在孙子辈身上更是如此。以前在家里的时候，每当毛毛从幼儿园回来，她像一只小喜鹊那样，总要在我们老两口的面前叽叽喳喳，报告一大堆在她看来是十分重要而又新鲜有趣的新闻。我自然也是感兴趣的，觉得她的话字字悦耳，句句动听，一句顶一万句！我甚至能从她的话里了解到幼儿教师的思想情况。何况她还会跳舞，会唱歌。她是我们家的掌上明珠，是我们家的"中心"。现在有十多天不见了，我是多么地想念呀！有必要回去看看。再说，叶华为了我，也耗在这里，多日没有回家了。人家是小夫小妻，又有很重的家务，长时间不回家，岂非不近人情？尽管秘书本人毫无怨言，我这个做领导的人，设身处地，也得考虑这个问题啊！

六

刚进家门，老太婆的第一句话是："你写离职报告了？"

"听谁说的？"

"虹虹他们单位吵红了！"

"无稽之谈！"

我也搞不清楚，为什么要在自己的亲属面前否认这件事。虽然这不是什么重大的机密问题。

"你用不着那样傻！"老太婆似乎对我的否认看出了些什么。但她也不订正，继续按她想好了的套子教导我："你们这一级干部是中央考虑的，谁去谁留，谁上谁下，上头会说话，用不着你积极。再说，你带头也带得可以了。过去减薪，你带头；支援边疆建设，你带头；下乡蹲点，你带头……回回带头，谁说你的好话了？谁都不说，'文化大革命'照样打倒！"

我实在搞不清这位机关党委的专职委员兼宣传部长脑子里想的什么。完全可以肯定，她在公开场合，一定会讲出许多马列主义的革命大道理，怎么回到家里来，冲着自己的老头子，竟会说出这样一连串赤裸裸的落后话？天哪，怎么变成这个样子了？可怕至极！

但她不允我张口，接着按她的思路往下说：

“你还看不出来？这次机构改革，从中央到地方，上上下下，阻力不小。哪一个头头是愿意退出历史舞台的？谁也不乐意！面临这种推不动的局面，上面巴不得有人带头申请。你要是傻乎乎地写了报告，正好当典型，今天送去明天批，说不定还要登报表扬呢！咱们要那个空名声干什么？”说到这里，她见我毫无表示，便干脆下起命令：

“这事今天挑明，你不能退！常委班子里年龄比你大的好几个，有的人一年几次上北京看病，到处疗养，也没退的意思。你常年四季坚持工作，精力不比谁旺盛？退得还快！不要说我不同意，孩子们也不同意——你问问咱们的毛毛！”

“毛毛，爷爷不当书记了，要回家来，你同意吗？”

大约她事先已经导演好了，小孙女见问，看了我一眼，又看了她奶奶一眼，留声机似的说：“不同意！”

“为什么呀？”在一旁的儿媳妇也挤眉弄眼地问孩子。

“不当官没有小汽车坐，我要坐小汽车，小汽车洋气……”

毛毛说得很认真，把她的母亲和奶奶都逗笑了。但我一点也笑不出来。要不是媳妇和小孙女在跟前，我简直要对老太婆动雷霆之怒了。经过一再控制，我压住了火气，只冷冷地说了一句：“你什么时候学会这一套的？”

大约我的脸色不怎么好看，声音也高了一些，小孙女吓得睁圆了眼睛，也不敢像往日那样，叽叽喳喳地汇报新闻了。儿媳妇乖巧地转移话题：

“毛毛，快过来，把你新学的歌儿给爷爷表演表演！我去帮着弄饭。表演完了，咱们和爷爷一块吃饭！”

毛毛听说唱歌儿，马上又活泼起来，像在幼儿园里正式表演那样，先向我行了礼，然后背起小手，用她那甜甜的童音唱起来：

> 红太阳照山河
> 小朋友来唱歌
> 唱个什么歌
> 没有共产党就没有新中国！
> …………

我照例给孙女鼓了掌，但没有要求她再唱第二首，回过头，结合刚才毛毛唱的歌词，开导我的老战友：“听见了没有？连咱们的小毛毛也懂得没有共产党就没有新中国。你这个做奶奶的老革命，却给孩子灌输什么？‘没有爷爷，哪来孙女的幸福’，‘爷爷不当官，就没有小汽车坐’，还像个共产党员的样子吗？你这人越来越……”

“爸爸，开饭啦——特意给您准备的砂锅豆腐……”

婆媳二人好像事先商量好了的一样，每到关键时刻，媳妇就出来打岔。

尽管家里的饭比灶上可口合意，但我的胃口全给破坏了，食而不知其味，却装了一肚子的气。

七

这是我近两个月以来，第一次在家休息，过星期天。老太婆对我的这个做法似乎很高兴，一面布置假日的丰盛菜单，一面引经据典地教导我："文武之道，一张一弛。你在办公室紧张了这些日子，也该松快松快了。今天不让你干任何事情，过一个真正的星期天！"

如此关怀，我能不从命吗？

天气很好，空气也新鲜，就在院子的花池旁边打了太极拳。花池里的土好像松过了的样子，但什么也没长出来。当然，眼下还不是时候，或许根本没有下种。这块不足二十平方米的花池，是我自由经营的领地，年年都是我个人在上面操作，春种秋收，施肥浇水，间苗打杈，全都是我的事，有时司机老陈来帮一把手，但我宁愿自己干。因为这是一种享受，一种乐趣。我不希望别人把它看成是一种繁重的劳动，而来替换或者减免。可是我有时外出开会或者下乡，需要别人替我照料的时候，不管我如何叮咛，老婆孩子总是疏忽忘掉，或者胡乱应付一番，使花草和蔬菜受罪。当我精心培育，搞出样子来，评头论足发议论的时候，他们又个个能说会道，全是内行话。这段时间住在办公室，差点把这块土地给忘了！必须赶快下种。不过早上不行，得到午后太阳晒一晒，地温上升才好。上午就把室内的盆花收拾收拾吧。

刚要开始我的劳作，松弛精神，门铃又响了。看看表，还不到十点呢！

这回老太婆没有皱眉。她亲自去开门，嘴里还快活地嘟哝："哼，看看我们的姑爷姑奶奶，星期天改善生活，一个比一个早，平常连面也不见……"

可是打开门，却把她窘住了。进来的不是女儿女婿，而是一个陌生的中年人，高高的个子，穿着一身藏青色的毛哔叽中山装，黑亮的皮鞋，走路的脚步却很轻。他笑容可掬，彬彬有礼，无疑是知识分子一类的人，只是脖子有些古怪，刚进门的时候分明是扬起的，可是进到屋里，看到了我，便诚惶诚恐地低下了头；又不是那种羞于见人的拘束神态，而是一种恭顺忠诚的标准模样。他叫了我一声"辛书记"，又略微偏过身子，以更加柔和、更加亲切的声音叫了老太婆一声"姨姨"。

我简直吓了一跳！战友、同事以及亲戚中间没有这样个人呀！过去到家里来谈工作，反映个人问题的人很多，也不乏中、青年，也从来没有这样称呼过我的家属呀！惊奇之中，我便问他叫什么名字，在哪里工作。

他也有点惊奇，大概是责怪我不认识他，忙解释道："我是底文玉的老大呀。您该记得吧，当初我父亲在世的时候，还跟他老人家来您家玩过。不过那时我太小，您不会有什么印象的。现在我跟利华在一块工作……"

"哦……"我似知非知，模棱两可地应了一声。利华是我的大女儿，在省水利局工作。

"原来是你呀！"老太婆快活地叫道。"怪不得这样眼熟。上次给利华家修理电视机的，不就是你吗？"

来人抬了抬屁股，欠着身子"是"了几声。

"真有本事——喂，老辛，听说他们局里要报他进领导班子，利华给我说过一次，叫我给你说说……”

“干部问题，要你说干什么？岂有此理！你又不是不懂，怎么可以这样搞？”我真的生气了，也不顾有客人在，就训斥老太婆。因为通过老婆孩子给领导说情的，不只他一个人，也不只我一个人，好几个常委都遇到了这样的问题；过去我也批评过我的孩子，可他们还是替人说情，太不像话了！党风如此，而且就发生在我的家里，怎不叫人痛心？我阴沉着脸，不再吭声，同时也希望客人尽快告辞，好让我“轻松轻松”。

但是我的夫人不理解我的心情。她对我的批评甚至不服气，利用有客人的机会，和我分庭抗礼，为她自己的错误行为辩解：“这有什么！我们不过随便说说，又不参加你们的讨论。再说，了解考察干部，光靠组织部门的汇报，也不一定全面，正反两面的意见都听听，有啥不好，比如这个小底同志……”

客人马上接茬唱和：“别拿我当例子。民意测验的时候，虽然我得票不少，局党组也推荐，但我本人毫无意思，能力也不够。我愿意在专业上钻一钻。当然组织需要，我还是以党的利益为重。不过我说句老实话，倒希望你们老同志多干几年，我们好在大树下乘凉。特别是您——”他说到这里，稍作停顿，笑了笑，“不是当面奉承说好话，的确是这样，大家都希望您多干几年……”

“那怎么行？有中央的政策在。再说，年纪大了，想干也是心有余而力不足呀！”我只好顺着他的话茬，搭讪两句。同时也在心里想，这位不速之客，很可能就是小叶说的那种“业余政治家”，甚至可以断言，他正创造条件，准备做真正的职业政治家呢。

他并不同意我的观点。听我这么说，激动地截住话头，说：“中央的政策是从战略意义上考虑的。具体到人，就不能一概而论，比如您……”

说到这里，他像个熟练的话剧演员那样，把下面的话用潜台词代替了。

接下来，又说了一些别的话，完成了他的预定计划，这才慢慢起身告辞。整整耗费了我两个多小时，比任何一位来访的局长都谈得多，谈得仔细。可是我始终不明白他来说了这么一大堆，究竟是为我，还是为工作，还是为他自己？更使人不解的是老太婆竟有如此好的态度，冷脸变成了笑脸，这是多大的差异呀！莫不是我对她的批评起了作用？不可能啊！她不是明白地告诉了，这是女儿利华提到过的人吗？

因为兴致破坏了，下午的劳动也没精神，花也没种好。

八

今天我去参加省委召开的一个群众大会。这类会议，在过去，可以说是隔三差五，家常便饭。这几年却不多见，当然也不能说完全绝迹，今天就是一次。可是工作人员疏忽了，没有给我发请柬，也没有通过我的秘书口头通知。我从别的渠道得知这个情况后，非常生气。我并没有退嘛，我还在管事嘛！为什么不通知我？何况还是这样重要的群众场面！大会消息见报，没有我的名字，群众当会作何感想？……不过我没有发作，也没有问人。我不是那种喜欢闹脾气的老头子，我能掌握住自己。我自个走着去参加会议，连司机也没通知，步行着往会场走。路上的人可真多啊！有排了队伍集体行动的，也有三五成群，散兵游勇的，有骑自行车的，也有坐汽车的，各式各样。许多熟悉的同志都笑着向我点头致意，但那笑容却有点异样，我看得出来。有几位领导同志的汽车从我的身边擦肩而过，却没有停下来问我一声，捎我一程。那些本来很熟悉的司机，也装着没看到我，故意把车子开得老快。我很纳闷，也不正眼看他们。到了会场——工人体育场，我照例从过去常走的东门入场。但是守门的同志不认识我，挡住不让我进，要我走南门，说，这里是持有主席台红票的人的入口处。我什么票也没有，不能进。这下我可火了，难道我不是在主席台就座的人吗？岂有此理！我大声训斥他们，说我是省委副书记。他们认真地把我研究了一番，态度有了转变，放下笑脸来，解释道："或许你说的是实话。可领导上指示我们，凭证入场——我们是服从命令听指挥，执行任务的呀！"

这真是秀才遇着兵，有理讲不清。我觉得和他们没有什么道理可讲，便转身到南门，混到一个单位的集体队伍里，挨挨挤挤地进了会场，像羊群那样。我在主席台对面的看台上找了个座位，台上常委们的视线正好和我对直相碰。但他们好像不认识我似的，谁也不招呼我一声，只他们自己兴高采烈，交头接耳；有的摆好姿势，接受电视镜头。面对此情此景，我又生气又难受，差点没掉下泪来。我甚至感叹了一声，可是奇怪，周围的人都没有听到，或许听到了，不以为然罢了。就这样，我一个人单单地坐着，听完了台上诸位一个接一个，啰里啰唆的发言。

看来，当一名听众也不容易，腰疼腿疼，脖筋发硬，只觉得这个会开了有二十四小时！

散场的时候可糟啦！队伍没有了，秩序不见了，男的、女的、老年的、年轻的，竞相奔走，纷纷夺门而出。我本来是想落在后面，等松动一些了再出去，可是在人流中身不由己，完全不用我自己用力挪步，后面的人就把我挤着，推着，往前走，真有点"长江后浪推前浪，一代新人替旧人"的味道。快到门边，压力达到了千钧之势。挤得气也透不过来，满身冒汗，背痛胸闷，大喊了一声。秘书小叶闻声而至，摇着我，轻声唤道：

"辛书记，你怎么啦？醒一醒，醒一醒！"

静开眼，原来是一场梦，一个荒唐而奇怪的梦！

人常说，日有所思，夜有所梦。可我从来没有想过这方面的问题，怎么无缘无故地做了这样莫名其妙的睡梦？太奇怪了！这是不是人们常说的那种权力欲望的潜意识反映呢？太可怕了！

九

我们的"班长"派给我一项任务：说袁老的情绪不好，要我去劝一劝，做做思想工作。怪了，这事怎么往我头上派？莫非管干部的连常委也管上了？名不正言不顺，如何开口？但是第一书记委派，我也只好领命。

袁老是我们常委班子里年纪最大、资格最老的长者，人人都很尊敬他，更钦佩他的精神。不知老头从哪里得到情报，说要他退下来进顾问班子。其实是没有的事，连我也不知道，怎么就吹出来这样的风？这些业余政治家！难怪老头要恼火。我不去犹可，一去就像在干柴上点火,噼啪爆了起来。“退,退,退,我从党委退到人大,从人大退到政协,还往哪里退?莫非要我退到外国去不成!”

我真担心他血压上升,心脏病发作。如果发生此等事情,不是我辛进的责任吗?赶忙好言相劝。岂知我越劝他声音越高:

“不错,我是年龄大了一些。可是你辛进也说一句公道话,这几年来,开常委会,哪次不是我第一个到?我请过病假吗?我……”

这倒是事实。

袁老的遵守时间,准时到会,别说我们常委一班人,便是秘书和司机们,也都啧啧称赞,说他越老越精神。

我以为在这个问题上也得灵活点,不能采取“一刀切”的办法,把年龄绝对化了。袁老发脾气固然不对,但他那种“烈士暮年,壮心不已”,想为革命多做贡献的精神是可贵的。关键不在年龄而在思想,在精神状态。如果人人都像袁老那样,意气风发,争先奋斗,我们国家的“四化”建设就指日可望了。

十

农业局的老韩又来找我谈心。这个在农业战线上奔波了多年的老同志,真像农民那样朴实而有趣。我了解他的脾气。自从那次来我这里发过牢骚以后,就再没见他的影子。据有的同志讲,他又下了一回乡。他的工作对象是农村的农民,需要跑,他也喜欢跑,脚不沾地。他很少写过什么调查报告,提出有关政策方面的建议,但是他每次的口头汇报却很精彩,用文学家的语言讲,就是有血有肉,能反映许多真实的情况和问题。不过今天他没有讲下乡工作的事,而是开门见山,直截了当地谈他个人的问题:

“我想好了,准备退。让儿子代我写个报告,狗东西消极怠工,他妈的!我来口头请求。”

“也不能这么简单,你我两个一句话就能解决问题,要常委会研究了才能定。”

“那是你们上层的事,我管不着。反正我报告了。妈的,我想了,退就退吧,钱不少拿一个,一年还可以公费旅行一次,二百块钱,一趟北京够了吧?你们的洋太太自己有工作,到处跑遍了,我家那个小脚女人,连省也没出过,真够可怜的!前年我去检查病,本来可以让她陪了去,我也没带。不是嫌她土气,我是怕花公家的钱。这次真的退下来,公家给我二百元旅游费,我再拿出两月工资,带她出去转转,让她享受享受。说实在的,咱们光说革命革命,贡献贡献,人家几十年给咱们做饭管家,就不是贡献?哼,事要公平合理,人要讲点良心……”

我万万没有料到,老韩会说出这样的话来。因为他不善辞令,也很少幻想,可他今天竟然说出这一大堆话来,能不使人惊异?可谓浮想联翩。

“是呀,是呀,那也是革命工作,真正的无名英雄!”我对老韩的话给予了充分的肯定,同时,心里也记起了我家的“老太婆”。虽然她成天对我婆婆妈妈,管吃管喝,挺烦人,可话说回来,她为此操心劳神,难道不也是一种贡献吗?

老韩见我附和，像小孩子一样地手舞足蹈起来，真是个有趣的老家伙！

接着，他又问我："退了以后，有关的会议还能让我们参加吗？"他又不等我回答，自言自语地说："应该让我们参加。不发表意见也罢，在人多的地方坐坐，我就觉得快活，有精神。你知道，我这个人最怕一个人在家里，孤孤单单……"

"孤单什么，你一大家子，儿孙满堂！"

"快别提他们。那都是来吃我的！啥话也说不到一块，尽抬杠。像你们这些人，肚子里有水水，还可以写个回忆录什么的，有个寄托；我干啥去？唉，想起来，真不知道以后咋样打发日子……"

老韩说到这里，竟然长长地叹了一口气，怪可怜的。这情景要是给那些"业余政治家"们知道了，不晓得又会说出什么话来。

其实，根本用不着大惊小怪。我们这些老家伙，跟着党，蹦跶了一辈子，家庭的幸福，个人的苦乐，都取之于革命事业的兴衰。不论是学习、工作、开会、劳动，甚至自己犯了错误接受批评，都是一种自然而然的情趣和精神享受。现在要猛乍乍地退下来，不干工作了，不参加会议了，失去精神依托，心里怎么不难受呢？可有人把这种感情上的东西和权力欲望扯在一起，多么可怕呀！说到底，是他们不理解我们这些老家伙啊！

十一

退休老干部刘海来找我。

这个可怜的小老头，战争年代是一员虎将，身上带着十多处伤，中华人民共和国成立后因为取潜伏的弹片，手术时医生不小心，伤了右腿的神经，使他成了残废人。在今年的春节茶话会上我们见过一面，此后再未听到他的消息。说句良心话，这些同志，如果不是他们来找我，我是不大可能想起来的。据组织部的人讲，他在干部疗养所养病，怎么又跑出来了？肯定有什么大事，要不，他是难得来我这里的。由于腿上的疾病，影响到他的全身，背也佝偻了。小叶扶他进来，还未落座，他就气呼呼地说："来找你一趟，真比二万五千里长征还艰难！"

"怎么，你是走来的？"我惊异地问他，"你可以打电话，我这里派车去接你嘛！"

他苦笑了一下，说：

"谢谢书记的关怀，不敢劳你的大驾！不过你把话说到这里，我就顺便提个意见，省上各个单位那么多小车，有的领导一个人占用两三部专车，就是没有离职人员的车。去年干休所的老秦喊了一气，人事局才把一部退槽的伏尔加给我们，三天两头坏。今天我第一次坐这个老爷车，早上八点起程，现在十一点，你说这是多快的速度？十五公里走了整整三个小时，这算什么汽车？真要命！莫非我们这些退休离职的人只配坐别人退槽不要的车！"

"这是怎么搞的？"

"你是分管组织的书记，这该是你过问的事吧？你也不听听下面怎么骂的？"

"工作没做好，是应该骂的……"

"算啦算啦，不说这些事了。现在社会上议论，好像我们这些老干部多么贪图安逸，怕苦怕死，还怕丢官。而领导上当初动员大家退休的时候，也是根据这种议论做工作，从正面讲大道理，还说什么离职以后，看病、坐车、阅读文件等的待遇都不变，叫大家打消顾虑。好，我们没有顾虑，心甘情愿地退了，可这些问题解决得怎么样？就说这车的事……"

"我一定给你们解决一辆新车！"我马上向他做了保证。

"果真这样，算你为我们老家伙们办了一件事，谢天谢地，也谢谢书记。不过我今天来，并不是找你要汽车，我是来送一份调查材料……"

说着，他抖抖索索地从提包里掏出一厚叠材料，摆到我的面前。那是一种质地粗糙的白报纸，不带格，裁得也不整齐。但上面的字却很工整，当然也谈不上什么好，只不过一笔一画，十分认真而已。

"前两天我回了一趟老家——不是我出生的老家，是咱们当年打过游击的那些地方，所谓的旧地重游吧。"

他说的旧地，毫无疑问是指陕北。我和他，还有老韩，我们一起在那里打过游击。他的老家，也即我的老家。听他刚从那里回来，倍感亲切激动，赶忙打问熟人，请他讲述老革命根据地的情况。见我急切，老刘却不慌不忙了。他指着材料说：

"要闲扯，恐怕一天时间也不够。你又这样忙，咋好打扰？等以后有时间了再说吧！不过，一些要紧的情况，都写在材料里，你抽空慢慢看吧。材料写得不咋样。你知道，我的文化不行，从来没有写过什么材料。这次出去转了二十多天，回来弄材料就三十多天，可把我吭哧怕了。凡是我了解到的问题，人的方面，财的方面，政策上的，生产上的，都有了。搁你这里，慢慢看吧！"

我又问了些熟人的情况，他都一一地告诉了，但没有主动谈起什么事情，回答我的问话也很简洁，还不住地看表，生怕坐久了，耽误我的工作，可见他是多么的自觉！我接触到的人里面，就像上次到家里去的那位业余政治家，他们的脸很瓷，不管你忙闲，来了就没个完。出去以后还对别人吹牛：我到书记家里，也是无话不谈，一谈半天，似乎他有多大本领。而我们的老战友、老同事们，却是如此的客气，真是无以类比啊！

我亲自送他上了那部时速五公里的进口小汽车。看着他艰难地行走、上车，我心里不禁一阵惭愧：自己虽然面临着退居二线的问题，可眼下还在领导岗位上，又管着组织，在工作上到底尽了多少责？平常除了听汇报，主动关心这些老同志的问题究竟有多少？平心而论，想得太少了！

唉，你这个老家伙！

十二

浑身乏困，精疲力竭，兴致也不好。

晚上，我被邀去参加一个宴会。主办单位是我女儿所在的省水利局，还有一个什么研究所。大红烫金的请柬上写的是"便饭"。虽然过去也不断地被拉去陪客，但我始终不习惯这一套，甚至可以说讨厌这种做法。我不明白，中央三令五申，不准请客送礼，可下面照搞不误，而且有愈演愈烈之势，真不知道要闹到什么程度。我问过一个单位的负责人，钱从哪里开支，他说不清楚，反正是公家的钱。还说，宴请的对象都是一些专家、名人之类，他们既不是政府官员，也不是党的领导干部，说不上影响不影响。而且，党的政策一再强调，要提高知识分子的地位，特别是有名望的人，要倍加尊重，宴会招待，自不可少。我说，我是共产党的干部，省委书记呀！他说，正因为你是党的书记，才请你出席作陪，表示对人家的敬重嘛！

我的天哟，你看我们党的领导有多重要，我们的工作面有多宽广！连宴会陪客人的场合也要我们出席，否则就不重视！多么奇妙的理论啊！许多业务会议也是如此，都要请书记，甚至第一书记去讲话，不讲就不重视，照人家准备好的稿子去念一通，就重视了，真是妙不可言。不知何人发明的这个理论，何时形成的这种规矩，看来也应该改革一番了。尤其这种宴会，浪费国家的钱不说，而且活受罪。谁都知道，我浑身是病，医生对我的饮食做出了种种的限制：高蛋白的不准吃，高脂肪的不准吃，糖不能多吃，酒不能喝……这样一来，我还能参加宴会吗？可是没办法，为了"重视"，还得硬着头皮，挺直腰板坐在主宾席上，虚张声势地频频举杯，点着筷子与客人周旋，请、拣、让、赞，自己什么也不敢动。在家有夫人管着，发现我吃肥肉，她就一筷子打下去；在外就得靠我的高度自觉性。并非什么活命哲学，而是为了更好地工作，必须保重啊！偏偏坐在我旁边的客人是个交际场中的老手，满口外交辞令，能喝能吃。他一定要敬"书记"三杯。我哪里敢！怎么解释也不行。有史以来，我第一次碰到这样不客气的客人。我疑心他醉了。正在危难之际，杀出了救驾的白袍将军，不是别人，正是那位姓底的业余政治家。他能参加这种场面，说明也"快了"。他对客人得体地解释道："我们书记身体不好，医生禁酒。为了表示敬意，我来替书记喝了吧！"说完，仰脖三杯，干净利落。他又满上三杯回敬，对方倒傻眼了，苦苦求饶，甘拜下风。为了下台阶，他又和我开玩笑："我相信医生不让书记喝酒的话，老同志差不多都是这样，应该注意。不过一口菜也不吃也不大好。我教你一个办法：下次宴会，别忘了从家里带一罐咸菜来！"

他的话把客主都逗笑了。我以为这倒是可以接受的意见，如果以后再有这种非我重视不可的场面，我一定让老太婆给我准备咸菜。不过，我倒希望这是最后一次受罪。要是迟了，怕不会再有这样的请柬送来吧？当然，最理想的还是人人自觉执行中央的指示，遵守制度，不要再搞这一套。那样，大家都轻松了。

哎哟，累死我了！宴会整整闹腾了两个小时。今天这个活动，还只能哑巴吃黄连，有苦在心里，对夫人要"一级保密"，封锁消息。如果给她知道了，又要行使权力，叨叨几天几夜！

十三

省级机关的机构改革全面铺开，还有管理体制方面的改革，热火朝天。这当然是指的群众。至于领导方面，又是另外一回事了。常委分工，让我抓这方面的工作。下官深感任务之艰巨，责任之重大，全天坚守岗位，日夜守在办公室，兢兢业业，几乎达到了并日而食的程度。这不是我自己夸口，的的确确是这样，有我的秘书做证。唉，说起来他比我更辛苦呢。来找我谈话和汇报问题的，不仅有各局的头头脑脑，还有下面积极要求改革的群众。特别是文艺单位，往往三五成群，结伴搭伙，前来面陈他们的创新建议，要求搞责任制。从来还没有这么忙过，但是忙得痛快，忙得有意义，忙得……最后忙得连身体也不顾了，小叶再三警告，我也不予理会。就这一百多斤，全交给党了，即使死在办公桌前，也光荣，别人写悼词也不至于找不到词，在马克思那里也好交代嘛！

可是不行，机关医务所的刘医生出面干涉了。我知道这是谁的主意。不错，昨天晚上是昏倒过一次，可那又有什么关系呢？后来不是醒过来了嘛？可小叶非常紧张，刘医生也把问题看得太严重，甚至可以说虚张声势。但他有权，非要我去医院检查不可。去就去吧，那里早已等着大群白衣战士，有院长，有主治医生，有专家，又是听又是问，又是化验，又是X光……连我自己也搞不清名堂了。整整折腾了一个上午，得出结论是：劳累过度，血糖增高。他们一致建议住院治疗，因为有些项目还要进一步观察。我拒绝了。我自我感觉良好，完全可以肯定，短期内不会全面崩溃。我必须回机关工作。

在车上我问秘书，关于我的病情，没有告诉别人吧？他说只给刘医生讲了。刘医生说，他只报告过秘书长，别人谁也没有说。我就叮咛他们，暂时不要给任何人说。岂知回到机关，刘静同志早已等在那里，旁边还站着小毛毛，她跑过来扑到我的怀里，懂事地说："爷爷，你病了咋不告诉我呀，我和奶奶到医院看你，找也找不着。你哪点疼呀？"

我想把小孙女抱起来亲亲，刘医生挡住了。

我问老太婆："你是怎么知道的？"她没好气地反问我："我为什么不能知道？哼，是杨明同志亲自打电话给我的！"

嚯，这么点小毛病，第一书记也知道了！他在家里办公，如何得知情况？是卫星侦察，还是激光跟踪？太奇妙了。进办公室在沙发上坐了一会，接了好几个电话，其中有袁老的，还有我们的"班长"的。还说要来看我。我简略地向他汇报了病情，说不要紧，让他放心。但他要我答应一条：回家休息，还说，我不回去，他给刘静同志交不了账。我看了老太婆一眼，口头答应了。刚放下电话，二女儿两口子来了，只说了几句话，儿子媳妇又来了。接着是大女婿（大女儿出差在外），和他同来的还有那位姓底的业余政治家，满满塞了一屋子，好像我的大限已到，来听遗嘱似的。业余政治家以内行的口气问了我的病情，提出了许多建议，还说他在香港有亲戚，可以帮着找好药，等等。倒是刘医生帮忙，把他们撵走了，只留老太婆一人。谁知那些人刚一走，秘书长又来了。秘书长走了，农业局老韩和刘海又一前一后地进了门。我真不明白他们是从哪里得到消息的。问刘海，大约他的耳朵背，答非所问："要不是你给我们批了新车，我大概要到明天才能看到你！"我苦笑了一下。老韩又给我讲大道理："老辛哪，你是怎么搞的。我可不是什么活命哲学，但你这种不要命的做法，我也不赞成。身体是革命的本钱，你把老命送了，还干个屁的事情！在治病的问题上你别主观主义，还是住院去吧！"

对他们的劝告，我只能感激，点头，至于照不照他们的话办，那是另外一回事。同志之间好说，可老婆孩子就难办。媳妇女儿的劝慰带着乞求，甚至眼泪汪汪。老太婆是有资格人士，用命令式："回家，你不回，我也到你办公室来住！就你会出洋相！你看看，有谁住办公室？"

这话的确不错。常委班子里是还有几个人在家办公的，杨明同志也是这样。他们对工作上的一些指示，是通过秘书传达，或自己亲自打电话给某个下属负责人，当然还有文件上的批示。我们之间，除了开会见面，也只有电话一条线了。我的夫人每次反对我住办公室，就以此为重型武器。今天犯病，她的理由便十足了。命令归命令，进攻归进攻，我不能轻易退让，但也不能硬顶，用孙子兵法，避其锐气，以柔克刚。我说，先让我在机关养两天，这样，便于医生打针用药，观察病情。她想了想，认为此话有理，点头恩准了。

把前来探望的老战友、亲属和其他同志打发走，我才松快地出了一口气。没有精确的统计，粗粗算下来，这小半天时间来的人，不下五十余众，比前两天来谈工作的情况热闹多了。如此下去，养病乎？工作乎？怕什么也干不成。这可怎么好呢……有了，何不充分发挥秘书、警卫人员的职能作用？养兵千日，用兵一时，严守门禁，正好用着他们，于是我正正规规地对他们下了命令：

"从今天起，你们得认真履行职责，凡是前来探望病情的人，一律挡驾！"

他们认真地点了头，又相视一笑。我看得出来，那笑里含着别种意思。我怕他们任意发挥，又赶忙补充："记住，谈工作的可不要拦挡，请他们进来！"

下篇　短篇小说

拆墙

依照老规矩，汽车只能停在巷口，再一步也不能往前开了。

车刚停稳，刘嘉通就打开车门，迅速地跳了下来，动作的敏捷，差不多能比上一个小伙子。其实他已年过半百。被提升为局长，已经半年多了，但还没有养成坐车到家的习惯。一是巷子窄，汽车没有回旋的余地。二是他觉得没有必要。下车以后，他让司机开车返回去，独自一人走进寂静幽黑的小巷，几步就到了自己的家门口，从衣兜里掏出院门的钥匙，开门走了进去。

他们这个院子是个杂院，一共住了三户人家。这三户和睦相处了二十余年，相安无事。只不过他占的房子稍多一点罢了。这是九间一栋的普通平房，当时刘嘉通虽然没有现在的官这么大，但因为人口多，对领导干部又有所照顾，分到了五间。另外四间，安排了两户。三家同走一个大门。为了进出方便，全院子的人，从小学生以上，人手一把大门的钥匙。即使是这样，每到晚上有人开门，住在西头的退休老工人梁自新，都要走出来，问问是哪一位。其实谁也没有给他明确这个任务，只不过他觉得，自己年龄大，瞌睡少，在家又没多少事情，应该在院里多操一份心——保卫全院的安全。可是今天刘嘉通开门以后，这个一贯和气又认真负责的梁老头，虽然他家的窗户上还透亮光，却并没有出来查问。中间一户男的是位普通干部，女的是中学教员，通常在家里备课、批改作业，睡觉总是比较迟的，可今天却破例地灯已黑了。只有刘嘉通自家的一格窗户里亮着灯。那是他的小女儿晓静正在奋发图强，准备迎接高考，一般都在十二点左右才睡觉，晓静听到大门响，喊着问："谁呀？"

"我——爸爸回来了！"

"哎呀！爸爸回来了。怎么这么晚？"

"你都没有睡，晚啥哟……哎，这是什么东西，堆在当院……"

刘嘉通和女儿说话时，无意中一只脚踩到了沙土似的东西上。这时女儿已经迎了出来，笑着说："嘿，你踩到三合土上去了，从这边走——"忙过来，亲昵地牵着爸爸的衣袖，引着他进屋。

随着这些问话和脚下发出的响动，刘嘉通夫妇卧室的灯也亮了。本来就没有睡着的妻子李展青，开了灯边窸窸窣窣地穿衣服边问：

"怎么这个时候才回来？"

“白天就回来了，在机关开会……”

他一边应着，一边跺脚，借着窗户上的亮光，他像寻掉在地上的东西似的，在自己周围看了一圈，发现院子里多水泥、沙子和砖头，他问：“这是干什么？”

女儿说：“机关里来收拾房子。”

“给谁家？”

“咱们家。”

“咱们的房子好好的，还收拾什么呢？”

这时展青穿好了衣服，走到中间那个会客兼餐厅的房间里来，关切地回：“吃饭了没？”

刘嘉通似乎没有听到妻子的问话，反问她：“谁领人来修房子？”

“老张——你们机关的行政处长。”

“这些人真是，事先也不征求我的意见，就这样搞……”

“我还以为经过你同意了呢！”

展青不安地解释着，顺手把丈夫的大衣挂在衣帽架上。这是个五十出头的女同志。虽然睡眼惺忪，但无妨她端庄文静的容貌。她和刘嘉通结婚快三十年了，刘嘉通在各种各样的负责工作岗位上，当领导近二十年，但她从来不以自己的丈夫是个官，在生活待遇上向公家提出不合理的要求，相反，她处处注意检点，堪称是一位既诚实又讲道理的贤妻良母。她知道如何支持丈夫的工作。展青所在的机关就在老头子工作单位附近，有时遇到风雨天，司机请她坐顺车，她总是婉言谢绝。这次嘉通下乡以后，机关来人修房子，她再三坚持等嘉通回来再说，可是那位张处长十分坚持，说这是会议上定的(没有说是什么会)，工人也来了，不修不行。结果只好任其进行。但她心里总不踏实。现在听丈夫这样一问，才知道嘉通事先并不知道，而且不同意这样搞。厚道的展青，觉得自己在家没有把这事处理好，十分内疚不安。

“我在乡下快二十天了，哪里知道这事？再说，我怎么会同意这样搞呢？”

嘉通说这话的时候，情绪有点激动，声音高了些。但他马上意识到这是不应该的。他相信自己的妻子。为什么要冲她发脾气呢？于是他转了话题，一面从提包里掏东西，一面喊女儿：

“晓静，你来！”

“我还做题呢，这几道解析几何题，怎么也算不出……”

“你怎么不去问问张老师呢？”

“还张老师呢——她早搬走了！”

“啊？搬走了？什么时候搬走的？”刘嘉通惊奇地望着女儿，又看了看妻子，一连发出了三个问号。

“已经搬走一个多星期啦！”

“原来没听说要搬家呀，为什么突然搬走呢？”刘嘉通寻根问底起来。

“我也不清楚。好像是你们局里出面做了工作。还派人帮助他们搬。新居在胜利路的一个居民楼上，搬去以后，我和晓静去看过一次，挺宽敞……”

“真的！”女儿带着几分天真的口气，证实着妈妈的话，“张阿姨搬走以后，我到她家去了好几趟呢。新楼可漂亮啦！就是她到二十六中上班远了些，我找她辅导功课也不方便了。她叫我星期天到她家去补，还说她以后再到我们家来不容易啦，一是远，二是门不好进了……”

“这是怎么讲？”

“这孩子！张老师和你开玩笑的话，也值得学舌！”妈妈制止了女儿的话头。

“腾出来的房子给谁了？”

“说修理好了给咱们家用。还说房费不增加，那两间非会客室兼会议室，不收房费……”

“算了，这事以后再说……晓静，你去把这些金钱草送给你梁伯伯，是治肾结石的中药，平常当茶水喝，效果很好，他还没有睡。”

“明天吧……”

“这孩子，怎么变得这样懒了！十里还是八里？非要等明天不可？”父亲温柔地责备说。

“爸爸真是官僚主义！你叫我翻墙呀？”女儿笑着说

“翻墙？”

“你进来时没看呀，院子中间砌了一堵墙。”展青说。

“怎么尽是怪事！”

“你先别给我瞪眼睛！”妻子笑着说，“这个事，多半和你这个局长有关系。过去为啥不砌？你想想！我给他们再三说，两家走一个门挺方便，不用砌，老张说什么隔墙不隔心嘛。还说这是组织上定的，他们按规定办事，和咱们家没关系……”

妻子的解释，他无心再听下去，三脚两步奔到院子里，的确有一道砖墙，把院子拦腰切断了。已经有了一米多高。上面拉的线绳还在，说明要继续加高。看到这堵墙，刘嘉通突然感到一种难言的痛楚，像吞下了一块铅似的，心情顿时沉重起来。他站在院子里，久久地注视着梁老头家的窗户，那里还透着亮光。要搁过去，老头知道他下乡回来，保准要到院里来，问问路上的辛苦，报告一些新闻和感想……可是今天这个老工人竟装作不知道，不但不出来，连一声咳嗽也没有。“显然是这可恨的墙横堵在我们中间，造成了感情上的隔阂……”刘嘉通这样想着，又回过头来，看着张老师腾出来的那两间空房子，觉得心里好像缺了些什么，又似乎多了些什么，憋得难受极了。

刘嘉通在领导岗位上多年，不能说没有半点特殊化的缺点。平心而论，还是有值得检点和改进的地方。但是在这个“杂院”里，他和两家邻居的关系却是极其亲密的。这自然要归功于他的贤夫人李展青同志，但刘嘉通本人平易近人，没有官架子也是一个重要原因。也亏得他有这么两家好邻居，使他们家大人孩子在“文化大革命”中少吃了多少苦！他们有事时，家里两个最小的孩子，全靠两家院邻帮他们照顾。特别是晓静那次生病，梁自新的老伴，那位热心的居委会主任，还有张老师，像待亲女儿那样照顾她。刘嘉通两口子恢复工作以后，他们三家的关系更加密切了。逢年过节，他们总是像农村社员那样，互赠节日食品，刘嘉通也非得拉梁自新他们到家来喝两盅不可。真比亲戚还亲热。可是现在呢，一家搬走了，一家又用墙隔开了。“这是为了什么？难道仅仅因为自己升了官，就得这样做吗？这样下去，我们这些领导干部，办公，在高楼大厦上班；回家，在深宅大院里；来往行走，又坐在小汽车上，不要说群众的呼声听不见，就是掠过车窗的人影，也模糊不清啊……这样下去，危险呐！”

想到这些，刘嘉通全身燥热，胸口发胀。他使劲地摇了摇头，似乎要把烦恼甩掉。他在院里来回踱着步子，忘记了时间……

第二天清早六点，街上的广播一响，他就把老婆孩子叫起来了，到院子里，他笑着说：

“来吧，今天由我带头，搞个破坏工作——咱们一齐动手，趁水泥还没有完全凝固，把这道墙拆掉……”

展青开玩笑地说：“哎呀，你把全家动员起来，是当老愚公呢！”

“别废话啦，快点干完了，该上学的上学，该上班的上班。要注意，既要干得快，还要干得细，囫囵砖和囫囵砖码一块，半拉的和半拉的放一堆，别损坏了！”

说着，他带头拆下了第一块砖。妻子和儿女们都跟上来，七手八脚，叮叮当当地拆起墙来。

梁自新老两口听到拆墙，沉不住气了，急忙奔到院里来，拦挡说：“老刘！你这是干什么？已经砌了，我们这边的小门也扒开了，各走各门，不更方便吗……”

“这样说来，过去许多年，我们卡了你们家的脖子，走路不方便喽？嗯？哈哈……”

“……”

梁自新老两口也跟着笑起来，不再客气，动手帮着拆墙。当他们拆到底盘第二层砖时，张处长领着工人来了。见局长带人把新砌的墙拆除了，一个个愣啦。但老张是何等乖觉的人！他啊了一声，表示全都明白了。二话不说，挽起袖子来就干。不过他觉得还是有必要在局长面前解释几句，同时也把话说给梁自新听：“其实，也没有别的意思，完全是从工作上着想。腾出两间房子做客厅，平日来了请示工作的，也有个坐处。隔着道墙………也安全一些……”

“一个院里的老邻居，安全得很！”

这时晓静拿着那包金钱草从屋里出来，递给了梁自新，说着原委。老张见状，脑子一闪，嘴里马上又有了词儿：“刘局长……还是老样子！对老梁同志这么关心……这样的邻居……”

梁自新无限深情地说：“二十年啦，你才见到这么一件事，当稀罕？我就不当面吹捧了……”

刘嘉通呵呵笑了，说：“别在当面尽拣好听的说，只要不在背地里骂就谢天谢地啦！砖砌的墙是拆掉了，可是心里的墙拆了没有呢？老张，你说呢？至于我合格不合格，考验的时间还长，让实践检验吧！”

老张附和着：“对，对！”回头向几个工人又吩咐：“这样吧，利用这些拆下来的砖，把老梁那边新开的小门挡住，趁便再把他家的小伙房翻盖一下吧！局长！老梁，你们看好吗？”

他们都没有回答，只是会神地互相看了一眼。

"一串铃"

"面耳朵"的意思是怕老婆。其实,老婆也没有什么可怕的。说心里话,我老婆对我可好哩!我俩是自己做主,新式结婚。一九五八年公社成立那天,我和她上午合演《梁秋燕》,下午举行结婚典礼。由于小伙子们捣乱,所以连化的妆也没来得及卸,热闹得真和演戏一样。那时,我俩初中刚毕业,是一个班同学,又同在一个团小组。她入团还是我介绍的呢。结婚以后,她对我说:"应泉,咱俩都在学校里念书,家里丢下爹和妈劳动,有点不大好。庄上人笑话不说,我心里也过不去。依我看,还是你上学,我在家劳动。你看咋的?"

我一想,可不是吗?小的在外念书,老人在家劳动,这像个啥话?可是把人家刚过门的新媳妇丢在家里合适吗?我真心真意地说:"那你就上学,我在家里劳动吧。"

她笑了。不同意我的意见:"你念书和我念书还不一个样?要说在家劳动,我还比你有用些。你只能干一些地里的活,做饭补衣服你能行吗?"

过后,又和爹妈商量,她就留在家里了。这时公社刚成立。以后要是有人问她什么时候参加农业生产的,她总是带着三分骄傲的口气回答:"公社成立那年!"

有了她在家里料理,我念书也就更加用心上劲了,学习总是考第一,去年高中毕业,还考了头一名。她知道了,脸笑得像朵莲花。

高中毕业为什么回来种庄稼?这个我不说你就明白,响应党的"大办农业"的号召嘛!现在农业上需要人,我这年轻力壮的小伙子,又是共青团员,还能不积极响应吗?毕业以后,我回家了。路上我想:爹妈的思想虽然守旧,可对我这个宝贝儿子来说,还好说话,彩云她是不是同意呢?

出人意料,回家还没等我开口,她倒先给我做起工作来了。"应泉,别人家都响应党的号召,回家参加农业生产,你怎么打算?我看还是快点回来吧!这不是我拉你的后腿,是农业上需要你啊!"两个老人的思想她早说通了,我还有啥顾虑?这么着,我就在队上当了记工员。可不知这话咋让小牛那家伙听到了,他就给别人宣传:"应泉给老婆的'枕边风'刮回来干农业了,真是个'面耳朵'!"

我说:"这是党的号召,我自愿!"

你说,这能算是怕老婆?

在农业上她比我先走了一步,现在是共产党员,又是妇女队长。不要看她对我亲亲热热，工作上对我抓得可紧了。只要我有芝麻大点儿的不是，她就拧起眉毛收拾，也不管人多人少。你还不知道她那嗓门，讲起话来又尖又脆，嘴又麻利，活像一串银铃响，特别是批评我的时候，嗓门更响，所以小牛给她送了个"一串铃"的绰号。批评，这倒没有什么，只要有过错，就得让人家说。可她这人就有点不睁眼。明知道别人叫她"一串铃"，喊我"面耳朵"，可她一点也不在乎。我实在忍不住了，就对她提了一下，"你批评倒是对的，可也得讲究方式，看场合呀！你怎么老是在稠人广众之中给我戴红胡子？"

她不但不接受，反而说："怎么，当面指出错误还不对？"她见我不吭声，就又轻声柔气地说："我批评你是为了你好！"以后，她批评我仍然是高声气大嗓门，而我呢？因为她预先打过"防疫针"，所以总不大吭声。这一来，小牛给我取的"面耳朵"绰号也就叫出名了。

那次，我和小牛他们去城里拉化肥和苜蓿籽，每人赶了一辆车。人家几个抢着把骡子和好牛套上了，给我留下的就是那头老牛。去的时候倒也没咋掉队，回来可不行了。人家几个鞭子"叭叭"地一响，车"咯噔噔"地走开了。可我那个老伙计不慌不忙像饭后散步似的，不打则可，一打就干脆"罢工"，站下不走了。气得我没办法，只好将就它，由它慢慢走。单程十五六里路，它就磨蹭了大半天，弄得我肠子拧绳子，肚子直叫唤。快到村上了，我便学着小牛他们赶马车的样子，鞭子搭在肩头儿上，走在车前头。因为我粗心把牛车甩了几十步远。眼看快到家了，忽听到一个孩子喊："车掉到渠里了！"天呐！我回头一看，车的一个轮子掉在我后边的小水渠里，还好没翻，牛也稳稳当当地站着。我跟过去连鞋带袜子跳进了水渠，肩头拐子搭在车轱辘上就抬，可是老牛好像跟我赌气似的，它不拉，怎么也抬不上来。

正在无法可想的时候，我爱人和前面赶车的那几个小伙子跑来了。他们一来，我没好气地说："这号子牛真不如杀了吃肉，不但不走路，反把车拉进渠里去了。"不料，我的那位队长爱人，不仅不同情，反而没鼻子没脸地批评开了"怎么？自己干活不用心还怪起牛来了，牛是畜生，它要是通人性会捡路还要你赶它？车赶进渠里去了，你是干啥的？咋没把你掉进去！"

这时，小牛在边直做鬼脸，那意思是说："面耳朵，老婆教训你怎么连个大气也不敢出？真没出息。"我没理他，这明明是咱的过错嘛，还有啥理由强辩呢？她见我不吭声，知道是承认错误了，就领头跳下水渠抬车，几个人七手八脚，一下就拉了上来。

回到家里，两个人像泥鳅一样，泥水子直从身上往下淌。我满肚子的火气，正想发作，可她就给我端来了洗脚水，又给我找衣服又寻鞋，忙得忘了自己也是个泥人。见这情景，要冲出口的火气一下就消了个精光，只是呆呆地看着她，心里是酸还是甜，一时说不上。她笑着说："还不快洗了换衣服，当心着凉得病！"我说："你也得换一换，要不……"

"我锻炼的时间长了，不要紧。"她说得那么轻松。你说，遇上这样的爱人，咱还有啥说的呢？本来在她批评我的时候，想顶几句，可一思谋，人家是队长，咋办呢？只好让小牛叫我"面耳朵"吧。

吃过饭，她笑着问："今天怎么出了那么大的岔子？思想开小差了吧？以后干啥可得细心点。"我呢？也就只好把当时自己思想上"开的小差"，又把学着人家赶马车的事一五一十地"坦白"了，横竖这时没人喊我"面耳朵"，我怕啥？

她说："傻子，赶牛车和马车不同，马灵性，人走在前头它就跟上了，牛比不上马，使车的人要走在车旁，时时用手扳着操着，牛拉上才松动，也不至于出问题……"

谁知，小牛那家伙又不知什么时候站在外面，他打断我爱人的话，怪声怪气地说："哈哈，吃饭时还传授技术哩，若要会，跟上师傅睡，明天保证学个车把式……"臊得我满面通红，可她一点也不在乎。

小牛叫我"面耳朵"，除了取笑，也还有不满意的成分在内，这当然是和他有关系的事情了，也是从我负的那个小责任上引起的。

那天我和小牛他们几个青年下洼子薅胡麻，一块还有菊香、瑞湘她们几个姑娘，一共去了十二个人。我们五个男的到得早，停了半截子妇女们才来。可我们赶出头打了两圈"百分"，女将们就赶上来了。以后好几趟，我们就打几圈百分，等到女的薅出头了，哄又下地，追得女将们直喘气。她们批评我们不好好劳动，说我们薅的质量不高。我们谁也没理她们。

下午评工的时候，可就吵开了。小牛说："我们来得早，薅得快，要占头等，每人评七分。"菊英说："你们来得早是为了打扑克，薅的田和我们一样多，质量还不高，最多每人五分！"两厢里吵得不可开交。我说按真实情况，给女的评高一点，小牛说啥也不同意。

吵得正凶的时候，队长和我爱人从大队上开会回来了。妇女们大老远就喊她："彩云，她们轻视妇女，同工不同酬，不讲道理……"

两个队长一来，又领着大家共同检查了一下干活质量，发现我和小牛的趟上，不仅草没薅净，还有铲坏的田苗苗呢。这一来，小牛越发不吭声了，我也心里直嘀咕。走着，我就抢先"汇报"了一下情况和我的意见。彩云听了把眼珠子一瞪，冲着我批评开了："你们不好好劳动，干活又不讲究质量？是叫你薅草还是来打扑克，你和小牛还伤了苗，同工同酬你懂不懂？亏你还是个共青团员哩！"我照例一声没吭。

那次评工的结果是：女的每人六分，男人里三个五分半，我和小牛每人评了五分！

过后，小牛骂我："'面耳朵'，干啥也听老婆的话，害得我们男子汉大丈夫，连个女人也不如啦！我要是你，就尿一泡尿淹死！"

他说他的，我不理他。不怕你笑话，同志，我这爱人虽然不分场合地批评我，可有时也还给我解围、圆场哩！前天从仓库里打种子，我自动报名去背包子，这也是提着碾盘打月亮——自不量力。别的社员不叫我背，我还逞强，二百斤重的包子刚一放到我的背上，两条腿就发起抖来了，走了三步，就连人带粮食包子一起倒在地上，惹得社员们哄然大笑，正臊得我没法子，我爱人响着"一串铃"的声音："笑什么？人家刚出学校，哪比上你们这些老手旧胳膊！能有勇气试一下，就算不错了。"

虽然，小牛他叫我"面耳朵"，可我想："这不是怕，是服从真理，尊重人家哩！"你说是吗？论工作，人家是我的领导，给百十口子人当家；说劳动，人家力气比我行，生产知识比我多，思想水平又高，样样都比咱强，咱还能不听人家的指教？不过，过两年你再来看，那可也许要另论高低了！……

瓜王轶事

常乐镇的街道，实在寒碜得上不了文章。虽说公社印刷厂在东头盖了一座现代化的三层“洋楼”，供销社在西街有四间青砖红门的新铺面，但绝大多数是土坯房组成的四合院，临街有那么一溜出檐明柱的店铺，却早已不做什么买卖了。至于街道到底有多长，目前尚无人作精确的丈量。因为这里没有城建局之类的机构，公社的着眼点完全放在农村的田园化建设和新农村规划上头。唯一可供参考的资料，是去年从省歌舞团来了两位体验生活的剧作家，有一天闲暇无事，从东头借宿的楼房里出来漫步，互相曾经打过这样的赌：那位高个子说，走完这条街道一支烟吸不完；另一个瘦小的摇头，说这话未免过于夸张，争论不休。他们就各自点燃一支“大前门”，以每秒零点五步的速度向西走，到底只抽了半截纸烟。赌注是一个西瓜。但其时满街只有丁字街口的一个瓜摊，卖瓜的老头嘴里吆喝着“五大牙子”，瓜不整卖，是用一种独特的、近乎原始的交易方式，切开论牙(块)卖的。只好每人吃了四牙西瓜结束。临走，二位剧作家以他们的艺术天才，把半截纸烟街道的命名赠送给常乐镇，而第一个听到这带有贬义命名的，便是用原始方式经营瓜摊的王保生，镇上的人叫他“瓜王”。

瓜王不是职业生意人，早年当过兵，曾经是解放军的一个班长。这位老牌的退伍军人，现在享受着二等伤残待遇，每季度在县民政局能领到三十元的抚恤金。但他不靠这个过活，靠自己劳动。特别是农村新经济政策实行以后，他把他们老两口的责任田分派给几个儿子代管，他在自己的自留地里种了西瓜作副业，日子满像那么回事。

这是个高骨架，宽肩膀，身体结实的庄稼汉，有一副典型的回族人的脸型。头上扣一顶小白帽，刚好盖住那淡黄色的硬头发。眉毛几乎看不到，因此那一双眼窝很深的小眼睛，就显得格外明快、有神，显出一些小小的聪敏。只是脸庞太黑，而且腮帮子上有两个对称的小肉疙瘩，看起来不那么光堂。那是他当年在回民骑兵团与马鸿逵的队伍开仗，被敌人的子弹穿过腮帮留下的纪念。卖瓜吆喝的时候，这一对光荣的标志就像两朵花一样，绯红地突出来，加上他的大嘴巴，显得很滑稽。他的穿着很简单又很得体。他做生意的时候，总是穿一件干净的小白褂，下身是青布宽腿裤子。光脚板蹬一双工艺精美的“麻鞋”，是从废品门市部廉价买来的轮胎尼龙线编织的；不但样式新颖，比眼下时兴的各种塑料凉鞋还别致好看，而且轻巧凉快。可惜他们不懂得绘画，否则要给免费画一幅素描肖像赠送。但是当瓜王手里拿起月牙刀切西瓜的时候，又有几分相声《改行》中说的那位“黑头”演员的派头，威风凛凛，神气十足。不过他懂得做生意的规矩，月牙刀是不轻易拿在手里舞弄的，倒是那个牛尾蝇帚，不时地在他手上摇动，配着他那清亮别致的叫卖声，殷勤地招徕顾客：

“五——大——牙——子，杀——开——了——也——”

这八个字从他那音调丰润、旋律谐和的乐器般的喉咙里喊出来，音节拖得很长，嘹亮清脆，洋溢着幸福和快乐，如同唱歌一般，实在不是半截纸烟的小街道所能容纳得了的。喊声不但招来了成批的顾客，而且通过声波传导，送到他老伴耳朵里。那位在瓜地里做针线兼看瓜的王大妈——官名叫哈玉兰的，从这声音里受到精神鼓舞，更加忠于职守，眼观六路耳听八方，严密地监视着仅有八分地的瓜田，以防有什么“小二流子”侵犯边境，掠夺胜利果实。

先不管哈玉兰的看瓜本领，且回到丁字街口，看看瓜王的生意，同时有必要把他的“五大牙子，杀开了也”的吆喝含意向读者解释一下。因为这个别致的吆喝，只有本镇人明白，或推而广之，本县境内的人也能明白个大概，但是外地人就不易懂，如果是外省或外国朋友，就更会莫名其妙。

其实“五大牙子”，即五分钱一大牙(块)子西瓜；“杀开了也”，即刚刚切开的新鲜货，这么八个字，经他用那圆浑的嗓音，滑动的音符叫出来，实在有诱惑人垂涎三尺的巨大魔力，直把常乐镇的人征服得服服帖帖。如果大人领着孩子上街，很少有谁能闯过他的这个关卡。

他不但吆喝得动听，而且把瓜摊整治得干净、清爽，美观大方。一张陈年的沙枣木大方桌，虽然没有上过油漆，但黄亮的本色擦得光闪闪能照出人影儿。方桌的左边是一个长方形的纱罩，扣着杀开的瓜牙。右边靠前是一小块木板，是垫着切瓜的。靠怀里放着一个描着蓝花、带金边的细瓷盖碗茶盅。整个摊子的上面，是一把老式的阳伞遮凉。王保生是否学过立体几何，不得而知，但他切西瓜的本领实在绝伦无比。他的瓜牙子切得特薄，但放在桌子上，却显得大方起眼，似乎有几斤重。别的人也想学他这个办法，但切出来的瓜牙多是站立不住，东倒西歪，不成体统。而瓜王的瓜牙却像听话的孩子，站得稳稳当当，各有姿态，在翠绿色的纱罩里，红艳艳，沙漉漉，水汪汪，谁不馋涎欲滴呢？

王保生啊王保生，你可真是人精！在提倡竞争的今天，你算是凫上水的鸭子。叫你这一一比，其他的瓜摊，不论是私人的，还是集体的，以至供销社的门市部，全都黯然失色。顾客尽往你的摊子上跑。有些瓜摊竞争不过，只好带着羡慕、嫉恨的心情，把自己的瓜摊摆到东西两头去，企图从半路上把顾客截住。但也无济于事。

瓜王除了他高超的切瓜本领，干净卫生的瓜摊，别致动听的吆喝声，还有一件别人没有想到，也无力设置的洋玩意儿，帮着他扩大影响，招徕顾客。那是一架三洋牌录音机。他的录音机里放的不是李谷一、苏小明等人唱的歌曲。这些东西在这个土气十足的小镇上暂时还没有市场，农民们欣赏不了，他录制的磁带全是秦腔戏文，什么《打銮驾》《二进宫》《鸿雁捎书》《五典坡》《李隆贵卖水》之类，根据顾客要求播放。特别是《打銮驾》，那是录的县秦腔剧团唱“黑头”的名演员李化俗的唱段。李化俗幼年在西安易俗社学艺，后来在县、省剧团演戏，红极一时，他唱的包爷（老百姓对包文正的尊称）最是有名。此人正好是常乐镇人士，现已告老还乡，在镇上享清福欢度晚年。王保生这个“贼溜子”，不知是送西瓜贿赂拉上的关系，还是走的别人的门路，轻而易举地搞到了他的唱段磁带，在瓜摊上反复播放，直把李化俗的崇拜者全部吸引到瓜摊上来。当然不是白听，每人还得自觉自愿地“贡献”几毛瓜钱。李化俗也来自我欣赏自己的唱段。往往屁股还没坐定，就冲着瓜王骂：

“你个老杂毛！总是拿我来哄大家的钱！”

“哪里的话！我是给你做宣传哩！”

瓜王诡谲地一笑，顺手递上一牙西瓜，殷勤地说：“快，李爷，来一牙瓜润润嗓子！”

李化俗接过瓜，摸一把刚留不久的小胡子，又笑骂一句：

“狗的屁！宣我的什么传？还不是给你招揽生意，凭你这个酸葫芦蛋，卖得动？哼——”说着，一口咬下去，瓜汁顺着嘴角、胡梢往下流。证明那并不是“酸葫芦蛋”。

“一举两得嘛！”瓜王给“黑头”搔到了痒处，笑着说。“你的唱功也显了，我的瓜也卖了——大家凑个热闹嘛……”

“说得好听！”“黑头”做了个亮相的眉眼。“你热闹，我不热闹。放我的磁带，就这么便宜么？好轻快！再来一块……”

说着，自己老实不客气地挑了一牙从他的角度看来是最大的西瓜，津津有味地嚼起来。

瓜王也不在乎，又亮起嗓子，吆喝着做他的生意。

李化俗吃完，用手揩干净嘴巴上的瓜汁，从口袋里摸出一角的毛票，在“瓜王”的眼前一晃。王保生急忙谦让，对方却早把纸币丢进瓜王的瓦罐里了。他如今每月享受八十块钱的退休金，比公社书记的全俸还高，是常乐镇首屈一指的富翁，还能在乎两牙瓜钱吗？他来这里，与其说是为了吃瓜，毋宁说是为了消愁解闷，老哥们开开玩笑罢哩。

瓜王的吆喝声刚落，对面又是一个老奶奶领着孙子走过来。还不待祖母发话，那孙子就像一个玻璃球似的，滴溜溜滚到王保生的瓜摊上。老王顺势一把揽在怀里，给孩子递上一牙瓜，笑道：“来吧，爷爷的这瓜是蜜水里泡过了的，一牙顶十根冰棍！”又转过头笑问：“老嫂子也来一块吧？大热的天！”

“算了吧，你个坏了肠子的死老王！”老奶奶故意绷着脸骂道，“破烂摊子摆在这里，真真地比强盗要买路钱还厉害！”

这话简直入木三分。瓜王得意地笑起来。

的确是这样。小孩从他这里经过，从来都是留下“买路钱”的。有时候有的大人没带钱，孩子喊着要瓜，他绝不叫大人作难，先递一牙儿过去，把孩子哄住。从不怕欠账蚀本。事实上，很少有人白吃，多半是第二天就亲自补交，或打发孩子送来。

当老奶奶领着孙子离去以后，瓜王换上录音机里的磁带，瓜摊上飘起薛平贵“五家坡不远在目前”的唱腔，从人流中挤出了一双小姐妹。大的不过七八岁，小的刚刚会走路，鼻涕已经飞越天险，如长龙般地爬到了下嘴唇，跌跌撞撞地走到瓜摊跟前，把一只泥黑的手送到瓜王面前。瓜王笑道:“慢点慢点,你抢个啥呀!”说着,用大手接过孩子手里的钱,一看是四个一分的硬币。显然,那一分是从指头缝里漏掉了。他也不计较,“咣当”一声,把钱丢进瓦罐,拿出一牙大瓜,又用月牙刀从中切开,一分为二,递给小姐妹,顺手给她们揩干净鼻涕,看着她们吃,如同自家的亲孙女一般,嘴里唱歌似的吆喝起来:

“五大牙子,杀开了也——”

想吃瓜的人循着这个号令,乖乖往这里凑。个个都对瓜王报以尊敬的微笑,瓜王也彬彬有礼,脸上始终保持着买卖人的和气。与人为善,童叟无欺。可是在那些同行中,瓜王却不得人心。别的瓜摊的老板,都认为他连退休的“黑头”都不如,不大恭维他。有的在背地里放肆攻击,从鼻子哼着气骂他:

“哼,听这个老家伙!破便嗓子不要命地喊,当心挣破苦胆!”

“嘿,要叫公社马书记听到了,给他一顿结实实的斥责,那才好哩!”

同一战线的人听了,立刻爆发出开心的大笑。希望神灵保佑,让这句话应验,马上成为现实。

王保生对这类闲言碎语充耳不闻。即使拥护他的人直截了当地告诉他,他也不生气,反而爽朗地笑起来,宽宏大量地说:“哎哎,这些人!大家都想方法,把生意往好里做,多好呢!……我老王卖自家的瓜,碍着了谁?”

他照旧吆喝他的,情绪一点也不减退。

真的,瓜王对谁也没妨碍。大路朝天,各走一边。你在两头,他在中间;井水不犯河水,何恨之有?何况老王选的这个地方,是别人不愿来,或者不敢来的地方呢!为什么?瓜王的摊子就在丁字街口的拐角上。这地方离公社只有三百米,离税务所不过五十步,正好在当官的眼皮子底下,多不自在!特别是那个歪戴帽子,手里提个油渍塑料提包的税务员,大家尊称他“所长”的人,谁不躲他!可是这个瓜王就是不怕。他不但在这里“定居”下来,而且还敢冲着公社大院,放开嗓门喊“五大牙子”,明目张胆,名正言顺地赚公社干部的钱,连公社书记马奎也不放过。只要他乐意。特别是公社开三干会,或者集中大队支书学习开会的时候,他瞅着休息的空子,探头探脑往公社门口那边窥测,大着嗓门喊,挑动干部们“抓大头”,一帮一伙地来吃瓜,做一注大买卖。不过,这个时候他要破例,可以卖整个的。这是瓜王对干部们高看一眼,特别的恩惠。可是卖整个的瓜,也是论个不用秤。他用三刀八牙子的手艺切给干部们吃,每一牙都是一样大,不差分毫。等干部们舔着嘴唇离去以后,他又到对面的四合院里,从他的女儿家拖两个瓜来补充“门市”。在这空档的代理人,多半是退休的“黑头”,用他那粗犷浑厚的嗓门,十分滑稽地吆喝几声,震得半截纸烟的街道山摇地动,廊檐上往下掉土。

就在瓜王从女儿家一次次取瓜的时候,别的瓜摊的老板们对他起了这样的疑心:

“嘿!老东西多滑头!把瓜藏在别人家,蒙混‘所长’的眼睛,暗暗偷税哩!”

这无疑是一个重大的发现。

虽然没有搞串联,成立什么联合组织,采取统一行动,却早有勇敢的积极分子当代表,把这个众目昭彰的“劣迹”，报告给了“所长”：

“他表面上装的是小本生意，实际上都搁在对面的院里，偷偷取来切开卖——我们亲眼见的，不是虚造！”

“所长”非常重视这个情报。老实说，他对这个瓜王也不“感冒”。作为本镇的首席税务官员，他转悠到任何一个摊贩跟前，都得肃然起敬，客气地让吃让喝，有的还给他塞整个的西瓜，抱回家吃。可是这个王保生，全不把他放在眼里，顶多虚让一声：“‘所长’来一牙瓜吧？”

这是什么话！因此“所长”得了情报，立即行使职权，用公事公办的口气，非常严肃地盘查了瓜王的经营账目，又亲自到对面的四合院作了实地考察，证实他确是每天只有二十至三十个瓜的销售量，并无偷税的行为。至于为什么把瓜藏到四合院，还是听听瓜王自己的理由吧：

“他们哪里是卖瓜，是卖葫芦，卖生铁疙瘩！整车的瓜堆在太阳底下，都晒熟了，切开还有屁的瓜味！”

原来如此。

他的瓜早晨从家里拉来，除了在摊子上摆五个外，其余全部存在他女儿家的南屋，有几个还用桶装着，浸在水井里。因此他的瓜切开，不仅甜，而且凉，兼有沙、脆的特点，胜过最高级的冰淇淋。同样花钱，谁不拣好的吃呢？所长并不满足这个结果。他脑子转了一下，又问：

“你的瓜，怎么不按市价走？开头一斤一毛八，你是五大牙子；现在降到八分一斤了，你怎么还是五大牙子？”“我也降了呀——你不看我的瓜牙比先前大了吗？”

“瓜牙大了？”

“不信你用秤称……”

说着，瓜王从近旁卖菜籽的摊上借来一杆秤，放一牙瓜在盘子上，提起来一秤，嗨，六两还翘头！

“所长”仔细检查了秤星，没话说了，又不得不说：“不管咋说，你这个卖法不合规定，以后应该用秤！”说完，转身走了。

瓜王十分得意：要是有弊病，敢把摊子摆到这里来么？不过他没有诌嘴，反而笑着问：

“哎，‘所长’怎么走了，不来一牙西瓜吗？”

完全是虚情假意。首席税务官装着不曾听见，快步往税务所走去。瓜王好像和“所长”开玩笑似的，亮起嗓门，连喊了三声“五大牙子”。

我们不能责怪瓜王给“所长”碰钉子，也不能非议“所长”的高度负责精神。但是他不善于研究，确是个大缺点。常乐镇的居民，谁都清楚，王保生的瓜牙虽然定价五分，但是瓜牙的大小薄厚，都是随价格的涨落而变化，并不克扣顾客，哄骗钱财。要不，为什么那些最善于讨价还价的老头老太婆乐意光顾他呢？

瓜王的生意就在他别致的吆喝声中，在录音机的伴奏下，一直这么兴隆地做着。别的摊贩不能再有什么抱怨，只好偷偷地仿效，用提高服务质量的办法和他竞争。

但是他们仍然无法击败瓜王。

瓜王的瓜是自产的。个儿不大,味道特甜,而且皮薄籽少。这是别人的瓜比不上的。目前王保生还不打算把他自己培育出的这个品种推广给别人。他的瓜之所以切开论牙卖,在很大程度上是为了控制瓜籽的外流。有一次,就是那两个剧作家打赌吃瓜的那次,那位高个子没有把瓜籽吐到方桌前面的席子上,而是吐到自己的手帕里,准备回去洗净晒干了磨牙,不料走到四分之一纸烟的地方,老王气喘喘地追上了他,和颜悦色地央求,要把瓜籽收回去。剧作家很慷慨地给了他,却在心里纳闷:这老头为什么这样吝啬,连几个瓜籽也要收回去?因此他们不但小看这半截纸烟的街道,而且也鄙视这里的人品,很快就撤离了常乐镇,另找英雄辈出的"生活基地"去了。

他们这一起,可是错失了良机。如果他们老老实实待到今年的六月,用他们艺术家的慧眼观察一下老王务瓜的情景,肯定会丰富他们的创作素材。

看看吧,在大红太阳底下,在烈焰烤人的正午,沙地里能烫熟鸡蛋。老王却光着脚板,光着膀子,头上连个小草帽也不戴,光着脑袋,圪蹴在瓜地里,用十六开稿纸那样大的铁铲松土。他叫"拍瓜"。拍法是铁铲每立扎三下就平拍一下,"嚓、嚓、嚓——嘭","嚓、嚓、嚓——嘭",倒过来正好是眼下风行的"嘭嚓嚓"。其音乐的节奏感,不亚于"五大牙子"的吆喝声。

这期间,他吃、住都在瓜田。有时老伴中午去送饭,关心他:

"哎哟哟,我的先人!这么大的日头,你光着身子蹲在地里,不怕晒晕吗?"

"快滚到一边去!"瓜王不耐烦地挥挥手,拒绝老伴的好心。"拍瓜不在正午,趁日头红地气热的时候,难道要赶早晚的阴凉吗?"

听了训斥,挨了刺打,老伴气得咽唾沫,嘴上不再说什么,心里还是心疼。过一会儿,王保生自己也觉着太冷人心,不好。于是又缓和下来,解释道:

"咱这是往地里浇油,给瓜里灌蜜哩,懂吗?"

王保生在务瓜的时候,就肯花上这样的工夫。正如他卖瓜时扯着嗓子吆喝,是出于同一个目的。那时候他的脸上还没有现在这样的欢快,只有从事伟大劳动的庄严和自我陶醉表情。当然,那温厚的黑脸上,也充满着对未来的希求,心里打着万分如意的算盘。不过是一个农民在八分自留地里,想要发掘最大的潜力,施展宏图大略,实现他小小的野心的追求。

等到瓜熟了,王保生喜庆欢天,要举行一次隆重的开田仪式。说得隆重,其实很简朴。就是邀请上了年纪的人和队干们,到他的瓜地里来,老人们还带着小孙子,就像农村过喜事赴宴席那样,拉拉扯扯,坐了满地埂。老王自己夸耀一番种的西瓜,算是祝瓜辞。接着从地里当场选摘五个大西瓜,以他特有的杀瓜技术切成牙子,一块块递到各人的手里,请大家品尝、评论,心满意足地听赞歌。

这样热闹一番之后,他便选出二三十个熟透了的瓜,拿到街上摆摊出售,而把满地的西瓜委托给老伴哈玉兰看守。

和瓜王相比，老伴是有些气派的人物。不仅仪表端庄，而且内秀、有谋略，是庄子上出了名的理家手，外号叫“铁锁子”。据好事者估计，“铁锁子”已经在她的箱底里锁了好几千票子。“铁锁子”断然否认：

“由你的嘴说哩！两个媳妇，是干指头蘸盐末，哄来的吗？真是站着说话腰不疼！”

她说这些话的时候，眼睛始终不离瓜田，而且对献殷勤的人保持着高度警惕：别给我戴高帽子，骗着吃瓜！可是手指头缝很宽的老头子会不会上别人的当，把瓜白送人呢？她担着心。好几次提出改变一下分工，或者她到瓜摊上去“观点观点”，王保生都用恳求的语气，婉言相劝，巧妙地加以拒绝。因为他心里明白，“铁锁子”去了，必然是铁面无私，认钱不认人。那些领小孩路过不带钱的人，想哄孩子便不可能；小娃娃拿三、四分钱买一牙西瓜更是无望。这样一来，老王瓜摊的经营方针就要彻底改变，他多年苦心树立起来的信誉就要一败涂地。因此在这个问题上，王保生一改事事随和，跟着老婆屁股转的脾气，尊严起来，坚持独立自主，按他自己的既定方针办，不让老伴有半点干扰。

就这样，他一个人站在常乐镇的政治、经济，文化中心的丁字街口，以他那柔和愉快而富有表现力的嗓音，拖着特有的腔调，满怀信心地吆喝着“五大牙子，杀开了也”。加上他肚子里无穷无尽的笑话，长短不齐的故事，再配上本镇居民爱听的秦腔录音，从容不迫地做着他自产自销的季节性小生意，给这只有半截纸烟的街道增添了三分气色，为常乐镇的繁荣昌盛贡献了一份力量。公社书记路经他的瓜摊，也常常给以尊敬的微笑和鼓励的目光。

日子就这样顺顺当当地过着。

有一天，马奎书记组织公社机关干部政治学习。休息的时候，想抓个“大头”，到瓜王的瓜摊上甜和甜和，可是没有听到那别致的吆喝声，也没有看到老王像往日钻空子，在开会休息时间探头探脑，向公社院里窥测方向，故意挑逗的身影。他问税务员：“怎么今天听不到卖瓜的王老汉叫喊？莫不是他自留地的西瓜已经卖完了？我还没顾上好好吃一顿呢！”

本来在念文件的时候，有好几个人听着打瞌睡；没有瞌睡的也觉得今天镇上异常的寂静，似乎缺少了什么。经书记这么一提点，大家才恍然大悟：“啊，真的，好几天没听到瓜王自卖自夸的吆喝声了一说不定他到县城赶自由市场，卖大价钱去了……”

“……”

学习结束，书记和税务员说着闲话，前往拐角的瓜摊上视察，看个究竟。果然不见王保生老汉。瓜摊倒是在原地，卖瓜的却是一位上了年纪的回族妇女。虽然端庄的脸面并不老相，但肌肉绷得太紧，嘴唇抿着，不叫不笑，也不放录音，两只大眼睛紧紧盯着面前的几块西瓜，似乎怕人抢走似的。其实，这时的瓜摊上，除退休的“黑头”和另外几个老头摆龙门阵外，真正的顾客几乎没有。很显然，生意不怎么景气。公社书记和税务员都认得，那正襟危坐的女老板，便是王保生的内当家，全公社闻名的“铁锁子”哈玉兰。税务员问：

“老王哪去了？”

还不待哈玉兰吭声，退休的“黑头”快马当先，用秦腔道白的舞台艺术语言抢着回答：

“‘所长’有所不知，瓜王前三天碰坏了腿，住在卫生院里养伤呢，你咋没听说？好大的官僚！”

“怎么伤得腿？”书记紧追一句。

“嗨，都怪这些碎东西！”“黑头”说，“那天两个小娃从街那边过来买瓜，差点钻到汽车轮子下面——好悬！要不是老王奔过去拉住，早没命了！”

“孩子没有伤着？”

“吉人自有天相，狗东西命大，皮都没蹭破，可是老王的腿碰坏了……”

“伤得重不重？”书记刚刚松了一口气，心又攥紧了。

“怎么不重，躺在床上几天不得动弹！好书记呢，这叫我咋办……哈玉兰抹起了眼泪。

“莫哭，莫哭，老嫂子但放宽心。我今天去看了，已经下床了，大夫说过两天就能出院呢……”“黑头”安慰道。

“走，咱们去看看。”

书记和“所长”去探望的时候，王保生正在院子里练着走路。马书记表扬他的行动，他却认为不值一提：“那算个啥！”赶到两位干部将要离去的时候，他郑重其事地央求：

“请书记和‘所长’给我那老婆子带个话：做买卖万万不要抠搜。叫她把瓜牙切大点一刻薄难赚钱，忠厚不贴本。和气生财呀……”

两位领导点点头，表示赞同，但没有说一定去监督哈玉兰的买卖。瓜王认为他们办事不认真，心里存了些意见。特别是“所长”，平日只管收税，对人的思想并不关心，这是不大好的。他知道，有些人虽然按规定交税，但买卖不公平，短斤少两，随意要价。他那“铁锁子”内当家，就容易犯这号毛病。因此希望领导对她行使监督权，以免她干出叫人耻笑的事来，别人在背地里戳他的脊梁骨。

好在一个星期后，王保生就复原出了医院，收回了瓜摊的经理权，“铁锁子”仍旧看她的瓜田。常乐镇的大人小孩，干部社员，又都听到了那清亮别致的吆喝声；

“五大牙子，杀开了也……”

这喊声在华截纸烟的街道上空回旋、荡漾。招来了娃娃，唤来了大人，再加上“黑头”这类人物，围着那小小的瓜摊，从早到晚，有说、有笑、有唱，气氛异常活跃。人们觉得常乐镇原该如此，日月运转才正常。

就在瓜王出院的那天，镇上又来了两位女士。消息灵通的人说，她们就是先前那两位剧作家的爱人，也是文艺工作者。人长得风流不说，穿戴也不平凡，一个比一个洋气。她们受了长途汽车的颠簸，天气又闷又热，口干舌燥，喉咙冒火，想在印刷厂大楼前面那个西瓜堆积如山的瓜摊上买个瓜解渴，偏偏人家的瓜是整个称斤，不零售，也不备切刀。看看别的顾客，多是蹲在墙脚下，每人手里捧半个西瓜，有的用树枝作成的筷子，有的用自备的小勺挖着吃。她们办不到，为难极了，也羡慕极了。自己不能学样，只好忍着干渴，口出怨言地往街中心走，很快就听到了瓜王“五大牙子”的吆喝声。在她们还没有弄清这喊声的意思时，就看到了丁字街口的瓜摊，鲜红水翠的西瓜扣在绿纱罩底下，大有望梅止渴的精神作用。两个人顾不得“空前绝后”的半高跟皮凉鞋拐坏脚脖子的危险，狂奔过去，连价都没问（其实问不同一个样)，每人大嚼大咽地吞下四牙西瓜，用精细的小手帕揩着嘴，笑容可掬地看着王保生，似乎受了他的施舍，客气地付了钱，又把老王脚上的麻鞋和瓜摊上的录音机考察一番，才扭答扭答地离去。他们对瓜王的印象和结论与前次那二位男作家迥然不同：

“这老头儿多会做生意呀！”

“贵贱不说，东西就吃个干净卫生……”

“吆喝得也好听，简直可以搬到舞台上去！”

“可不是。他还挺有音乐细胞，瓜摊上摆的录音机，你注意了吗？是地地道道的日本进口货……”

“啊，不错，是个挺有趣的人物。他的吆喝声和民歌一样，音乐感多强！”

但是，二位女文艺工作者的评论，很快淹没在瓜王的吆喝声中了：

“五大牙子，杀开了也——”

看“点”日记

自序

这半年多来，我的工作是跟随省委副书记徐江同志下乡蹲点，中途徐书记因公务繁忙，回机关了，单留我一个人在“点”上坚持。为此，有的同志开玩笑叫我“留守大员”，社员们则叫我“看点干部”。我的这本日记就是看“点”期间写的。

读者会问，领导干部的“点”还要看吗？当然要看！就拿我们徐副书记的这个点来说，虽然他回机关处理公务的时间比在点上的时间多得多，但社员和基层干部谈论工作的时候，还是说：“我们这里是徐书记的点。”徐书记在一些发言中也常引用这里的例子作为第一手材料：“比如我蹲的那个大队……”从这个意义上讲，你就知道我这个看“点”干部的工作有多么重要了。事实上，重要性还远非如此。你如果是喜欢看报纸的，请你千万留心，今后报上凡有徐书记蹲点经验的消息或文章，那一定和我有些关系，因为其中许多生动事例都是从我的日记里提炼出来的。虽然有时难免出现张冠李戴、驴唇不对马嘴的笑话，但那是别人的过错，不是我的责任。我是严格尊重事实的，这有我的日记为凭！

说到日记，可是顶重要而又十分麻烦的事情。因为我是个再懒散不过的人，哪里有心天天写日记？但事实上，长期以来，我一直认认真真地记着日记，从来不敢偷懒疏忽。这是客观需要。现在我的日记已经有了几厚本子，近期的正在几个“秀才”手里传阅，搜求“第一手材料”，为书记准备什么报告呢。这里只能挑出一部分给大家看看。这样一来，年月日就不连贯，事体也衔接不起来，不像个日记，只能算是大事记，或者我一个人心里明白。不过所记的人和事，都是当时当地的实情，相当可靠。

此为序。

二月二十四日　晴

今天是星期六。

我到点上已经三天了，必须开手写日记，要不，书记到了问起情况，丢三落四怎么行？

大前天，徐书记让他的秘书打电话给我们的头头，点名叫我去跟他蹲点。我听了十分高兴。过去虽然也跟领导下过乡，可是跟像徐副书记这样高的领导，还是第一次，一定可以学到许多好东西呀！我急忙去找书记报到。

徐书记有些年纪了，头发已经花白，脸上也出现了皱纹，但精神还挺健旺。我进去时，他正忙着看材料，案头文件堆积如山，可见省委领导同志是多么辛劳。看到我，停住手头的工作，和蔼地招呼："小吴来啦，坐，坐。到农村去蹲点怎么样？嗯？听说你对农村的情况很熟，是不是？"

这样的平易近人，这样和气地问话，马上消除了我的拘束，但还是有点不好意思。赶忙说："也谈不到什么熟悉，不过是经常在下面跑转……"

"咱们这次下去，不满天飞地跑，选一个地方蹲下来，蹲他一年半载——你看看，蹲哪里合适？"

我笑了笑，没有说话。其实书记并不要我回答什么。他问："黄湾怎么样？老典型，群众基础好一些，也近，来回方便……"

接着，书记调整了一下坐的姿势，十分亲切地说："我们这次下去，一定要转变作风，不能像过去那样。我打算一竿子插到底，直接下到队上去。这样好一些……不过这几天手头还有些事情要处理，这不……"书记摇了摇手里的材料，"正在开的几个会议，非要省委领导讲讲话不可，他们又都推给我，不去吧，代表们有意见。再说，党委原是应该重视各方面的工作嘛，我考虑还是去讲一讲好。是的，讲一讲。他们的会议明后天结束。我考虑……"

电话铃响了，"喂！……嗯………什么事？……哦，你不说，我差点忘了，好吧，好吧，我现在就让老宋去接……"

放下话筒，书记大声叫"小董"。秘书闻声跑来，书记说："你去叫老宋到工学院，把赵老师接来。"

徐书记是分管农业的，怎么又管上了教育方面的工作？而且在百忙之中亲自接见老师征求意见，了解情况，真够辛苦的。小董出去以后，书记又接着说：

"我考虑，你是不是先行一步，去大队做些准备工作，比如地、县、公社，也得给他们打个招呼——我没有让秘书往下打电话，那样惊动下面，影响不好。还是你去，当面给他们通知一声。但是你要记住，千万不要他们陪人。咱们的蹲点组一定要精干。这次去，我不打算多带人。县上可以参加一个，最好是他们管农业的头头。"

"我什么时候走？"

"如果没有别的事，现在就出发。我让董秘书安排车，送你去！"

那是星期三的上午。

这么着，我由专车送下来，先地委，后县委，再公社，最后来到黄湾大队。这是全省知名的先进典型。我是农办的干部，常年四季下农村，对这个队的情况比较熟悉，队干社员差不多都能叫上名字。我和大队支书互相捣了几拳，嬉笑一番，算是接上了头。马上言归正传，召开支委、队委联席会，由我传达了书记蹲点的指示，算是"打招呼会议"。接下来就分头准备，我和大队长亲自号房子，安排吃住问题；会计汇拢当前生产的各项进度数字；支书在他的小本本上画汇报提纲……可以说开动了全部机器。经过两天半的努力，到今天下午总算万事齐全,只候书记了。

二月二十八日　　星期三　　晴

书记今天进点。

大队干部本来要张贴标语,组织群众欢迎场面,被我好言相劝,阻止住了。现在是什么时候,还搞这一套!况且徐书记是个讲求实效,不爱排场的领导同志。加上省委最近做出决议,已经明令规定,领导干部下乡不搞迎送,不搞宴会。

正午时分,三辆小车,浩浩荡荡向大队疾驰而来。刚下车,自动出迎的小娃娃围了个水泄不通。徐书记一身布衣风尘仆仆,笑着和队干一一握手,十分平易近人。

看着大队干部前呼后拥地把书记让进大队办公室,我却发起愁来。车上下来的人数大大超过我的预算,书记本人除外,他带的人马有:秘书小董、警卫员小刘、政策研究室孙副主任、秘书处高处长和三名"秀才",还有警卫处长,另外还来了两名记者(文字、摄影各一),由县上的哈主任陪同,加上三个司机,整整十五位,这么多的人往哪里住去?我原来思想太保守,只安排了五个人的地方,现在只得重新筹划。我想把书记和几个写文章的人安排在大队部,其余的人分散到各队社员家去。给书记汇报了,他当着队干的面批评我:"这怎么行!我不是给你讲过了吗?咱们下来一定要改变作风,和社员'三同'。你怎么叫我住队部?一律住社员家,吃派饭!"

我赶忙按书记的意图安排吃住。把书记的这个小"集团"——秘书、司机、警卫以及警卫处长这些紧跟不离身的人安排在二队赵大娘家。她家有七间新房子,儿子媳妇都在外面工作,只她领着小孙子看门。书记的大本营安在那里,临时开个小会也不用另找地方了。至于几个"秀才",我还是自作主张,安顿到大队部了。其余的人一律下队到社员家。

刚刚安排妥帖,书记就开上会了。这是预料当中的事。因为徐书记工作一贯雷厉风行。他和大队干部简单谈了谈,并不要支书详细汇报,就马上召集全体干部、党团员做报告,宣讲工作着重点转移的重大意义。

我很想听听书记的讲话,可是不能,麻烦事接踵而来。

先是司机找我,说小车没处停放。可不是,农村哪有现成的车库?我说停在大队部院里,他们说不行。最起码要找个遮阳避雨的棚子。卫处长也说:"应该找个像样的地方,要不,首长说一声走,车发动不起来,不是抓瞎了!"大队会计在一旁,听得事情这样关紧,灵机一动,拍了一下大腿说:"嗐,好办,晚上我叫拖拉机开到敞院来,你们小车进去,可以吧?"三个司机认为满意,笑着回屋子玩扑克"砍牛腿"去了。

警卫处长还不走。

这位富有警卫工作经验的处长,是个清瘦面貌,长条个子,看上去弱不禁风的人。但他智多见广,头脑机敏,两只眼睛老是滴溜溜乱转,又不住地眨巴,不知道他在想什么。他缠着我,一会儿问社情,一会儿谈安全,像审问我似的。我疑心他昨天看了什么反特电影,夜里做梦还没有醒过来。要不,他怎么会有那么多忧虑?还神气十足!我以为徐书记没必要带他来。他纠缠得我实在没法,我就和他开玩笑:“处长同志,你要是不够放心,晚上和小刘两人轮班站岗放哨,白天休息也可以嘛! ”

他不高兴地瞪我一眼:“你这是什么话! 难道我是来放哨站岗的吗? 我是执行任务,保证首长安全的! 照你那样说,我们白天不工作了? 出了问题谁负责? ”

警卫处长的问题还没有解答完毕,摄影记者又来了。这位记者戴着八百度的近视眼镜,身上左右交叉挂着两个鼓鼓囊囊的大黑皮包,手里提一个大帆布袋。他见了我,就像商量什么机密大事一样,压低声音说:“老吴同志,咱们研究研究明天劳动拍照的问题吧,场面可得你组织,不妥当的人,叫他们离远点,千万别影响镜头。书记左右,最好是支书或先进社员……” 警卫处长说:“这个你放心好啦,凡是不可靠的人,我们一律不让他靠近首长。”记者听了,感激地看着警卫处长说:“就是,就是。处长是知道的,这样做,并不是为了别的,只不过照片见报的时候……”“主要还是首长的安全嘛! ”“就是就是……”

他们二人说得十分对路,我乐得瞅空子躲开了。

三月二日　星期五　有风

书记下地劳动,安排的活儿是撒肥。徐书记虽然是江南水乡的人,但因长期在北方工作,对塞外黄土高原的农活并不生疏,到地里拿起铁锹就干,“哗哗哗”,几下扬完了一堆,又快又匀称,在场的社员无不交口称赞。

但是这个活儿不宜于拍照。你想想,粪堆在地里星罗密布,劳动的人各霸一方,用铁锹撒起粪来,尘埃滚滚,一片迷茫。这样的场面,如何对光取景? 实在难为摄影记者。他跑前跑后,无论如何卖力费劲,总是找不到合适的角度。不是光线不够,就是书记低头干活,形象不完美。眼看一块地撒完了,还是没有拍下一张照片,急得他把高度近视眼镜戴上摘下,摘下戴上无数次。他一面气喘吁吁地擦汗,一面焦急地求助于我。我有什么办法呢? 就支使他去找书记的秘书联系。小董又找书记耳语了几句,书记听了,直起腰来哈哈大笑,说:

“照什么相啊,总是这一套! 我不是说过了吗,不要领导拔一根草,铲一锹土,就跑来照相,给群众什么印象? 算啦,还是去照照社员吧! ”

政研室的孙副主任原来办过报,深知当记者的苦处。听书记这么说,赶忙上来说:“徐书记,记者是带着任务来的,你不让他照,回去咋交差? 说不定版面都计划好了呢。让他们照照……”

书记并不认为此话有理,到底还是允许拍照了。警卫处长赶忙飞奔过来,也不搭话,只是从书记的衣袖上拉着,把书记摆到理想的中心位置上,又把大队支书和大队长拉过去,安放在左右。他认为可以了,立即退后一步,打手势让记者开拍。可是记者还是一个劲儿地向他摆手,他没有领会意思,又往前凑了凑,记者急了,大喊:“你躲开嘛! ”警卫处长这才恍然大悟:自己两手空空,站在后面多不得当呀! 他自我解嘲地一笑,蹿到一边。记者紧按快门,咔嚓咔嚓拍了几张,才如释重负地舒了一口气。

这种热闹的场面,惹得在另外一块地里干活的社员延颈观望,停住了手里的营生。我觉得这个搞法太“那个”，得空时要向书记说说。

三月三日　　星期六　　晴

中午吃饭的时候，刘玉山老汉跑到我的住户家来串门。他嘴里叼着烟锅，笑眯眯的，可是和我说话时，又带着几分埋怨的口气：“老吴，你是咋搞的嘛……”

“怎么啦？”

“你咋给徐书记瞎吹，说我是‘土专家’，种麦子的能手？”

“不是你们队上的人都这么说吗？”

“嗨，你咋能听他们的话！哪有个准？这下可好，书记一定要和我种试验田……”

原来是这么回事。我笑着说：“那还不好？把你的老经验拿出来，表演表演，把地种得好好的，树个样板嘛！”

“你说得容易！”刘老汉在鞋底上磕着烟锅说，“种庄稼的事，能由你想呀！万一种不好，我算什么！影响徐书记的名声呀……”

徐书记昨天参加劳动，听大队支书说，他们打算今年每个生产队搞个一百亩的大面积丰产田，计划亩产八百斤。书记听了，不但肯定了他们的做法，还决定亲自种试验田，由大队支书老许，老农刘玉山参加，合种二亩“墨卡”，初定单产一千斤，对外讲九百斤，留点余地。当即选好了地块，插了牌子，已经开始整地了。

他这一说，我也高兴起来。看来，徐书记蹲点是下了决心的，非蹲出点名堂不可。

三月六日　　星期二　　大风

大队支书老许一个劲地给我叨咕，说徐书记既然不听全面汇报，他打算把当前生产上存在的几个问题反映反映。我觉得在理，就向书记转达了这个意思。徐书记听了，又是摇头又是摆手：“生产上的事，让他们自己研究吧，咱们不搞包办代替，也不搞长官意志。”停了停又说：“这样吧，既然生产上存在问题，就把生产队长找来，座谈座谈农业大干快上的问题，有什么想法，大家一块说说。”

支书高兴起来。队长到齐，他先来个开场白：“徐书记亲自到咱们队来蹲点，这是上级对咱们的关怀。咱们一定要把工作搞好。你们在生产当中有什么困难、要求，也当着徐书记的面摆一摆。你们平常对我叫喊，有啥用？我还不是和你们一样！省上的书记来了，对上级说说吧！”

嘿，他还真有一手！

生产队长们听支书这个口气，一个个都活跃起来，发言争先恐后。有的提政策方面的问题，讲到最近发来的《六十条修改试行草案》以后再有变动怎么办，当队长的有顾虑。有的谈当前社员搞副业怕“割资本主义尾巴”；更多的人遇到了生产上存在的困难，什么供电所把他们的电卡断了，拖拉机缺零件跑不起来，非大米香油解决不了问题啦，还有就是化肥不够，柴油缺少的问题，等等，说了一大堆。徐书记听着笑起来：“你们这是什么建议呀，这是拿我当后勤部长，要东西嘛！”

队长们也笑起来。

徐书记说：“我可不给你们许愿，也不管批条子。这些事我解决不了啊！”停了停，他又喊着问秘书：“小董，咱们这次来，业务部门的人怎么一个也不来？回头打电话，叫有关局来人，最好是能拿事的——如果局长在家，让他们来好了！现在就去，还有……”下面几句话声音很低，没有听清。

不等会议结束，我和董秘书就到邮电所去挂长途。我拿过报话单子，一气写了电业局、农机局、物资局、供销社、商业局五个单位，董秘书看了，不高兴地说：“你这是干什么，叫我开电话会议吗？乱弹琴！”说着，只写了“省委办公厅李成”几个字。

电话通了。“……我是董秘书，哎，对，对，有个事，你记着给办一下……通知这几个单位的头头(从略)，马上到我们的点上来一趟，越快越好……对，直接到队上……”

哈，原来如此。无愧是书记的秘书，办事多干练哪！如果按我的想法，挂上五六个电话，耗财又费力费时。

三月八日　　星期四　　晴

书记说，最近几天要开些小型座谈会，摸一摸当前农村存在的问题，征求基层干部和社员群众对落实经济政策的意见。有的会已经通知了，可到下午又变了卦。县委书记跑来，说是汇报工作，可不知怎么搞的，后来竟把徐书记请到县上去了，随行人员也全部跟走，说明天要给县级机关作关于“四个现代化”工作着重点转移的报告。开头打算让“秀才”们留下，连夜准备讲话稿子，第二天送去。可是孙副主任和高处长说不行，在这里写有难度。理由是大队的电灯经常出故障怕误事；再说，参考资料也不全，无法动笔。这倒是事实。大队虽然订得有几种报纸，但送得不及时，多数情况下是一个星期一次，都是十天半月的旧报纸。徐书记平常念惯了稿子，当然不清楚写文章的门路，只好同意他们回县上去写。他们一定要回招待所的另一条理由是，那里安静。其实，招待所谁没住过？成天车水马龙，噪音不绝，哪有乡下这样恬静清淡？不过走就走吧，我倒希望这些随员以后少来才好。特别是那个警卫处长，一点事情也没有，还摆出一副面孔，装腔拿势，难道人民公社是恐怖世界吗？笑话！有些老头老太太没见过大官，想到跟前看看书记，十个倒有九个给他赶了，不让看。有些想找书记反映问题的，连边也沾不上，只把申诉材料接过来交给秘书小董。

书记临走，我问他安排的那些座谈会，是不是改时间，等他来了再开。书记连连摇手，说：“不要等我了。你和大队干部主持着开。尽量让大家发扬民主，广开言路，把话说完……特别是对省委的意见，你要认真记录下来，过后整理下给我，回去向党委汇报，好改进工作嘛！”

我还没来得及说个是字，书记已经钻进车里。因为警卫处长打开车门侍候，已经有些时候了。

三月九日　星期五　　晴

书记带的大队人马走了，闹嚷嚷的空气静下来，一时觉得有点冷清。从现在起，我一下成了看"点"干部。虽然剩我一个人，工作可不敢有任何懈怠，首先得把书记指定的几个座谈会开了。我要从农村的实际出发，开一揽子会。参加的人有大、小队干部，社员代表，党员团员，老农技术员，反正愿意来参加提意见的都欢迎。

会议开始，五队的队长先开了腔。这是个很有干劲的小伙子，也十分调皮。今天他开口就挖苦我一顿："老吴同志，书记走了，你能做主吗？我可把话说清楚：要是你光带耳朵听，不解决实际问题，我就回去抱老婆睡觉去了！"大家一笑。大队长赶忙说："别尽开玩笑啦，快点发言。别以为书记走了，提意见不顶事。有话尽管说吧，人家老吴是看'点'的，能代表书记！"

这是什么话！我能代表书记？真是要笑人呢。我赶忙声明更正："别听你们大队长信口胡说，我算老几，代表书记？徐书记到县上作报告去了，很快就回来。大家有什么意见，尽管说吧，我负责原原本本汇报上去……"

我的话刚落音，二队的赵胡子就发言了："前天徐书记给我们队长布置扩大副业门路，利用西山梁的沙柳搞编织。这事到底咋样？这两天社员都拥到西山梁割条子，春播都耽搁了。我看不对劲，要是出了偏差，谁的责任……"

"徐书记说可以实行包产到组，这话可是当真？还说要在我们队搞试点，到底搞不搞？"这是六队的队长的声音。

刘玉山老汉赶忙接上说："徐书记和我种试验田，明后天就要下种，他不来，我一个人咋种啊？种子下多少？底肥放多大？老吴你问问他……"

有人拦住他的话头说："你这个老汉，也太认真了！书记说和你合种试验田，就是那么回事，他能实打实地跟你干？你就约摸着种就是了。以后叫队长多给你们几斤化肥，长好了，报上登文章，你和书记一样风光！"

…………

聆听着这些五花八门的意见，我只能飞快地做记录，尽量不落下什么问题。临了，我又保证一次，把大家的意见带给书记，绝不打折扣。大家听了，又是拍手又是笑，不知是满意还是怀疑。不过我只能这样了。

三月十日　星期六　　晴

书记到县里作报告已经三天，并不见有返回的消息。许多事情要等他点头。就在我们大家着急的时候，一辆小车朝大队开来，到近处一看，是徐书记的车。怎么不见随员们坐的车呢？我正纳闷，司机老宋跳下车，摘下墨镜用手套揩着，说："走吧！"

"去哪里？"

"县城。"

原来书记还在县上，有紧要事情，派老宋来接我。这次下乡也真够气派，来的时候专车送行，现在有事又是书记的车来接，真有点受宠若惊的感觉。我给大队干部安顿了一下，又让他们捎话给房东冯大娘，中年不回去吃饭，急忙上车起程。

不到半个小时就到了县招待所。服务员是很有经验的女同志，她浑身上下看我一下，皱了皱眉头，不大愿意带我上二楼（二楼都是高级房子，平常我们是到不了那里的），但她稍微犹豫了一下，还是把我领上去了，在一个半开门的房间外面，喊了声："有人找徐书记。"就扭身走了。

这是警卫处长他们住的警卫室。屋里有六七个人，正在"砍牛腿"，战斗进行得如火如荼。警卫处长今天手气不好，我进去时，他的头上已经顶了五六样东西：三顶帽子，一条枕巾，一把折扇，最上面是扫床的棕刷。要不是熟知情况，准会以为他是游街示众的小偷。可是警卫处长神情自若，泰然处之。他看到我，眼睛不离牌，说："哦，你来啦，书记在隔壁房子里，正和县上的头头谈话，你自个儿去吧！"

他能对我如此信任客气，实属意外。我自己推门进了书记住的房子。好家伙，里面满满一屋子人。看样子，书记正在召开一个小会。董秘书把我拉到他旁边的一把木椅上坐了。书记正讲着话，县上的头头都在埋头记录。我也赶忙掏出日记本记录书记的指示。

徐书记的报告，我在大会上听过多次，但这么小范围的讲话还是头一遭。他给我的印象是很能演说的。我进去时，他已经讲了一些时候了，正讲到工作方法和干部作风的问题："……大家知道，我们共产党人有两种科学的领导方法，一是一般和个别相结合，二是领导和群众相结合，抓点带面是两个结合的集中概括……"

在这个地方他引了一大段列宁和毛主席的话，我省略没有记。

"……由此可见，只有通过蹲点才能了解到实际情况，才能证明一般号召是否正确，才能取得面上工作的经验，才能……"一连用了六个排比句，突然话锋一转，"但是，这些年来，蹲点这个基本功被一些同志丢掉了——我也是其中之一啦，工作深入不下去，该打屁股！想想看，咱们担负工作的人，把大量的时间和精力耗费在会议上，文件上，摸不到第一手材料，得不到直接经验，工作中人云亦云，凭主观意志办事，瞎指挥，这怎么能行呢？"

说到这里，书记摘下眼镜，向在场的人扫视一番，又戴上眼镜，提高声音继续讲道：

"当前，全党工作重点已经转到'四个现代化'建设上来，广大农村干部和社员，正在发奋把农业搞上去，这一点，我蹲的黄湾大队就很能说明问题。群众的积极性确实高涨。在这种情况下，我们各级领导同志的工作作风和工作方法必须来一个彻底的转变，既要'跑'得开，又要蹲得下——我这次是下决心了，至少要蹲他半年——一定要防止'骑着车子转'，'隔着玻璃看'，'办公室里听'，'铺盖卷蹲点'的漂浮作风……这个问题，中央、省委都已三令五申，多次强调过了，我在这里重复一下，无非是引起同志们的重视。至于你们县委常委之间如何分工，谁跑面，谁蹲点，蹲哪个点，回头你们自己研究吧……"

打发走县上的头头，书记才和我招呼。我赶忙翻出日记本，准备汇报"点"上的情况，书记拦住说:“具体情况不说了吧,横竖我还要下去。我叫你来,是这样的,早上机关打来电话,说程副主任调北京的通知来了,马上要走。走之前常委要交换交换意见,还要吃个便饭,虽然这是老规矩,但是话说回来,在一个班子里工作了多年,临走不去送送,也不像话,人家会说你不近人情……所以我还是回去一下。估计,这个事就是两三天,如果再没有别的事,我马上回到‘点’上来。这几天你给招呼着,注意,生产方面的事,让人家自己搞,咱们不要干涉过多。只要参加他们的会议,共同出出主意就行了。”

“刘老汉问试验田的事……”

“你让他放心大胆种就是了。”

“还有政策上的一些问题……”

“哦,对啦,这方面的事情,一定要慎重。凡是中央文件、报纸上没有讲过的问题,切莫要自作主张。凡是牵扯到政策方面的事,你要及时给我通个消息,打电话也行,要加强请示汇报。必须慎重,过去的经验教训是不少的……还有什么?”

“生产上,他们要求上面解决的那些问题,还没有落实。”

“怎么搞的!我们有些同志就是老作风,四平八稳,雷打不动。现在是什么时候!这样的拖拉作风,咋能适应‘四化’?嗯,回头我让小董再催一下——如果没有别的事,我就走了。”

一声起程,“砍牛腿”的房子里顿时乱作一团,笑的,骂的,一片喧哗。临上车,书记关心地问我:“你怎么回去呢?”我说:“你走吧,我好办。有顺路的拖拉机,就挡住坐一程,没有呢,两条腿下午也到了。”

四月八日　星期日　　晴

晚上九点半。我已回到自己家里。

事情是这样的。书记回机关已经二十多天了。这期间,我写了三次书面汇报,不知收到没有,也无回示。刘玉山老汉隔三差五地来问:“你说几天就来,怎么现在还不见徐书记的影子?麦子已经一指高了……”我说:“你就好好管吧,书记不来,麦子照样往上长,你愁啥?”老汉还是唠叨:“说是这么说,总是……”

昨天,我正和刘老汉这么扯着,大队会计飞车来叫我,说有长途电话。我住的四队离大队部有三里多路,中间隔着两条排水沟。我赶忙坐了会计的“二蹬”往大队部赶。电话是董秘书打来的。正碰上农村广播时间。农村的广播、电话是一根线,电话里传来的尽是播音员的声音,一会儿又放歌曲。我大喊大叫,又是捂耳朵,又是对着话筒吹气,还是听不清。费了九牛二虎之力,最后才听到一句:“徐书记叫你明天赶回机关汇报情况!”我放下话筒,急忙找支书商议。

会计赶着给我抄了一份生产进度表,连同日记本一块塞进背包,仍然由会计用自行车把我送到黄河渡口。

这样,我星夜赶路,水陆兼程,总算在董秘书限定的时间赶到了省城。家也不回,先到机关找书记汇报。我知道,常委们工作勤恳,向来是不过星期日的。可是书记不在办公室,董秘书也不在。值班的同志说，书记在红星剧院审查文艺节目。听了这话，我筋疲力尽，打算回家睡觉，明天再找，又一想，不要。既然书记十万火急地召我回来，背定有什么大事，还是到剧场去找找吧。即使打扰书记看戏，他也会见谅的。我这是为了工作嘛！

通过层层关卡，好不容易进到剧场，蹑手蹑脚往前边蹭。因为前五排的座位都是严格按照职位分配的。书记一般都在三四排。果然不错，在第三排靠过道的第二个位子上看到了徐书记。为了不影响观众看戏，我尽量猫着腰，趋前和书记招呼，却被过道上的人挡住了，原来是警卫处长。他瞪起眼睛，正要发作，看清是我，终于没有发作出来，问我什么事，我说找徐书记汇报。他为难地说："现在正在看节目……"

或许我们说话的声音大了点，引起了徐书记的注意。书记到底是书记，和警卫处长大不相同。他十分亲热地拉我坐下，也不管我坐的是谁的位子。看到书记和我谈起来，警卫处长只好闪到一边。书记问我什么时候到的，吃饭了没有，我一一回答。他说："那就看一会儿戏吧，在乡下辛苦了这么长时间，难得有看节目的机会。今天碰巧，坐下看看吧……你们是看戏，散心；我们可是硬任务，不看也得看，完了还得提意见，哎……"我用感激的心情接受了书记的关怀，但又不能不提到工作上的事。徐书记说："汇报的事，这样吧，我明天还有两个会要开，实在抽不出时间。你直接找孙副主任、高处长他们。我让他们给我准备讲话稿，需要哪方面的情况，他们会向你要的。"

"大队干部还让我给你报生产方面的问题……"

"你先和他们谈情况，赶着把材料整出来，我还要在县委书记会上讲话呢。别的事回头再说吧。"

书记说完，专心看台上的戏。想到书记是带着任务看戏，也就不忍心打扰了。我赶了一天多的路，有些乏困，就悄悄溜了出来。我刚起身，警卫处长就闪电般地"复辟"到他的位子上去了。想到处长站这么长时间，心里真过意不去。

五月二十八日　　星期一　　晴

我回到乡下后，时间过得很快，眼看春尽夏来，麦子拔节孕穗了，徐书记还是音信全无。这期间秘书坐车来过两次，那是书记谈改进领导作风的文章发表后的第二个星期，他说徐书记事情太忙，一下来不了，但对"点"上的工作着实关切，要我好生照看，不要有松劲情绪。临走，要了些新鲜事例回去了。我本想回城去换换衣服，又怕书记突然来"点"上，总没敢离开。书记亲定的"三结合"试验田，在刘玉山老汉的苦心经营下，长得超群拔萃，好不喜人！虽然从下种的那一天起，徐书记一直没来过，但地头上插的牌子还是三个人的名字。老汉成天在嘴上念叨："要是现在书记来看看，该多好呢……"

六月二日　　星期六　　晴

早晨，我去找老许商量事情，路过赵大娘家门口，看到又忙收拾卫生，晾晒被褥。我笑着说："大娘，你又给书记晒被子啦，是怕招虫子呀？"赵大娘满脸高兴地说："那是，夜里做个梦，梦见徐书记的小汽车来了，早起房上又有喜鹊叫，我估摸，这回书记真要来……”

嗨，说怪也真怪，应着赵大娘的梦，徐书记果真今天来了。有意思！

书记今天来，和前次大不相同。首先随员减少，轻车简从，只有他自己的一个车。跟随的人除了秘书小董和警卫员小刘外，别无他人，县里也没人陪，可见他是一竿子到底，直接到队的。书记兴致勃勃，听大队干部报喜说，今年的庄稼比哪一年都好，有可能超过历史最高水平，他更加高兴，笑哈哈地说：“果真这样，也不枉我在这里一番！”

接着就到洼子里看庄稼，看他的试验田。刘老汉不知怎么得到消息，也早早站在田头等着，见了书记，握手言欢，甚是高兴。书记要下地劳动，刘老汉说刚拔过草，没啥可干，确实连一根杂草也不见。只好随社员到大面积丰产田里拔燕麦。不知怎么搞的，起先我十分讨厌那位摄影记者，可是现在却又百倍地盼望他。今天这场面比上次撒肥强多少倍！不论是天气、景色、场地，书记和群众的融洽气氛，都是难得的镜头：背景是一望无际的麦海，青翠泛白，在阳光下闪着绿浪；如果有长距离镜头，还可以拍上十里以外的山林和高高的蓝天。书记左右并没有安排特定的人物，他只是随意站在社员中间，一面拔草，一面问话，笑语连天。可惜摄影记者没有来，失去了极好的机会。然而徐副书记并不因此降低兴味，相反，他越干越有精神，直到司机老宋喊叫天不早了，他才看了一下表，走出田块，声明要回去。

这是怎么说？大队支书和我一样疑惑不解。书记边用草帽扇凉，边笑着说：“因为时间长了，想着点上的工作，今天抽空来看看。但是家里还有许多事情没有处理完，今天得赶回去……”

司机老宋扯着我的袖子，压低声音说：“徐书记的二姑娘考上了留学生，明天上午举行家宴，答谢辅导老师，下午送行，知道吗……”说着，他先做了个滑稽的鬼脸，偷偷笑起来。

书记只说“有事”，就登车而去。什么时候再来，可是没有说。我不知道在这个“点”上还要看多长时间。日记本也得换新的了。

红梅与山虎

一

山，好高哟，爬了半天才到半中腰上。抬头看，望不到顶，山路蜿蜒像一条大蚯蚓躺在眼前。我已精疲力竭，很想坐下歇歇，可倒霉的天气不答应，浓云翻滚，直压到山尖上来。接着，雪片纷纷扬扬，随风飘撒。天变了脸，我心里不免有些发慌，到底小李庄还有多远？还得爬几架山……我正发愁连个问路的人也没有，忽然从头顶上飘下一阵清脆的歌声：

小猪崽儿白蹄儿，
一个一个地直蹦起儿。
小猪崽儿噘噘嘴儿，
一个一个地拱地皮儿。
抱起那个小调皮儿，
心里美滋滋儿。
哎——
起早贪黑没呀么白费力儿，
哎哟嗨！
…………

歌声婉转而又嘹亮，好像这唱歌的人不是站在风雪凛冽的高山顶上，而是转游在山花烂漫的春游道上。歌声离我越来越近了，我心里豁然明亮起来，就脚轻腿快地迎上前去。

好不容易攀上山顶，歌声却戛然而止。心里好生奇怪，接着就有一个和婉的声音问，“你去哪呀，同志？”

“小李庄。”我欣喜地回答了一句。听声音，本以为问话的是位姑娘，随声看去，却见一个英俊的小伙子突然出现在面前。他中等个儿，一顶黑紫羔羊大皮帽，紧压眉梢，把头盖得严严实实，身着一件过膝盖的老羊皮袄，脚蹬雪袜，就像一个威武的藏族青年。

“请问离小李庄还有多远？”

"快到啦。下了山,再上山,再下山,就是小李庄。"

小伙子说得倒挺容易,像是一抬腿一落脚就到了似的。他背着一个鼓鼓囊囊的包,看样子挺沉的。哎,里面怎么还骨碌骨碌紧动弹呢?咩——咩,啊,是小羊羔!这才弄明白,原来他还是一位年轻的羊把式呐。果然,稍远处还有一群羊在觅食。

"那是你放的羊?"

"不,是铁爷放的。"

"那么,你是——"

"我是接羔员。"小伙子自我介绍,"这两天是落羔旺季,一天就下几十个,我得随时把它们背回家去,免得在山上冻坏了。"

"你是哪个队的?"

"我?也是小李庄的。咱们同道儿走吧。"

"那太好啦。"我真幸运,要是没个人领路,还不知道要走多少冤枉路哪!

羊群那边有人向他招手,他答应了一声,又转过脸来朝我说:"你等等,铁爷找我有事。"说着就"噔噔噔"跑过去了,动作是那样的轻盈敏捷。一会儿,他又一阵风似的回来了,怀里还抱着两个小羊羔。"你看,又是两个。天色不早了,咱们快走吧!"他一边兴冲冲地说着,一边准备往毡包里装羊羔。可是"客满"了,容纳不下。他为难地看了看我。我身上只有个小背包,别无负担,就自告奋勇地说:"这两个小家伙交给我抱着吧。"

小伙子朝我瞥了一眼,摇了摇头。

"怎么?"我不解地问。

"你没穿皮袄,天又这么冷,它会受寒的,揣到怀里才好。"

"我把毡包背上,你揣着它们好了。"

"沉得很,你背得动吗?"

"试试看。"我嘴上这么说,心里总觉得他未免太小看人了。

"那就劳您的驾吧。"说着他就取下毡包给我,然后小心翼翼地把两个羊羔揣进自己的皮衣襟里去。我们就上路了。

开始是下坡路,两个人说说笑笑,顺顺当当地就到了山底下。迎面又是一座大山,虽然没前面那座高,坡度却很陡。我大口大口地喘气,两条腿也酸疼得不听使唤。小伙子笑着说:"够受吧?头次走山路都是这样,习惯了就没啥。来,把毡包给我。"

"那怎么行!"

"没关系,快到家了。"他不容分说地就把毡包硬接了过去。

"你天天都来这里背羊羔吗?"

"哎,不光是天天,每天都要跑两三趟呢!"

"真不简单。"我不禁打心眼儿里肃然起敬。

"有什么简单不简单的。羊羔越下得稠,走起路来越轻快嘛!"他说得竟是那样轻松。一会儿风更紧,雪更大了。小伙子见我越走越赶不上趟儿,就焦急地说:"哎呀,雪下大了,我得先走一步,圈里的羊羔还等我回去照管哩！”

我耽误了人家的时间,自觉十分抱歉,就说:“真对不起,你快走吧！别误了大事儿。”

他紧走几步,又回过头来叮嘱道:“别怕走错道儿,这条路直通我们队长的家门口,你就放心走吧！”

我感激地点了点头。

话音刚落,他就把我扔下一大截儿。等我上到山头时,连个人影儿都没了。

快下山时,眼底呈现出一个不算小的山庄来。顺沟依山的土窑洞,鳞次栉比,盘山而上。寂静的村庄里传出悠扬的歌声:

小猪崽儿白蹄儿,
一个一个地直蹦起儿。
…………

这歌声是这么奇怪,怎么一下子从那边山顶飞到这边山下了?它的速度比小伙子走路还快呢!

歌声落处,羊羔咩咩。我舒畅地出了一口长气,大踏步地向山庄走去。

二

队长安顿我住到贫协组长李老根家,说:“他家里肃静,又有纸啦、笔啦、墨水啦,你要写个材料,也方便。”

“他家有上学的?”

“老根的大女儿红梅上过高中,呱呱叫的‘女秀才’！是咱队上能文能武的好青年啊！”队长的眼里闪出自豪的神情。

老根家傍山向阳,三窗一门。进门是正窑,两边还有两个套间小窑。左面那间是队长介绍的“女秀才”的住房。里面的陈设,在山庄上来说,的确有些特殊。临窗一张古老的八仙桌,桌上除了文具,堆满了书籍,有毛主席著作,有文艺小说,还有《畜牧兽医手册》《怎样防治羔羊痢疾》等专业书籍。墙上贴了好多墨笔写的毛主席语录。墙正中挂着个大相框,里面嵌了好多相片,有合影,有单身相。中间是张女学生的相片,面型酷似我途中遇到的那个小伙子,只是胸前垂着一条乌黑的大辫子,一双俊美的大眼睛正视前方,脸上笑盈盈的,好像心里正向往着一件十分甜美的事情。这大概就是红梅吧。

从桌上积的灰尘看来,这屋子有些日子没有住人了。我问老根:“你女儿不在家?”

“哎,她还知道有个家!成天在外疯疯癫癫的。自打羊落羔,她当上接羔员,说什么搞试验呢,反正不落家了,连吃饭也得给端着送去哩。她爹也是一个样。哎,我这算什么家呀,还不如个店房呢！”

正说着,门外传来嗵嗵嗵的脚步声,人不见声音先到了:“妈呀,妈……”

“哎呀，我的小姑奶奶，你慢点走不行吗！总是像狼撵一样的……”大婶装作生气地说。

我以为是“女秀才”来了。进门的却是一个十二三岁的小姑娘。长得跟相片上的女学生差不多。我问大婶：“这是你的小闺女？”

“可不是，您瞧，和她爹、她姐一路脾气。”

小姑娘不理会妈妈的唠叨，仍是急急忙忙地说：“妈，快给咱烧点米汤吧。”

“怎么，疯够了，肚子饿了就来找我？”

“不是我，是我姐……”小姑娘分辩道。

“啊，她也知道饿呀？”大婶打断女儿的话，转身对我说：“午饭都不来家吃。”

女儿又打断娘的话：“哎呀呀，不是我姐，是小羊羔啦！我姐叫你给熬点小米汤。天冷，那几个双胞胎要喂点。”

“怎么，给羊羔喂米汤？”我有些惊奇。

“可不，侍候了人还得侍候羊，你说，我这做妈的……”话这么说，大婶还是很快走进灶间，拉起风箱烧米汤了。不一会儿，米汤熬好了，大婶还在里面放了些白糖。正喊小姑娘去送，却不见有人应。原来，小姑娘又出去了。大婶说：“要麻烦你给咱看家啦，我得去送这个，迟了要受批评的。”

“让我送去吧。你告诉我道儿就行了。”我想借此机会去见见这个“女秀才”。

大婶并不客气。笑着说：“那就劳您驾啦。”说着，把米汤罐子递给我，又进灶间取出两个馒头，用头巾包着给我：“她中午还没吃饭呢，把这个给她带去。”

按照大婶的指点，我下一道土坎，又爬上一个土坡，找到了羊圈，推门进去，连个人影影都没有，只见一群活蹦乱跳的小羊羔直冲我奔来。它们挤在我周围，嗅嗅脚，舔舔裤筒，准是认错人了。

我正不知该怎么办好，圈门外有一个粗硬的声音喊：“谁把羊圈门打开了？”我这才意识到自己闯了祸，因为两只手都拿着东西，竟忘了把门关上，这时羊羔已跑了出去。一个头戴黑紫羔皮帽的小伙子走进来。我抱歉地说：“对不起，是我忘了关门。红梅同志哪去了？我来给羊羔送米汤。”

刚一打眼那顶皮帽和直愣愣的大眼睛，我还以为是路上遇到的那个小伙子哩。仔细一瞧，并不是，眉眼粗，嗓门儿大，他对我又是那样陌生。“红梅到山上背羊羔去了，米汤给我好了。”他同我说话，已经不再粗声粗气的了。

“你也是接羔员？”我一面帮他往回赶羊羔，一面问。

“不，我是临时来帮忙的。”

“那么，你在队上干什么工作？”

“我叫山虎，住在东窑里，在队上喂牛。”小伙子自我介绍着。

“你一定对喂羊也感兴趣！”我说。

“可不，我这个人对什么都有兴趣。羊和牛都是反刍动物，饲养原理一样，我是来学饲养方法的。”

"向红梅学吗？"我觉得小伙子挺有意思。

"是啊，红梅思想好，有文化，是我们科学实验小组的组长，又是毛主席著作学习小组的组长。人家心灵手巧，创造出的培育羔羊办法还上过报呢。"小伙子倾心地夸赞。

"是个什么方法呀？"我问。

"羔羊冷室培育法。"

小伙子说着，把我领进羊圈后面的一个大窑洞里。里面整整齐齐放着两排木栅笼，还有芨芨草编的大筐，都装着小羔羊。小伙子介绍说："这就是羔羊培育室。"

"为什么要这样培育？不都冻坏了？"

"嗨，这你就不懂了。"小伙子直率地说，"我们这是裘皮羊，主要产品是二毛。你知道吗？二毛筒子冬天生得最好，板厚，毛茬稠，又美又结实。可是我们这里的羊，因为长期形成的饲养习惯，只能在早春产羔，严冬生的羔大多奶不活。红梅打算通过冷室培育的方法，克服这个缺点。将来这些冷室培育的羔羊长大，就调整配种期，改为冬羔。"

"嗬，真是不寻常！试验效果咋样？"

"有点门道啦。"小伙子高兴地说，"眼下一百六十多个羔子都长得很健壮。铁爷很满意。"

山虎说话并不停下手里的工作，羊羔很快就喂完了。他的动作是很熟练的。我故意问："你学得不错呐？"

"嘿嘿，"山虎憨厚地笑了，"比人家红梅，我还差得远呢！"

喂完了羊羔，还不见红梅回来，山虎有点焦急，时不时往对面山坡上望。最后他说："请你把罐子提回家去，我上山看看，说不定下晚的羊羔多，她一个人背不动。"

"你把这个给她带上吧？"我扬了扬手里的馒头。

"干活时不兴吃东西。"

"她妈说她还没吃中饭呀！"我解释说。

"谁说没吃中饭？明明我们一块吃的嘛。"山虎说着，又把话咽住，转了口气，"你给大婶说，别老是操心她，保险饿不了。"说完，就快步如飞地上山去了，真像他的名字一样，是个"爬山虎"。

三

大婶做熟晚饭，已经是掌灯时辰了，还不见大叔和红梅回来。先是自己喊了一次，没听见应声，又打发小女儿小眉去喊，小眉不大痛快："老是叫人请，都成了她的服务员啦！"

"吃饭比谁都吃得多，连这点事也支使不动你！"妈妈发脾气了。

小眉撅着嘴跑出去，好大一会工夫才回来，脸蛋冻得通红，发着牢骚："人家不饿嘛，老是叫人请，请！"

"吃什么了，不饿？你走到羊圈里了没有？"妈妈表示怀疑。

"不光到啦，还给她拉了官差，奶了几个羊羔呢。"小眉分辩道。

“那她为什么不来？”妈妈紧追一句。

“我不是告诉你了吗？等一会才来呢。”小眉大声喊着说。

“好吧。来也由她，不来也由她。我没那么多时间等她。老张同志也饿了，我们吃吧。”

我再三说不饿，等红梅和老根大叔都回来了一起吃，她只是不答应，把饭端了上来。

正吃着，外面传来一串清脆的笑声，接着，又是两个年轻人的对话声：

“今晚学哪一篇呀？”

“《纪念白求恩》，学了还没很好讨论，有的人没写出心得来。今晚仍然讨论这一篇文章。你发言提纲写了吗？”

“写了。”

“好，吃过饭一块去。我等你。”

到窑门口，略微停了一下，一个脚步去远了，另一个进窑来了。我想，这回一定是红梅回来了。可等我从灯亮处细看时，却分明是一个威威武武的小伙子：头上戴着黑紫羔皮大帽，身上穿着过膝的皮袄。这不就是我在途中遇到的那个年轻人吗？正要招呼，却见他把大皮帽子一摘，倏地两条乌黑的大辫子从头上垂下来，一双俊美的大眼睛好像在问：“没想到吧？”

我大胆肯定地叫了一声：“你好，红梅同志！”

她并不回答，“咯咯咯”地笑着，跑到她的住房去了。妈妈瞪了她一眼，疼爱地责备：“见客人也不说话，就那么不懂规矩！”

“我们早就见过面啦。他还帮我背羊羔来着。”红梅从里窑笑着回答。

这时我才醒悟过来，原来那个唱《俺是公社饲养员》的就是她呀！怪不得这“小伙子”说话的嗓音那么尖细哩。

红梅从里间走出来时，从头到脚换了一套装束，是个大姑娘的打扮了。我问她：“外面很冷吗？”

“是有点冷，可身上又热得受不了，一股劲儿地直淌汗。”说话的神气很调皮。

我说：“那是因为你太忙啦。”

“忙？比起人家老队长和山虎来，我算什么忙！”

听她提起山虎，我立刻想起白天在羊圈里帮忙的那个小伙子，不禁脱口问道：“刚才和你同走的是不是山虎？”

“你怎么知道？”她以问代答。

“中午我在羊圈里见到他喂羊羔，后来他又说是到山上接你去了。刚才听声音也有点像他。”

红梅毫不掩饰她对小伙子的崇敬：“他就是那种脾气。自家担负那么重的工作，还老是帮这帮那，一天到晚没个消闲的时间。”

“你也不简单呀！”我赞许地说。

“什么简单不简单的，跟着人家学呗。”

小眉听了这话，扑一声笑了出来。姐姐赶忙制止：“有什么好笑的？”

“还不好笑？你和山虎哥总是说一样的话。”小眉不让步。

姐姐有些恼怒了：“都说些什么一样的话来？你说说。”小眉完全不理会姐姐的恼怒，索性放下碗对我说道：“那天俺姐姐从索草湾往回接羊，一连跑了四趟。铁爷在社员会上表扬她，她怎么说？她说‘你快别表扬我啦，比起人家山虎来，我还差得远哩，还得好好跟人家学’。”

“这话说得对呀，你姐姐虚心嘛。”我说。

“可是山虎哥也这么说。那天俺姐在饲养圈有事，没顾上参加会，山虎哥就领大家学习毛主席著作，讲得可好。老队长说：‘有出息，有出息，咱山虎也快成秀才啦，大家得向山虎学。’山虎哥赶忙说：‘向我学什么习，比起人家红梅来，我还差得远哩’。”小眉得意地看了她姐姐一眼，对我说道，“你听听，说的可不是一个样！我还见他俩吵架来着。”

姐姐急了：“你说什么？谁吵架来着？谁吵架来着？真是个小麻雀，那嘴就没个闲！”

妈妈也过来帮大女儿：“饭还把嘴塞不住？”

小眉谁也不怕。她说：“前年夏天，俺姐才从城里学校回来当社员，有一回干活，她戴了手套口罩。山虎哥见了，就批评她脱离群众……哎呀呀，批评得可厉害哪，俺姐都哭啦。”

姐姐没好气地说：“你就是一张嘴，啥都干不成。”

小眉不让她：“谁能干？谁都差远啦，就山虎哥能行……”

这还了得，越说越不像话了！姐姐真的生气了，大声呵斥：“你再胡嚼，看我不把你的嘴撕掉！”

小眉也不示弱，扬着头说：“你敢？以后再别用着我。”

我觉得这姐妹俩针尖儿对麦芒，挺有意思。妹妹又继对我说下去：“那天我还听见俺姐批评山虎哥，说他做事不动脑筋，学习毛主席著作不用心。山虎哥也没有说别的话，只一股劲地说‘这是病，我一定改正’。”

小眉的话还没有说完，门外有一个小伙子的声音：“大婶，红梅走了没有？”

大婶不知是没听到，还是没来得及答应，红梅却激动地抢先应声：“还没有哪，等等就走。”

小眉捅了捅我的，神秘地把嘴凑到我耳朵上说：“听到了吧，外面叫俺姐的就是那个山虎。”

红梅不理会这些个，放下碗，一面系头巾，一面朝屋里喊：“妈，我学毛主席著作去啦。”

“肚子塞饱了没有？风风火火的！”大婶疼爱地问。

“早填满啦。”红梅笑着说。又对我点点头，说：“我走啦。”就快步出去了。

一牙新月爬上山顶，清澈的月光洒下来，使山庄变得那么清白明晰。红梅山虎打头，一伙青年人合着步子、挨着身子，有说有笑，高高兴兴地向生产队的文化室走去。

选举新队委的时候

新泉井生产队选举新的队委会,下午正式投票。

在社员歇晌的时候,原任生产队长杨茂林一个人打扫开会的场院,做准备工作。这是一个宽肩膀,高个子,结结实实,红黑面孔的青年,今年整整三十岁。他扫得那样专注,仔细,又是那样轻手轻脚,似乎怕惊动了社员歇晌的酣梦。

杨茂林念过两年初中,在生产队来说,算是有文化的了。有文化的青年人,就显得特别吃香。他回乡的第二年入了团,过了两年便是一名共产党员,同一年当了几天保管,工作干得又仔细又在行。乡亲们看着这孩子憨厚,劳动肯出力,做事又有心计,就推选他当了生产队长,已经整整十个年头了。无论从哪方面讲,也是毛竹透土,节节往上蹿,进步算快的啦!可是这一次改选,能不能继续当队长,他自己信心不足,社员当中也议论纷纷,众口不一。

几个月以前,县里的工作队下来,帮着党员、干部整风,对他的教育是很深刻的。整风中,他本着实事求是的精神,向大队干部开了几炮过后轮到生产队干部群众也老实不客气,对着他提了三天两夜(下雨不能出工)的意见。用他自己的话讲,意见多得可以用车拉。什么"不正确执行党的政策"啦,"作风不民主"啦,"骄傲自满"啦,"爱骂人"啦,等等,都是事关原则的大问题。提意见最多最尖锐的,是他的入党介绍人,十年前提名他当队长的赵昌林老汉。老赵是新泉井的早期党员,当过几年干部,又上了年纪,懂得说话和气的好处,是不轻易跟人红脸生气的。可这回对他提意见,气大得哟,能把人喷倒!光昌林老汉的意见,他就记了半本本。整风一结束,按照工作队的安排,是要改选队委的,他就做好了思想准备,下台当社员。不过杨茂林自己没有提出不干的要求。他受党十几年的教育,懂得起码的革命道理:共产党员是不允许有不干革命工作的思想和行动的。但是他估计到了下台的可能性。有了这种想法,行动上就有所表现。许多天来,他埋头干活,一声不吭。锄豌豆的时候,别人三垄,他占六垄。有人开玩笑说,队长想挣双工分,他也不言传。拉开架势,噌噌噌,一锄子上去,把所有的人甩在半地里。他回过头来,拄着锄把,笑嘻嘻地看别人赶超,心里想:"看到了吧?啥叫干活!我要是不操队长这份闲心,只当一名社员,看看吧,是啥样的社员!嘿嘿,那时说不定真要拿双份工分呢。"这么着,社员中有个别人偷奸耍滑,他也不像过去那样,瞪起眼睛狠实批评;大不了,别人休息、收工以后,他再去把那些没锄净的地方补上几锄头。这当然也是改正缺点错误,转变作风的一种表现,可是当其他队干部来商量事情，或是社员提出什么建议，他也是推三诿四："等几天吧，快改选了，等选出新队委再研究解决……"言下之意，我不多管"闲"事了！

几天以来，他一直巴望着快快改选，使自己轻省轻省。没想到昨天的预备会上，居然有人提他当候选人！这不是有意开他的玩笑么？他想了一夜，心里挺不是滋味。本来，候选人有选上的，有选不上的，是正常情况。可他不一样。他是十年的"老"队长，如果正式选的时候，没有他的票，或只有几票，那多臊毛！还不如干脆不被提名呢………又一想自己在这十年当中，究竟干了些啥名堂？又觉得愧疚。睡到半夜他爬起来，掏出记着社员意见的本本，一条一条地看，觉着那些意见都有道理。越发感到对不起党，对不起乡亲。刚回乡那阵，自己还是个毛头娃娃，啥也不懂，大爷大妈们偏偏看上了，要他锻炼当队长。说是队长，那庄稼行里的种啦，锄啦，收啦，哪一样不是老辈人操心指点，手把着手教？至于这次整风提意见，虽说一个个绷着脸，腔口硬点，不也是爱护么？有人还说，只要你改正，我们照样拥戴你……想到这里，他心里又一亮："万一选上了呢……一定要从头做起，把那些臭毛病丢到洪水沟里冲走……"

今天下午就要改选，可是会场还没收拾好，他想应该尽尽自己最后的责任，急急忙忙吃罢饭，也没有歇晌，就往队委办公室跑。老婆说："开会还早呢，跑去干啥？先给缸里挑一担水来！"他听到了，也不吭声，仍然走。

生产队办公室在他家稍上一点的山峁上。那里有靠山坡的五间窑洞和六间新瓦房。窑洞是早年间依着山势掏下的，坐西朝东，都安了新式的门窗，如今只做库房，堆满了储备粮。瓦房分列南北两厢：北面三间才是真正的办公室，供会计记账、开会用；南厢房是米面加工房。这些都是杨茂林带领社员们建起来的。窑洞和房子合抱的中间，是一块平台，也没砌墙搞大门，远远看去，像个大箕。热月天常在这里开社员大会。他摆好桌椅，又拿起扫帚打扫院子。他像老太太扫场上的粮食那样，一扫帚压一扫帚，仔仔细细地把院子扫了两遍，使地上连一点浮土也不留，让开会的人坐着舒坦些。

这类事情，他过去也没少干，但不是单枪匹马。他是个爱说爱笑的性子，往常干这种活儿，不是叫会计、保管帮忙，就是拉上副队长或别的小年轻搭手。干的时候，还爱哼两句秦腔的戏文，好不热闹。

今天他心里不怎么舒展，闷着头干了这么多活儿，连个大气也没出一声。

这一切准备好以后，在他的嘴角上绽出一丝满意的微笑。抬头看看太阳，已经偏西，又刮起一阵小风，凉飕飕的，倒是开会的好时辰。他约莫时间差不多了，就去敲了几下钟。他在这方面一向抓得很紧。他敲的是"紧三下"集合钟。在培养社员听钟声上工、开会这个事情上，杨茂林也没少下功夫。他要求严，说上工，钟一响，齐刷刷地出动，对听到钟声磨磨蹭蹭的人，当然不会有好脸色，有时还批评几句。因此社员都有些怕他。

钟声刚响过，社员们就争先恐后来了。他们全都喜气洋洋，高兴得很。姑娘们哼哼唧唧地唱着，小伙子高声大嗓门说笑话，就连那些老年人，也是笑容满面，仿佛有大喜事似的。本来就是喜事嘛！大嫂子们开会也不忘领着孩子，拿着针线活，一个个拖儿带女，纳鞋底袜帮，往会场里凑。小孩子在人空子里钻来钻去。要是往日，开这样重要的会议，杨队长会大呼小叫，把这些捣乱会场的娃娃赶开，还会对埋头针线活的妇女讲些干涉的话。今天他啥也没说，一阵工夫，新队长选出来了，让人家管去吧。他这样宽解自己。

社员们似乎不大理解队长的心情，见了面还是和往常一样，热情地向他招呼：

“队长来得好早哟！”

“这院子咋这么干净？是茂林干的好事吧……”

杨茂林始终蹙着眉头，听到这些话，只是敷衍地笑笑。有时觉着这种神情不对头，群众批评了自己，拿出这种面孔，算什么呢？他便又做出一些轻松愉快的表情，但是不成功。这个直肠直肚的青年人，没有学会脸上一套，心里一套的本事。因此表现出来的欢快样子是很勉强的。

不一会儿，原任妇女队长刘爱华和另外两个姑娘笑眯眯地、不紧不慢地走进会场。三个妇女各人胳膊上挎一大篮刺玫花，和她们的脸蛋一样嫣红，在太阳光下闪着光。

提这玩意干什么？杨茂林愣了一下，突然想起，今天的选举用的是放花的办法。这是青年人看过《天山的红花》的电影，学来的办法，用鲜花来表示自己的心愿，一朵花一张选票。要是过去，茂林也会热衷这个事的，可是这次选举的前景在他心头引起的不安，使他对采用这种投票的方式也带着一种冷漠的态度。他以为那是电影上做戏，又是少数民族选举女队长，给人看起来，就显得有诗意，带点浪漫色彩，如今把它用到实际生活中来，未免有点那个。而且用这个办法，费时间，候选人坐在那里等待，是很不好受的。但是老支书偏偏同意了这种方式。新泉井生产队的西山坡上到处都有很好看的野花，红的、黄的、蓝的、白的、红白相间的，一簇簇，一丛丛，到处都是。今天她们摘的是鲜红艳丽的野刺玫花。这种投票方式，使新泉井生产队的这次选举充满了欢快、热烈的气氛。毫无疑问，在社员的心目中，他们要用鲜花迎接一个能够带领大家在新的长征路上往前跑的队委班子。这种心情，杨茂林自然不会想到。他脑子里跳来跳去的，尽是些社员的批评意见。

选举前又一次清点了人数。应该投票的人只有三个缺席：一个是放牧员，陈进山，一个是还在水井上浇地看柴油机的杨万宝，都是因公请假，还有一个赵昌林老汉，有病住在医院里。他们都委托了投票的人。清点了人以后，党支书亲自给大家分票——花。

五个候选人被大家推推搡搡，请到前面，一字儿排开坐在长凳上。各人身后的桌子上，放一个很漂亮的竹篮子，准备放花。他们端端正正地坐着，把手放在两个膝盖上，像合影照相一样规矩，拿出自己认为最好的严肃表情来。在他们当中，妇女队长的候选人刘爱华，面带微笑，落落大方，十分自然。那是她当年做新娘锻炼出来的本事。其他几个大男人在众目睽睽、评头品足的时候，实在有点不好意思。杨茂林以往常在大庭广众之中出头露面，出脱得很老练，原是不怕人看的。可今天还是挺不自在，觉得脸上热辣辣的，不敢抬头往人群里看。

一切就绪之后，支书高声宣布开始投票。人们高高兴兴地走上去。年轻人性急，总想争着往前挤，支书又说：“挨着来，别乱嘛，让老年人先投……”

这么一喊，投票的行列就整齐、文静一些了。人们轻手轻脚地走到候选人的背后，轻轻地把花放到中意的人的篮子里，一点声音也没有。坐在前面的候选人并不觉得。但是杨茂林心中有数，他知道谁投他的票，谁不投他的票，整风会上提意见时，就看得清清楚楚嘛。对面的人群里，多嘴的姑娘们常常忍不住地嘻嘻笑，还小声说："看，看，他投他的票了……"支书立即笑着制止："别吵啊，这是无记名投票哩，要保密呀！"

正在这时，杨银老汉颤巍巍地站起来，揉了一会腿，才拾级上台投票。看到他，杨茂林心里咯噔一下。杨银是他的堂叔，在队上当老农组长。杨银还没有走到投票的地方，茂林无意地偏了一下脖子，眼尖的人却看出来了，立即笑着喊："不要往后看！"杨茂林脸红了一下，急忙恢复原来的姿态，低下头想，我才不去看他呢！明摆着他不会投我的票，我看他干吗？

这次整风当中，杨银也是给茂林提意见多的一个人。有几次，他甚至摆出长辈人的派头，指着侄儿的鼻尖子教训，你小子，啥时候翅膀硬的？你才吃了多少土坷垃，就在老年人面前犟板筋！好，算你能，难道你们有文化的年轻人想出来的点子都是科学，我们这些老庄稼汉几十年种田是瞎胡闹，五谷白吃了？

杨银老汉说的是两年前的事。

那一年茂林领着人在河滩上打了一个小涝坝，蓄了些水，却是苦的，浇到地里一片白。杨银建议利用这些苦水，种些六稜大麦。他试验过，大麦耐碱，用苦水浇还行。可是队长急着"过黄河"，一定要种杂交高粱，说是高产，一亩能打一千多斤，顶好几亩大麦。两人争来争去，还是队长有权，按他的主意行事，种了高粱。这东西不抗碱，浇过两水就出现了黄苗，死苗。杨银老汉急了，建议停灌，另想办法。杨茂林还是不听。他认为是料不足，又追了一次羊粪，撒了化肥，继续用苦水。结果死得越来越多。到秋天一共才收二百来斤，不到平常产量的一半。从那以后，杨银老汉发誓赌咒，不当老农组长了。可是后来究竟没有辞掉。老汉是说气话。他表面上不管，实际是后娘打娃暗使劲。

杨茂林正想着和他大伯闹矛盾，大伯在这次会上训斥他的情景，下面的群众轻轻地笑起来，有几个人还莫名其妙地拍了几下手，他搞不清出了啥事。实情是有人看到，杨银老汉投了他侄儿一票。

接着是一个二十七八岁的青年妇女，把怀里的孩子塞给旁边一个老大娘，'噔噔噔'跑上去投票。她叫马巧云，男的在外当工人，她一个人领着两个孩子在队上劳动，平日误工的事是常有的，杨茂林对她没断过批评。有一次上级分派下鸡蛋收购任务，按人口计算，巧云三口人应交六斤鸡蛋。可是她只养了一只老母鸡，下的蛋还供不住孩子吃，一个也没攒下。杨茂林说："号召养鸡，你当耳边风！没鸡蛋给我说不上！六斤的任务，限三天交到代购代销站，缺一两，煤油、盐打不来(那时的"土政策"，完不成任务，代销店不给卖煤油、盐)，别怨我！"

马巧云看到队长黑着脸子发下这种话，虽然不高兴，但也有几分害怕。连夜跑到娘家要来三斤鸡蛋，又高价买了一斤，总共凑起四斤交了，还欠下二斤。后来她去买煤油买盐，购销员倒是没打腾腾，过了好长时间，才知道是茂林代她交了二斤。当时心里就很感激。但想到队长当初那个张飞样的脸，吓人的口气，心里又突突地跳，还有怨气。这次她提的意见也很尖锐，说队长有国民党作风！这么着，杨林断定，马巧云也不会投他的票。实际呢，人家投了。

人总是这样，在一些关键时刻，会突然在脑子里把过去的事再翻腾一遍。就在巧云正要投票放花时，她看到她的小子，已经两岁的人啦，对着她抬胳膊扬手呢，似乎在问："妈妈，你投谁的票呀？"她记起头年小喜子得了肺炎，发高烧，都青紫了，直翻小眼睛，她急得油浇火炼，心上猫抓。茂林知道了，亲自开着队上的手扶拖拉机，连夜把孩子和她送到公社卫生院看好了。这样关心社员的队长，能不投他的票吗？至于卖鸡蛋的事，原是自己也有过错。上面又有那样的"土政策"，怪不得队长的。

已经投过票的人，有的回到自己原来的位子上，看着别人投票；有的挨挤到后面更远一些的地方，或是躲到北厢房的大炕上，嘀嘀咕咕地乱猜投票的结果：

"你估摸，谁的票多？"

"这可不好说，谁知道你投了谁的票？"

"我是投给办事牢靠，干活吃苦，心地公正的人了……"

"你说的这是茂林吧？前年在北洼打井，他下到井下面两天两夜没歇气。他媳妇送去了饭，也不上来，是我用绳子拴着笼子，吊下去他摸着黑吃的………"

"你今天说这话，前面提意见，用那么大的劲干啥？"

"把话说重些，好让他改啊！"

"好是好，就是脾气倔……"

"看倔在什么地方。你不记得那年有个干部下队来，批评他搞小包工是管卡压、工分挂帅？他就是不理，照样包、照样评工记分。你想想，不倔，咋能顶得住？"

"说到缺点，谁没有？你不看人家已经改了吗？这两天说话就平和多了……"

…………

正在人们议论不休的时候，支书又宣布三个未到会的人的代理人投票。该支部书记代赵昌林投票了。支书把花儿举得高高的，说："我不是你们队的人，也要投一票，既代表老赵，也代表我，选的是刘爱华，马成，还有杨茂林……"说着，分别在三个人的篮子里各放两朵红花。

场院里像开了锅，拍手的，笑的，汇成一片。

支书又大声说："别嚷，老赵还有话，他说，叫茂林记住，要好好听党的话，改正缺点，发扬优点……"停了一会儿，又问："谁还没有投票？好，都投了，现在唱票！"

五个候选人规规矩矩坐了老半天，骨头都酸乏了，听支书这么一宣布，立即站起来，闪到一边去。这样，五只篮子就亮在群众眼前。只见会计做出一脸滑稽的表情，大惊小怪地说：

"啊呀呀，大红花都投到茂林这个篮子里去了！"说着，把那一篮子鲜艳的红花高高地举起来，给大家看。

杨茂林也堂堂正正地瞥了一眼，果然是满满一篮子红花，在阳光照耀下，像一团火那样炽热，又像社员的颗颗红心，亮在那里给他看。他想走过去，伸手摸一摸，表示他的感激。到底没有动，不知怎么，心头涌上一股羞愧的情绪。他想到挨了批评以后，自己曾经产生的埋怨、消沉、退坡的念头，是多么错误、可耻呀！再看看乡亲们是如何对待自己的？不错，他们是激烈地提过意见，严肃地进行了批评，但他们为的什么？还不是为了帮助你改正！他们那样做，不正是和今天投票一样，是在掏出心来，给你看，真心拥戴你吗？支书和昌林大叔的话，说得多中听呀！我也得把心掏出来给大伙儿……

票还没有点完，一个十一二岁的男娃娃，冒冒失失地跑来，大声叫："队长，队长……"

"队长还没选好呢！"不知谁这么说。

小家伙不理他，从人空子中钻过去，抓住杨茂林的手说：

"快，井上抽水的机器出毛病了，万宝哥弄不来，叫你快去呢！"

杨茂林听了，不管会议结束没有，选举结果如何，一个蹦子蹿出会场，飞快地往北洼井台跑去了。

潇潇春雨

雾茫茫，细雨如烟。

田野一片迷蒙。路上的行人只能看到百步以内的东西。

县委副书记张永昌，偏偏选了这样的天气下乡。而且是毫无准备，不仅单人徒步，甚至连雨具也不曾带，光着头，一身布衣，脊背已经湿透，贴在身上了。但他似乎对天气的变化没有丝毫感觉。一路过来，他很少抬头看天象，飘起雨丝以后，也不改变步伐，始终是慢悠悠的，保持一个“稳”字，就像秀才寻春吟诗，“宁背湿衣，不得乱步”。有的时候还特意拐到路旁的田块里，凑近看看庄稼，行走速度就更慢了。多年来的基层工作使他养成了这样一种习惯，下到农村，特别是到庄稼地里，非到眼前看看、摸摸，要不心里就不过意。

路上几乎没有碰到什么行人。他感到有点孤单，腿肚子也酸困起来，没多少劲。有好几次，他仄着耳朵，企图从看不清的田野里发现几个劳动的社员，问问庄稼的长势或别的情况，到底失望了。在三十多里的行程中，只见到一个串地埂的人，手里拿的像是锹，又像是猎枪。他冒喊了几声，那人却像有意躲避他似的，越走越远，越远越模糊，终于没有搞清他是淌水的社员，还是打野鸭子的工人。再过来，看到一对青年夫妇趁雨天正在自留地里栽种莲花菜，倒是谈了几句。但当询问他们对包产到户的意见时，那个年轻媳妇抬起眼皮，瞅了张永昌一眼，只说了一句“这还用问吗？”算是答复。而且只顾埋头干活，对县委书记的地头调查抱着明显的冷漠态度，心不在焉，唯恐误了手里的营生。张永昌好生没趣，不过这小两口总算“风雨无阻”，出勤劳动了，究竟是勤俭人家。张永昌自当干部以来，就喜欢这样的辛勤的人。可是其他的人呢？

他顾不上细想这些问题，他今天之所以冒雨出行，是要到水泉湾生产队去调查责任制的情况。

昨天，他看到一份范围很小的情况简报。是农办主任下乡调查责任制后，以个人的名义给县委的。说梨山公社的绝大多数队已经“包产到户”了，实际上是分田单干。其中最突出的是水泉湾队，不但分田，连牲畜农具都分了，还搞什么“专业户”，“自留人”。五花八门，闻所未闻，其名目之多，远不是小学程度的农办主任笔下所能反映出来的。

作为分管农业的副书记，他不能不十分重视这一严重情况。一份不足两千字的简报，他翻来覆去地精读了好几遍，足足用去半天的工夫，上面画满了红道，做了眉批又写旁批，还在中间打了好多惊叹号和问号。即使这样，也似乎不能尽言尽意。他便决定亲自走一趟，实地看看，偏又遇上了这样的天气！

正想得专注，突然听到一声呼唤：

“啊呀，这不是张书记吗？下雨天，怎么连个草帽也不戴，快来屋里避一避吧！”

这意外的招呼，把他从乱头思想中惊觉过来。循声望去，一个五十多岁的老农民，穿着短裤，光脚板，头上戴一顶南方农民的小草帽，笑盈盈地站在两间土屋的前面。土屋的左侧是一棵很老的柳树，树的脚下便是汹涌澎湃的黄河。他这才如梦初醒，啊呀，怎么不经意就到了黄河渡口！

张永昌认识这个人，也熟悉这个渡口。

这个渡口属于水泉湾生产队，水泉湾在黄河对面的山沟里，是地道的山区，全队有四十来户，面积却有五十多平方公里，地盘是够可以的了。但那个叫杨林的队长是个野心勃勃的“扩张主义分子”，贪心不足。本来河岸不属他们，但他用“以物易物”的办法，划分了一片草场给河这边的生产队放牧牲畜，而水泉湾队却得到了经营渡口和在河岸上种部分水稻的利益。尽管这个做法曾多次受到上级，包括张永昌书记在内的批评，但社员却认为杨林有政治家和外交家的头脑，始终如一地拥护他。

这是前几年的情况。那时张永昌在梨山公社当书记，经常下水泉湾队。后来他升到县上当副书记，操心的面广了，来这里的机会反而少了。他虽然经常下乡，但为了抓紧时间，多是坐汽车从下游四十里店的大渡口乘汽船。在他的印象中，这个渡口似乎多年停摆，无人经营了。听说才恢复几天，眼前这个人莫非就是船工？他感到多少有点陌生。陌生在什么地方呢？他一时说不出。两间土屋还是老样子，那棵架着鸟巢的大柳树，依然挺拔威严地守护在岸头，并没有向狂暴不驯的黄河做分毫的让步。只是房屋前后多了些嫩绿的小杨树，还有一群为数不少的鸡、鸭，出出进进，在草丛里寻虫子吃。再远处有什么变化，看不清，对面十步开外站着土屋的主人，那个筏子匠，也和柳树一样，越发显得结实，不过脸上的皱纹较前舒展了一些，而且堆满了笑容。

这人名叫赵大春，浑名赵大吹。起由是他平日好说大话，喜欢没高没低地吹牛，加上他的职业是划羊皮筏子，因此人们轻而易举，把春字读成吹字的音，以大吹相呼唤。张永昌见他热情地招呼自己，也笑脸相迎，问道：

“你又划筏子啦？”

“是，是——现时‘专’起来啦！”

张永昌知道这“专”字的名堂，但没有工夫仔细盘问。只是命令式地说：

“渡我过河！”

“到哪里去？”

“上你们公社。”

他有意回避了到水泉湾的事。

“啊呀呀，书记真是！你上梨山，为啥不坐车从下边大渡口过，一个人跑到我们这小渡口来坐羊皮筏子，受洋罪……”

“有工作！”书记严肃地回答。

“书记来，哪次不是为工作？不过现在不行。你看雾这样大，我咋看得清啊！不是我发懒，实在是有危险哪……”

赵大吹一面解释，一面伸出他那船桨似的大手掌推搡着书记，往屋里让：“先到屋里烤烤火，暖和暖和，等天晴了马上送你过河。”

张永昌知道赵大吹故弄玄虚，他执拗着不肯进屋。说：

“你这个老赵！那年你跑到韭菜沟往下放韭菜，不是大雨里一个人放了四个筏子吗？怎么今天就不行？”

“好我的书记哩，你咋尽揭我的疮疤呀！那次是那次，现今是现今……”

赵大吹嘴里打着哈哈，硬是把书记请进了土屋。

六年前，也是这样的季节，这样的天色。正在梨山当公社书记的张永昌，来到水泉湾，发现队长杨林居然胆大妄为，利用麦子薅过头遍草的空当，放社员的假，让他们自谋出路，美其名曰“生产自救”，在他的自救运动中，最有能耐的就是这个赵大吹，他带了几个会水的小伙子，背了二十副羊皮筏子，从岸边逆水而上，步行到韭菜沟去贩了一趟韭菜，赚了上千元，交给队里买了两千多斤黄米，分给缺粮户当口粮。张书记去的时候，杨林糊里糊涂，居然作为成功的经验向他汇报，还在会上表扬这个人，而且计划着第二趟、第三趟……作为公社书记，怎么能允许呢？

他狠狠收拾了杨林，正准备找赵大吹谈话，谁知这家伙吃饱了黄米饭，正叼着一支自制烟卷，在那里得意洋洋地吹牛：

“嘿，这笔生意多亏我消息灵。”

“赵叔，你是咋知道的？”

“咋知道的？我有无线电话呀！”赵大春做个滑稽的脸相，神秘地说，“你难道不知道我的女婿是韭菜沟的队长吗？”

“嘿，你怎么想起从女婿手里赚钱？”

“屁话！我咋能赚女婿的钱？他们那里交通不便，韭菜出不去，县城的居民正好没菜吃，我们花个劳力，运送运送，挣几个运费，这不是两便吗？”

“赵叔真有眼力！”

“听说水路不好走呢！”

“可不，在‘一窝猪’的旋涡里，差点把我的老命搭上，浪头有几丈高，嘿，要不是我心里想着你龟儿子快饿死了，我才不冒那个险呢！”

“你又吹开了？”

“你还不信。”

“信什么？你这个赵大春，干了什么光荣事？在这里吹牛！”张永昌铁青着脸，厉声问道。

“没，没有什么……是这样的……队长知道，大家都知道，不信你问问他们——”赵大春用手指着周围，却不见了听众。原来那些人见书记神色不对，一个个溜之大吉了。

“你问谁？问你自己吧！”

“就是，就是。队里有好些人断了粮，向上要吧没有脸面，队长就派了我，啊，不是队长派，是我自个儿要去，往县城运了一趟韭菜，换了些黄米——今天我婆姨给书记煮饭，就用的换来的米，要不……”

“你说这干么？我问你，你去贩韭菜，是错误还是功劳？”

张永昌嘴里这么说，心里十分懊悔，不该在赵大吹家吃饭。虽说按规定付了粮票和钱，但黄米既是这样来的，吃了就和资本主义有牵连。

“看书记说的外话！贩韭菜换点粮，算啥功劳嘛！没有，没有……”

“今天给我当众检讨！”

“这……这有啥检讨的……好我的书记，就饶了我这次吧，再说，我还得去渡口渡人……”

“什么渡口！资本主义的桥梁！这个渡口撤了！以后有过河的人，一律到四十里店去坐汽船！”

从此，这个渡口就停下来。

…………

“喝茶，张书记！”

赵大春双手捧着一盅浓浓的罐罐茶，恭恭敬敬地送到书记面前。

张永昌从往事的沉思中醒过来，接了茶，问：“你现在是？”

“我现在，‘专业’了！”

“怎么个专法？”

“我和我婆姨两个人守渡口。两个筏子，她在那边，我在这边，对开。”

“收入呢？”

“定了任务呀！”

“多少？”

“这个——”赵起大吹伸出右手的两根指头。

“两百？”

“两千！”

“收不够咋办？”

“赔！”

赵大吹用这样一个字做了简单而又肯定的回答。口气是铁板钉钉子，全不是平日吹牛的样子。看到书记不怎么相信，他又进一步解释：“我也算了细账，要是渡口上过往的人少，春天贩几趟韭菜，秋上贩几筏子水果……”

“还是你女婿那个队？”

“可不是。他们那里富得很，就是东西运不出来，我常帮他的忙，他也帮我的忙，两家有利……”

赵大吹眉飞色舞，越吹越神。

张永昌连着喝了几罐热茶，全身舒展，晾在木棍上的衣服也干了。他跳下炕准备着要走，赵大春急忙拦住：

“你这是做啥？”

“我得过河去。”

“急啥嘛，雨还没有停。等着，我给书记做饭，吃饱肚子，再过河也不误事。”

“不行，我得去找你们队长，问问队里的情况。”

“找杨林？哈哈，你不早说。你给我稳稳坐着，我去做饭。等我们吃了饭，杨林不请自来。”

“他来干什么？”

“到我家来过阴天。”赵大吹诡谲地说。

“过阴天？”

“就是，我约了他，拣个阴天下雨的闲工夫，到我家来吃鱼。”

“你还会打鱼？”

“凑合吧，给我看着锅上的米饭，我一会儿就来。”

赵大吹像自家人一样，给书记交代了两句，就进密密蒙蒙的烟雨中去了，过了不大一会儿，赵大吹笑嘻嘻地走了进来，手里提了条一尺多长的大鲤鱼，在张书记面前晃了晃，挣扎的鲤鱼尾巴，上下扑哒扑哒地摆动，几乎扫到张永昌的脸上。他斜着上半身，躲开一些，问：

“你这是从哪里弄来的？这么便当！”

“从鱼池里取来的呀！”

“鱼池？”张永昌一惊。心里想，这个人怎么是这种毛病，难道为了给我做饭，就可以随便到鱼池里去取鱼吗？我张永昌工作二十多年，还从来没有搞过这种名堂，于是他温和地批评道：

“这不好。你快点把鱼放回去吧！”

“没关系。”

“随便拿集体的东西，还说没关系！”

张永昌的脸色严肃起来，他从赵大吹嘴里面说出的话，仿佛看到了农村中出现的一个普遍问题。前不久他曾在一期内部资料上看到一个材料，说有的地方搞包产到户，出现了趁机砍树宰羊的混乱现象，这和赵大吹随便拿鱼，不也是一样吗？20世纪50年代合作化前夕，曾经出现过这种情况，他是亲身经历了的，没想到现在又……

赵大吹并不因书记的严肃认真而收敛他的笑容。他听了书记的话，反而哈哈大笑起来！

“书记，你搞错了，是我自己小鱼池里的鱼。每天夜里，在黄河沿上放个抓网，总能逮几条大鱼，自家吃不完，进城卖又没工夫，只好放在小池子里养着，得空换几个钱花，也是一宗小副业嘛！”

听了大吹这番解释，张永昌才舒展了脸上的肌肉，说话的空气重新活跃起来。问道：

“你们还搞了些什么？”

他十分谨慎地避免“包”字出现在他的口头。凭二十多年的经验。他觉得政策上的偏差往往是宣传不慎重造成的。就拿责任制来说。你上面不把握住，老是讲什么包干包干，下面就会给你“得寸进尺”，分田单干，这个口子不能轻易开。

赵大吹是个粗人，他没有觉察出书记用词上的小心谨慎。大声嚷道：

“哈，书记是在考我吧？包什么，你不比我清楚？不是上头规定的吗——样样都包。包是包，详细情况我说不上来，等一会儿队长来了，你问他。你不是说到梨山去吗？最好路过庄子的时候，参观参观，不是我吹，如今队上还真有个看头呢！”

赵大吹手舞足蹈，正说得起劲，突然闻出一股焦煳味，他“啊呀”着拍了一下大腿，奔回屋里去了。

张书记也闻到了，抱歉地笑了笑。但他没有跟着进去。一个人背着手站在码头上，像观赏风景似的，凝望着浑浊激进的黄河。由于增加了雨水，奔腾的气势更加澎湃雄壮。

他的心里也随着眼前的激浪来回翻腾。正在这时，一个三十多岁的媳妇，身穿簇新的时兴衣服，脚蹬塑料凉鞋，左手撑一把带花的塑料雨伞，右手提着很沉的人造革提包，径直进了土屋，笑着和赵大春说话：

“叔，婶子咋不在？”

“在河那边。我猜着，你今天保准要来。”

“叔叔尽会说笑！”

“说笑？自从我的渡口建起来，你不是隔三差五往娘家跑？”

“你说的！”媳妇撒娇地抗议。

“今年队上搞责任田，你不知道有多忙呀！我还是清明回的娘家。”

“今天咋有空了？”

“下雨嘛！”

“下雨也不渡你！”赵大吹故意大声张扬，“不好好劳动务庄稼，瞅空就串亲戚，像个社员的样子？”

“我刚栽完菜，趁雨天回去一半天也不行吗？你莫学公社那个张书记！”

“张书记咋啦？”赵大吹赶忙暗示一句，同时给对方挤眼睛。土屋本来光线不足，加上天阴下雨，更加灰暗，哪里看得明白？因此年轻媳妇越发大声说：

“你忘了？前几年张书记一句话，就把渡口停了，害得我好苦！本来很方便，叫他一句话害得我不知耽误了多少工，跑了多少冤枉路。当书记的不给大家谋利益，还算个啥共产党员！”

“小声点吧，人家张书记就在门外头站着呢！”

巧得很，张永昌在外面把两个人的对话听得一清二楚。这话说在他的痛处，此时此地他不能不考虑群众的意见。他一边想着，一边进了屋。当他看清青年妇女的面容时，惊诧地问：

“刚才你不是在地里栽菜吗？”

“对呀，原来你就是张书记！菜栽完了，我想回去看看我妈。”

“你的娘家在哪里？”

“她就是我们水泉湾的丫头，名叫月香，嫁到川里去了。”赵大春抢着回答。

“哦，原来如此——前几年我停了这个渡口，确实给群众带来了很大困难，该挨批评啊！”

…………

月香在赵大春跟前算是小辈，又是娘家门上的人，无拘无束，十分麻利地帮着做好了饭。说说笑笑，和书记一块吃起来。

刚吃完饭，听到外间一阵杂乱的脚步声，还有好几个人说话。原来是赵大春的老伴划的筏子过来了。同时来的还有三个人：一个和老赵年纪相仿，两个壮小伙子，都争着和月香、赵大吹打招呼，张永昌知道他们都是水泉湾的人，一时记不起叫什么名字。两个小伙子各挑了满满两筐黄河鲫鱼。赵大春问队长为啥没来，他们说队长给自己的责任田打药，来不了。书记问他们挑鱼干啥，内中一个调皮青年道：

“贩到城里去倒把！”

“倒把？”

几个人哈哈笑起来。

年龄大点的社员说：“小伙子不懂规矩，怎么能和领导说笑话！是这么回事！”他又转向张永昌说，“我们是队里打渔专业组，昨天夜里捞了好几百斤，今天挑进城去卖。”

“你们都是精壮劳力，全都搞这个名堂，庄稼交给谁？”县委书记问。

“放心吧，书记！”先前开玩笑的小伙子给书记递上一支烟，笑嘻嘻地说，“今年我们是责任到人，谁干什么，都是开春定好了的，庄稼有人管，不会误事的！”

说完，划着火柴给书记点了烟，自己也吸着，又攀谈了几句，提起鱼篓，高高兴兴进城去了。

望着几个人的背影，书记自言自语：“放心……”

是的，“放心”，这是多么轻巧而又实在的答复！可是作为全县主管农业的书记，要管三十万人的衣食吃穿，他能放心吗？

那帮人走了以后，张永昌也登舟过河。同月香坐一个筏子。

天放晴了，微风荡漾，眼前朦胧的景物也顿时清晰明亮起来。几滴回云雨过后，冰凉的雨丝挂在脸上，感到格外爽快，心里也亮了，他觉得水泉湾的问题，既不像农办主任报告中说的那样严重，也不像自己原先想象的那样复杂，当然更不是赵大吹和那几个小伙子说的那样简单轻巧。他得亲自去看看，弄个究竟。

时间已经是午后，太阳从西边斜射过来，梨山更显得青翠妖娆。

月香归心似箭，筏子还没有停稳，她就一蹦子跳到岸上去，筏子失去平衡，猛烈地晃动起来，差点把张永昌摇下水去。赵大吹嗔怪道：

“看把你急得……到你娘家，好好招待书记！”

“放心吧！”

月香答应着，几步就把张永昌甩出几步远，又回过头叫：

“快走呀，张书记！”

“你头前走，我还要看看庄稼呢！”

说着，拐进了路旁的田块里。麦子正在拔节，长得又高又整齐，黑沉沉的，没一根杂草。“这就是责任田吗？”心里这样想着，一路看了过去。

三叔

在我的几位叔叔当中，三叔算是一个优秀人物，也是我最喜欢的一位老人。这固然因为他和我同是种地的庄稼汉，朝夕相处，过从密切的缘故。不仅我喜欢他，事实上他受到全庄人的敬重，是很有威望的好老头儿。

三叔身材矮小，比我低一头，长得清癯，然而结实得能比上打火石，手脚粗壮，任你随便调查考究，他和大队医疗站的保健员没有丝毫牵连。他那满是皱纹的脸膛又红又黑，像抹了油彩似的。几根稀稀拉拉的黄胡子，好像荒地里的胡麻，老是那么长，不见有任何兴旺发达的迹象。他老是乐呵呵的，一对快活的眼睛常年四季带着笑意，从来不跟忧愁打照面。因为没有生下儿女，三婶常常感叹，埋怨他"穷欢乐"的时候，他还是说笑，唱秦腔戏文。

老两口总是把我们几个侄儿当亲生看待。小时候的疼爱自不必说，便是我们长大成人，自己有了孩子以后，两个老人还是一如既往，有点什么好吃好喝的，眼巴巴留着等我们。

逢年过节，更是盛宴款待，一定要我们几个人到他们家喝两盅，"闹火闹火"。虽然三叔自己并不是贪杯嗜酒的人，一小杯下肚，不但脸红到耳根，甚至"脖子根也红了"，但他非这样做才高兴。在我们小辈人吆五喝六地猜拳，乐得要拍起房顶的时候，他那快活的眼睛就闪耀着极其快活的光彩，嘴里含着并不冒烟的旱烟锅，乐呵呵地观看，就像二十多年前，他上山放羊带我们去玩，给我们采摘野果子时那样，我们吃得越起劲，他心里越高兴。

但是今年的春节，三叔没有这一番举动。大年三十，我孝敬他一瓶灵农大曲，他只是翻来调去地欣赏了一下别致的酒瓶和商标，就递给三婶收起来了，既没有张罗叫侄儿们来"闹火闹火"，自己也没喝一嘴尝尝，脸上的颜色大不如往常。三婶的面容也不那么展脱。她一面往柜子里放酒瓶，一面抱怨三叔："还不到六十岁的人，脾气就变得这么古怪！动不动发火骂人，成什么样子！我常给你说，孩子们大了，又是干部，人前头的人，你得给他们留点面子，遇事商商量量，随和点，你总不听。看吧，鸡唤这孩子记下心病，过年也不上你的门……这不是成心冷落我们没儿女的孤寡吗……"说着，凄惶地撩起围裙揩眼睛，弄得我心里也酸酸的，怪不好受。

鸡唤是我的一位叔伯哥，因为生在鸡叫时辰，起了这个名字。这位唤哥比我大好几岁，小时候顽皮捣蛋，是全庄子出了名的。仗着他个子大、举头硬，征服了我们一帮小弟弟，要你怎么着就得怎么着，虽然比不上花果山的猴王，倒也有几分“小霸王”的派头。因为他脾气横，好动举头，三叔没少骂他，但他在三叔心底里始终和我们一样受到疼爱，甚至在某些方面还受点偏爱，因为“尥蹶子的驴驹有出息”。唤哥上了中学，三叔怕他睡凉床受冻，还把自己的狗皮褥子送去，支援他好好念书。后来中学毕业，回到队上务农，开始当村长，几年前当了支部书记，成为我们大队的一把手，工作劲头足，有信心，气魄也大，三叔很赏识他的能干，人前人后地夸自家的侄儿，很有点王婆卖瓜的味道。但不知为什么，最近几年，他们爷俩竟接连闹矛盾吵架，以致连话也不说了。

三叔听三婶提到这个事，心里自然不是味，没好气地说：“悄悄坐着你的，你知道个啥！”

以后老两口沉默下去，都不吭声了。

我是个拙嘴笨舌的人，本想安慰安慰他们，但话到嘴边，舌头调动不起来，吭吭唧唧，勉强说了几句，也没多大的作用，就讪讪地告辞出来了。但我觉得在三叔和唤哥矛盾的事情上，责怪三叔是不公平的。

三叔可不是那种不明事理、胡发脾气乱骂人的老汉。在我们这个大队范围内，他也是有点名气的人，这一点，唤哥也不得不承认。合作化初期，因为喂养牲口有功，当上了县里的劳动模范，以后又出席过省里的先进生产者代表大会，大首长也认得几个，见了些世面，言谈举止都是受人敬仰的，谁也不能有什么微词。要说他有时候批评人不看场合，方法欠缺，倒是有的。但那只是对队干部，尤其是我们几个担任队干的侄儿，他常常以长辈的身份，叫着小名儿指着眼窝子教训。他的职务是牧业组长，自己也放着一群羊，不过是几个放牧员、饲养员的开会“召集人”罢了。可是他喜欢操更多的闲心。什么庄稼的种啊割啊，社员自留牲畜的留啦收啦他都要动动嘴，参加意见。起初，我总以为他是怕我们小年轻办事不牢靠，从旁辅佐的意思，倒也乐意听他调教。可是如今唤哥当大队支书快十年了，也算老资格啦，他还是那样，未免不顺茬口。唤哥又是喜欢自作主张、独立行事的角色，有时候不理会三叔的建议，爷俩就矛盾起来。糟糕的是这种矛盾越闹越大，结下了怨气，三叔见到唤哥，就把脸扭到一边，唤哥也躲着不上三叔的门儿了。有时唤哥遇到非和三叔商量不可的事情，就用“单线联系”的办法解决，多数情况下是拿我当“交通”，替他传话问事；或者瞅着三叔不在家的空子，溜到门口喊：“三婶，三婶，有个事，麻烦你给三叔说一说……”

三婶笑着骂他：“看你那鬼样子！公事上的重要话，你不会当面去给他说吗？非要我传！他是你叔，不是老虎，吃了你呀！”

唤哥是个红脸大汉，给三婶这么一说，脸更红了，用手挠着后脑勺，撒谎扯白地支吾：“我还有别的事，费你的心，无论如何说到，要不……”

三婶并不难为他：“说是说，万一忘了，误下事情可别怪我！”实际上一次也没忘。

我有时候也要装腔作势，拿一手：“你自己去嘛，老支使我干什么？让我做难人，你避得远远的……”

遇到这种情况，唤哥就完全放下支书的架子和老哥的身份，拿出格外和气的样子，用当时求人办事的流行手法，“烟酒烟酒”，笑着给我递上一支“六盘山”烟，拍着肩膀说：“好兄弟，为了工作，帮帮忙吧，啊！”犹如小时候三叔不领我们上山去玩，他支使我去求情一般。尽管这样，我还是觉得唤哥不对，给他提过几次意见。可是，他却不把这些意见放在心上，还官腔官气地强调客观原因，甚至喊冤叫屈起来：“上一次，他逃避公社的重要会议，李书记刮我的鼻子，你又不是不知道！我挨批评不要紧，我是为他担心哪，他要再这样，由着自家的性子闹下去，人家给他上个‘纲’，老模范的牌子砸了不说，怕连普通社员也当不成！”

唤哥的话固然有点玄乎，甚至是错误的，但在当时我确实替三叔的某些举动担心。

三叔逃避的重要会议，就是1976年春上，公社党委召开的“理论学习讨论会”，说是从北京传来的经验。因为我们公社是学大寨典型，县委把这个讨论会的试点放到这里开，省上的宣传部长也来参加，记者一大帮，说是要在报上发表消息。三叔作为有代表性的人物，也被通知出席了会议。公社李书记的络腮胡子刮得净光，满面春风，上下张罗，似乎得了无上的荣光。他对三叔说：“你的发言，我让你们支书帮你整个稿子，照着说，表表态……”

“我不会呀。”三叔作难地说。

……就在记者帮唤哥找报纸，东拼西凑写发言稿的时候，他终于打定了溜的主意。他对旁边另外一个参加会的人说：“我早起走得慌忙，忘了给牲口添草，得回去照看照看，要不它们会提意见的……”说完，瞅了个空子溜了出来。唤哥把发言稿写好以后，会场里哪有三叔的影子？公社李书记得知这个情况，兴冲冲的胖脸马上走了油，对着唤哥大发雷霆，说他工作既缺乏原则，又严重失职，对自己的亲叔叔放任不管，使一个老党员老模范在大是大非面前表现得这样糊涂！又大骂三叔骄傲自满，不继续革命，等等。总之，三叔溜走了，唤哥理所当然地成了替罪羊，被这位顶头上司大训特训，无限上纲，差点没弄到会上当典型。唤哥大气也没出一声，闷着头听完了公社书记的训斥，会议结束回家来，把公社书记批他的话，原样不变，半句不落，全发泄到三叔身上。三叔却没有生多大的气，只是埋怨侄儿通知开会时没有讲清楚，骗他上当。要是开头讲明是那样的会，他压根儿就不去，白误了他一晌工。唤哥的关公脸气得发紫，跺着脚骂了两声，甩袖子走了。

这件事不仅唤哥生气，当时我也挺有意见哪！公社开那种会，是从上面传下来的，省、县的大干部也来参加，你一个小老百姓不跟上走，多不明智呀！唤哥他知道个啥，还不是听公社李书记的。你这样闹，晾了侄儿的先不说，与你这个模范的名誉也有妨碍呀。

好在这个事除了公社李书记在会上不点名地批评，又个别找三叔“帮助”过一次外，倒也没有人认真追究。

后来证明，三叔是正确的。三叔并不像有些人那样，干对了一件事，就神气起来，吹嘘自己“一贯正确”。他见唤哥认了错，很高兴，说：“算啦算啦，别给我戴高帽子！这些日子，我也仔细想过，那事虽然你有不是，但全怪到你身上也不公平。就说公社李书记吧，上面咋闹腾，他也不知道，还不是跟着人打‘哈哈’声！谁也不能在这种事情上充圣人。不过，今后碰到什么事，你们这当干部的，也得动动脑筋才好……”

这是唤哥不曾料到的话。他原先准备挨三叔一顿骂，因为三叔很少对他的错误“客气”过，尤其对他从小养成的自以为是、独断专行的毛病，三叔最见不得。听了这话，他反倒不好意思，摸着后脑勺傻笑起来，样子挺滑稽。好像只有在这个时候，他才记起自己还长个脑袋，而又不放心，非得用手摸一摸，才知道在不在。

两个人算是和解啦。叔侄相扶相帮，倒也和顺了许多日子。谁知去年秋上，为了接待县畜牧会议代表参观的事，两人又吵闹一场，各不相让，以致唤哥在新春大节，给三叔连个年也没去拜。

说实在的，我们这个大队在唤哥的领导下，各方面都是有起色的，特别是牧业生产，全县闻名，这当然离不开三叔的功劳。因为这个缘故，兄弟单位来参观学习，倒是经常的事情。那次的问题出在公社李书记"热情接待"的指示上面。他给唤哥布置任务时我也在场。他说："这是全县性的会议第一次到咱们这里来参观，一定要把接待工作搞好。第一，经验由老模范亲自介绍，你讲几句客套话，就是欢迎词一类的东西，就行了，别啰唆。主角由你三叔唱。第二，代表们远道而来，招待要热情，当然也不能铺张浪费。我考虑，除烟茶以外，管一顿饭总不会有什么困难吧？你们是养羊大户，简单点，就给代表们'手抓'一顿。怎么样？"

唤哥平常工作就有个抖劲，爱排场，原是喜欢这个调调儿。可是那时上面正好发了禁止用公款请客送礼的指示，报上也在批判这种做法。因此公社书记布置的时候，他虽然点头应允，但是面有难色。他这个人的缺点就在这地方，有时候对我们这些人唬天吓地，对上总是点头依顺的多，说是"组织原则"。是不是当头头的必得这样，我搞不清，反正我们这位支书哥有这个毛病。我在旁边听着李书记这个指示，直后悔没有请假躲开。宰羊的事不说，这烟茶从哪里开支？我这个做会计的，不能不考虑这个问题。明摆着不合制度，公社书记居然这么指示，不是顶滑稽的事吗？我想问他，买了烟茶谁批条子，启动了几次嘴唇，到底话没有敢出口。要是三叔在场，一定会提出来的。我就没他那个胆量。回队先办宰羊的事，队长倒没说啥，三叔却提出了反对意见。这也是预料到的事。他问：

"这是哪里的精神？"

"是公社李书记和咱们支书的话。"我驴唇不对马嘴地这么回了一句。

"谁问你这个！我说给参观的搞招待，这是哪家文件上的精神？"

谁都清楚没这个规定。我自然回答不出来。心里骂唤哥要滑头，不来亲自办。

三叔说："你烧点茶水不就很好吗？为啥要宰羊？我也参观过不少地方，没见过这个招待法。"

"可是公社书记说的……"

"谁说也不行！"

我赶忙把这个情况汇报给支书。唤哥开头一愣，但唤哥到底是唤哥，他的口气不比三叔小，疙瘩眉毛跳了两跳，断然下令：

"宰两只肥羯羊，要大的。有事我承当！"

你听听，气有多粗！人家是支书啊，手中有权！我是兄弟，又是下级，处境多难！只好立即照办，宰了两只大肥羊。当然也从中钻了个空子，把烟茶的事搪塞过去了。第二天唤哥问我，我只说忙，忘了。这时参观的客人已到，买也来不及，不过挨了他几句训斥，早给风吹跑了，无所谓。财务制度不因我而违反，谢天谢地！

可是三叔气坏了。代表们参观的时候，三叔就没照面，但是忙乱间谁也没留意。参观罢，坐下来等着听老模范介绍经验，哪里找得到三叔？毫无疑问，他是赌气躲起来啦。唤哥一下慌了手脚，要不是客人在场，说不定他会动员民兵进行大搜捕。虽然有手抓羊肉招待，但没有见到老模范，代表们很扫兴，会议也大煞风景。唤哥的洋相更大啦，因为三叔临阵脱逃，他只好亲自登台唱主角。这位年轻的支书，曾经发表过多少次演说，在我的记忆中，最差劲的就数那一次。事先没有任何准备，又窝着一肚子气，结结巴巴，嗓门也不如平日大了，讲得一点也不吸引人。连公社李书记也像屁股扎了刺，一会儿蹲，一会儿站，手脚没处放。好容易把代表送走，唤哥又挨李书记一顿训。唤哥找上门和三叔算账：

"三叔三叔，我怎么得罪你了，你给我这个难看！"

三叔蹲在炕上，看都不看侄儿，哼着鼻子说："嗯，你还难看！阔气得很呢。要是还不排场，再有参观的人来，上八大碗的干菜席好了！"

"你……"唤哥跺着脚说不出话来。

"我怎么？小兔崽子！难道你自己甩搭得不解气，还要我老汉来捧场吗？好小子，要我支持你的错误？想得不错！鸡唤，你别对着我瞪牛眼，晚上睡下，手放在心口门上好好思谋思谋……"

从此两人见面不说话。很有点势不两立的架势。唤哥到处诉苦叫屈，说他是大队支书，公社领导的布置他不能当耳旁风；埋怨三叔不体谅他的难处，有意晾他的台。三叔也有他的理由，认为支书把参观学习的意义糟蹋了，既然你们是讲吃喝的，就不需要介绍什么经验了。所以，我这样处置，是再妥帖不过的办法。当然是给公社书记和支书点颜色看的意思。

为这事，惊动了全庄子。三婶也和三叔吵了一台。三婶说："你也是多事！宰羊就宰羊，有他当干部的负责，把你什么没有了？又不是你家里招待，哪怕他宰牛宰马哩！"

三叔瞪起眼睛说："你这是什么话！上面再三再四强调，不叫请客送礼，不叫随便宰杀羊只，他又不是不知道偏那样搞，不是犯政策的事吗？我可不想把自己的亲侄儿往崖沿下推！要是他真的派我私人招待，说不定，我把自留羊宰了！"

这次矛盾闹得结实，直到过年，疙瘩还没解开。赶到前几天落实中央两个文件，检查干部领导作风方面的问题，唤哥的脖筋才慢慢转过来。在他检讨的时候，我也跟着大家提了一气意见，唤哥虚心地接受了。可是奇怪，唯独闹过矛盾和唤哥的错误行为做过斗争的三叔，却坐在墙旮旯里吸烟，一言不发，后来竟悄悄离开了会场。看样子他的气还没有消。

过了两天，在我的帮助下（真是这么回事，一点也不吹牛），唤哥决定登门谢罪。在他酬谢过我一支"六盘山"香烟之后。我又自告奋勇，陪他走一趟。唤哥高兴得不知怎么吹捧我了。今天回忆起来，唤哥去三叔家那个场面，就像"古城会"上的张飞，又狼狈又可笑，着实有点戏剧味道呢。

唤哥本来是个粗声大嗓门，说话如同喊口号，走路山摇地动的鲁莽汉子，无论到哪里，就像旧小说上讲的，“未见其人，先闻其声”。可是这一回去给三叔赔礼，倒像个大姑娘，羞羞答答的，直到我把他推搡进三叔家的门槛，他回头瞪我一眼，才赶忙叫：

“三叔，三叔……”声音虽不自然，倒也亲热。

三婶迎了出来，笑着说：“哟，什么风把你给刮来啦，我家门槛高，当心把你绊倒……”

唤哥不好意思地“嘿嘿”笑了：“看婶婶说的，三叔不在家吗？我给他赔礼来了……”

我尽量把嘴抿紧，不让笑出声来。可是唤哥那个滑稽样子，怎么叫人忍得住呢？

三婶不冷不热地说：“你要是工作不忙，就坐一会儿。他刚才出去到牲口圈上去了，一阵儿就回来。”

说实在的，唤哥过去那个态度，遇着我也要生气，何况从小疼爱他的三婶，哪有不寒心的？

唤哥说：“看来，三婶也对我记下心病啦……”

他这么一提，三婶当真数落起来：“不是我说你，你也太自大了！当初遇到事情，也不和那老头商量商量，动不动‘我负责’！看你多神气！这是你当干部的吗？现在中央有了政策，叫你们改正，你还是只在会上打官腔！你不会到家里来认个错？不论怎么说，他也是你的叔老子嘛！”

唤哥抓着后脑勺，支吾道：“早就想来呢，就是……”

“就是个啥，还不是放不下你那支书的臭架子！”批评到这里，三婶自己倒先笑起来。

我也凑上去挖苦唤哥：“三婶算有眼力，批评到要害地方了……”

正说着，三叔进来了。唤哥的关公脸更添一层油彩，手脚没处放，似乎要逃走的样子。忸怩了半天，才说：“这会儿了，三叔不歇着，还忙什么呢？”

三叔并不正眼瞧他，板着面孔说：“我也没啥可忙的，不过到羊圈里转转，又照看照看牲口。你怎么有了空闲？坐下抽烟嘛！”说着，自己先脱了鞋，跳上炕去了。

我们的三婶是个十分伶俐的人，她怕三叔再说出什么冲撞人的话来，赶忙插嘴调和空气：“见了孩子们，有点好脸色。他唤哥是来给你赔不是的……”

唤哥接上茬说：“都是我的不对。工作没搞好，又给三叔胀气。今天来给您老下话，就美美地骂我一顿……”

“我骂你作啥？你要有心，来家坐坐，说说话也好。”

三叔绷着脸，打断唤哥的话，说了这么一句，把盛旱烟的小笸箩往唤哥面前一推，意思是让他自己卷烟抽。

唤哥卷了一根烟，又让我卷。我说：“别拿三叔的东西做人情，借花献佛，谁稀罕！把你的高级烟掏出来吧！”他赶忙放下旱烟棒，笑着拿出“六盘山”来给我和三叔。三叔把手里的烟锅往前举了举，说：“我抽着这个好。”

三婶看着空气和缓了，自是喜欢，又对三叔说：“鸡唤既来了，老给孩子们吊个脸子干什么？人家也是当爹的人啦，有话好好说，叮声唬气的！”

“少教训我，你知道个啥！”三叔摆手说，“把你攒的鸡蛋炒几个，还有我新打的蕨菜拌一盘。”

“今天也不知刮什么风，这样有兴头！”三婶笑着说。

“除了东风，还能有什么风！”我说，“要不是中央文件的东风，唤哥怕还不上三叔的门呢！”

三婶出去后，我又给唤哥搭梯子下台阶：“唤哥，不是我在三叔面前说光面话，这么长时间，你不上三叔的门可是说不过去的。想当初，搞那些事，原是你们胡来，三叔提点你们，还犟板筋不听。”

“我不是检讨了吗？”唤哥眼睛看着我，把话说给三叔听，“这次公社评比检查，有的队搞招待，咱们又没学他们。”听唤哥这么说，三叔又有点不高兴：“你干得对，群众心里明白，难道还要你自己打鼓张扬！再说你检讨得就深刻了？我看你就还有个大毛病，也得改一改。李书记虽说是上级，可他也有考虑不周到的时候，他的话要是不符合中央精神，也得帮助他，不能他一刮风你就下雨。那不叫组织性强，那叫害领导干部。现在他不也得为这些错误检讨？你要早给他提出来不就好了吗？”停了停，又语重心长地说，“鸡唤哪，你是我的亲侄儿，是我看着你长大的。你把工作搞好了，我能不高兴。话说回来，要是像你们前两年那样搞法，不要说我是你叔，就是两姓旁人，作为个共产党员，我也不能眼睁看着你们往岔路上走啊！”

唤哥惭愧地低着头，光抽烟不吭声。我就劝慰三叔：“三叔说得对啊，这次唤哥也受了教育，认了错，三叔也别生气……”

“看你这孩子，我生什么气！”三叔接过话头说，“现今党中央号召团结起来往前看，难道我还结记那些事，和亲侄儿打赌憋气吗？再说，那次接待参观团，我也有错，不该躲起来影响工作……”

正说着，三婶的下酒菜端上来了。三叔便不再谈工作上的事，赶忙倒酒让菜。我拿这瓶子一看，还是年时我送他的那瓶酒，多余地说：“这酒咋还放着没动？”

“这个家里，除了你们弟兄来闹火，谁还有心思喝酒……”三婶说着，又撩起围裙揩眼抹泪。

唤哥赶忙夸她的菜香酒好，把话岔开。

三叔还是高高兴兴。待他说了“脖子根也红了”这句以后，就只有我和唤哥两个人闹火。三叔蹲在炕后面，用他那快活的小眼睛尽情瞧着我们哥俩，就像当年在山上看着我们吃野果子一样，心畅意酣，连烟也忘了吧嗒。

眷恋

马玉清眼见地老了，走动时手里拄着棍子，完全是上了年纪的做派。村里的年轻人不再像过去那样，称呼他“马支书”“老书记”，而是根据各人的年龄、辈分，分别叫他“马爷爷”“大爹”“大叔”。没有精确地统计过，似乎叫马爷爷的占多数。

这本来是很正常、合情合理的事情，可马玉清感到别扭，不舒服。答应不是，不答应也不是。他没有像别的老汉那样，爽爽快快地应个“哎——”，而是用“哦，哦”这种含混不清的语气敷衍，样子挺可笑。

若平心而论，他不是那种喜欢人家叫他官衔的人。这个道理他懂，党员得有党员的规矩，凡事要遵循党的原则。

刚当上支书那阵，他曾不止一次地在群众会上声明，请大家不要叫他“马支书”，喊老马或马玉清。有人叫了马支书，他也要认真地纠正。可是农村有农村的特点，群众有群众的习惯。往常上面来个什么工作人员，尽管是个一般干部，甚至是以工代干的通信员，他们也得封他个“组长”，在大庭广众之中呼唤起来，显得敬重，也好叫出口。何况马玉清还是县委组织部任命的支部书记！因此，大家还是异口同声地叫他“支书”。后来时间一长，也慢慢地习惯下来，不管谁叫，他都答应得顺溜。连他的亲家哈存福也成天“支书”“支书”地喊叫。他再也没心思，也没工夫去纠正了。

时间过得真快，才几天(他自己这么感觉，也这么说。实际上他在支书的位子上已经十六个年头)，大家又改了口，好像有人下了命令似的，一个学一个，恭恭敬敬地尊称他“老爷爷”了。虽然是农村几千年遗留下的传统风气，文明礼节，可放在他身上，听起来不免有点“酸溜溜”，不大自在。他过去有个爱板面孔的坏习惯，特别是碰到不顺心的事，他总是皱着眉头，连半句多余的话也没有，把情绪全部表露在脸上，一点也不“含蓄”，反倒给人家一种望而生畏的感觉，颇有几分官老爷派头。不过什么事情，见得多了，就习以为常。同样，对他的板面孔，大家看惯了，也就见怪不怪，以为是支部书记应有的派头，不这样做，就镇不住人，反倒不成其为书记了。

最近一个时间，他也不大顺心。

半年前支书改选，他响应中央关于支部“四化”的战略号召，主动让贤，口头申请退了下来，连支部委员也不保留。当时他确确实实从党的事业出发，无丝毫杂念，他真正做到了心情舒畅，思想愉快。原以为辛苦了多年，一朝放下重担，从此无牵无挂，可以安享晚年。其实不是那么回事。走走坐坐，老有一种怅然若失的感觉。究竟失掉了什么，支书的位子，还是工作的机会？手中的权力，还是当干部搞特殊化的利益？啊，多么可怕，他实在说不明白这是一种什么情绪。从前他认识一个倒了嗓子、提前退休的秦腔演员，回家以后死也不再进剧院，好像有什么隐痛似的。他问为什么，演员说，看到别人在台上演戏，由不得自己手痒、脚痒、嗓子痒，心里难受，不如不看。马玉清是不是也有这种心情？说不明白。或许是两码事，不能相提并论，胡乱打比方。

过去有工作的日子，老是觉得时间过得快，太阳落得早。春夏秋冬，就像数一二三四那样，一晃就过去了。现在的日子就显得格外地长。这是上了年纪的人不应该有的心境。以前他只有上县里开会才有过这种感觉。“唉，现在有个什么会叫我去参加多好！再长再拖拉的会我也坐得住……”有时候脑子里也出现这种不切合实际的念头。

家里房子多人少，老伴又成天不落屋。一个人坐着冷清，曾设想要个外孙子来领着解闷儿。可是说来说去，竟没有一个痛痛快快地答应把孩子送来，倒好像不是替他们减轻负担，而是沾他们什么光似的。也正好证实了“儿要自养，谷要自种”这句俗话的真理所在。罢罢罢，索性谁的娃娃也不要。家里冷清，就出去串串门子。我老哥儿们一起，也一样地打发日子。可是过去忙忙碌碌的了，现在又一下适应不了坐下闲拉呱的环境。无论坐在哪里，总也不安生，心里空落落、急慌慌地难受，好像缺了点什么，有什么事没办妥，和人家谈话，也是一副心不在焉的样子，有一句没一句的，说不上三句话，就没词儿了，常常出现冷场现象，搞得对方也别别扭扭，没心思张口了。老亲家说他是天生的苦命，不会享福。

他把这种感觉诉说给老伴赵凤英，她不但不说一句安慰的话，反而撇着嘴讥笑。毫无同情心。她也是一年前从大队妇女主任的岗位上退下来的。可人家在思想感情上没有这样别扭，看不出有什么空虚感来。她也失掉了“赵主任”的称呼，青年人喊她“大妈”，小娃娃叫她“奶奶”，她全答应，心满意足，好像在自己家里没人喊叫，她专门出来享受那些亲切甜蜜的呼唤似的。谁也没有分派，她毛遂自荐，当了计划生育的义务宣传员，忙得脚不沾地，比当主任时还忙。他羡慕老伴，甚至在羡慕之中带着几分嫉妒，难免有些讽刺性的玩笑。她才不在乎呢。她说他享受不到欢乐的情绪，是他多年当支书养成的脱离群众的坏习惯。他当然也不服气。可是晚上睡下想一想，觉得老伴的话也不无道理。现在虽说不当书记了，可原先当支书的架子还在，和老弟兄们谈话，说不定还带着某种官腔。自己觉不出来，别人听着不舒展，难免人家讨厌。

就说前天吧，他去红柳滩上转悠，碰上他的亲家和打渔的陈福来，还有放牲口的丁生贵，三个人围在一堆打扑克牌。输了的人，从自行车的三角架里钻一个过，学狗爬。真是无忧无虑，返老还童。政策一放宽，农民日子好过了，心境也不一样。看把他们美的，我也伙上乐一乐吧！他这么想着，就凑了上去。可他刚一坐下，空气就不一样了，怪得很。其实他并没有说什么话，只是用商量的口气，问了问大家对开发利用红柳滩的意见，好像还说了不要光顾眼前，要想办法扩大再生产的话。几个老头对他的意见反应相当冷淡。尤其是他的亲家，那个牲口贩子，竟像耗子见了猫那样，借口要去追跑散了的牲口，抬起屁股溜了，仿佛还是八年前批资本主义思想的那时候。真是个没情形的老东西！难道我马玉清是吃人的老虎？

哦，想起来了。那天他和哈存福扯磨，人家以亲家的身份，关心他，劝他不要再操心工作上的事，活几天心闲人，该享受的享受。他却半开玩笑地回绝了：

"今世的享受比起后世的幸福来是微不足道的。"

作为共产党员的马玉清，自然也不可能想到后世的事情，其意不过是人活着的时候应该多干点工作。但哈存福却以为是下台的支书在批评他。

很有意思的扑克场子散伙了，他觉得有些扫兴。丁生贵背起手，拉着他的奶羊，迈着慢悠悠的步子，朝南面放牧去了。羊脖子上的小铃铛，不断发出叮叮的响声，清脆悦耳。陈福来骑着自行车去黄河沿上看他的"栏河钩"。这老东西近两年光打渔卖的钱怕有好几千了吧！人也大方了，见人就散过滤嘴的烟……

三个老头各自奔东西，奔自己的生财之道去了，丢下马玉清一个人孤孤单单，好不难过！一个人拉着沙枣木棍子，吃力地在红柳滩上走着。人常说，无官一身轻。他无论如何也体会不出这个轻松的味道来。

前几天他听说本公社一个和他同期当过支书的人，下台以后由他牵头，自由结合搞了个建工队，在城里承包基建工程，一年挣了好几万。他的女婿曾在那个建工队干过几天，回来到处宣传，意思是他也能这么搞。马玉清听了毫不动心。要说搞这类玩意儿，他马玉清不比哪一个差。组织能力有组织能力，手艺有手艺，木活泥活都能来两下子，赚个万儿八千的，毫不费力。可他的兴趣不在那上头。两个女儿都出嫁了，又没儿子，老两口守着一大院房子，有存款存粮，吃穿不愁。钱财东西，什么时候是个够？他不想这些事。人各有志，他的心病害在红柳滩上。

红柳滩两头小中间大，在公社的地图上是个菜瓜形，是他们大队的势力范围。群众中编了顺口溜："红柳滩，两头尖，东靠黄河西靠山，只见荒草不见田……"意思是地势低洼，水排不出去，只长芨芨、芦苇、三棱草、红柳，没法种庄稼。夏秋季节从城市里跑来撒网的钓鱼的工人干部倒不少。丁生贵、哈存福这些人放牲口极便当。可是这么一块紧靠黄河的平地，眼睁睁地让它荒着，确实于心不忍。马玉清当支书的时候，就有过利用这片荒地的打算，只因种种原因，未能如愿。如今下了台，他总觉得心里欠了什么债似的——不光欠人的债，而且欠了土地的债，睡不安生，吃不香甜。前几天他个别串联，问了好多人，听说开发红柳滩，愿包土地的包土地，十年以内不纳粮，都乐意干。有的还愿意拿出钱来投资。这么一来，他的心劲就大了，似乎红柳滩马上变成了"刮金板"，明晃晃地耀眼。

从滩上回来，他又拐到大队长丁仲魁家，想问问大队对这个事讨论的情况。可是大队长不在，只有他的父亲在。他见马玉清来，极有礼貌又有风度地招呼：

"老支书，快请坐！"

听到这样的称呼，马玉清心里热烘烘的。他并不是非要别人这样叫他，不过这样的称呼，说明有些群众是记着他在历史上起过的作用，担当过的职责。

"总也不见你老人家,好着呢吗?"

"好,好……就是这腿脚……"

说着,他把右腿稍稍收拢,尽量让其舒服些。把手里的棍子立在靠炕头的蹲箱上,双手慢慢地揉膝盖。

他的腿是那年带领民工上渠修水利,在潮湿的水渠上打地铺得下的寒症。当时也没有发觉,过了半年,才觉得不对劲,到医院里去检查,说是"风湿",针也扎了,药也吃了,都不管用,腿越来越僵,越来越疼,以至于连自行车的大梁也跨不上去,只得慢慢地步行。他亲家说,论他这个资历,要是吃了公家的饭,背定以工伤对待,医药费全包,还列举了一些典型事例。他总是笑着解释:"咱农村还不发达,没这个条件。再说,我又不是没钱看病!"

前几天大女儿从城里给他买了一根烫了花纹的龙头拐杖,就是老百姓说的"文明棍"。难为她这番孝心。可是试用了一下,尺寸不够,样子也扎眼。原本就不是老农民用的东西嘛!送给老伴?看她那精神,二十年以内用不着。只好挂起来,自己想办法,就地取材,从院外的沙枣树上选了一根比较直溜的枝条,砍下来当了拐棍。就这,也怪别扭的,不相识的人见了,还以为他是提着打狗棍的叫花子呢,真是……

"给你马爷爷泡茶!"

丁队长父亲大声向下面的屋子里吩咐一声,又关切地劝慰老支书:

"好我的老哥呢,你不会省点精神吗……"

马玉清只是笑。

"过去压着担子,没法休息。现如今有他们一帮年轻人在前头跑着,你何必这样奔忙?腿又不便当……你看我,回家百事不管,只图有碗软和的热饭……"

"我和你不一样……"

送上茶来了。他只好接住盖碗,把下面的话咽下,心里想,我是共产党员,能和你一样吗?

"喝茶!"

丁队长父亲恭敬地让着。自己也端起了讲究的蓝花描金盖碗,刮了刮浮在上面的茶叶子,喝一口,放下,问:

"你还记得何县长吗?"

"咋不记得,他是我的入党介绍人。"

提起当年的事,马玉清总有一种特别甜美的回忆涌上心头,脸上也放出光彩来。

"老县长退了!"

"我听说了。他比我大六岁……"

"公家给盖了一院房子,七间,独院。栽的果树花木,比你家院里的还多。"

"应该的。"

"你要是吃了公家的饭,也会这样……"

"我现在也不错。"

"何县长现在百事不管……"

“不会的。人家是顾问，还操着心哩！”

“那还不是装样子……”

听到他这个话，老马心里很不是滋味。他清楚地感觉到，目前社会上流行着的对老干部的偏见，已经传染到农村来了。在有些人的眼里，老干部退下来就意味着纯粹地享受，和革命工作绝缘，百事不管……

大队长不在，和他父亲是讨论不了什么问题的。他是共产党员，前任支书，心里想的是工作，开发红柳滩……

一碗茶没喝完，他就起身告辞。

在炕沿上坐了一会儿，腿僵得厉害，几乎站立不起来。丁队长父亲一面扶他，一面同情地说：“你也找个好医生看看嘛！”

“只怕吃人参也没希望了！”马玉清苦笑着说。

丁队长父亲一直把他送到大门外，临分手，又突然想起了什么似的问：

“你找仲魁有事吧？”

“我想和他商量红柳滩的事……”

“他们在大队开会。”

“哦，我去找他们。”

“听仲魁说，搞水利上面不投资？”

“不是不投，咱们最好不要……”

“对，对……”

“国家还不富裕，可这二年，咱们社员手头有了钱，自家想办法……”

“这也是个办法。你们研究，到时候我也捐……”

“真的？”

“哎呀呀，好我的老哥呢，我差点冤枉了你。我以为你不赞成这个事呢，你看我这个人，越老越不中用……”

“看你说的，好事谁不支持？不过你们对众人说明白，这捐钱的事……”

“自觉自愿。不是捐，是借。将来有了收益，如数归还。”

“这就好，要向大家说清楚。大家都在议论这个事……”

…………

怪不得在滩上碰到三个老头是那般情景，原来病害在这里……哎，只怪我没把话说清楚。糊涂，糊涂……改日见了他们，得解释解释。

因为丁队长父亲的积极赞助，大大鼓舞了老支书的情绪，只觉得身子也轻了，腿上也来劲儿了，几步就来到大队办公的地方。过去在任上的时候，他的铺盖就在大队办公室，一年里少说也有三百天住大队。自从下台以后，他来的就有数了。他原打算，趁着开会，把自己的想法给大家说说，顺便议一议，没想到他刚一伸头，新任支书高占录就跑到门口，委婉地把他挡住了：

“大爹……”

就这个称呼，也够他缓半天的。

“我们正在开会，请您老先在合作医疗站的房子里坐一坐。完了，咱们再说……”

嘿，好小子，你也给我打官腔了！什么要紧会，谁还没参加过……可是有什么办法呢，你如今是“大爹”，不是支委，有什么资格参加人家的支委会呢？不过新任支书的态度实在过分了！我又不是要你们给我个人解决什么困难，我是为工作上的事，你们就这样……下台干部的滋味真不好受啊！

他怀着委屈的心情，在医疗站的房子里和看病的社员、医疗站的医生东拉西扯，足足聊了一个小时，还不见大队领导人的会议散场。他真的生气了，拄着棍子回家，可是没走上几步路，支书和大队长双双骑自行车撵来了：

“大爹，大爹，等一等。”

“马爷，马爷，你咋走了呢？”

听听，大队干部也是这个口气。就冲这个称呼，他也没有好脸色：“我怕打扰你们的会！”

“完了，完了。来，坐到车子上，咱们到大队去说……”

“坐我的车子吧！”

“不去了，不去了。我也没什么大事情，只不过想问问红柳滩的事……”

“哦，你是操心这个事！”新支书说，“好事倒是好事，就是不大好办。我们准备向公社写个报告，请示这样搞，合不合政策……”

“还有投资的问题。”大队长插了一句。

“投资的问题，咱们自家想办法吧，我问了好多人，愿意借出钱来。连你们老爹也情愿拿钱……”马玉清笑着向大队干部汇报情况。

“这里面也有个政策问题。”

“自己拿钱办自己的事，有啥不合政策的地方？”马玉清很有些不高兴。

“好我的马爷，你出这个点子，不是叫我们搞平调吗？现在的政策是尽量让农民少负担一些，多收入一些。你叫大家拿钱，捐也罢，借也罢，总是从社员手里要。弄不好，上头又批评我们……”

想到这里，他心有点凉，脸也凉了下去（当然不同于过去的板面孔），说了一句：“那好，你们研究吧。”就转过了身。

两位大队领导人争着要用自行车送他回家，他谢绝了，心想，我还没有到那个程度哩，你们还是多关心关心工作吧！

他有气无力地回到家里，好几次下决心，不再操心工作上的事情，不再给干部出点子，惹人家讨厌了，可又弄不掉那块心病，红柳滩老是在他的眼前晃来晃去，睁着闭着都一样。夜里睡在床上，翻来覆去合不上眼，心里难受，长吁短叹，心里难受。

他的亲密战友赵凤英可不这样。她的脸上没有黑灰和忧色，就像永居乐园中的居民，乐不知老。白天脚不沾地，晚上头一放到枕头上，就打起很响的呼噜，一觉醒来，发现老头子还睁着眼睛。问：

“你又想什么，深更半夜的不睡！”

给她说啥呢，想工作？工作没有眉目。他用更长更重的叹气声做了回答。

“你这个人哪，越老越不中用！”老伴不客气地批评道，“工作上的事，哪有容易的？一次不成两次，两次不成三次，总有成功的时候吧……”

“道理谁不会讲！”

“我看你就不懂！只晓得在台上用行政手段，没了官帽子就不会做工作……”

“人家何县长还表扬你哩……”

“表扬我？就你会哄人！”

“昨天我在公社见的他。”

“哦，他干啥来了？”

“和我一样，也抓计划生育工作。”

“他不是退了吗？”

“退了就不抓工作？老县长精神得很，过两天还要到咱们队上来。”

“真的？”

“他还问你干啥，我把你打算开发红柳滩的事吹了吹，他可高兴了，一个劲儿地夸你，说，‘就应该这样，职务退了，精神不倒。’”

“可是我打算干的事情还没影子呢！”

“积极争取呀！”

“你不了解情况……”

“我清楚得很，支书老大爷！不是我吹牛，你在有些地方，还不如我这个老娘儿们！工作上出了岔子，人家笑我，骂我，连你也挖苦我。可是，咋样？我哭鼻子了吗？唉声叹气了吗？管他三七二十一，我照干我的！”

这倒是实情。赵凤英是公社的计划生育工作模范。她和群众的心紧紧贴着，走到哪里，哪里就有笑声，仿佛是一团火，一台戏。

何县长的话真对。赵凤英真正做到了职务退精神不退。

第二天，赵凤英前脚走，他后脚跟了出来。他要和大队的两位领导人细细地谈一谈，争取把红柳滩的工程早点定下来。如果找不到领工的人，他就报名，必要的时候再睡地铺。反正快奔六十的人了，还能活几年？就这一榔头！

路上碰到村里的青年人、小娃娃，当听到他们叫他马爷爷的时候，第一次有了高兴的感觉。心里说，瞧着吧，你马爷爷临闭眼以前，非把开发红柳滩这个事办成不可！